이문열 세계명작산책

사내들만의 미학

사내들만의 미학

이문열 엮음

프로스페르 메리메, 모리 오가이, 가브리엘레 단눈치오,
헤르만 헤세, S.W. 스코트, 두광정, 러디어드 키플링,
에르난도 테예스, 조셉 콘래드, 가산 카나파니

일러두기

1. 옮긴이 주는 괄호로 묶어 따로 표기했으며, 그 외의 괄호 안 설명은 모두 지은이가 단 것이다.
2. 단행본 가운데 장편소설 및 소설집은 겹낫표(『 』), 단편소설과 논문, 기사에는 낫표(「 」), 신문과 잡지에는 겹화살괄호(《 》), 노래와 영화 제목에는 홑화살괄호(〈 〉)를 썼다.
3. 맞춤법과 외래어 표기는 국립국어원의 용례를 따랐다. 국내에 소개된 책은 출간된 제목과 저자명을 그대로 썼고, 필요에 따라 원제를 밝혔다.

『세계명작산책』 개정판을 내며

—

『세계명작(단편)산책』 개정판을 다시 낸다. 1996년 살림출판사에서 초판을 내고 삼 년 반 뒤인 1999년에 15쇄 발행 기록이 확인되더니 2000년대 초에 하드커버로 나온 2판은 2017년 연말에 저자와 출판사의 합의로 절판되었다. 한 쇄에 몇 부씩 찍어내었는지 밝혀져 있지는 않으나 지나간 이십여 년 세월이나 그간에 들어온 인세로 어림잡아도 수십만 부는 될 듯싶다. 그것도 아직 한 해에 한두 쇄는 찍는 책을 갑작스레 절판시킨 것이라 더러 찾는 사람이 있었는데, 이번에 무불(無不)출판사의 요청으로 개정신판을 다시 내게 되었다.

내가 이십오 년 전 처음으로 『세계명작산책』 열 권을 엮은 목적이나 희망한 효용, 그리고 해외 중단편 명품 백 편을 주제별로 열 편씩 엮은 전집으로 펴낸 과정의 구구한 경위에 대해서는 초판 서문에 잘 나와 있다. 궁금한 독자는 그 쪽을 들춰

보면 대강은 알 수 있을 것이다.

그 책을 엮기 두어 해 전 나는 팔자에도 없는 대학교 국문과 정교수가 되어 어울리지도 않게 한 한기에 9학점이나 좌지우 지하며 보냈다. 그 가운데 교양 과정 3학점을 두 학기에 걸쳐 이어진 〈현대문학 특강―해외명작 단편산책〉에 주었는데, 그 강의안이 초판 『세계명작산책』을 엮는 데 아주 요긴하게 쓰 였다.

이제 와서 돌이켜보면 좀 황당하고 무모한 강좌로 보였을 수 도 있는 그 특강을 그때 대학당국이 무얼 믿고 개설을 허락해 주었는지 나도 잘 모르겠다. 어쨌든 정색을 한 대학 국문과 교 수님들을 아연하게 만들었을 수도 있는 그 강의를 두 학기로 그만두고, 큰맘 먹고 나를 교수로 불러준 대학당국에 미안해 하며 교수 노릇을 그만둘 구실만 찾고 있던 이듬해 가을, 이번 에는 어떤 출판사가 그 별난 강좌 소문을 듣고 내가 제풀에 지 쳐 때려치운 그 강의안을 책으로 꾸며보자는 제안을 해왔다.

처음부터 그걸 책으로 엮어보겠다는 생각을 해본 적이 없 었고, 그때는 내가 쓴 것만도 책으로 어지간히 쏟아낸 뒤라 썩 내키지도 않았지만, 그전 한 해 그 강좌에 쏟은 골몰이 그대로 흔적 없이 지워지는 것도 한편으로는 서운해 나는 못 이긴 척 따랐다. 그리하여 그게 책으로 바뀌는 과정 또한 초판 서문에 대강은 나와 있다.

세월에 따라 몸이 늙어가듯이 사람의 기호나 지향도 변한다. 시대와 세상 사람들도 사반세기 전과 같을 수가 없다. 그래서 변한 이쪽저쪽을 살펴가며 바꾼 것이 기왕에 선정된 중단편 백 편 가운데 열두 편을 다른 작가 혹은 같은 작가의 다른 작품으로 교체하고, 일본어 중역이 포함된 낡은 번역도 새로운 세대들이 원어에서 바로 한 번역으로 바꾸었다. 그렇게 바뀌거나 더해진 것이 전체의 삼 할은 된다. 출간 이십오 년 만에 명색 개판을 한다면서 많은 것이 바뀌고 달라진 그 세월을 그냥 못 본 체할 수는 없었다. 그 바뀌고 달라진 것의 세목에 대해서는 각권 서문에서 다시 그 세목과 간략한 해설을 덧붙이기로 한다.

2020년 봄 負岳기슭 蒼友崗에서

이문열

『세계명작산책』 초판 서문

—

좋은 소설을 쓰기 위해서는 먼저 마음속에 다양하면서도 잘 정리된 전범典範이 있어야 한다. 소설을 학문적으로 연구하는 일에서도 좋은 전범을 가지는 것은 원리의 탐구를 위해서건 가치 판단의 기준으로서건 매우 중요하다. 학문적으로 인정받은 논리에 따라 소설을 쓸 수도 있지만, 그것은 문법만으로 회화를 배우는 것보다 더 비효율적이며 풍부한 전범에 바탕을 두지 않은 이론 중심의 연구는 소설을 화석화시킬 우려가 있다.

　이런저런 이름으로 문학, 특히 소설을 가르치는 자리에 서게 되면서 내가 늘 아쉽게 생각해온 것 중 하나는 소설 연구와 창작에서 아울러 전범이 될 만한 좋은 단편 선집이었다. 여기서 장편보다 단편을 앞세운 것은 우리 문단에서 아직은 지배적인 창작 및 비평의 풍토 때문이다. 요즘에는 조금씩 달라지고 있지만, 우리 문단의 등단 절차는 대개 단편 중심으로 되어 있다. 평론도 사정은 비슷하다. 간혹 장편만으로 대중적인 이름을 얻는 수도 있긴 하지만 단편으로 검증받지 않은 작가의 장편에 대해 진지한 평론을 대체로 의심하는 경향을 보여왔다.

그 이유는 여러 가지겠지만, 가장 강하게 추측되는 것은 전일적全日的인 습작 기간이 허용될 수 없는 우리의 문학 환경 때문이 아닌가 한다. 이른바 문학청년의 괴로운 성장 과정은 최근 몇 년까지의 각박했던 사회 여건을 감안하면 일 없는 빈둥거림으로 여겨지기 십상이었다. 사회는 그런 젊은이들에게 관대할 수 없었고, 많이 나아졌다는 지금도 그들을 격려하거나 그들의 미래에 투자할 여유까지는 기르지 못했다.

따라서 이 땅의 문학작가 지망생이 고통스럽지 않게 글을 쓸 수 있는 습작 기간은 대개 학창시절의 자투리 시간과 졸업 후 한두 해가 전부가 되고, 더 있어봤자 따로 생업을 가진 일요작가로서의 몇 년이 보태질 뿐이다. 그 경우 손쉬운 습작의 대상은 아무래도 장편보다는 짧은 시간에 완결을 볼 수 있는 단편이 될 수밖에 없다.

하지만 경험으로 미루어볼 때 그런 습작 방식도 반드시 나쁜 것 같지는 않다. 장편이든 단편이든 크게는 같은 소설이라는 점에서 습작의 많은 부분은 겹쳐지기 마련이다. 더구나 단편에서의 철저함과 정확함을 익혀두는 것은 자칫 느슨해지기 쉬운 장편의 형식미를 다잡아주는 데 아주 유용하다. 장편 작가와 단편 작가를 구분하는 듯한 서양에서도 대부분의 위대한 작가들은 그 둘을 겸하고 있는데, 그 또한 단편 습작의 유용성을 보여주는 예가 될 수 있을 것이다.

이런 관점에서 찾아보면 전범으로 쓸 만한 국내 작가들의 단편은 작가별 시대별에, 때로는 주제별로까지 비교적 잘 정리되어 있는 듯하다. 수고스럽게 이 책 저 책 뒤적이지 않고도 그대로 교재가 될 만한 단편 선집도 여러 종류가 있다. 학자들이나 출판사의 노력도 있었지만, 달리 보면 결국은 국문학 안에서의 문제라 선별 대상이 한정되어 있다는 점도 도움이 되었을 것이다.

하지만 적어도 현대소설의 전범을 찾는 일이라면 국내 작품만으로는 부족하다. 어떤 논리로도 우리 현대소설이 서구의 현대소설을 전범으로 삼아 성장해왔다는 사실만은 부인하지 못한다. 설령 그것을 우리 전통소설에 가해진 '서구의 충격'이란 말로 바꾼다고 해도 세계문학, 특히 서구의 현대문학이 지닌 전범으로서의 중요성은 조금도 줄어들지 않는다.

그런데 외국 단편들을 전범으로 가르치려 들면 가장 먼저 빠지게 되는 것은 그 소재所在를 찾는 어려움이다. 작가별로 단편집이 몇 나와 있기는 하지만, 기준이 무엇인지 짐작 가지 않을 만큼 작가와 작품의 선정은 혼란스럽고 묶는 방식은 한 권을 다 읽어내기에도 따분할 지경이다. 그래도 마음먹고 고른 흔적이 보이는 것은 윌리엄 서머싯 몸(1874~1965년)의 『세계의 문학 백선』인데 그와 동시대로 접근할수록 난조를 보이고, 다음이 국가별로 묶은 『세계단편선』류인데 그것은 또 천편일률적인 체제에다 대부분 이십 년 이상 묵은 전집들이라 도서관이 아니면 찾기 어렵다. 나머지는 구닥다리 세계문학전집 속에 흩어져 있거나 잡지사들이 생각난 듯 끼워 넣는 해외 명작 소개란에 반짝 보이고는 자취를 감춘 것들이었다. 어떤 작품은 끝내 번역되지 않아 해당 언어를 전공하지 않은 사람은 읽어볼 수 없기도 하다.

그 바람에 나는 여러 해 전부터 전범으로 쓸 만한 세계명작 단편 선집을 내가 직접 엮어보았으면 하는 분에 넘치는 야심을 품게 되었다. 그러나 좀체 여유가 나지 않다가 1993년 말에야 출판사의 격려와 협조에 힘입어 본격적인 작품 수합에 들어갔다. 먼저 젊은 시절 내게 강한 인상을 주었던 작품들의 목록을 작성하고 이어 기존의 여러 선집과 출판사 직원들이 복사해온 문학잡지의 해외 특집란을 검토해 부실한 기억을 보충했다. 그리하여 1994년에는 대략 지금 이 선집에 실린 작품 수의 두 배 정도로 목록이 압축되었다.

하지만 그 목록이 한 번 더 걸러지고 책의 편제가 지금과 같이 확정된 것은 1995년 들어서가 된다. 마침 재직하는 대학에서 '현대문학 특강'을 맡게 되어, 나는 그 시간을 작품 선택과 해설의 객관성을 검증하는 기회로 삼았다. 특별히 내용이 결정되어 있지 않은 강의인 데다 그 작업이 학생들에게도 유익할 거라 믿어 겁 없이 시작한 일이었다.

처음 내 강의안은 비교문학과 연관 지어 나라별로 몇 주를 할당하고 그 나라 단편 중에서 전범이 될 만한 것을 골라 읽는 것으로 짜였다. 하지만 그 강의안은 곧 철회되고 말았다. 그렇게 골라지는 작품들은 기존의 국가별 명작 선집과 다를 바 없어 개별적인 감동의 기억을 주는지 몰라도 머릿속에 정리된 효과적인 전범으로는 기능할 수 없을 것 같았다. 그래서 수정한 강의안이 바로 지금 이 선집의 편제이다.

나는 학생들에게 매주 한 주제로 전범이 될 만한 단편 열 편씩을 골라주고 각자 찾아보게 한 뒤 그중 가장 인상 깊은 작품 한 편씩을 골라 독후감을 작성하게 했다. 강의는 바로 그 독후감의 발표와 토의였고, 시험은 학생들이 그렇게 제출한 독후감에 대한 평점을 집계하는 것으로 대신했다. 물론 기존의 대학교 국문학과 교과과정에 대해서도 나름으로는 용의주도하게 배려했다. 국내 작품의 전범집으로 쓸 만한 단편 선집을 하나 골라 주 교재로 삼고 내가 선정한 외국 작품들은 부교재란 명칭을 닮으로써 대학교 국문학과 교과과정에 대한 경의는 충분히 표했다. 다만 주 교재는 각자 집에서 읽어보는 것으로 하고 부교재만 함께 토의해 나가기로 했을 뿐이었다.

처음 한두 주일은 그럭저럭 지나갔다. 그러나 시간이 지나면서 나는 내가 얼마나 엄청난 일을 벌였는지 실감하기 시작했다. 수천수만 편이 넘을 세계 각국의 단편 중에서 어떤 주제로 전범이 될 만한 작품 열 편을 고른다는 것은 엄청남을 넘어 불가능한 일일 수밖에 없었다. 나의 용기는 무지에서 비롯된 무모함일 뿐이었다.

선정의 객관성도 나를 몹시 괴롭힌 문제였다. 그것이 바로 문학에 대한 내 안목을 드러낸다는 데 생각이 미치자 갑자기 모든 게 자신 없어졌다. 그때 다시 유혹된 게 기존의 선집들이었다. 특히 브룩스와 워렌, 혹은 노튼 같은 이들이 선정한 영문판 선집의 체제가 강렬한 유혹이 되었다.

그렇지만 양쪽 모두 선정 기준에서도 많은 부분 동의하기 어렵거니와 주제별로 뽑는 데는 거의 참고가 되지 못했다. 그 같은 어려움을 해결하는 길은 결국 선정 범위를 나의 독서 체험으로 축소하고 기준을 주관적인 감동으로 삼는 것밖에는 없었다. 네 번째 주로 접어들면서 나는 학생들에게 처음의 자신만만함과는 달리 풀 죽은 목소리로 그와 같은 선정 범위와 기준의 축소를 밝히지 않을 수 없었다.

이 글을 읽는 이들에게도 솔직히 고백한다. 내 희망은 틀림없이 전 세계를 망라하는 객관적인 전범의 선정이었으나, 이루어진 것은 내 대단찮은 독서 범위 안에서 주관적으로 고른 작품들의 집합일 뿐이라고. 그런데도 나는 이 선집의 유용함에 대해서는 한 가닥 믿음을 가지고 있다. 이 선집에 적용된 범위와 기준은 거치나마 사십 년이 넘는 내 문학 체험의 한

결산이며, 나의 소설도 결국은 이 범위와 기준에 바탕을 두고 있다. 내가 쓴 모든 것이 한 점 남김없이 문학사의 쓰레기더미에 묻혀버리지 않을 것이라면 이 선집도 단편소설의 창작에서든 연구에서든 약간의 유용함은 있을 것이다. 특히 주제별로 세계 각국의 단편들을 정리한 것을 이 선집의 한 자랑이 될 만하다.

써놓고 보니 딱딱한 교재의 서문 같은 데가 있어 한마디 덧붙인다. 틀림없이 이 선집을 엮은 의도는 소설을 공부하는 사람들을 위해서였지만, 어쩌면 실제적인 효용은 교양으로 접근하는 쪽에 더 높게 나타날지도 모르겠다. 우리 삶의 다양한 주제들이 세계 각국의 거장들에 의해 어떻게 소설로 표현되고 있는지를 비교하여 읽을 수 있다는 것도 지금의 추세에서도 청소년들에게 활용도 높은 문학 교재가 될 수 있으리라 믿는다.

아울러 밝혀두고 싶은 것은 이 무모한 시도를 도와준 사람들이다. 시작은 혼자였지만 이 선집이 책으로 묶여 나오는 데는 여러 분의 도움이 있었다. 1993년부터 내가 준 목록을 들고 이 도서관 저 도서관 뛰어다니며 작품을 복사하느라 애쓴 살림출판사 편집부 직원들은 그만큼 내 노고와 시간을 절약해주었다. 장경렬 서울대 교수를 비롯한 여러 편집위원은 나의 천학과 단견에 좋은 거름 장치가 되어주었으며 세종대의 강자모, 박유하 교수도 작품 선정과 번역에서 귀한 시간을 쪼

개준 분들이다. 한 학기 내내 작품 조사와 보고서 작성으로 고
생한 현대문학 특강 수강생들에게도 이 자리를 빌려 감사의
뜻을 전한다.

2003년 겨울

이문열

차례

머리말

—

고대의 서사시로부터 오늘날의 소설에 이르기까지 씩씩한 혹은 엄격한 사내들이 연출한 강건미剛健美와 비장미悲壯美는 줄곧 우리를 감동시켜왔다. 고전적인 영웅들의 화려한 무용담과 그들이 일쑤 겪게 되는 장엄한 비극은 언제나 선망과 상찬과 분개와 연민으로 우리를 압도한다. 때로 그들의 용기는 무모함을 지나 처절함에 이르고 엄격함은 비정을 넘어 잔혹으로 나타나기도 하지만, 그때 우리가 느끼는 전율조차도 미학적인 감동과 닿아 있다.

그런데 현대에 이를수록 그런 사내들은 점점 줄어들고 있다. 영웅들은 할리우드 영화나 코흘리개들의 만화, 그리고 삼류 목적소설 속에서만 살아 있고, 이른바 '진지한 문학'에서는 자취를 감추다시피 했다. 대신 잘아지고 약해빠진 사내들의 서글픈 낭패담이나 삶에 떠밀린 코미디가 어두운 웃음을 자아낼 뿐이다.

문예 이론가들은 흔히 이를 아이러니 양식이니 하향모방下
向模倣이니 하여 현대소설의 당연한 특질로 받아들인다. 하지
만 나는 우리를 감동시켜온 중요한 주제 중의 하나를 오락적
기능에만 충실한 대중문화에 온전히 내맡기는 게 불만스럽
다. 그래서 다소간 현대적인 변형을 입기는 해도 아직은 씩
씩함과 엄격함을 잃지 않은 사내들의 이야기를 열 편 골라보
았다.

하지만 여러 해 만에 내는 개정신판이라 이번 7권에서는 몇
가지 변화와 첨삭이 있다. 먼저 E. 실란패의 단편 「타베티」대
신 팔레스타인 작가 가산 카나파니의 「가자에서 온 편지」가
들어간다. 「가자에서 온 편지」는 그간 미국의 관점, 특히 유대
인에 우호적인 시각에서만 조명되어온 팔레스타인 이야기라
는 점에서 의미가 있다. 반드시 무기를 들고 피를 흘리지 않아
도 느낄 수 있는 비장함이 뛰어난 작품이다.

반면 굳이 「타베티」를 뺀 이유는 번역이 거칠어 사내다움의
씩씩함에 스며 있는 섬세한 감정을 충분히 드러내고 있지 못
한 데다, 오래된 핀란드 작가 작품이라 번역자가 결국 원본 텍
스트를 구하지 못했기 때문이다. 또 작품의 중요도나 작가 인
지도가 떨어진다는 느낌도 있어 「가자에서 온 편지」로 갈음
했다.

다시 번역된 것도 두 편 있다. 프로스페르 메리메의 「마테오 팔코네」와 가브리엘레 단눈치오의 「우상숭배자들」이다. 초판이 일본어 중역이었던 것으로 보이는 데다, 원어 및 다른 영역본과의 재검토 과정에서 중간중간 번역이 누락되거나 오역된 부분이 지적돼 새로 번역됐다는 게 편집자의 설명이다. 조금 더 요즘 언어에 맞는 번역으로 바뀌어 독자의 이해가 더 쉬울 것으로 기대된다. 특히 가브리엘 단눈치오는 파시스트 경력으로 당대의 성취에 비해 문학사에서는 소홀히 다루어지는 경향이 있었는데, 그런 인상도 좀 덜어졌는지 모르겠다.

마테오 팔코네

Mateo Falcone

프로스페르 메리메 지음

김석희 옮김

프로스페르 메리메

프랑스의 소설가이자 역사가. 1803~1870년. 프랑스 파리에서 태어났다. 화가였던 아버지의 권유로 변호사가 됐지만, 언어학·고전문학·고고학을 연구하면서 예술가와 문학가를 사귀어 스탕달과 친교를 맺고 그의 좋은 비평가가 된다. 1825년에 에스파냐 희극 여배우의 작품을 프랑스어로 번역한 『클라라 가줄의 희곡집』을 시작으로 집필활동을 시작했다. 1829년에는 첫 역사소설 『샤를 9세 연대기』를 내놓았고, 단편집 『모자이크』에 수록된 「마테오 팔코네」, 「에트루리아의 항아리」 등의 단편으로 주목받았다. 특히 코르시카와 스페인을 무대로 한 『콜롱바』, 「카르멘」 등의 작품도 높게 평가받았다.

그 밖에 『연옥의 혼』, 『일의 비너스』, 『아르세느 기요』, 『아베 오방』 등의 작품이 있는데 모두 냉정하고 간결한 필치를 드러낸다. 1843년 역사기념물 감독관이 되고 1844년에 아카데미 프랑세즈 회원, 1852년에는 전부터 절친했던 나폴레옹 3세비의 추천으로 상원의원이 되었다. 그 후로는 주로 푸슈킨, 고골리, 투르게네프의 번역과 소개에 힘썼다.

베키오 항(코르시카섬 남동쪽 끝자락에 있는 항구. 이곳을 중심으로 한 지역이 포르토베키오 읍이다 - 옮긴이)을 벗어나 섬의 안쪽, 그러니까 북서쪽을 향해서 가다 보면 지형이 꽤 가파르게 높아지면서 구불구불한 오솔길이 나오는데, 커다란 바윗덩어리로 가로막히고 때로는 골짜기로 끊어진 그 길을 세 시간쯤 걸어 들어가면 드넓게 펼쳐진 마키의 가장자리에 이르게 된다. 이곳은 코르시카 목동들의 고향이자 범죄를 저지른 자들의 은신처다. 설명을 보태자면, 코르시카 농부들은 밭에 비료를 주는 수고를 덜기 위해 넓은 숲에 불을 놓는다. 불길이 뜻밖에 번지는 바람에 낭패를 보기도 하지만, 그래도 어쩔 수 없는 것이, 그곳에 자라고 있는 나무들을 태워서 얻은 재로 비옥해진 땅에 씨를 뿌리면 좋은 수확을 기대할 수 있기 때문이다. 버려진 밀짚에서 떨어진 이삭을 애써 거둬들이지 않으면, 불길이 닿지 않은 땅속에 남아 있던 나무뿌리들이 이듬해 봄에는 아주 알찬 새싹으로 피어나, 몇 년 안에 2미터가량의 높이로 자라게 된다. 이것이 마키라고 불리는 잡목림이다. 다양한 종류의 나무와 덤불이 신의 기분에 따라 제멋대로 얽히고 뒤섞여 마키를 이루고 있는 것이다. 그곳에 길을 내려면 도끼를 들어야 하고, 어떤 곳은 너무 빽빽하고 울창해서 야생 양들도 뚫고 들어갈 수 없다.

만약 당신이 살인을 저질렀다면, 괜찮은 엽총 한 자루와 화약과 탄환을 가지고 베키오 항 너머의 마키 속으로 들어가라. 그러면 그곳에서 안전하게 도생圖生할 수 있을 것이다. 그때는 두건 달린 갈색 외투를 챙기는 것도 잊지 마라. 이불과 매트 대신 쓰일 테니까. 목동들한테 우유와 치즈, 밤 따위를 얻을 수도 있을 것이고, 법의 심판이나 죽은 자의 가족들을 두려워하지 않아도 될 것이다. 탄약을 보충하기 위해 이따금 마을로 내려가야 할 때를 빼곤 말이다.

내가 18××년에 코르시카에 있었을 때, 마테오 팔코네는 이 마키로부터 2킬로미터쯤 떨어진 곳에 집을 가지고 있었다. 그는 그 고장에서 꽤 부자였고, 귀족적으로, 말하자면 힘든 노동을 하지 않고, 양 떼를 쳐서 얻은 수입으로 살아가고 있었는데, 양 떼는 양치기들이 유목민처럼 산의 이곳저곳으로 끌고 다니며 키웠다. 내가 마테오를 만난 것은, 내가 이야기하려는 사건이 일어난 지 이 년이 지난 뒤였고, 그때 그는 기껏해야 쉰 살 정도로 보였다. 그의 모습을 묘사하자면, 흑옥같이 새까만 곱슬머리에 매부리코와 얇은 입술, 크고 강렬한 두 눈, 가죽장화의 내피처럼 검게 탄 안색을 가진, 작지만 건장한 남자를 그려보면 될 것이다. 그의 사격 솜씨는 뛰어난 총잡이들이 많던 코르시카에서도 단연 뛰어났다. 예컨대 그는 야생 양을 겨냥할 때 녹탄(노루 사냥용 대형 산탄 – 옮긴이)은 쓰지 않았다. 그런데도 스무 걸음 떨어진 곳에서 머리든 어깨든 아무 곳이나 골라 한 방에 쓰러뜨렸다. 캄캄한 밤중에도 대낮처럼 무기를 다루었는데, 그의 이런 솜씨는 코르시카에 와보지 않은 사람에게는 믿거나 말거나 같은 얘기들이다. 예를 들면 그는 접시 크기의 투명지 뒤에 촛불을 세워놓고 여든 걸음 뒤로 물러나서 총을 겨눈다. 그런 다음 촛불을 끄고 일 분 뒤에 아주 캄캄한 어둠 속에서 총을 발사하면 네 번 중 세 번은 총알이 투명지를 뚫고 초를 명중시키는 식이다.

이렇게 뛰어난 솜씨로 마테오 팔코네는 상당한 명성을 얻었다. 그는 좋은 친구가 될 수도 있지만, 적이 되면 아주 위험한 사람이라고 했다. 어쨌거나 마테오 팔코네는 남을 잘 도와주고 온정도 베풀면서 포르토베키오 지역에서 누구하고나 사이좋게 지냈다. 하지만 아내의 고향인 코르트(코르시카섬 내륙에 있는 작은 마을로, 18세기 중반 코르시카가 독립국이던 시절의 수도였다 — 옮긴이)에서는 다른 얘기가 돌았다. 그가 싸움에서나 사랑에서나 만만찮은 사람으로 통했던 연적을 매우 효과적인 방식으로 처리했는데, 마테오가 쏜 총이 창문 옆에 매달린 작은 거울 앞에서 면도를 하고 있던 상대방을 놀라게 했다는 것이다. 이 사건이 잠잠해지자 마테오는 결혼을 했다. 아내인 주세파는 내리 딸만 셋 낳다가(이 일로 마테오는 몹시 화를 냈다) 드디어 아들을 하나 낳았고, 마테오는 아들에게 포르투나토(이탈리아어로 '행운아'라는 뜻. 코르시카는 1768년에 프랑스에 매각될 때까지 오랫동안 제노바 공화국의 지배를 받았기 때문에, 이 소설이 발표된 1829년 무렵에는 언어와 풍습이 이탈리아 전통 그대로 남아 있었다 – 옮긴이)라는 이름을 주었다. 아들은 그 집안의 희망이었고 팔코네 가문의 후계자였다. 딸들은 모두 좋은 남편을 만났다. 그래서 필요할 때면 사위들의 단검과 소총의 도움을 기대할 수도 있었다. 아들은 이제 열 살밖에 안 되었지만 이미 탁월한 자질을 예고하고 있었다.

어느 가을날, 마테오는 자신의 양 떼를 살펴보기 위해 아내와 함께 마키의 숲으로 일찌감치 길을 나섰다. 어린 포르투나토도 함께 따라가고 싶어 했지만, 숲은 너무 멀었다. 게다가 집을 지키려면 누군가는 남아 있어야 했다. 그래서 아버지는 아들의 동행을 허락하지 않았다. 나중에 알게 되겠지만, 이 결정을 마테오는 크게 후회하게 된다.

아버지가 집을 비운 지 몇 시간이 지났고, 어린 포르투나토는 푸른 산을 바라보며 햇살 아래 평온하게 누워 있었다. 아이는 이번 일요일에 읍내에 있는 카포랄(코르시카가 한때 봉건 영주들에게 대항하여 자치를 했을 때, 그 조직체의 수장이었다. 그 후에도 교구나 지역에 영향력과 지배력을 행사하는 사람에게 이 칭호가 주어졌다 – 옮긴이) 아저씨 댁에 놀러 가서 저녁을 함께 먹을 일을 생각하고 있었다. 그때 갑자기 총소리가 들려왔고, 포르투나토의 생각도 흐름이 뚝 끊겼다. 포르투나토는 벌떡 일어나 총소리가 들려온 들판 쪽을 돌아보았다. 연이어 다른 총소리가 들려왔다. 불규칙한 간격으로 쏘아대는 총소리가 점점 가까워졌다. 그러더니 마침내 들판에서 마테오의 집으로 이어지는 오솔길에 한 남자가 나타났다. 그는 산사람들이 쓰는 고깔모자에 덥수룩한 수염을 기르고 누더기를 걸쳤는데, 자신의 총대에 힘겹게 몸을 기댄 채 발을 질질 끌며 걸어오고 있었다. 방금 허벅지에 총을 맞았던 것이다.

그 남자는 도망자였다. 화약을 구하러 밤중에 읍내로 내려왔다가 매복해 있던 기동대에 발각된 것이었다. 그는 세차게 저항하긴 했으나 결국 달아날 수밖에 없었고, 기동대의 끈질긴 추격을 받으면서도 이 바위 저 바위를 옮겨 다니며 총을 쏘아댔다. 하지만 추격대와의 거리는 점점 좁혀졌고, 허벅지의 상처 때문에 마키까지 돌아갈 수 없는 처지가 되었다.

그는 포르투나토에게 다가오면서 물었다.

"네가 마테오 팔코네의 아들이냐?"

"네."

"나는 자네토 산피에로인데, 지금 노란 칼라(기동대의 유니폼에는 노란 칼라가 달려 있었다 - 옮긴이)에 쫓기고 있단다. 나를 좀 숨겨다오. 더는 걸을 수가 없구나."

"아버지 허락 없이 아저씨를 숨겨주면 나중에 뭐라고 하실까요?"

"잘했다고 하실 거다."

"그걸 어떻게 알아요?"

"얼른 숨겨다오. 놈들이 오고 있어."

"우리 아버지가 돌아오실 때까지 기다려요."

"기다리라고? 빌어먹을! 몇 분 안에 놈들이 들이닥칠 거야. 어서 날 숨겨다오. 안 그러면 널 죽일 테다."

그러자 포르투나토는 매우 침착하게 대답했다.

"아저씨 총에는 총알이 없어요. 허리띠에도 탄약통이 없고요."

"단검은 있지."

"하지만 나만큼 빨리 뛸 수 있을까요?"

그러더니 포르투나토는 단숨에 내달려 사내의 손아귀에서 벗어났다.

"마테오 팔코네의 아들답지 않구나! 나를 네 집 앞마당에서 붙잡혀가게 할 거냐?"

이 말에 아이는 움찔하는 듯했다.

"숨겨주면 뭘 줄 건데요?" 아이가 자네토에게 다가가며 물었다.

도망자는 허리띠에 매달린 가죽 주머니를 뒤져서 5프랑짜리 은화를 꺼냈다. 화약을 사려고 모아둔 돈이었을 것이다. 포르투나토는 은화를 보더니 미소를 지었다. 아이는 돈을 받아들고 나서 자네토에게 말했다.

"아무 걱정 마세요."

곧이어 아이는 집 옆에 쌓아둔 건초더미를 헤쳐서 커다란 구멍을 냈다. 자네토는 그 속에 몸을 비집고 들어갔고, 아이는 거기에 누군가 숨어 있을 거라고는 의심할 수 없도록 숨 쉴 공간만 조금 남겨둔 채 구멍을 도로 막았다. 게다가 아주 기발한 꾀를 얼른 생각해냈다. 암컷 고양이와 새끼 고양이들을 잡아다가 건초더미 위에 올려놓고, 아무도 그곳을 건드린 적이 없는 것처럼 꾸며놓은 것이다. 그런 다음 집 근처 오솔길에 떨어진 핏자국을 흙먼지로 조심스럽게 덮어버렸다. 이 모든 일을 해치우고 나서 아이는 다시금 아주 태평하게 햇살 아래 드러누웠다.

얼마 후, 특무장교의 지휘 아래 노란 칼라가 달린 갈색 군복을 입은 여섯 명의 남자가 마테오의 집 앞에 나타났다. 그 장교는 팔코네의 먼 친척이었다. (코르시카에서는 다른 지역보다 친척의 범위가 훨씬 넓었다.) 이름은 티오도로 감바였는데, 그는 아주 열성적인 사람이었고, 도망자들 중에는 그의 추격에 붙잡힌 자가 수두룩해서, 이쪽 세계에서는 몹시 두려운 인물로 여겨지고 있었다.

"잘 있었니, 꼬마 친척!" 그가 포르투나토에게 다가서며 말했다. "그동안 많이 컸구나. 혹시 좀 전에 어떤 남자가 지나가는 걸 보지 못했니?"

"아! 그래도 아직 아저씨만큼은 크지 않은걸요." 아이는 순진한 태도로 대답했다.

"곧 자랄 거다. 근데 어떤 남자가 지나가는 거 못 봤니? 말해봐."

"어떤 남자가 지나가는 걸 못 봤냐고요?"

"그래. 검정 벨벳 고깔모자를 쓰고, 붉은색과 노란색 자수무늬가 있는 조끼를 입었는데……."

"고깔모자에 붉고 노란 자수무늬 조끼요?"

"그래, 얼른 대답해. 내 질문을 되받지 말고."

"오늘 아침에 신부님이 말 피에로를 타고 우리 집 앞을 지나갔어요. 신부님은 아버지 안부를 물어보셨는데, 내가 대답……."

"아니, 이 녀석이! 꾀를 부리고 있구나! 자네토가 어디 있는지 빨리 말해. 우린 지금 그놈을 찾고 있단 말이다. 그놈이 이리로 지나간 게 분명해."

"그걸 누가 알아요?"

"누가 아느냐고? 내가 알지. 네가 그놈을 봤다는 걸 말이다."

"잠들어 있었는데, 지나가는 사람을 볼 수 있나요?"

"넌 자고 있지 않았어. 이 나쁜 녀석! 총소리에 잠이 깼었잖아."

"그러니까 아저씨 총소리가 그렇게 크다는 거예요? 우리 아버지의 나팔총 소리가 훨씬 더 큰데."

"못된 녀석! 천벌을 받을 거다! 넌 자네토를 본 게 분명해. 숨겨주었을지도 몰라. 자, 너희들, 집 안으로 들어가서 뒤져봐. 놈이 멀리는 못 갔을 거야. 제아무리 길눈이 밝아도 절뚝거리면서 마키까지 가지는 못했을 테니까. 게다가 핏자국이 이 집 앞에서 멈췄거든."

"그런데 우리 아버지가 뭐라고 하실까 모르겠네." 포르투나토가 빈정거리며 말했다. "아버지가 외출한 사이에 누군가가 우리 집에 들어왔다는 걸 알면 뭐라고 하실까?"

"이런 고얀 녀석!" 장교가 포르투나토의 귀를 잡아당기며 말했다. "네놈 말버릇부터 고쳐줄까 보다. 칼등으로 스무 대만 맞으면 결국 털어놓게 될 거야."

그러나 포르투나토는 여전히 코웃음을 쳤다.

"우리 아버지가 마테오 팔코네라고요!" 아이가 으스대며 말했다.

"이 녀석아, 너를 코르트나 바스티아(코르시카 서북쪽에 있는 항구 도시. '성채'라는 뜻인데, 14세기에 제노바 공화국에 속해 있을 때 외적의 침입을 막기 위해 해안에 성채를 지은 데서 유래했다 ─ 옮긴이)로 데려갈 수도 있어. 발목에 쇠고랑을 채워서 감옥의 밀짚 바닥에다 재울 거야. 자네토 산피에로가 어디 있는지 불지 않으면 네 목을 잘라버릴 거다."

아이는 우스꽝스러운 협박에 웃음을 터뜨렸다. 그리고는 "우리 아버지가 마테오 팔코네예요"라는 말을 되풀이했다.

"장교님, 마테오하고는 말썽을 일으키지 맙시다." 부대원 하나가 작은 소리로 말했다.

감바는 확실히 곤혹스러운 눈치였다. 그는 집 안을 구석구석 수색하고 온 병사들과 작은 소리로 이야기를 나누었다. 오래 걸리는 작업은 아니었다. 코르시카의 오두막은 정방형의 방 한 칸으로 이루어져 있기 때문이다. 가구라고는 식탁 하나와 긴 의자들, 궤짝들, 사냥 도구와 가사 도구뿐이었다. 그러는 동안 어린 포르투나토는 고양이를 쓰다듬으며 병사들과 친척의 당혹한 꼴을 즐기는 듯했다.

그때 병사 하나가 건초더미로 다가갔다. 그는 고양이를 본 뒤, 건초더미에 무심코 검을 찔러보았다. 그러더니 자신의 조심스러운 짓이 우스웠는지 머쓱해했다. 건초더미에서는 아무런 움직임도 없었고 아이의 얼굴에는 아주 작은 감정도 드러나지 않았다.

특무장교와 병사들은 공연한 노력에 진이 빠졌고, 왔던 길로 되돌아갈 준비라도 하는 듯 벌써 들판 쪽을 심각한 눈으로 바라보고 있었다. 그때, 팔코네의 아들에게 협박이 아무 소용없다는 걸 깨달은 장교는 마지막으로 호의와 선물의 위력을 시도해보고 싶었다.

"꼬마야, 너 아주 똘똘한 녀석 같구나! 나중에 크게 성공하겠어. 하지만 버르장머리는 정말 없구나. 마테오를 화나게 할 거라는 걱정만 없다면, 설령 귀신한테 잡혀가더라도 네놈을 데려갈 텐데."

"쳇!"

"하지만 마테오가 돌아오면 모든 얘길 다 할 거고, 그러면 너는 거짓말한 대가로 피가 나도록 매를 맞을 거야."

"글쎄요?"

"두고 봐라……. 하지만 얘야…… 착하게만 굴면 내가 뭔가를 줄 수도 있어."

"아저씨, 제가 충고 하나 해드릴게요. 이렇게 꾸물대다간 자네토가 마키로 들어가버릴 거예요. 그렇게 되면 아저씨 정도로는 그 사람 찾는 일은 어림도 없을 거예요."

장교는 주머니에서 10에퀴(프랑스에서 과거에 쓰인 화폐. 프랑스혁명 전에 5프랑 은화를 에퀴라고 불렀는데, 구매력으로 환산하면 1에퀴는 현재의 20유로에 상당한다 ─ 옮긴이)는 되어 보이는 은시계를 꺼냈다. 시계를 보자 포르투나토의 눈이 반짝였고, 그 모습을 놓치지 않은 장교는 강철 시곗줄에 매달린 은시계를 내밀며 말했다.

"요 녀석! 이런 시계를 목에 걸고 포르토베키오 거리를 돌아다니고 싶지? 공작처럼 으스대면서 말이다. 그러면 사람들이 몇 시냐고 물어올 테고, 그러면 너는 '내 시계를 보세요'라고 대답하겠지."

"이다음에 어른이 되면 카포랄 아저씨가 저한테 시계를 줄 거예요."

"그래. 하지만 그분의 아들은 벌써 시계가 있던걸…… 사실 이것처럼 멋진 시계는 아니지만…… 걔는 너보다 더 어리던데."

아이는 한숨을 쉬었다.

"꼬마야, 어때? 이 시계 갖고 싶지 않아?"

시계를 곁눈질하는 포르투나토의 모습은 마치 통닭 한 마리를 눈앞에 둔 고양이 같았다. 놀린 걸 뻔히 알면서도 고양이는 감히 발톱을 들이대지도 못한 채, 유혹에 굴복하는 꼴을 드러내지 않으려고 이따금씩 눈을 돌려버린다. 하지만 매 순간 입술을 할짝거리며 주인에게 이렇게 말하는 듯하다. "아, 주인님의 장난은 너무 잔인해!'

그러나 장교 감바가 시계를 보여주는 태도에는 진지함이 느껴졌다. 포르투나토는 차마 손을 내밀지는 못하고 씁쓸한 미소를 지으며 물었다.

"왜 저를 놀리는 거예요?"

"그럴 리가! 놀리는 게 아니야. 자네토가 있는 곳만 말하면 이 시계는 네 거야."

포르투나토는 믿을 수 없다는 미소를 흘렸다. 그리고 검은 눈으로 장교의 눈을 뚫어지게 바라보면서 그 말에 담겨 있는 진정성을 읽어내려고 애썼다.

"약속한 대로 너한테 시계를 주지 않는다면 내 계급장을 떼 버리마! 여기 내 동료들이 증인이니 약속은 어길 수 없겠지."

이렇게 말하면서 그는 시계를 아이에게 가까이 또 가까이 가져갔고, 시계가 이제는 아이의 창백한 뺨에 닿을락 말락 했다. 포르투나토의 얼굴에는 시계를 갖고 싶다는 욕심과 도망자를 보호해주어야 한다는 생각 사이에서 갈등하는 마음이 고스란히 드러났다. 아이의 벗은 가슴이 크게 들썩였고, 거의 숨이 막혀가는 듯했다. 그러는 동안 시계는 흔들흔들 빙글빙글 돌면서 이따금 아이의 코에 부딪쳤다. 마침내 아이는 오른손을 조금씩 시계 쪽으로 들어 올렸다. 손가락 끝으로 시계를 만져보았다. 장교가 시곗줄 끝을 잡고 있었지만, 시계의 무게는 온전히 아이의 손안에 들어와 있었다. 문자반은 연푸른색이었고…… 케이스는 새것처럼 윤이 났다……. 햇빛 속에서 시계는 불타는 듯 보였다……. 유혹이 너무 강했다.

포르투나토는 마침내 왼손을 들더니, 어깨 뒤, 제 몸을 기대고 있는 건초더미를 검지로 가리켰다. 장교는 그 뜻을 금세 알아차렸다. 그는 잡고 있던 시곗줄을 손에서 놓아버렸다. 포르투나토도 그 시계가 제 소유가 되었음을 느꼈다. 그는 사슴처럼 재빨리 일어나 건초더미로부터 열 발짝 멀어졌다. 병사들은 곧바로 건초더미를 허물기 시작했다.

곧이어 건초더미가 움직이는 게 보였다. 한 사내가 피를 흘리며, 단검을 손에 들고 그 속에서 나왔다. 사내는 발을 딛고 일어서려 했지만, 출혈이 멈춘 상처 때문에 서 있을 수가 없었다. 그는 고꾸라졌다. 장교가 그에게 달려들어 단도를 빼앗았다. 사내는 저항했지만 곧 온몸이 꽁꽁 묶여버렸다.

바닥에 엎어져 나뭇단처럼 묶인 자네토는 포르투나토가 가까이 다가오자 고개를 들었다.

"너, 개 같은……!" 그가 분노보다 경멸을 담아서 말했다.

아이는 이제 자네토의 돈을 받을 자격이 없다고 느꼈는지, 그한테 받은 은화를 도로 던졌다. 하지만 도망자는 그런 행동에는 관심이 없어 보였다. 그는 장교에게 아주 침착하게 말했다.

"이보게 감바, 나는 걸을 수가 없어. 시내까지 나를 떠메고

가야 할 거야."

"좀 전까지만 해도 노루보다 빨리 달렸잖아." 잔인한 승리
자가 말했다. "가만히 있어. 널 붙잡은 게 너무 신나서, 등에
업고 5킬로를 달려도 힘들지 않을 거다. 나뭇가지와 네 외투
로 들것을 만들어 크레스폴리네 농장까지만 싣고 가면, 거기
서 말을 얻어 탈 수 있을 거야."

"좋은 생각이야." 자네토가 말했다. "이왕이면 들것에다 짚
을 좀 깔아주게. 좀 편하게 누울 수 있도록."

병사 몇이 밤나무 가지로 들것을 만드는 동안, 다른 병사들
은 자네토의 상처에 붕대를 감아주었다. 그때 갑자기 마키 쪽
으로 나 있는 오솔길 모퉁이에서 마테오 팔코네와 그의 아내
가 나타났다. 아내는 크고 무거운 밤 자루를 짊어진 채 굽은
허리로 힘겹게 걸어오고 있는 반면, 마테오는 한 손에 총을 들
고 어깨에 또 다른 총을 둘러메고는 유유히 걸어오고 있었다.
남자가 무기 말고 다른 짐을 드는 것은 체면을 떨어뜨리는 일
이었기 때문이다.

군인들을 본 마테오는 처음에는 자기를 잡으러 온 거라고
생각했다. 왜 그런 생각이 들었던 것일까? 마테오가 법에 어
긋나는 짓을 저지르기라도 했던가? 천만에. 그는 이 고장에서
평판이 좋았다. 그는 이른바 명망 있는 사람이었다. 하지만 그
는 코르시카인이자 산사람이었다. 지역을 잘 뒤져보면, 코르
시카의 산사람들 가운데 가벼운 죄, 이를테면 총질이나 칼질,

그 밖의 사소한 불법행위를 저지르지 않은 자가 거의 없었다. 마테오는 누구보다도 양심이 깨끗한 사람이었다. 십 년이 넘도록 사람을 향해서는 총 한 번 겨눈 적이 없었기 때문이다. 그럼에도 불구하고 그는 신중을 기했고, 필요할 때 자신을 지킬 수 있도록 방어 태세를 갖추었다.

"여보, 자루를 내려놓고 준비해." 그가 주세파에게 말했다.

그녀는 당장 그의 말에 따랐다. 그는 어깨에 메고 있던 총을 아내에게 건네주었다. 총 때문에 동작이 불편할 수 있기 때문이었다. 그는 손에 든 총을 장전한 다음, 길가에 늘어선 나무들에 바싹 붙어서 천천히 집 쪽으로 걸어갔다. 조금이라도 적대적인 기색이 보이면 가장 굵은 나무 뒤로 달려가 몸을 숨기고 총을 겨눌 생각이었다. 그의 아내는 여분의 총과 탄약 주머니를 들고 남편의 발꿈치를 바짝 쫓아 걸었다. 전투가 벌어졌을 때 남편의 총에 탄환을 재어주는 것이 좋은 아내의 임무였다.

저쪽에서는, 마테오가 그렇게 총을 앞에 들고 방아쇠에 손가락을 댄 채 신중한 걸음걸이로 다가오는 모습을 보고 장교는 몹시 괴로운 기분이 들었다.

'만일 마테오가 자네토의 친척이거나 친구라면……' 하고 그는 생각했다. '두 개의 총에 실린 총탄은 여기 있는 두 명을 명중시킬 거야. 우체통에 들어가는 편지처럼 확실하게. 그리고 우린 친척인데, 그런데도 나를 겨냥한다면……?'

당혹감 속에서 장교는 아주 대담한 결심을 했다. 마테오를 향해 자기 혼자 걸어가 오랜만에 만난 친구처럼 다가가서 자초지종을 털어놓기로 한 것이다. 그러자 자신과 마테오 사이의 그 짧은 거리가 끔찍할 정도로 길게 느껴졌다.

"어이! 잘 지냈나? 날세, 나 감바야. 자네 친척." 장교가 소리쳤다.

마테오는 아무 대꾸 없이 멈춰 섰고, 상대가 말을 하면서 다가올수록 천천히 총대를 세웠다. 그래서 장교가 그 앞에 이르렀을 때는 총구가 하늘을 향해 있었다.

"잘 있었나? 오랜만이군." 장교가 마테오에게 손을 내밀며 말했다.

"그래, 오랜만이야."

"지나가는 길에 인사나 할까 해서 들렀네. 페파(주세파의 애칭 – 옮긴이)한테도. 오늘은 하루가 아주 길었지. 하지만 피곤하다고 불평해선 안 될 것이, 굉장한 걸 얻었거든. 방금 자네토 산피에로를 붙잡았다네."

"다행이네요!" 주세파가 말했다. "그 사람은 지난주에 우리 양 한 마리를 훔쳐갔다니까요."

이 말은 감바를 기쁘게 했다.

"불쌍한 녀석! 배가 고파서 그랬겠지." 마테오가 말했다.

"그 불한당 놈이 사자처럼 곤경을 잘 빠져나갔어." 자존심이 좀 상한 장교가 말했다. "우리 부대원 한 명을 죽였고, 그걸

로도 모자라서 샤르동 하사의 팔까지 분질렀어. 하지만 그건 대수로운 게 아니야. 하사는 프랑스 놈이니까. 그런 다음에는 어찌나 잘 숨었던지 아무리 해도 찾을 수 없었다네. 꼬마 포르투나토가 아니었으면 결코 찾아낼 수 없었을 거야."

"포르투나토가?" 마테오가 외쳤다.

"우리 포르투나토가요?" 주세파가 따라 물었다.

"그렇다니까. 자네토가 저기 건초더미에 숨어 있었는데, 꼬마 친척이 알려주었지. 카포랄 어른에게 말해서, 포르투나토한테 상으로 좋은 선물을 보내주라고 해야겠어. 그리고 검사에게 보낼 보고서에 아이 이름과 자네 이름도 함께 올릴 생각이야."

"빌어먹을!" 마테오가 나지막이 중얼거렸다.

그들은 분견대가 있는 곳으로 걸어갔다. 자네토는 벌써 들것에 실린 채 출발할 준비가 되어 있었다. 그는 마테오가 감바와 함께 있는 걸 보고 경멸하는 미소를 지었다. 그리고 집의 출입문 쪽으로 고개를 돌려 문턱에다 침을 뱉으며 말했다.

"배신자의 집!"

여느 때라면, 죽음을 각오하지 않고는 마테오 팔코네에게 배신자라는 딱지를 붙일 수 없다. 그랬다가는 마테오에게 단 한 번의 멋진 칼솜씨로 응징을 당할 테니까. 그러나 지금 마테오는 고뇌하는 사람처럼 이마에 손을 얹었을 뿐 아무 동작도 취하지 않았다.

포르투나토는 아버지가 도착하는 걸 보고 집 안으로 들어갔다. 아이는 곧이어 우유 한 사발을 들고 눈을 내리깐 채 자네토 앞에 나타났다.

"저리 꺼져!" 자네토가 격한 목소리로 소리쳤다. 그러더니 기동대 병사 쪽으로 몸을 돌리면서 말했다. "마실 거 좀 주시오."

병사는 자신의 물통을 죄수의 양손 사이에 끼워주었다. 자네토는 좀 전까지 서로 총질을 하며 싸웠던 병사가 건네준 물을 마셨다. 그러고 나서 손을 등 뒤로 묶지 말고 가슴 쪽으로 묶어달라고 병사에게 부탁했다.

"좀 편하게 누워 가고 싶어서 그래요." 그가 덧붙여 말했다.

병사들은 그가 요구하는 대로 해주었다. 그러자 장교는 출발 신호를 내린 뒤, 마테오에게 작별을 고하고 들판 쪽으로 서둘러 내려갔다. 마테오는 아무 대꾸도 하지 않았다.

거의 십 분이 지나서야 마테오는 입을 열었다. 아이는 불안한 눈빛으로 어머니와 아버지를 번갈아 바라보았다. 아버지는 총대에 몸을 기대고 선 채, 격렬한 분노의 표정으로 아이를 노려보았다.

"참 잘하는 짓이다!" 마침내 마테오는 차분한 음성으로 말했다. 그를 알고 있는 사람에게는 무시무시한 목소리였다.

"아버지!" 아이는 눈물이 그렁한 채, 아버지 앞에 무릎을 꿇으려고 나아가며 소리쳤다.

그러나 마테오가 외쳤다.

"내 눈앞에서 없어져!"

그러자 아이는 그 자리에 멈춰 섰고, 아버지로부터 몇 발짝 떨어진 곳에서 꼼짝도 하지 않은 채 울음을 터뜨렸다.

주세파가 다가왔다. 그녀는 아들의 셔츠 주머니에서 빠져나온 시곗줄을 알아보았다.

"이 시계, 누가 주더냐?" 어머니가 엄하게 물었다.

"장교 아저씨가."

팔코네는 시계를 잡고 돌바닥에 힘껏 내던졌다. 시계는 산산조각이 나버렸다.

"여보, 이 아이가 내 자식이오?" 그가 말했다.

주세파의 갈색 뺨이 붉은 벽돌색으로 변했다.

"무슨 소리예요? 누구한테 하는 말씀이세요?"

"이 녀석은 배신을 저지른 족속의 첫아이오."

아이의 울음과 딸꾹질은 더욱 심해졌고, 마테오는 스라소니 같은 눈빛으로 여전히 아이를 쏘아보고 있었다. 마침내 그는 자신의 총대로 땅바닥을 쿵쿵 내리쳤다. 그런 다음 어깨에 총을 메더니, 포르투나토에게 따라오라고 소리를 지르고는 마키로 향하는 길로 들어섰다.

아이는 고분고분 따랐다.

주세파는 마테오를 뒤쫓아 달려가서 그의 팔을 잡았다.

"당신 아들이에요." 그녀는 떨리는 목소리로 말하면서, 남편의 마음을 읽으려는 듯 검은 눈동자로 남편의 눈을 뚫어지게 쳐다보았다.

"날 그냥 내버려둬." 마테오가 대답했다. "나는 이놈 아비야."

주세파는 아들을 안아주고 울면서 오두막 안으로 들어갔다. 그녀는 성모상 앞에 무릎을 꿇고 엎드려 열심히 기도했다. 그러는 동안 마테오는 오솔길을 이백 걸음쯤 걸어가서 작은 골짜기에 이르러서야 멈춰 서더니 그 아래로 내려갔다. 그는 총대로 땅바닥을 두드려 무르고 파내기 쉬운 곳을 찾아냈다. 그가 하려는 일에 알맞아 보였다.

"포르투나토, 저기 커다란 돌 옆으로 가서 서."

아이는 시키는 대로 했다.

"무릎을 꿇고 기도해라."

"아버지, 살려주세요, 아버지."

"기도하라니까!" 마테오가 무섭게 다시 말했다.

아이는 울면서 더듬더듬 사도신경을 외웠다.

아버지는 기도문 끝마다 큰 소리로 '아멘'을 외쳤다.

"네가 알고 있는 기도문이 그게 다냐?"

"아베 마리아랑 아주머니가 가르쳐준 호칭기도(가톨릭에서, 성모 마리아·예언자·천사·사도·주교·순교자·동정녀 등 여러 성인의 이름을 부르며 하는 기도 – 옮긴이)도 알아요."

"그건 아주 긴데…… 상관없다."

아이는 꺼져 들어가는 음성으로 호칭기도를 마쳤다.

"끝났냐?"

"아, 아버지, 자비를! 용서해주세요! 다시는 안 그럴게요! 자네토를 풀어주도록 카포랄 아저씨한테 열심히 간청할게요."

아이는 계속해서 말했다. 마테오는 총을 장전하고 아이에게 겨누며 말했다.

"하느님, 저 아이를 용서하소서!"

아이는 절망적인 노력으로 몸을 일으켜 아버지의 무릎을 붙잡으려고 했다. 하지만 시간이 없었다. 마테오는 곧바로 총을 쏘았고, 포르투나토는 그대로 쓰러져 죽었다.

시체에는 눈길 한 번 주지 않고, 마테오는 아들을 땅에 묻을 때 쓸 삽을 가지러 집으로 돌아가는 길에 들어섰다. 몇 걸음 안 가서 주세파와 맞닥뜨렸다. 그녀는 총소리를 듣고 놀라서 달려오던 중이었다.

"무슨 짓을 한 거예요?" 그녀가 소리쳤다.

"심판."

"아이는 어딨어요?"

"골짜기에. 내가 묻어줄 거요. 아이는 기독교인으로 죽었소. 미사곡을 부르게 했지. 사위 티오도로 비앙키한테 말해서, 우리 집에 와서 같이 살도록 합시다." ●

옮긴이 김석희

서울대학교 불문학과를 졸업하고 대학원 국문학과를 중퇴했으며, 1988년 《한국일보》 신춘문예에 소설이 당선되어 작가로 데뷔했다. 영어, 불어, 일어를 넘나들면서 『모비 딕』, 『월든』, 『위대한 개츠비』, 『삼총사』, 『어린 왕자』, 쥘 베른 걸작선집(20권), 『로마인 이야기』 등 많은 책을 번역했다.

사내만이 연출할 수 있는 비정의 미학

설령 죄를 짓고 쫓기고 있다 할지라도 자신에게 숨겨주고 돌봐주기를 청해오는 자가 있다면 이를 거부하지 않는 것이 유목민의 전통이다. 그 전통이 어떻게 코르시카의 율법으로 자리잡게 되었는지 모르지만, 이 「마테오 팔코네」를 이해하기 위해서는 먼저 그와 같은 '둔피처遯避處 제공의 의무'를 이해하지 않으면 안 된다. 문명사회에서는 오히려 범인은닉죄를 구성할 수도 있는 그 의무가 거기서는 사람값을 할 수 있는 최소한의 자격 같은 것이 되어 있다.

비록 열 살밖에 되지 않았으나 마테오의 아들 포르투나토도 그런 코르시카의 율법을 거의 본능적으로 숙지하고 있었다. 그런데도 은전 한 닢을 받고서야 범죄자 자네토를 숨겨주는 데서부터 벌써 포르투나토는 그가 앞으로 살아갈 세계의 율법과는 어긋나는 경향을 보여준다. 거기다가 장교의 은시계에 홀려 자네토를 내어줌으로써 그는 결정적으로 그 율법을 깨뜨리고 만다.

마테오 팔코네가 얼마나 아들을 사랑했는지는 이 작품에 직접적으로 드러나 있지 않다. 그러나 그의 아내가 내리 셋씩이나 딸을 출산한 뒤에야 낳은 아들이며 그 뒤 십 년이 지나도록 아이를 갖지 못해 결국은 유일한 아들이 되고 말았다는 점에서만 보더라도 그 아들에 대한 집착과 사랑을 짐작하기는 어렵지 않다. 또 열 살의 나이는 흔히 어떤 종류의 죄에서든 면책의 특권을 누릴 만하다.

그렇지만 이 씩씩한 사내 마테오는 자신들의 율법에 따라 끝내 아들을 처형하고 만다. 그 율법은 자신뿐만 아니라 아들도 일생 몸을 담고 살아야 할 코르시카의 문화와 정서가 만들어낸 삶의 원칙이다. 그가 용서한다 해도 그걸 어긴 아들의 남은 삶은 뻔하다. 설령 아들이 자신들의 율법과 맞지 않은 경향을 고친다 하더라도 이미 저질러진 일은 지워지지 않는 상처로 그의 남은 삶을 치욕과 고통에 빠뜨릴 것이다. 마테오 팔코네가 연출하는 비정非情의 미학美學 뒤에는 바로 그런 점을 헤아린 아비로서의 사랑이 자리하고 있지나 않은지.

「마테오 팔코네」는 사실주의의 대두 이후 자잘하고 심약해진 남자들과 그 일상적인 삶에서 일쑤 소재를 구해온 서구문학에 익숙해 있던 나에게 적지 않은 충격으로 다가온 작품이다. 자식을 쏘아 죽이는 아비가 겪어야 할 내면의 갈등을 한 줄 내비침 없이 얘기를 맺는 작가 메리메의 냉철함도 작품의 비장미를 더욱 인상적으로 만들었다. 감격무용론感激無用論을 주장한 메리메의 특징을 가장 잘 드러낸 작품이다.

작가 메리메는 양쪽 모두 화가인 부모와 『미녀와 야수』로 유명한 동화작가를 할머니로 둔 예술적인 가정에서 태어나 소설가로서뿐만 아니라 극작가, 역사가로서도 일가를 이룬 사람이다. 처녀작은 『클라라 가줄의 희곡집』이며 『샤를 9세 연대기』라는 역사소설로 문명을 높였다. 장편으로 『콜롱바』가 있고 괴기소설류도 여럿 있으나 가장 찬사를 받은 작품은 1830년에 발표한 「마테오 팔코네」를 비롯한 단편들이었다. 「카르멘」과 「이중의 오새」 등이 유명하며 단편집 『모자이크』는 그에게 천부적 단편작가라는 평판을 가져다주었다. 스탕달을 스승으로 모셔 프랑스 근대 리얼리즘의 선구자로 꼽힌다.

한편 프랑스 문단과는 일정한 거리를 두고 지낸 메리메는 세속적으로도 적지 않은 성취를 누린 것으로 보인다. 역사학, 언어학, 고고학 등의 연구로도 이름을 얻었고 제2제정 때는 나폴레옹 3세에게 중용되어 궁중을 드나들기도 했다. 그의 죽음도 프로이센·프랑스전쟁普佛戰爭에서 프랑스가 패배한 소식이 준 충격이 직접적인 원인이 된 것으로 전해질 만큼 그는 자기의 시대와 민족에 직접적으로 연결되어 있었다.

사카이 사건

堺事件

모리 오가이 지음

황요찬 옮김

모리 오가이

일본의 소설가이자 평론가. 1862~1922년. 본명은 모리 린타로이다. 나쓰메 소세키와 함께 근대 일본소설의 거장이자 메이지 정신의 화신으로 평가받고 있다. 젊은 시절의 경험을 소재로 한 자전적 소설에서, 자연주의, 사회적 갈등 등 다양한 주제를 간결하고 세련된 문체로 다뤘다.

일본 시마네 현 쓰와노 번에서 대대로 번주藩主의 시의侍醫를 맡아온 집안에서 태어나, 어려서부터 유교철학과 네덜란드어를 배우는 등 고등교육을 받았다. 1873년에 도쿄의학교(도쿄대학 의학부의 전신)에 입학해 팔 년 만인 1881년 19세의 나이로 졸업하며 최연소 졸업 기록을 세웠다. 이후 육군 군의관이 되어 1884년 선진 독일의학을 배우기 위해 유학을 다녀온다. 1889년 번역시집 『오모카게』를 선보여 당시 일본 근대시의 형성에 큰 영향을 끼쳤고, 1890년 독일 유학 경험을 바탕으로 한 대표작 『무희』를 시작으로 소설가로도 이름을 알리게 된다. 1894년 청일전쟁, 1904년 러일전쟁에 참전했고, 1907년 육군 중장에 해당하는 군의총감에 올라 군의관 최고 직책인 육군성 의무국장이 된다. 1916년 육군 퇴역 후에는 제실박물관장 겸 도서관장(현 도쿄국립박물관의 전신), 제국 미술원장 등을 역임했고, 1922년 폐결핵으로 사망했다.

一

　메이지明治 원년(1868)인 무진년戊辰年 정월, 도쿠가와 요시
노부가 이끄는 구舊 막부군이 후시미, 도바 전투에서 관군에
게 패해 오사카 성을 함락당하자, 도쿠가와 요시노부는 뱃머
리를 에도로 돌려 도주하였다. 그러자 구 막부의 지배하에 있
던 오사카, 효고, 사카이의 모든 관리들이 자신들의 직무를 버
리고 어디론가 잠적해, 이들 도시는 한때 무정부 상태에 빠졌
다. 이에 오사카는 사쓰마, 효고는 나가토, 사카이는 도사, 이
렇게 세 곳의 영주가 천황의 명령을 받아 관리하게 되었다. 사
카이에는 2월 초순에 도사의 제6보병대가 먼저 들어왔고, 이
어서 제8보병대가 들어왔다. 이들이 진지로 삼은 곳은 이토야
마을의 요리키 저택과 도우신 저택이었다. 그중 도사 진영은
사카이의 민정까지 맡아 처리해야 하는 등 업무량이 많아, 대
감찰관 스기 헤이타와 감찰관 이코마 세이지가 들어와 큰길
에 있는 구시야 마을의 옛 총회의소 자리에 군사감독부를 두
었다. 군사감독부는 가와치, 야마토 부근에 숨어 있던 구 막부
관리 일흔세 명을 찾아내, 전례에 따라 이들에게 다시 업무를
맡겼다. 장안은 곧 질서를 회복했고, 한때 폐쇄되었던 연극 공
연장인 기도도 오랜만에 다시 문을 열게 되었다.

　2월 15일의 일이었다. 프랑스 군사가 오사카에서 사카이로

오고 있는 것을 마을의 한 벼슬아치가 알아내 군사감독부에 알렸다. 요코하마에 정박하고 있던 외국 군함 열여섯 척이 셋쓰의 텐포 산 앞바다에 닻을 내리고 있었는데, 그중에는 영국, 미국 군함과 함께 프랑스 군함도 있었던 것이다. 대감찰관 스기는 제6, 제8보병대장을 불러, 야마토바시에 갈 것을 명하였다. 만약 프랑스 병사가 관의 허가를 받고 지나는 것이라면 사전에 외국 사무를 맡고 있던 전前 우와지마 영주인 다테이요무네키로부터 통지가 있었을 터인데, 아무런 연락도 없었다. 설령 아직 통지가 도착하지 않았다고 하더라도 내지內地를 다닐 때는 반드시 통행증을 소지하게 되어 있었고 이 통행증 없이는 내지의 어느 곳도 다닐 수 없게 되어 있었다. 스기는 이코마와 함께 직접 병사들을 이끌고 야마토바시에 진을 치고 기다렸다. 이때 프랑스 병사들이 나타났다. 그들이 데리고 온 통역인에게 통행증을 소지했는가 물었더니 없다고 대답했다. 이에 도사의 병사들이 길을 막고 돌아갈 것을 요구하자 프랑스군은 소수의 병력밖에 없었기 때문에 별다른 저항 없이 순순히 오사카로 물러났다.

같은 날 저녁 무렵, 야마토바시에서 돌아와 있던 보병대의 진지에 마을 사람들이 뛰어와 항구에 프랑스 수병이 상륙했다고 알렸다. 프랑스 군함은 항구에서 불과 1리 정도 떨어진 곳까지 와 스무 척의 거룻배에 수병을 태워 상륙시켰다. 두 보병대장이 부하들에게 출동 준비를 시키고 있을 때 군사감독부에서 출동하라는 명령이 하달되었다. 달려가 보니, 프랑스 수병들은 이렇다 할 소란은 피우지 않고 있었다. 하지만 신사神社 안 불각佛閣에 거침없이 들어가는가 하면, 민가에도 마구 들어가 부녀자들을 희롱하고 있었다. 본디 사카이는 개항장이 아니었던 탓에 이곳 사람들에게 있어 외국인은 낯선 존재였다. 따라서 프랑스 수병을 보고 기겁을 하고 달아나, 문을 걸어 잠그고 집 안에 숨는 이가 많았다. 두 보병대장은 잘 타일러서 배로 돌려보내려 했으나 이날따라 통역인이 함께 오지 않았다. 손짓 발짓으로 돌아가라고 해도 단 한 사람 듣는이가 없었다. 할 수 없이 두 대장은 그들을 진영으로 끌고 가라고 명령하였다. 병사들이 각기 가까이에 있던 프랑스 수병을 잡아 오라로 묶으려 하자 이들은 부둣가로 달아나기 시작했다. 그중 한 명이, 상가 앞 출입구에 걸어놓은 군기를 탈취해 달아났다.

두 대장은 병사들을 이끌고 뒤를 쫓았으나, 다리가 길고 뛰는 데 익숙한 프랑스인들을 따라 잡기란 좀처럼 쉬운 일이 아니었다. 뛰면서 보니 프랑스 수병들은 벌써 거룻배에 올라타려 하고 있었다. 이 당시 도사의 보병대에는 도비쇼쿠(토목·건축공사의 노무자. 에도시대에는 대개 소방수를 겸해 활동하였다 – 옮긴이)라는 사람들이 있었는데, 시내 순찰을 돌 때도 이들을 네댓 명씩 데리고 다니게 되어 있었다. 군기를 관리하는 것도 이들의 임무였는데, 이들 중 우두머리는 가장 중요한 기수旗手를 맡고 있던 우메요시라는 자였다. 한번은 에도에 화재가 난 적이 있었다. 이에 불을 끄기 위해 모두가 에도로 달려갔는데, 단 한 치도 뒤떨어지지 않고 말 뒤에 붙어 따라갔을 정도로 대단히 빠른 걸음의 소유자였다. 이 우메요시가 병사들 틈을 앞질러 나와 군기를 훔쳐 달아나던 프랑스 수병을 쫓기 시작했다. 어느 정도 가까워지자 그는 들고 있던 도비구치(막대기 끝에 쇠갈고리가 달린 소방 용구 - 옮긴이)를 내던졌다. 도비구치는 바람을 가르며 날아가 수병의 정수리에 정통으로 명중했다. 외마디 비명을 지르며 뒤로 벌렁 넘어진 수병에게서 우메요시는 군기를 다시 빼앗아 들었다.

거룻배에서 대기하고 있던 프랑스 수병들은 이를 보고 권총으로 일제히 사격하기 시작했다.

두 대장은 순간적으로 응사할 것을 결심하고 병사들에게 발포를 명령하였다. 기다렸다는 듯이 병사들은 칠십여 정의 총구를 나란히 세워 상륙병들을 태우고 있던 거룻배를 향해 쏘기 시작했다. 프랑스 수병 여섯 명이 총에 맞고 쓰러졌다. 부상을 입고 바다로 떨어진 자도 더러 있었다. 총에 맞지 않은 자들도 급히 물속으로 뛰어들어 모두 한 손으로 뱃전을 잡고 발로 파도를 차 배를 저어갔다. 총알이 날아오면 물속에 몸을 잠갔다가, 이내 다시 떠올라 바닷물을 토해냈다. 거룻배는 점차 멀어져갔다. 프랑스 수병 사망자는 총 열세 명이었는데 그중에는 하급장교 한 사람도 포함되어 있었다.

이때 스기가 달려와 사격을 중지시키고 진지에 돌아가 있을 것을 명령하였다. 두 부대가 진지에 돌아와 보니, 군사감독부에서 두 대장을 소환하러 와 있었다. 스기는 왜 상관의 명령을 기다리지 않고 발포명령을 내렸느냐고 두 사람을 나무랐다. 이에 두 사람은 워낙 화급을 다투는 일이라서 명령을 기다릴 수 없었다고 변명하였다. 물론 총을 쏜 것은 프랑스군이 먼저였고, 도사군은 이에 응전했을 뿐이었다. 하지만 도사의 병사들은 사실, 애초부터 프랑스군에 대해 좋지 않은 감정을 품고 있었다. 그것은 도사인들이 마쓰야마 영지를 토벌하기 위해 관군을 상징하는 깃발을 천황에게 받아들고 고향으로 호송하던 중에 일어난 일이었다. 이들은 도중에 고베를 지나게 되었는데, 이곳에서 마주친 프랑스인들이 이들 일행을 가로막고 조정과 막부의 화친을 위해서라는 이유를 들먹이며 깃발을 빼앗으려 한 적이 있었기 때문이다.

스기는 어차피 이렇게 된 이상 잘잘못을 따져봐야 소용없는 일이고, 또 언제 프랑스 군함에서 기습공격이 있을지 모르니 단단히 방어 태세를 갖추고 있을 것을 두 사람에게 지시했다. 그리고 사건 전말의 보고를 위해 이코마를 외국사무계로, 하급감찰관 한 사람을 교토 진영으로 보냈다.

불과 2개 소대로 군함을 막으라는 스기의 지시에 두 보병대장은 어이가 없었다. 두 사람은 궁리 끝에 해안에는 척후병을 내보내고, 포대砲臺에는 두 소대에서 몇 명씩 뽑아 교대로 보내 지키기로 하였다. 이때 막부의 패잔병 수십 명이 몰려와 간청하였다.

"만일 프랑스 군함이 쳐들어온다면 저희들도 함께 싸우게 해주십시오. 포대에는 도쿠가와 막부 시절에 설치해놓은 대포가 서른여섯 문이 있사온데, 지금은 기시와타의 영주이신 오카베 치쿠젠노카미나가히로 나리께서 맡고 계시옵니다. 저희들은 그 대포로 싸우겠습니다. 두 대장님께서는 상륙해오는 놈들을 쳐주십시오."

두 대장은 이들을 포대에 두기로 하였다. 이때 기시와타 진영에서도 포대에 병사를 파견해주었고, 망원경으로 효고 방면을 감시해주기까지 했다.

밤이 되자 항구에 프랑스 거룻배가 나타났다는 연락이 왔다. 그러나 그 배의 숫자는 대여섯 척에 지나지 않았는데, 상륙하지 않고 모두 돌아갔다. 프랑스 수병의 시신을 찾으러 온 모양이었다. 실제로 시신 몇 구를 찾아내 배에 싣고 돌아간 것 같다고 말하는 이도 있었다.

16일 새벽 무렵 외국사무계의 지시로 도사는 사카이 외각의 경계를 풀고 군대를 철수하게 되었다. 군사감독부는 이어서 두 대장에게 오사카 진영으로 철수해 있을 것을 명하였다. 두 대장은 명을 받자마자 바로 사카이를 떠날 채비를 서둘렀다. 스미요시를 지나 오사카 미이케 6가에 위치한 도사 진영

관할 상가에 도착한 것은 오후 두 시경이었다.

사카이의 군사감독부에서 외국사무계로 보고하러 간 이코마 세이지는, 그저 사건의 경위만 대충 질문 받았을 뿐이었다. 이어서 외국사무계에서는 사카이에 있는 군사감독부 감찰이나 보병대장 중 한 사람이 출두할 것을 명하였다. 지시에 따라 스기가 출두하니, 오사카의 이시가와 이시노스케가 올린 사카이 사건의 보고서를 돌려주며, 더욱 상세하게 다시 써서 제출할 것을 지시했다. 스기는 일단 보고서를 돌려받은 뒤 두 대장의 서명이 적힌 보고서를 제출했다. 그리고 앞으로 심문할 사항이 더 있으면 본인들을 직접 출두시켜 심문해달라고 덧붙였다. 17일에는 전날의 회의 끝에 교토의 도사 진영에서, 원로 신하인 야마우치 하이토, 대감찰관 하야시 가메요시, 감찰관 다니 도모, 그리고 하급감사관 몇 명과 나가오 다로 무관이 이끄는 교토 주둔부대가 오사카로 파견되었다. 이들 일행은 밤이 돼서야 오사카에 도착했는데, 도착 즉시 대감찰관 하야시의 명령으로, 스기, 이코마와 두 보병대장은 나가호리의 도사 영저로 옮겨졌다.

18일에는 나가오 다로 무관을 보내, 두 대장에게 근신 처분을 내리고, 부하들의 외출을 금지시켰다. 두 대장은 이 사건의 책임은 자신들에게 있다면서, 단지 자신들의 명령을 따르기만 한 부하들에게는 아무런 잘못이 없다고 나가오에게 선처를 호소하였다. 두 대장의 부하들은 소대장 이케노우에 야사키치와 오이시 간키치를 대표로 보내, 근신 처분을 받고 있는 두 대장과 면회할 수 있게 해달라고 부탁하였다. 두 대장은 부하들과 만나 나가오에게 요청한 내용의 취지를 설명하였다.

이때 교토에서 도사 진영의 보병 3개 소대가 도착해, 나가호리의 진영을 굳건히 지키며, 사람들의 출입을 엄중히 검문하게 되었다.

이어서 전前 도사 영주 야마우치 도요시게의 대리인으로서 원로신하 후카오 가나에가 대검찰관 고미나미 고로우에몬과 함께 도착하였다. 이것은 오사카에 정박하고 있던 프랑스 군함 비너스호에 체류 중이던 프랑스 공사公使 레옹 로슈가 외국사무계에 손해보상 교섭을 요구해왔기 때문이었다. 공사의 요구는 즉시 조정회의에서 받아들여졌다. 이들이 제시한 요구사항은 이런 것들이었다. 첫 번째는 도사 영주가 비너스호로 와서 직접 사과할 것, 두 번째는 교섭 문서가 교토에 도착한 후 3일 이내에 사카이에서 도사의 군대를 지휘한 장교 두 사람을 포함해 프랑스군을 쏜 부대의 병사 스무 명을 프랑스군을 쏜 지역에서 사형에 처할 것, 그리고 세 번째 요구로 도사 영주는 살해당한 프랑스군의 가족들에게 위자료로 15만 달러를 지불할 것, 이렇게 세 가지였다. 이러한 프랑스의 요구를 처리하기 위해서는 당연히 영주가 직접 와야 하지만 마침 병에 걸려 있어 원로 신하 후카오를 대리인으로 보낸 것이었다.

후카오를 따라온 하급감사관은 제6, 제8보병대의 병사 칠십삼 인을 한 사람씩 불러내 사카이에서 총을 쏘았는지 아닌지 여부를 심문하였다. 이 심문은 마치 모든 병사들의 용기와 비겁함을 시험해보는 것처럼 되었는데, 병사들이 대답한 하나하나는 인간의 약점이 그렇게 답하게 만든 것이었다. 아무도 비겁하다고 비난할 수 없을 것이다. 심문 결과, 쏘았다고 대답한 자가 스물아홉 명이었다. 제6보병대에서는 대장 미노우라 이노키치, 소대장 이케노우에 야사키치, 병사 스기모토 고우고로, 가쓰가세 산로쿠, 야마모토 데쓰스케, 모리모토 모키치, 기타시로 겐스케, 이나다 간노조, 야나세 조우시치, 하시즈메 아이헤이, 오카자키 사카에효우에, 가와타니 긴타로, 오카자키 다시로, 미즈노 반노스케, 기시다 간페이, 가도타 다카타로, 구스세 호지로였고, 제8보병대에서는 대장 니시무라 사헤이지, 소대장 오이시 간키치, 병사 다케우치 다미고로, 요코다 신고로, 도이 하치노스케, 가키우치 도쿠타로, 가네다 도키지, 다케노우치 야사부로, 사카에다 지우에몬, 나카시로 준고로, 요코다 세이지로, 다마루 유우로쿠로였다. 쏘지 않았다고 답한 자는 제6보병대에서 병사 하마다 도모타로 이하 스무 명, 제8보병대에서 병사 나가노 미네키치 이하 스물한 명, 합계 마흔한 명이었다.

19일이 되어 사격하지 않았다고 답한 자들은, 밤이 되어 미이케 6가의 상가로 이송되어 준비가 되는 대로 귀향하라는 지시를 받았다. 이에 비해 쏘았다고 대답한 병사들은 총기와 탄약을 반납하고, 관리라는 명목하에 전에 오사카에서 파견된 포병부대의 감시를 받게 되었다. 그리고 제6보병대는 종전대로 나가호리 진영으로, 제8보병대는 니시 진영으로 이송되었다.

20일에 사격하지 않았다고 답한 자들은 나가호리 진영 앞에 마련된 배를 탔다. 나중에 이 사람들은 마루카메를 지나, 기타야마를 거쳐 도사로 돌아왔다. 그리고 며칠간은 외출금지령이 내려졌으나 곧 평상시와 다름없는 생활을 할 수 있게 되었다. 쏘았다고 대답한 병사들의 거처에는 하급감사관이 포병대 사병들을 데리고 와 허리춤에 찬 칼을 모두 압수하였다. 이들의 귀에도 사형당할 것이라는 소문이 이미 들어가 있었는데, 개중에는 손을 묶인 채 칼을 받아 개죽음을 당하느니 차라리 프랑스 군함에 쳐들어가 싸우다 죽겠다는 이도 있었다. 이 말을 들은 제8보병대의 도이 하치노스케가 무모하다며 병사들을 말렸는데, 심지어는 모두가 서로 찔러 죽자는 이도 있었다. 이때 마침 칼을 압수하러 왔다. 병사들 중 몇 명은 지금 죽지 않으면 이제 마음대로 죽을 수도 없을 것이라며 당장이라도 일을 저지르려고 하였다. 역시 같은 제8보병대의 다케우치 다미고로가 만류하며, 내게 생각하는 바가 있으니 지시대로 따르는 게 좋을 거라며 이들을 말렸다. 그러고는 방바닥에 '내 짐 속에 단도 두 개가 있다'고 손가락으로 썼다. 결국 모두 칼을 건네주고 말았다.

22일에 대감찰관 고미나미가 와서 제6, 제8보병대 병사들에게, 곧 영감마님의 분부가 있을 터이니 모두 큰 방으로 모이라고 전했다. 영감마님이라 함은 야마우치 도요시게가 재산, 권력 등 영주의 자리를 현 도사 영주 야마우치 도요노리에게 물려준 후 스스로를 요우도容堂라고 칭한 때부터의 호칭이었다. 대장과 소대장 네 명을 제외하고, 병사 스물다섯 명이 큰 방에 모여 앉았다. 이윽고 고미나미와 그의 관리들도 와서 자리에 앉았다. 그러고 나서 정면의 금빛 맹장지(방과 방 사이에 둔 두꺼운 종이를 바른 문 - 옮긴이)가 열리더니 후카오가 나왔다. 모두 일제히 엎드렸다.

후카오는 "이 일은 영감마님께서 친히 분부하셔야 할 일이지만, 마침 병이 깊으신지라 이 몸이 대신 전하겠노라. 이번 사카이 사건과 관련된 일련의 사태에 대한 책임으로 프랑스 측은 우리 병사 스무 명의 목숨을 조정에 요구해왔다. 이에 우리 영감마님께서도 몹시 가슴 아파하고 계신다. 자, 사정이야 어찌 되었건 여러분 모두 순순히 목숨을 바치라는 분부이시다"라고 한 후 다시 일어나 안으로 들어갔다.

다음에 고미나미가 영주 도요노리의 명을 전하였다.

"이번에 목숨을 바쳐야 할 스무 명은 누구를 살려주고 누구를 죽여야 할지 모르겠다. 모두 이나리 신사로 가서 신께 절하고 제비뽑기로 생사를 결정함이 좋을 것이다. 흰 제비를 뽑은 사람은 살려주겠다. 하지만 상재上裁(천황 등 높은 사람으로부터의 분부 – 옮긴이)를 받을 제비를 뽑은 사람은 사형에 처해진다. 그럼 지금부터 신사에 가서 참배하도록 하여라."

스물다섯 명은 영주 댁에서 물러나 이나리 신사로 갔다. 신단의 방울 아래 고미나미가 제비를 갖고 와서 앉았다. 그의 오른쪽에는 감찰관 하나가 와서 앉았고, 계단 앞에는 하급감사관 두 명이 병사들의 명부를 가지고 와서 섰다. 신단 앞에서 수십 보 떨어진 곳에는 교토에서 온 포병대와 보병대가 정렬해 있었다. 고미나미가 신호를 보내자 하급감사관이 명부를 펴고 스물다섯 명의 이름을 한 사람씩 부르기 시작했다. 이름이 불린 사람은 앞으로 나가 제비를 뽑아 펴본 후 그것을 다시 하급감사관에게 건네주었고, 하급감사관은 뽑은 제비의 내용을 확인하였다. 마침 이때 신사에 참배하러 온 사람들은 처음에는 무슨 영문인지 몰라 모두 어리둥절했다. 나중에야 제비뽑기를 하는 연유를 알고 모두 크게 감동했으며, 그들 중에는 울기까지 하는 사람도 있었다.

상재 받을 제비를 뽑은 사람으로, 제6보병대에서는 스기모토, 가쓰가세, 야마모토, 모리모토, 기타시로, 이나다, 야나세, 하시즈메, 오카자키, 가와타니, 이렇게 열 명이 나왔고, 제8보병대에서는 다케우치, 요코다, 도이, 가키우치, 가네다, 다케노우치가 나와 모두 열여섯 명이 결정되었다. 여기에 보병대장과 소대장 각 두 명씩을 합쳐 스무 명이 되었다. 흰 제비를 뽑은 사람은 제6보병대에서 오카자키 다시로 이하 다섯 명이었고, 제8보병대에서는 사카에다 지우에몬 이하 네 명이었다.

제비뽑기가 끝나고 모두 다시 진영으로 돌아왔을 때, 흰 제비를 뽑은 병사들 중 제8보병대의 사카에다 지우에몬 이하 네 명, 즉 사카에다, 나카시로, 요코다, 다마루가 함께 이름을 써 상소문을 올렸다. 자신들은 제비뽑기에 의해 생사가 두 갈래로 갈리게 되었으나, 처음부터 운명을 같이하기로 한 몸들이니, 우리도 모두 상재 받을 제비를 뽑은 것과 마찬가지로 치고 처벌을 내려달라는 것이었다. 하지만 상소문은 스무 명이라는 인원이 정해져 있다는 이유로 받아들여지지 않고 그대로 각하되었다.

상재제비를 뽑은 열여섯 명의 병사들은 미노우라, 니시무라 두 대장과, 이케노우에, 오이시 두 소대장과 함께 본영에 유치되었다. 흰 제비를 뽑은 자들은 곧 병적에서 제외되었으며, 도사 진영 부대에 맡겨져 별실에 갇히고 말았다. 며칠 후에 이들에게 사카이에서 배에 가두어 귀향시키라는 연락이 왔다. 하급감사관이 이들과 동행, 고향에 돌아와 각자 친척들에게 맡겨졌으나, 이들에게는 얼마 안 있어 특별한 사항은 없다는 지시가 전해져왔다.

이날 밤 상재제비를 뽑은 병사들 모두는 고향에 계신 부모형제나 가까운 친척 그리고 친구들에게 보낼 유서를 쓴 뒤, 머리를 잘라 유서 안에 말아 넣어 하급감사관에게 건네주었다.

그때 진영을 지키고 있던 제5소대의 사관이, 술과 안주를 들고 마지막 작별인사를 고하러 왔다. 보병대장과 소대장은 열여섯 명의 병사들과 따로 상을 받았다. 밤이 깊어지자 병사들 열여섯 명 중 한 사람을 제외하고는 모두 술에 취해 곯아떨어지고 말았다.

그들 중 술을 마시지 않고 있던 제8보병대의 도이 하치노스케는, 다른 동료들이 모두 코를 골며 자고 있는 것을 보고 갑자기 외쳐댔다.

"이것들 봐, 내일이 어떤 날인지 알고들 있는 거야! 모두 앉아서 죽을 작정이야! 목이 날아가도 좋단 말이야!"

누군가 볼멘소리로 대꾸했다.

"시끄러워! 내일이 어떤 날인지 아니까 이렇게 푹 자두는 거야!"

이 사내는 채 말이 끝나기도 전에 다시 코를 골기 시작했다.

도이는 제6보병대 소속 스기모토의 어깨를 붙잡고 흔들어 깨웠다.

"이봐, 다른 녀석들은 몰라도 자네는 알겠지! 어째서 내일 우리가 죽어야 하는 건가! 목이 날아가도 좋은가!"

스기모토는 자리에서 벌떡 일어났다.

"음…… 그래, 자네 말이 맞네. 잘 때가 아니야. 모두 깨우세!"

두 사람은 모두를 깨우기 시작했다. 깨워도 일어나지 않는 사람은 어깨를 잡고 온몸을 마구 흔들어 깨웠다. 모두 잠에서 깨어나 두 사람이 하는 말을 들었다. 두 사람의 말에 누구 하나 찬성하지 않는 사람이 없었다. 죽는 것은 두렵지 않았다. 그것은 군인이 되어 고향을 떠나던 날부터 이미 각오하고 있었다. 그러나 치욕스럽게 죽고 싶지는 않았다. 이에 모두는 반드시 할복자살하자고 의견을 모았다.

열여섯 명은 모두 의관을 갖추었다. 그리고 보초에게 가서 드릴 말씀이 있으니, 행정 사무관님을 만나게 해달라고 청하였다.

보초는 안으로 들어가 상의하고 나오더니 이렇게 대답했다.

"미안하지만 그것은 곤란하네. 자네들 모두는 추방당해 쫓겨온 몸들이 아닌가. 게다가 이런 야심한 시간에 몰려와 행정 사무관님을 만나게 해달라니, 도저히 안 되겠네."

열여섯 명의 병사들은 모두 분개하였다.

"이런 괘씸한 놈을 보았나. 쫓겨났다고? 우리들은 이 나라를 위해 내일이면 이 한 목숨 바칠 몸들이다. 연락하기 싫다면 더 이상 부탁하지도 않으마. 어서 비켜라. 우리가 직접 찾아뵙고 말씀드리겠다."

이때 안쪽에서 말소리가 들렸다.

"모두들 잠시 기다려라. 중역들이 자네들을 만나주겠다."

맹장지를 열고 나온 것은, 고미나미, 하야시 그리고 하급감사관 몇 명이었다.

병사들 모두가 절을 한 후, 다케우치가 입을 열었다.

"저희들은 모두 조정의 명령에 따라 이 한 목숨 바치기로 결심하고 있습니다. 하지만 사카이에서 있었던 일은 상관의 명령을 받고 행한 것뿐이옵니다. 그것을 범죄라고 인정할 수는 없습니다. 따라서 사형이라는 처벌은 받아들이기 힘듭니다. 하지만 무슨 일이 있어도 사형이라는 처벌을 내리셔야 한다면, 저희들이 사형에 처해지는 그 죄명을 알고 싶습니다."

이야기를 듣고 있던 고미나미의 이맛살은 점점 찌푸려졌다. 이번에는 도이가 입을 열어 말을 하기 시작했고, 고미나미는 그의 말이 끝나기를 기다렸다가 병사들 모두를 무섭게 쏘아보았다.

"닥치지 못할까! 아무런 잘못도 없는데 상부에서 너희들을 사형에 처한단 말이냐! 보병대장이 잘못된 명령을 내렸고, 너희들 또한 잘못된 행동을 했기에 마땅한 조치가 내려진 것이 아니더냐!"

다케우치는 조금도 굽히지 않았다.

"아니옵니다. 그 말씀은 대감찰관으로서 하실 말씀이 아니라고 생각합니다. 병사가 상관의 명령에 따라 행동함에는 옳고 그름이 없는 것입니다. 상관이 쏘라고 명령했기에 저희들은 쐈을 뿐이옵니다. 명령이 내려질 때마다 옳고 그름을 생각한다면 어찌 적과 싸울 수 있겠습니까?"

다케우치 등 뒤에서 한두 사람이 무릎을 꿇어 세운 채 앞으로 나왔다.

"사카이에서의 저희들의 행동에는 공은 있되 아무런 죄도 없다고 저희 모두 확신하고 있습니다. 대감찰관님께서는 저희들이 어떤 죄에 해당한다고 생각하십니까? 원컨대 보다 더 상세히 알려주시기 바라옵니다."

"저희들도 납득하기 어렵사옵니다!"

"저희들도 그렇습니다!"

일순 장내의 분위기가 험악해지기 시작했다.

고미나미는 얼굴색을 누그러뜨리며 말했다.

"음…… 그래, 아까는 내가 실수를 한 것 같군. 우선 안에 들어가 상의를 해보고 답할 터이니, 잠시들 기다려주게."

이렇게 말하고 자리에서 일어나 안으로 들어갔다.

모두 안쪽을 주시하며 기다리고 있었으나, 고미나미는 좀처럼 나올 기색을 보이지 않았다.

"어떻게 된 거지?"

"무슨 일이 있을지 모르니 방심하지 말게나."

장내는 점점 술렁이기 시작했다.

잠시 후 고미나미가 다시 나왔다. 그리고 몹시 비장한 태도로 이렇게 말했다.

"조금 전의 너희들 뜻을 후카오 님에게 아뢰었다. 이에 대한 분부를 내릴 테니 모두 잘 듣거라. 사실 이번 일에 대해서는 영주 부처 두 분 모두 매우 가슴 아파하고 계신다. 영주님은 병환 중이신데도 불구하고 그 몸을 이끌고 오사카까지 가셔서, 직접 프랑스 군함에 사과까지 하시고 돌아오셨다. 너희들, 치욕을 당하느니 차라리 죽음을 택하겠다고 했던가? 좋다. 이제부터 지시를 내리겠으니 모두들 잘 듣고 명 받은 대로 순순히 행동함이 좋을 것이다. 이번 사카이 사건에 대해서는, 외국과의 교류를 일신, 더욱 활성화시키려는 조정의 의지도 있음에, 공법에 의거 처리하려 한다. 즉 내일 너희들이 사카이에서 할복할 것을 허락하는 바이다. 이 모든 조치가 황국을 위함인 것을 알고 고맙게 받아들이거라. 또한 내일은 여러 고관대작 분들과 외국 공사도 자리에 오신다 하니, 부디 우리 황국의 기개를 떨쳐 보일 수 있도록 각오해주기 바란다."

고미나미는 명령서를 꺼내보며 이렇게 말했다. 여기서 영주님이라 함은, 야마우치 도요노리를 지칭하는 것이었다.

열여섯 명은 서로 얼굴을 마주 보며 기쁨을 감추지 못했다. 다케우치는 모두를 대표해서 대답했다.

"은혜로우신 분부 감사히 받겠습니다. 이에 대해 지금 한 가지 부탁드리고 싶은 것이 있습니다. 이것은 절차를 밟아 감사관에게 신청함이 당연한 순서이겠지만, 때마침 중역분들도 자리에 계시고 하니 저희들은 이것을 이승에서의 마지막 추억으로 여기고 직접 말씀드리겠습니다. 조금 전 분부를 듣고 보니, 영주님께서도 저희들의 미충을 잘 헤아려주시고 계신 것으로 생각됩니다. 그렇다면 저희들이 지금 말씀드리고 있는 것들은 모두 유언과 마찬가지일 것이며, 또한 이 세상에서의 마지막 간청이 될 것입니다. 저희들의 마지막 간청은 모두가 무사의 신분으로 대접받을 수 있도록 해주십사 하는 것입니다. 그뿐입니다. 꼭 허락해주시기 바랍니다."

고미나미는 잠시 생각해본 후 말했다.

"할복을 허락받았으니, 우선은 당연한 요구라고 생각한다. 일단 상의해본 후 다시 알려줄 테니 잠시 기다리거라."

이렇게 말한 후 다시 자리에서 일어났다.

얼마 후 이번에는 하급감사관이 나왔다.

"상의 끝에 너희들 모두에게 무사 신분을 부여하기로 매우 파격적인 결정을 내렸다. 이에 따라 너희들에게 비단옷 한 벌씩을 하사하기로 하였느니라."

하급감사관은 말을 마치고는 결정 내용이 적힌 종이를 건네주었다.

병사 모두는 이 종이를 받아 들자마자, 오늘 밤에 있었던 모든 것을 알리러 대장과 소대장이 있는 곳으로 몰려갔다.

이때 대장과 소대장들은 경비대 장교들에게 술을 대접받고 거나하게 취해 자고 있었는데 부하들이 찾아오자 바로 일어나 모두를 반겨 맞았다. 열여섯 명의 병사들은 대장, 소대장과 떨어진 이후 오늘까지 단 한 번도 만날 기회가 없었다. 하지만 지금은 대감찰관과 담판을 벌인 보람이 있어 할복자살을 허락받은 데다가, 무사로서의 대접까지 받을 수 있게 되었기에 그들의 행동을 제지하는 자가 아무도 없었다. 따라서 이전에는 출입이 자유롭지 못했던 이곳을 지금은 간단히 출입할 수 있었다.

대장과 소대장은 부하들에게서 자초지종을 듣고 크게 기뻐하였다. 그러면서도 가슴 한편이 저려오는 것을 어쩌지 못했다. 대장과 소대장, 이렇게 네 명은 이미 자신들의 죽음을 각오하고 있던 터였지만 무려 스무 명이나 되는 병사들의 목숨을 프랑스 측에서 요구해왔다는 사실은 전혀 금시초문이었다. 오늘 부하들을 만나 비로소 이러한 열여섯 명의 운명을 알게 되었고, 이를 비통히 여겼던 것이었다.

그러면서도 한편으로는 열여섯 명 모두가 할복할 수 있도록 허락받았으며, 또한 무사 신분으로 지위가 올라간 것을 기뻐했다. 대장, 소대장 네 명과 열여섯 명의 병사들은 아직 날이 샐 때까지 시간이 있으니 한숨 자두자며 각자의 거처로 가 잠자리에 들었다.

23일은 맑게 갠 날이었다. 사카이로 떠나는 스무 명의 호송을 맡은 약 삼백 명의 병사들이 호소카와 엣추우노카미요시유키의 진영인 구마모토, 아사노 아키노카미시게나가의 진영인 히로시마에서 파견되어 이날 동틀 무렵 나가호리의 도사 진영에 도착했다. 영주는 진영 안에서 병사들에게 술과 고기를 베풀었다. 두 보병대의 대장과 소대장들은 새로 지은 옷을 입고 있었으며, 나머지 열여섯 명은 어젯밤에 받은 비단옷을 몸에 감고 있었다. 원래 칼은 진영 안에서는 소지할 수 없게 되어 있었다. 따라서 할복장에 가서나 칼이 건네질 것이었다.

술과 고기로 배를 채운 이들은 모두가 굽 높은 나막신을 덜거덕거리며 진영을 나섰다. 진영 앞에는 호소카와, 아사노 두 영주가 마련한 스무 기의 가마 행렬이 이들을 기다리고 있었다. 병사들은 이들에게 예를 차린 후 가마에 올라탔다. 그러자 행렬담당이 나와 가마 행렬을 정렬하기 시작했다. 선두에는 두 영주의 말단 관리 몇 명이 서고, 바로 뒤에는 병졸 몇이 따르고 있었다. 이어서 호소카와 영주의 교섭담당자 바바히코우에몬, 같은 진영 소속의 대장 야마가와 가메타로, 아사노 영주의 중역 와타나베 기소 이렇게 세 명이 섰다. 이들은 전투모를 쓰고 깡충한 바지 차림으로 말에 올라타 창을 곧추세우고 있었다. 다시 그 뒤를 병졸 몇이 따르고, 이어서 대포 두 문이 줄을 지어 따라갔다. 그다음이 가마 스무 기의 행렬이었다. 착검한 병졸들이 가마 한 기마다 여섯 명씩 붙어 섰다. 가마 스무 기의 앞뒤는 마찬가지로 착검한 총을 든 병졸들이 에워싸고 있었다. 그 가마 행렬 맨 뒤에는 총을 멘 기마병 둘이 따르고 있었다. 그리고 다시 두 영주가 보낸 초롱 열 개가 높이 걸려 있었으며, 다음에는 두 영주의 사병 백여 명이 뒤를 이었다. 이 행렬 뒤에 약간 거리를 두고 도사 진영의 중신을 비롯한 수백 명이 줄 지어 따르고 있었는데, 이 행렬의 길이는 무

려 다섯 정丁(1정은 미터법으로 환산하며 약 109미터에 해당한다 – 옮긴이)
에 이르렀다.

나가호리를 출발해 얼마쯤 갔을 때 야마가와 가메타로가
가마로 다가와 한 사람 한 사람에게 인사를 건넨 후, 미노우라
의 가마로 와 이렇게 말했다.

"좁은 가마 안에서 정말 욕보시는군요. 게다가 갈 길이 먼데
이렇게 발까지 치고 있어 몹시도 답답하시겠어요. 발을 걷어
드릴까요?"

미노우라는 "이렇게 호의를 베풀어주셔서 감사합니다. 괜
찮으시다면 그렇게 해주시겠습니까?"라고 답했다.

그래서 가마의 발은 모두 걷어 올려졌다.

어느 정도 행렬이 앞으로 나간 뒤, 야마가와가 다시 가마 하
나하나에 다가가 이렇게 말했다.

"다과를 준비했으니, 드실 분은 말씀하시기 바랍니다."

병사 스무 명에 대한 대접은 하나하나가 매우 극진하면서
도 정중하였다.

언젠가 제6, 제8보병대는 스미요시신케이 마을이란 곳에서
민가에 묵으며 군사훈련을 한 적이 있었는데, 이곳에 가마 행
렬이 이르자 소식을 듣고 길가에 나와 기다리고 있던 마을 사
람들은 병사들을 맞으며 이들의 운명을 슬퍼하였다. 사카이
에 들어서는 입구 길 양편에는 마을 사람들이 구름 떼처럼 모
여들어 있었는데, 그중에는 이들의 운명을 슬퍼해 흐느껴 우

는 이들도 적지 않았다. 또 사람들 사이를 헤치고 가마로 뛰어나와 호송 중이던 병졸들에게 호통을 치는 사람도 있었다.

할복할 장소로 정해진 곳은 묘우코쿠지妙國寺였다. 절 입구에는 국화 문양이 그려진 휘막을 걸어놓았으며, 절 경내에는 온통 호소카와, 아사노 두 집안의 문양을 그려넣은 휘막이 둘러져 있었고, 그 휘막 안에는 새로 짠 멍석이 가득 깔려 있었다.

행렬이 묘우코쿠지 정문 앞에 다다르자, 가마꾼들은 가마를 짊어지고 휘막 안으로 들어가 멍석 위에 나란히 세워놓았다. 곧이어 두 영주 무사들의 안내를 받으며 가마는 안뜰로 옮겨져, 본당 가장자리에 놓였다.

스무 명의 병사들은 가마에서 나와 본당 앞에 나란히 앉았다. 그 둘레에는 영주의 병졸 수백 명이 무리 지어 있다가, 스무 명의 병사들 중 한 사람이 자리를 뜨면 네 명이 그 하나를 에워싸고 따라다녔다. 스무 명은 모두 평소와 다름없이 담소를 나누며 때가 오기만을 기다렸다.

가마를 안내한 무사들 중에는 붓과 종이, 그리고 먹을 준비한 자가 있었다. 그는 병사들 중 우두머리 격인 미노우라 앞에 와, 훗날의 기념으로 한 수 써줄 것을 부탁하였다.

전前 제6보병대장이었던 미노우라 이노키치의 성은 미나모토, 이름은 겐쇼였고 호는 센잔이었다. 그는 홍화弘化 원년(1844) 11월 11일에 도사 국 도사 군 우시오에 마을에 살며 다섯 명의 몸종을 거느리고, 15석(쌀 등을 세는 단위. 1석은 한 섬에 해당한다-옮긴이)의 녹봉을 받는 가신의 집안에서 태어났다. 당시 스물다섯 살이었다. 조부의 이름은 추유헤이, 아버지는 반지로였고, 어머니는 요다 집안의 우메라 하였다. 미노우라는 안정安政 4년(1857) 에도江戶(현 도쿄-옮긴이)에 나와 수학하였으며, 만연万延 원년(1860)에는 에도에서 요우도容堂 영주에게 학문을 가르치고, 같은 해 고향으로 돌아와 문관文館 조교로 임명되었다. 이어 요우도 영주의 가신家臣이 되어 칠팔 년가량 활동한 뒤 말 탄 장수를 호위하는 무사가 되었다. 이런 그가 진영의 보병 소대 사령으로 임명된 것은 경응慶應 3년(1867) 11월로 근무를 시작한 지 불과 석 달이 채 되기도 전에 사카이 사건이 발발한 것이었다. 이러한 이력의 소지자였기에 미노우라는 시가에도 능했으며, 글씨 또한 훌륭한 초서체였다.

붓과 종이를 앞에 두고 미노우라는 "부끄럽습니다만 한 수 올려보겠습니다"라고 인사한 후, 마음속에 생각해두었던 칠언절구의 한시를 써 내려갔다.

서양의 요망한 기운을 물리쳐 나라의 은혜에 답하니
어찌 세상 사람들의 개국하라는 말에 귀를 기울이랴
그저 큰 뜻을 몇 번이고 가르쳐 전하고 싶을 뿐이니
본디 한 번은 죽는 것, 왈가왈부하지 말지어다.

아직도 이 남자는 서양인 배척 운동이야말로 자신이 해야 할 본분으로 생각하고 있었다.

　스무 명의 병사들이 한동안 하릴없이 기다리고 있게 되자, 호소카와 영주의 무사 한 사람이 다가와 아직 시간이 꽤 남아 있다고 말했다. 이에 모두는 그동안 절의 경내를 구경하기로 하였다. 뜰에 나가보니 절 안팎은 사람들로 몹시도 붐비고 있었다. 사카이에서는 물론이고 멀리 오사카, 스미요시, 가와치에서도 구경꾼들이 몰려와, 아무리 제지하고 막아도 막무가내로 절 안으로 몰려 들어와 도무지 돌아갈 생각을 하지 않았다. 종루에는 이 절의 승려 몇 명이 올라가, 이 수많은 사람들의 물결을 내려다보고 있었다. 이때 이를 본 제8보병대의 가키우치가 종루에 올라가 승려들에게 말했다.

　"스님들, 잠시 자리 좀 내주시겠소? 이 몸은 오늘 할복해 이승을 떠날 사람 중 하나요. 우리 중에는 이승을 하직하는 뜻에서 시가를 읊은 사람도 있지만 난 본시 배운 게 없어 그런 재주도 없소. 그래서 하는 말인데 황천길 가기 전에 마지막으로 그 종 한 번 쳐보고 싶구려. 어떻소?"라며 말이 떨어지기 무섭게 소매를 걷어붙이고 당목撞木을 쥐어들었다. 승려들은 혼비백산하며 양쪽에서 팔을 붙들고 제지하였다.

　"아이고, 안 됩니다. 지금 이렇게 사람들이 많이 모여 가뜩이나 혼잡한데 여기다 종까지 쳐대면 어떻게 되겠습니까? 제발 부탁이니 그것만은 참아주십시오."

　"시끄럽소! 나라를 위해 충성스럽게 죽을 무사가 황천길 가는 기념으로 치는 것인데 왜 안 된단 말이오!"

가키우치와 승려들이 옥신각신하고 있었다. 이를 아래서 본 동료 병사 두세 명이 달려왔다.

"이보게, 중대한 일을 눈앞에 두고 이게 무슨 짓인가? 도대체 종을 쳐 사람들을 놀라게 해서 뭘 어쩌자는 건가? 잘 좀 생각해보게나"라며 말렸다.

"음, 그렇지. 그만 나도 모르게 흥분을 했나 보네. 미안하네. 자, 그만 내려가세"라며 가키우치는 당목에서 손을 뗐다. 이때 가키우치를 말리던 병사들 중 한 명이 주머니 속을 뒤져 돈을 꺼내 승려에게 건네며 이렇게 말했다.

"여기에 돈이 조금 있소. 뭐 이제는 아무짝에도 쓸모없는 것이 되겠지만……. 내가 죽은 후 여러분한테 꽤나 신세를 지게 될 텐데 받아두시고 잘 좀 빌어주시오." 가키우치와 승려들이 다투는 소리를 듣고 몰려와 있던 병사들도 이를 보더니,

"여기도 있소!"

"나도 내겠소!"

하며 앞다투어 가지고 있던 돈을 모두 털어 승려들 앞에 내놓기 시작했다. 그들 중에는 "뭐, 꼭 극락에 가게 빌어달라는 건 아니지만……" 하고 한마디 덧붙이는 이도 있었다. 승려들은 돈을 받아 들고 종루를 내려갔다. 병사들도 뒤를 따라 내려왔다.

"자, 그럼 우리가 할복할 곳이나 좀 봐둘까" 하며 휘막 안으

로 들어가려 했다. 이때 호소카와 영주의 무사가 나서, "그 안에는 들어가지 않는 편이 좋을 듯하오리다"라며 병사들을 막았다.

"어허, 걱정하실 것 없소이다. 그저 둘러보기만 할 터이니."

그들은 이렇게 내뱉고 휘막 안으로 들어갔다.

할복하기로 한 장소는 본당 앞의 넓은 마당이었다. 야마우치 집안의 문양을 새겨넣은 휘막을 빙 둘러쳐놓고, 그 안에는 네 자루의 대나무 장대를 세워 윗부분을 뜸으로 엮어놓았다. 바닥에는 꺼칠한 멍석을 두 장 깔고 다시 그 위에 새로 짠 다다미 두 장을 뒤집어 깔아놓았다. 다시 이 다다미를 흰 무명천으로 덮고, 또 그 위에 양탄자 한 장을 덮어놓았다. 그 옆을 보니 또 다른 양탄자가 수북이 개어져 쌓여 있었다. 아마도 한 사람 한 사람이 할복을 끝낼 때마다 새로 갈아 깔려는 것이리라. 입구 옆에 책상이 있었는데, 그 위에는 크고 작은 칼들이 잔뜩 놓여 있었다. 가까이 가보니, 나가호리에서 압수당한 칼들이었다.

병사들은 그곳에서 나와 기왕 온 김에 우리가 묻힐 곳도 봐두자며 호우주인法珠院에 있는 무덤을 보러 나섰다. 그곳에는 큼직한 구덩이가 두 줄로 나란히 파여 있었다. 구덩이 앞에는 높이가 여섯 척이 약간 넘는 커다란 옹이가 놓여 있었고, 그 옹이 하나하나에 병사들의 이름이 쓰여진 종이가 붙어 있었다. 그 이름을 하나하나 읽어 나가다가 요코다가 도이에게 말했다.

"자네와 난 살아 있을 때도 같이 먹고 자고 했었는데, 지금 이 옹이를 보니 죽어서도 우린 이웃이 되어 사이좋게 지낼 수 있겠네그려."

잠자코 듣고만 있던 도이는 갑자기 몸을 날려 옹이 안으로 뛰어 들어가 외쳤다.

"어이 요코다, 요코다! 이거 꽤 괜찮은데."

이를 본 타케우치는,

"어허, 그 친구 성미 한번 급하기도 하구먼. 그렇게 서둘지 않아도 사람들이 알아서 넣어줄 테니 어서 나오게나."

도이는 옹이에서 나오려고 했으나 그것이 들어갈 때와는 사정이 완전히 달랐다. 옹이 주둥이가 꽤 높은 데다 그 안쪽은 매우 미끌미끌하여 좀처럼 나올 수가 없었다. 하는 수 없이 요코다와 다케우치가 옹이를 옆으로 쓰러뜨려 도이를 끄집어냈다.

스무 명은 다시 본당으로 돌아왔다. 본당 안에는 호소카와, 아사노 두 영주가 준비해둔 술상이 이들을 기다리고 있었다. 마을에서는 이들의 시중을 들러 수십 명이 와 있었다. 모두에게 감사의 인사를 한 후 병사들은 술잔을 들었다. 두 영주의 병졸들은 조금 전 미노우라에게 시가를 받은 무사를 부러워하고 있었는데, 술자리가 어느 정도 돌아가자 다투어 자기에게도 시가를 써달라고 부탁했다. 또 기념으로 삼겠다며 병사들의 소지품을 달라는 사람도 있었다. 스무 명의 병사들은 돌아가며 한 사람씩 붓을 들어 시가를 썼다. 또 아무것도 줄 기 념품이 없는 병사들은 소매나 옷깃을 찢어주기도 하였다.

할복은 오시午時(낮 12시 – 옮긴이)로 결정되었다.

휘막 안에는 우선 병사들의 목을 칠 개착인介錯人(할복할 때 고통을 덜어준다는 의미에서 목을 쳐주던 사람 – 옮긴이)들이 들어왔다. 이들은 어젯밤 오사카 나가호리 진영에서 병사 스무 명에게 술을 대접했던 보초들로 대접이 끝난 후 자기들끼리 상의를 해이미 누가 누구를 맡을 것인지 정해놓은 상태였다. 병사와 이를 맡을 개착인들의 이름은 이러하였다. 우선 제6보병대를 보면, 미노우라는 바바 타로, 이케노우에는 기타가와 레이헤이, 스기모토는 이케 시치스케, 가쓰가세는 요시무라 사이키치, 야마모토는 모리 쇼우바, 모리모토는 노구치 기쿠마, 기타시로는 다케이치 스케고, 이나다는 에하라 겐노스케, 야나세는 곤도 시게노스케, 하시즈메는 야마다 안노스케, 오카자키는 히지카타 요우고로, 가와타니는 다케모토 겐노스케가 맡기로 하였다. 한편 제8보병대는, 니시무라는 고사카 이누이, 오이시는 오치아이 겐로쿠, 다케우치는 구스세 류우헤이, 요코다는 마쓰다 야히라지, 도이는 이케 시치스케, 가키우치는 구몬 사헤이, 가네다는 다니가와 신지, 다케노우치는 기타모리 간노스케가 맡기로 했다. 이중 이케 시치스케는 스기모토와 도이, 두 사람의 목을 치기로 되었다. 이들 개착인 모두는 칼을 허리춤에 차고 할복장 뒤에서 대기하고 있었다.

휘막 바깥에는 별도의 가마 스무 기가 기다리고 있었다. 이는 시신을 호우주인으로 옮기기 위한 것이었다. 시신을 우선이 가마에 옮겨 싣고, 호우주인으로 가서 시신을 꺼내 다시 옹이 안에 넣어 매장하기로 되어 있었다.

임검석臨檢席에는 외국사무총재 야마시나노 미야를 비롯해, 외국사무계 다테 소장小將, 역시 같은 외국사무계의 히가시쿠세 소장, 호소카와, 아사노 두 진영의 중역들이 남쪽에서 북쪽을 향해 의자에 앉았다. 도사 진영의 후카오는 북쪽에서 동남쪽을 보고 앉았다. 대감찰관 고미나미 이하 감찰관들은 서북쪽에서 동쪽을 보고 앉았고, 프랑스 공사는 무장한 부하 스무 명을 거느리고 정면 서쪽에서 동쪽을 보고 앉았다. 그 외 사쓰마, 나가토, 이나바, 비젠 등 다른 여러 진영에서도 관리들이 와 자리를 지키고 있었다.

호소카와, 아사노의 무사들이 나와 준비가 다 되었음을 병사들에게 알렸다. 이에 스무 명의 병사들은 본당 가장자리로 가서 다시 가마에 올라타고 할복 장소로 향했다. 가마 양 옆에는 올 때와 마찬가지로 병졸들이 따라붙었다. 할복장에 도착한 가마는 휘막 밖에 줄지어 섰고, 한 관리가 나와 병사들의 명부를 펼쳐 들고 막 호명하려던 참이었다.

이때였다. 갑자기 하늘에 칠흑 같은 어둠이 깔리더니 장대비가 억수같이 쏟아지기 시작했다. 절 안팎에 모여 있던 사람들은 절 처마 밑으로 혹은 나뭇가지 아래로 뛰어 들어가는 등 야단법석을 떨었다. 그야말로 아비규환이었다.

할복은 잠시 미루어졌고 총재 미야를 비롯, 모두는 본당 안으로 들어가 비를 피했다. 비는 오후 두 시쯤이 되어서야 그쳤고, 오후 네 시 무렵에야 다시 할복 준비를 마칠 수 있었다.

관리가 나와 "미노우라 이노키치" 하고 호명하였다. 절 안팎은 물을 끼얹은 듯 삽시간에 조용해졌다. 미노우라는 나사로 만든 짧은 겉옷에 깡총한 바지 차림으로 할복장에 나왔다. 미노우라를 맡은 개착인 바바는 석 자 정도 떨어진 곳에 서 있었다. 총재 미야와 이하 모든 관리들에게 예를 표한 미노우라는 하얀 무명천을 받아 들고 단도를 오른손에 쥐고 들었다. 그러더니 갑자기 벽력과 같은 소리를 질렀다.

"프랑스 놈들은 잘 들어라! 나는 네놈들을 위해 죽는 게 아니다! 황국을 위해 죽는 것이다! 일본 사내대장부의 할복이 어떤 것인지 똑똑히 봐두어라!"

미노우라는 웃옷을 풀어헤치더니 단도를 왼손에 들고 왼쪽 옆구리를 힘껏, 그리고 깊숙이 찔렀다. 세 치 정도 내려 긋고 나서 다시 혼신의 힘을 다해 오른쪽으로 칼을 당겼다. 이어 이번에는 다시 왼쪽으로 세 치가량 끌어올렸다. 칼을 깊숙이 집어넣어서인지 상처는 몹시도 크게 벌어졌다. 미노우라는 단도를 내던지고 그 상처 안으로 오른손을 쑤셔넣었다. 그리고 창자를 쥐어들고 몸 밖으로 꺼내며 프랑스 공사를 노려보았다.

기다리고 있던 바바가 칼을 뽑아 들고 목을 쳤으나 얕았다.

"바바! 어찌 된 건가? 좀 더 침착하게 잘 보고 치게나!"라고 미노우라가 호령하였다.

바바의 두 번째 칼이 목덜미를 내리치자 뚝하는 소리가 났다.

미노우라는 다시 호령하였다.

"아직 안 죽었다! 다시 베어라!"

이 소리는 지금까지 외쳤던 그것보다 훨씬 커, 족히 3정은 울려 퍼지고도 남았을 정도였다.

처음부터 미노우라의 거동을 지켜보고 있던 프랑스 공사는 점차로 얼굴이 경악과 공포에 휩싸였다. 그렇지 않아도 바늘 방석에 앉아 있는 것처럼 불안하기 짝이 없었는데, 미노우라의 이 예상치 못한 외침을 듣더니만 앉아 있던 자리에서 벌떡 일어나, 손발 둘 곳을 모른 채 안절부절못하기 시작했다.

바바는 세 번째 만에 간신히 미노우라의 목을 떨어뜨릴 수 있었다.

그다음으로 호명된 니시무라는 매우 온후한 성품의 소유자였다. 성은 미나모토, 이름은 우지아쓰로 도사 군 에노쿠치 마을에 살고 있었다. 홍화弘化 2년(1845) 7월생으로 당시 24세였으며 녹봉 40석을 받는, 말 탄 장수를 호위하는 무사였다. 보병 소대사령으로는 경응慶應 3년(1867) 8월에 임명되었다. 니시무라는 군복을 입은 채로 할복할 곳에 앉아 군복의 단추를 하나하나 정중히 풀었다. 그런 후 단도를 들고 왼쪽 옆구리를 찔러 천천히 오른쪽으로 잡아당겼다. 그는 얕았다고 생각했는지 더욱더 힘을 주어 깊이 찌른 뒤 천천히 그리고 침착하게 오른쪽으로 잡아당겼다. 한편 니시무라를 맡은 개착인 고사카는 이와는 달리 매우 긴장하고 있었던 모양이었다. 그는 니시무라가 아직 단도를 들고 오른쪽으로 당기고 있는 중이었는데 그만 뒤쪽에서 먼저 칼을 휘둘러버렸다. 니시무라의 머리는 18척이나 날아갔다.

다음은 이케노우에로, 기타가와가 목을 쳤다. 다음 차례인 오이시는 눈에 띄게 덩치가 큰 사내였다. 그는 우선 양손으로 배를 쓱쓱 문질렀다. 그러고 나서 칼을 오른손에 쥐어들었다. 그는 그대로 왼쪽 옆구리를 깊숙이 찌른 후 왼손으로 칼등을 밀어 베기 시작했다. 오른손을 왼손 위에 포개어 더욱 힘차게 칼을 오른쪽으로 끌어당겼다. 칼이 오른쪽 옆구리까지 왔을 때, 이번에는 다시 칼등을 밀어 위로 당겨 올렸다. 그런 후 칼을 자리 오른쪽에 놓고 양손을 크게 펴들고 이렇게 외쳤다.

"자, 어서 날 베게!"

개착인 오치아이는 실수를 거듭한 끝에 일곱 번 만에 오이시의 목을 떨어뜨릴 수 있었다. 할복한 많은 병사들 중 가장 시원스럽고도 멋진 칼 놀림을 보인 사람은 바로 이 오이시였다.

그러고 나서 스기모토, 가쓰카세, 야마모토, 기타시로, 이나다, 야나세 순으로 할복하였다. 이중 야나세는 한 번 왼쪽에서 오른쪽으로 끌어당긴 칼을 다시 오른쪽에서 왼쪽으로 당겼기 때문에 창자가 상처 부위에서 가득히 쏟아져 나왔다.

다음 열두 번째 병사는 하시즈메였다. 하시즈메가 나와 자리에 앉을 즈음에는 이미 사방에 어둠이 깔려 본당 안에는 등불을 밝혀놓았다.

프랑스 공사는 여전히 불안한 내색을 감추지 못하고 자리에서 앉았다 일어섰다 하며 안절부절못했다. 이러한 공사의 불안한 모습은 곧바로 무장하고 서 있던 프랑스 병졸들에게도 영향을 미쳤다. 이들의 자세는 모두 흐트러지기 시작했다. 그러고는 손을 앞뒤로 내저으며 뭔가 자기들끼리 쑥덕거리기 시작하였다. 하시즈메가 마침 할복하러 자리에 나와 앉자 공사는 병졸들을 향해 뭐라고 한마디를 외쳤다. 그러자 프랑스 병졸들은 기다렸다는 듯이 뛰어나와 공사를 둘러쌌다. 그러고는 임검석을 떠나며 황족은 물론이고 같이 있던 관리들에게 인사말 한마디 없이 허겁지겁 휘막 바깥으로 나갔다. 뜰을 가로질러 절 문을 나서자마자 공사를 에워싼 프랑스 병졸들은 걸음걸이를 갑자기 구보로 바꾸더니 뒤도 안 돌아보고 바로 항구로 뛰어가기 시작했다.

자리에 앉은 하시즈메는 이에 개의치 않고 윗옷을 풀어 젖힌 후 단도를 들어 배를 찌르려 하였다. 이때 한 관리가 달려와 "멈춰라!" 하고 외쳤다. 깜짝 놀라 손을 멈춘 하시즈메에게 관리는 프랑스 공사가 퇴석하였음을 알리고 잠시 할복을 뒤로 미룰 것을 명하였다. 하는 수 없이 하시즈메는 뒤에 남은 여덟 명에게 돌아가 자초지종을 설명하고 자리에 앉았다.

병사들은 어차피 죽을 목숨이라면 깨끗하게 죽는 것이 낫다고 생각하고 있었다. 따라서 할복을 제지당한 것을 오히려 분하게 여기고 있었다. 병사들은 할복을 제지한 관리에게 가서 따지고 싶었다. 이유를 묻고 싶었다. 이들은 모두 고미나미가 있는 곳으로 달려갔다. 그 앞에 무릎을 꿇고 하시즈메가 입을 열었다.

"소인들은 분명히 조정으로부터 할복을 허락받았습니다. 한데 어찌 못 하게 하시나이까? 그 이유를 여쭙고자 이렇게 왔습니다."

고미나미는 병사들에게 이렇게 말했다.

"그래, 너희들의 생각은 어찌 보면 당연한 것이다. 하지만 본디 할복은 프랑스 공사 입회하에 하기로 되어 있었다. 한데 보다시피 그 프랑스 공사가 자리를 뜨고 없으니 중지할 수밖에 없지 않겠느냐. 방금 사쓰마, 나가토, 도사, 이나바, 비젠, 히고, 아키 등 일곱 진영의 원로 신하들께서 프랑스 군함으로 공사를 만나러 행차하셨다. 그러니 어서 자리로 돌아가 연락이 오기를 기다리고들 있거라."

아홉 명의 병사들은 할 수 없이 물러나 본당 안으로 들어가 연락을 기다리기로 하였다. 호소카와, 아사노 두 영주의 무사들은 저녁상을 차리고 와 병사들에게 식사를 권했지만, 병사들이 식욕을 느낄 리 만무했다. 하지만 무사들은 식사할 기분이 아니라는 사람들에게 억지로 젓가락을 들어 한 술씩 뜨게 했다. 그러고는 좀 쉬라며 잠자리까지 마련해주었다. 밤 12시경이 되어 무사들이 다시 와, 곧 일곱 진영의 원로 신하들께서 이쪽으로 납실 것이라고 알려주었다. 아홉 명의 병사들은 자리에서 벌떡 일어나 원로 신하들을 맞았다. 일곱 원로 신하들 중 세 명이 다가와 차례로 말하는 것을 들으니 대충 이러한 내용들이었다. 원로 신하들이 프랑스 군함에 가 공사를 만나 자리를 뜬 이유를 물었다. 프랑스 공사는 나라를 위해 제 한 목숨 아끼지 않고 바치는 도사 병사들의 충성심에는 크게 감탄하였지만, 그 참담한 모습은 차마 더 이상 지켜보고 있을 수 없다며 남은 아홉 명의 목숨은 살려주도록 일본 정부에 건의하겠다고 말했다는 것이다. 그래서 내일 아침이 되면 프랑스 공사가 다테 소장을 통해 조정의 뜻을 묻게 될 것이니 너희들은 경거망동하지 말고 조정의 분부를 기다리라고 전했다. 아홉 명의 병사들은 원로 신하들의 지시를 겸허히 받아들였다.

하루가 지나고 25일이 되었을 때 두 영주의 무사들이 와서 아홉 명의 병사들이 오사카로 이송될 것임을 알렸다. 제6보병대의 하시즈메, 오카자키, 가와타니는 아키 진영으로 이송되고, 제8보병대의 다케우치, 요코다, 도이, 가키우치, 가네다, 다케노우치는 히고 진영으로 이송될 것임을 전했다. 본당의 넓은 뜰 안에 아홉 기의 가마가 마련되었다. 병사들이 가마에 타려고 하는데 갑자기 하시즈메가 입에서 피를 가득 토하며 쓰러졌다. 스스로 혀를 깨물었던 것이다. 하시즈메는 다른 동료 병사들은 모두 장렬하게 할복을 해 목숨을 끊었는데 하필이면 자기 차례가 되었을 때 차질이 생겨 할복하지 못한 것을 못내 분하게 여기고 있었던 것이다. 다행히 혀의 상처는 생명에 지장을 줄 정도로 깊은 것은 아니었다. 이를 본 아사노 집안 사람들은 또 다른 불상사가 일어날 것을 염려한 나머지, 마치 내쫓기라도 하듯 하시즈메와 다른 병사 두 명이 탄 가마를 내보냈다. 그러자 가마를 짊어진 가마꾼들 역시 달음박질치듯 오사카를 향해 걸음을 재촉하였다. 호소카와 집안 사람들이 좀 천천히 가자고 소리를 지르며 걸음걸이를 늦추어보려 했으나, 아사노 집안 사람들은 들은 척도 하지 않았다. 결국 하는 수 없이 호소카와 집안 사람들도 덩달아 같이 뛰기 시작했다.

오사카에 도착한 아홉 기의 가마들은 일단 나가호리 진영 앞에서 멈추어 섰다. 이때 고미나미가 나와 자살을 시도한 하시즈메를 타이르며 다독거렸다. 이곳에서 아사노와 호소카와두 집안 사람들은 각자 자신들이 맡은 병사들을 데리고 자기진영으로 돌아갔다. 하시즈메에게는 의사가 달렸고 도사 진영에서 온 간병인도 함께 길을 떠났다.

아홉 명의 병사들은 호소카와, 아사노 두 집안에서 매우 극진한 대접을 받았다. 특히 호소카와 집안에서는 원록元祿(동산 천황시대의 연호, 1688~1704 - 옮긴이) 시대의 아코의 무사들(1703년 1월 30일 밤, 기라 요시나카를 쳐 주군 아사노 나가노리의 원수를 갚은 아코 진영 47인의 무사들 중 일부로, 후에 모두 할복했다 - 옮긴이), 그리고 만연 원년(1860)에는 아이카몬노카미(당시 막부 최고 권력자 - 옮긴이)를 찌른 미토의 무사(외세 배척운동을 벌이던 미토 진영의 영주 도쿠가와 나리아키와 그의 아들이 이이카몬노카미에게 함께 처벌당하자 그 복수를 하기 위해 이이카몬노카미를 살해한 18인의 무사들 중 일부 - 옮긴이)를 대접한 적이 있었는데, 이번으로 세 번째 명예로운 일을 맡았다면서 병사들을 극진하고도 정중하게 보살폈다. 밤이 되자 병사들에게 새로 짠 줄무늬가 새겨진 겹옷이 잠옷으로 지급되었다. 그리고 이들의 침소에는 하급 무사가 와 이불을 깔아주었는데 이불을 석 장이나 겹쳐놓아 아주 따뜻하였다. 또 하루 걸러 이동식 욕조를 들고 와 모두 방 안에서 목욕을 할 수 있었다. 깨끗한 새 수건과 하얀 종이도 주어 글을 쓰게 하였다. 하루 세 끼 식사에는 반드시 고기 반찬이 나왔는데, 항상 호소카와 집안 사람이 와서 먼저 먹어보고 안전을 확인해주었다. 오후에는 간식으로 차와 과자를 찬합에 담아 내주었고 때때로 과일도 나왔다. 병사들이 용변이라도 보러 나가면 하급 무사 두어 명이 툇마루에 나와 대기하며 이들의 용변 시중을 들었다. 세숫물도 이들이 준비해주었다. 밤에는 항상 불침번을 서 이들의 침실을 지켰으며, 병사들을 만나러 오는 사람들은 모두 마룻바닥에 머리를 조아렸다. 책도 빌려주어 읽게 하였으며 아플 때는 의사를 불러 바로 보는 앞에서 약을 짓게 했고, 다시 이를 보는 앞에서 다려주었다. 이들에 대한 대접은 대충 이러한 것들이었다.

3월 2일이 되어 사형을 면할 테니 모두 고향으로 가도 좋다는 지시가 내려왔다. 다음 날 3일에는 도사 진영의 대장이 병졸들을 이끌고 호소카와, 아사노에 있는 아홉 명의 병사들을 데리러 왔다. 두 집안 모두 칠채七菜(반찬 수가 일곱 가지인 밥상. 반찬이 나물만 나오는 것이 아니라 고기, 생선 등도 나오는데 여기서는 진수성찬의 의미로 쓰였다 - 옮긴이)에 곁상(한 번 상을 치운 후 또다시 한 상이 나오는 것. 일테면 풀 코스 요리 - 옮긴이)까지 곁들여 향응을 베풀며 이들과의 이별을 아쉬워했다. 14일에는 하급감사관 한 명과 호송담당자 두 명이 와 이들 아홉 명의 병사들을 데리고 기즈와구치에서 배를 탔다. 15일에 센본마쓰를 출범하여 16일 한밤중이 되어 우라도 항에 도착하였다. 17일에는 미나미카이쇼를 향해 길을 떠났는데, 마쓰가하나에서 서쪽으로 이르는 길은 사카이 사건에 연루된 병사들을 보겠다며 몰려나온 군중들로 가득하였다. 미나미카이쇼에서 하급감사관은 아홉 명의 병사들을 담당자에게 인계하였고, 담당자는 이들을 다시 각자의 친인척에게 보냈다. 이리하여 아홉 명의 병사들은 유서와 유발까지 보낸, 다시는 못 볼 줄 알았던 그리운 가족들을 실로 오랜만에 만날 수 있게 되었다.

5월 20일, 미나미카이쇼에서 아홉 명에게 호출장이 왔다. 본인은 물론이고 친부모와 친자식이 있는 자는 그들과 함께 오전 열 시까지 출두하라는 내용이었다. 미나미카이쇼에는 감찰관과 하급감사관이 와 있었는데 이들은 아홉 명의 병사들에게 다음의 세 가지 지시 사항을 전달하였다.

"우선, 그동안 나라로부터 받고 있던 몸종과 녹봉을 모두 몰수하겠다. 그리고 와타리카와카기리 서쪽으로 유배를 떠나는데 이때 의관을 갖추고 칼을 차고 가도 좋다. 두 번째는, 친자식이 있는 자는 그 자식을 관의 병졸로 삼아주고 녹봉 4석을 지급하겠다. 마지막으로 친자식이 없는 자는 유배지에서 먹을 식량으로 4석의 쌀을 주는데 하타나카 마을에 있는 창고에서 수령해가라."

아홉 명의 병사들은 이를 듣고 모두 불만을 터뜨렸다. 이들은 상의 끝에 하시즈메를 보내 항의하기로 하였다. 병사들의 불만은 이러하였다.

"우리는 프랑스 측의 요구에 의해 나라를 위해 목숨을 바치려고 했던 자들이다. 이러한 연유로 우리는 당당히 나라로부터 무사의 신분을 부여받았고, 또한 할복까지 허락받았으나, 프랑스인들이 구명을 요청하는 바람에 할복이 무산되었다. 그렇다면 당연히 우리들은 무죄이며 또한 무사로서 대접받아야 옳을 것인데, 어찌하여 우리를 유배형에 처하려 하는가? 만일 납득할 만한 확실한 이유를 밝히지 않는다면 우리는 지금의 처분을 받아들일 수 없다."

감찰관은 예상치 못한 병사들의 반발에 당혹스러운 표정을 지으며 이렇게 말했다.

"불만을 품고 있는 것은 어떻게 보면 당연하다고 할 수도 있다. 이해한다. 그러나 이번 유배형은 앞서 할복해 세상을 떠난 동료들의 고통을 조금이라도 같이 나눠보라는 뜻에서 내려진 조치일 것이다. 그러니 부디 고집을 꺾고 순순히 따라주기 바란다."

이 말을 들은 아홉 명의 병사들은 쓴웃음을 지으며 말했다.

"먼저 간 동료들의 죽음은 우리들 또한 마음 아프기 그지없소. 그들의 고통을 나누어 가지라는 뜻이라면 우리도 더 이상 할 말이 없구려. 달게 처분을 따르겠소."

아홉 명의 병사들은 유배지로 떠나는 죄인으로서는 전례 없이 의관을 모두 갖추고 칼을 찬 모습으로 길을 나섰다. 그러나 오랜 칩거생활 탓인지 몸이 약해질 대로 약해져, 도사 군 아사쿠라 마을에 이르러서는 모두 다리가 아파 못 가겠다고 주저앉아 할 수 없이 가마를 타고 가게 되었다. 유배지는 하타 군 뉴타 마을이었다. 병사들이 이 마을에 처음 왔을 때는 아홉 명 모두가 농가 한 집에 한 명씩 뿔뿔이 흩어져 지냈다. 그러던 것이 이 마을 촌장 우가 스케노신의 배려로 나중에는 빈집 한 채를 얻어 여덟 명 모두가 함께 기거할 수 있게 되었다. 요코다 한 사람만 서쪽으로 3리 떨어진 곳에 있는 아리오카라

는 마을의 홋케슈우 신세이지眞靜寺의 주지와 친분이 있다고
하여 그 절에 기거하기로 하였다.

아홉 명의 병사들은 묘우코쿠지에서 숨진 동료 열한 명의
영혼을 달래기 위해 신세이지에서 법회를 열었다. 그리고 다
음 날부터 마을 사람들에게 글과 무예를 가르치기 시작했다.
다케우치는 사서四書를 음독으로 읽는 법을 가르쳤으며, 도이
와 다케노우치는 검술을 가르쳤다. 그외의 다른 병사들도 각
기 자기가 가지고 있는 재주와 능력을 살려 마을 사람들을 가
르쳤다.

병사들이 유배 생활을 하고 있던 뉴타 마을은 여름에서 가
을에 걸쳐 전염병이 도는 곳이었다. 8월이 되자 가와타니, 요
코다, 도이 이렇게 세 사람이 발병하고 말았다. 도이의 아내는
가미고오리야스 마을에서 밤낮을 걸어 간병하러 왔다. 요코다
의 아들 쓰네지로는 마침 어머니가 병을 앓고 있어서 올 수 없
자, 겨우 아홉 살밖에 되지 않은 어린 몸을 이끌고 무려 30리
길을 혼자 걸어와 아버지를 간병하였다. 이 두 사람은 점차 차
도를 보이고 회복되었으나, 가와타니 한 사람만은 9월 4일에
스물여섯 살을 일기로 끝내 사망하고 말았다.

11월 17일 하시즈메 이하 아홉 명에게 모든 것을 사면, 복권
하겠다는 전갈이 왔다. 살아남은 여덟 명은 가와타니 무덤에
가 작별을 고한 뒤 뉴타를 떠나 27일에 고치에 도착하였다.
도착 즉시 감찰관 사무소에 가보니 병사들 하나하나에게 서

면을 통해 이런 내용의 분부가 내려와 있었다.

"명치 천황의 경사스런 즉위에 즈음하여 유배 생활의 사면을 명한다. 또 병사 아무개는 이전에 받고 있던 녹봉을 계속 받을 수 있음을 허락한다."

8월 27일에 있었던 명치 천황의 즉위 때 이들 여덟 명에게 위의 특별사면 조치가 취해진 것이었다. 그러나 여기서 위의 분부를 살펴보면 이들 여덟 명은 병사라는 호칭으로 불리고 있으며, 이 병사란 것은 일반 병졸을 의미하는 것이었다. 무사에 대한 언급은 끝내 한마디도 없었다.

묘우코쿠지에서 숨진 열한 명을 위해 도사 측에서 호우주인에 열한 기의 비석을 세워주었다. 미노우라를 필두로 야나세까지 비석이 일렬로 세워졌다. 호우주인 본당 뒤 툇마루 밑에는 아홉 개의 큰 옹이가 엎어져 있었다. 이것은 무덤 안에 들어가야 했으나 들어가지 못한 아홉 명의 유물이었다. 사카이 사람들은 이 열한 기의 비석을 가리켜 '어잔념양御殘念樣'(유감스러운 분들-옮긴이)이라 불렀으며, 아홉 개의 옹이를 가리켜 '생운양生運樣'(살아남은 운 좋은 분들-옮긴이)이라 불렀다. 이 비석과 옹이에는 참배하는 이가 끊이지 않았다.

열한 명 중 미노우라는 아들이 없어서 한때 대가 끊길 위기에 처했으나, 메이지 3년(1870) 3월 8일에 같은 성을 가진 미노우라 고우조의 차남 구스키치에게 대를 잇게 하여 삼등하석三

等下席의 지위를 주고, 녹봉 칠석삼두七石三斗(1석은 1섬에, 1두는 10 되에 해당한다 - 옮긴이)를 지급하였다. 후에 고우조의 희망에 따라 이노키치의 딸을 구스키치의 배필로 삼게 하였다.

니시무라는 아버지 기요자에몬이 일찍 숨졌으나 그의 조부 가쓰헤이가 생존해 있어 호주의 위치를 조부가 잇게 되었다. 그리고 나중에는 친족인 가케히우지에게서 양자를 들여왔다.

소대장 이하 병사들의 아이들은 대부분 어린 나이였지만 일찌감치 병졸로 임명되었다. 이들은 후에 성인이 되면서 본 격적인 근무를 시작하였다. ●

옮긴이 황요찬

경희대 일어일문학과와 동대학원 석사과정을 마쳤다. YBM어학원 JLPT-JPT 전문강사, 일공학원 EJU 전문강사 등으로 활동했다. 주요 번역서로 는 『우국』, 『사카이 사건』, 『추억』, 『어머니를 그리며』 등이 있고, 일본어 학습서 『JLPT N1~N5 실전모의고사』, 『굿모닝 독학 일본어 문법』 등을 집필했다.

단호함과 일치됨의 미학

—

어떤 대의를 위해 스스로 죽음을 껴안는 경우에도 불안과 망설임의 흔적은 남기 마련이다. 그런데 이 작품에서 죽음을 맞게 된 스무 명의 사내들에게는 그런 흔적이 없다. 그들은 실로 단호하게 자신의 죽음을 받아들이고 죽는 순간까지도 누구 하나 작은 흔들림조차 보여주지 않는다. 그들의 관심은 오직 죽음을 보다 값지고 아름답게 장식하는 일이다.

물론 그들은 이미 다수 속에서 길러진 사람들이고 또 그런 상황에 떨어진 뒤에는 달리 선택이 없었을 것이다. 하지만 그렇다 쳐도 스무 명의 사내들이 죽음 앞에서 보여주는 그런 단호함과 일치一致됨은 여전히 크나큰 감동이다. 세상의 여러 종족 중에서도 유독 일본인들이 자주 연출하는 별난 미학이다.

보기에 따라서는 그들이 그토록 소중히 여기는 조국이나 민족도 하나의 미신적인 이데올로기일 수 있고 그들이 추구하는 방식도 광기 같은 게 어려 있다. 「우상 숭배자들」이 가학적인 서구적 광기에 휩쓸린 공격성의 형상화라면, 이 작품은 피학적인 동양적 광기가 연출하는 자학극이라고 볼 수도 있을 것이다. 그러나 미신이라도 가치 있는 미신이고 광기라도 아름다운 광기이다. 이 미신과 광기의 시대가 없었다면 오늘의 일본도 없었을지 모른다.

게다가 이 작품을 더욱 인상적이게 만드는 것은 작가의 냉정하기 그지없는 서술 태도이다. 작가는 감탄하고 과장하지 않으려고 맹세라도 한 사람처럼 차분하고 담담하게 이 참혹하고도 격정적인 사건을 그려나가고 있다. 서술자의 감동이나 흥분을 드러내는 언사는 작품 어느 곳에서도 찾아볼 수 없다.

나는 원래 이 작품을 '죽음의 미학' 편에 넣으려 했다. 그러나 거기에는 이미 미시마 유키오의 「우국」이 있었을 뿐만 아니라 이 작품도 미학보다는 사내다움의 일본적인 특징을 드러내는 쪽에 무게를 두고 있는 것 같아 이쪽으로 돌렸다.

작가 모리 오가이森鷗外는 대정大正 연간에 활동한 일본의 근대작가이다. 동경제대 의학부를 나와 일생 군의관으로 근무하면서 독특한 작품들을 남겼으나 한글 세대에게는 별로 알려지지 않았다.

모리 오가이는 원래 의사로 출발해서 소설가, 희극작가, 평론가, 번역가로 활동한 당대 최고의 문필가이다. 시마네 현 출신으로 본명은 하야시 다로. 동경대학 의학부를 졸업하고 육군 군의관 자격으로 독일에 의학공부를 떠났다. 귀국 후 군의관으로 활동하던 시절, 독일 문학작품을 번역하면서 문학의 길로 들어섰다. 이후 창작소설 『무희舞姫』와 평론집 『월초月草』 등을 발표해 일본 현대문학의 기준을 확립하는 계기를 마련했다.

문학 비평뿐 아니라 의학 비평에 있어서도 괄목할 만한 업적을 이룬 그는 청일전쟁과 러일전쟁에 군의부장으로 참전하면서 대의를 위해 목숨을 끊는 일본 사내들의 숱한 자결과 자해를 목도한다. 이 같은 체험은 오가이의 향후 문학에 많은 영향을 끼쳤다. 메이지 천황 시절, 사카이라는 지역에서 실제로 일어났던 프랑스군과의 충돌을 소설화한 작품 「사카이 사건」도 그의 여러 역사소설 중 하나이다.

1916년, 54세의 나이에 일본 육군성 의무국장으로 퇴임하기까지 현역 의사로 활동하면서도 새롭고 해박한 해외 사조, 문예 지식을 통해 동시대를 부단히 계몽하였던 오가이는 나쓰메 소세키와 더불어 일본 근대문학의 거두로 꼽힌다.

우상숭배자들

Gli Idolatori

가브리엘레 단눈치오 지음

장경렬 옮김

가브리엘레 단눈치오

이탈리아의 시인이자 소설가, 극작가. 1863~1938년. 이탈리아 페스카라에서 태어났다. 왕성한 집필 활동으로 시집 13권, 단편집 4권, 소설 8권, 극작 17편, 그 밖에 평론, 산문집 등을 발표했고, 데카당스 문학의 대표자로 꼽힌다. 카르두치의 영향을 받아 1880년 플라토의 기술학교 재학 중 시집 『조춘』을 발표해 천재성을 인정받았다. 1893년 『죄 없는 자』가 프랑스어로 번역되며 세계적인 명성을 얻었다. 1910년에 빚 때문에 프랑스로 도피했으나, 1915년 제1차 세계대전에 조국 이탈리아의 참전을 주장하면서 귀국했다. 그해 7월 의용군에 가담하여 전선에서 활약했지만, 이듬해 비행 중 오른쪽 눈이 실명됐다. 종전 후 국제연맹의 결정에 항의해 1919년 186명의 이탈리아군 출신 무리를 이끌고 옛 유고슬라비아(현재 크로아티아)의 항구도시 피우메(현재 리예카)로 향했고 추종자가 2,000명에 달했다. 피우메 자유국을 세우기도 했던 그는 1921년 결국 이탈리아군에 인계하고 귀국해, 파쇼정부로부터 1924년 몬테 네보소공쇼 작위를 받는 등 예우를 받았다. 1937년 이탈리아 아카데미 회장이 되었고, 말년에는 정치에 개입하지 않고 가르다 호반에서 은거하다 1938년 병으로 사망했다.

1

모래가 깔린 널따란 광장은 마치 부석浮石을 갈아 그 가루를 펼쳐놓은 것처럼 햇빛에 반짝이고 있었다. 회반죽으로 마감하여 흰빛을 띠고 있는 주변의 모든 집들이 붉게 달아올라 있어, 마치 이제 막 불길이 죽어가는 거대한 용광로의 벽들 같아 보였다. 광장 저 멀리 교회의 장식 기둥들은 구름이 뿜어내는 빛을 반사해 대리석처럼 붉은빛을 띠고 있었으며, 교회의 창문들은 안에서 일어나 밖으로 터져 나오려는 불길을 통제하고 있기라도 한 양 번뜩이고 있었다. 교회의 성상聖像들도 생생한 색채와 자세로 인해 마치 살아 있는 사람들 같아 보였다. 이처럼 해 질 무렵에 북극광(북극 지방에서 자주 목격되지만, 이탈리아에서는 좀처럼 보기 힘든 발광 현상. 따라서 이탈리아 사람들에게는 공포감을 일으키는 미신의 대상이었다 - 옮긴이)이 연출하는 장려한 빛의 향연 덕택에 교회의 구조물 전체는 라두사니 마을(단눈치오의 고향인 이탈리아 아브루조에 있는 것으로 설정된 이야기 속 가상의 마을 - 옮긴이)의 집들을 향해 한층 위엄을 드러내고 있었다.

한 무리의 남녀가 떠들썩한 소리와 야단스러운 몸짓으로 말을 주고받으며 거리에서 광장으로 몰려들었다. 미신이 일깨운 공포감이 빠른 속도로 그들 모두의 영혼을 압도하고 있었으며, 무지몽매한 그들의 상상 속에서는 신의 징벌을 암시하는 수천 가지의 끔찍한 영상들이 떠오르기도 했다. 단편적인 의견들이, 열띤 주장들이, 탄식 어린 주문呪文들이, 앞뒤가 맞지 않는 이야기들이, 기도들이, 울음소리들이 뒤섞여, 곧 불어닥칠 폭풍우의 불길한 울부짖음과도 같은 소리를 이루었다. 해가 진 뒤에도 여전히 핏빛의 붉은 기운이 하늘을 감돌기 시작해 밤의 평온을 깨뜨리기 시작한 지, 그 빛이 잠든 들판을 처절하게 비추기 시작하고 개들을 울부짖도록 부추기기 시작한 지, 벌써 여러 날이 되었다.

"자코베 님이야, 자코베 님!" 교회 앞쪽 현관의 장식 기둥 주위에 몰려와 이제까지 낮은 목소리로 수군수군 이야기를 주고받던 몇몇 사람들이 소리쳤다. "자코베 님이야!"

교회의 현관문을 통해 키가 크고 수척한 남자 하나가 모습을 드러내 그를 찾는 사람들 앞으로 다가갔다. 폐결핵 환자 같아 보이는 그는 머리 한가운데가 대머리였으며 관자놀이와 목덜미는 기다란 붉은 머리털로 덮여 있었다. 움푹 들어간 그의 작은 두 눈은 코가 있는 쪽으로 약간 몰려 있었는데, 어떤 색깔인지는 확실치 않았지만 깊고 열렬한 신앙심 때문인 양 생기를 띠고 있었다. 위쪽의 앞니 두 개가 빠진 그가 말을 할 때의 입 모양과 수염이 듬성듬성 나 있는 뾰족한 턱의 움직임을 보면, 그는 영락없이 기묘한 모습의 늙은 사티로스였다. 그의 몸의 나머지 부분은 옷으로 제대로 가리기 어려운 뼈만 남은 한심한 몰골이었다. 그리고 그의 손과 팔목과 팔의 뒤쪽 및 가슴의 피부에는 온통 푸른 반점이 뒤덮여 있었는데, 이는 성지 순례를 기념하여, 신에게 받은 은총을 기념하여, 그리고 신에게 서원한 바를 성취한 것을 기념하여 쪽빛 분가루를 묻힌 바늘로 찔러 만든 자국이었다.

바로 이 광신도가 장식 기둥 주위에 모여 있는 사람들에게 다가가자, 불안감에 휩싸여 있는 사람들이 온갖 잡다한 질문을 쏟아냈다. "어떻게 되는 거죠? 콘솔로 교구 신부님께서 뭐라고 말씀하셨나요? 은으로 된 팔만 모시고 나올 건가요? 흉상 전체를 모시는 것이 더 좋지 않을까요? 팔루라가 초를 가지고 돌아오는 건 언제죠? 초 백 근이라고 하셨죠? 백 근 가지고 될까요? 종은 언제 울리기 시작하죠? 어떻게 되는 거죠? 어떻게 되나요?"

자코베 주위에서 내지르는 사람들의 시끄러운 소리가 더욱 커져갔으며, 그들의 뒤편에 처져 있던 사람들은 교회 쪽을 향해 바싹 다가섰다. 이윽고 여기저기 온갖 거리에서 사람들이 쏟아져 나와 광장을 가득 채웠다. 자코베는 사람들의 질문에 답을 했다. 마치 끔찍한 비밀을 폭로하기라도 하는 듯, 그리고 저 먼 곳의 예언을 가져다 전하는 사람이기라도 한 듯, 그는 목소리를 낮춰 사람들에게 말했다. 그는 저 높은 곳, 핏빛의 하늘 한가운데서 위협적인 손을, 곧이어 검은 장막을, 그리고 장검과 트럼펫을 목격했다고 말했…….

"그러고요, 그다음엔 어떤 일이 있었죠?" 경이로운 사건에 관한 이야기를 듣고자 하는 기묘한 욕망에 사로잡혀 그의 얼굴에서 눈길을 떼지 못한 채, 사람들이 그를 재촉했다. 그러는 동안 황당무계한 이야기가 사람들의 입에서 입으로 전파되어 광장에 모여 있는 무리 전체로 퍼져 나갔다.

2

주홍빛의 거대한 구름이 지평선에서 피어올라 서서히 하늘 한가운데를 향해 움직여 가더니, 하늘 전체를 가득 채웠다. 쇳물에서 피어오른 것과 같은 증기가 집들의 지붕 위로 넘실거렸고, 저녁놀의 광휘가 사그라질 무렵 유황빛과 자줏빛을 띤 광선들이 뒤섞여 무지갯빛으로 어른거렸다. 그러는 사이에 어떤 빛줄기보다 한층 밝은 기다란 빛줄기 하나가 강둑에서 이어져 나온 길 위로 내리꽂혔고, 그 길이 끝나는 곳에서는 백양나무의 가늘고 긴 몸통들 사이로 불길에 휩싸인 강물이 언뜻 보였다. 그리고 그 너머로 넓게 펼쳐진 황량한 들판이, 옛날의 사라센인들이 세운 탑들이 안개 속의 돌섬들같이 혼란스럽게 서 있는 바로 그 들판이 모습을 드러냈다. 갓 베어낸 건초더미에서는 역한 냄새가 배어 나와 대기를 채우고 있었다. 때로 그 냄새는 나뭇잎 사이에서 썩어가는 누에벌레가 풍기는 악취와도 같았다. 강가에서 처마 밑을 향해 분주히 날아가는 제비 떼가 날카로운 소리를 지르며 하늘을 가로지르고 있었다.

뭔가 일이 일어날 것을 예감이라도 한 듯 무리를 이룬 사람들의 웅성거림이 갑자기 잠잠해졌다. 팔루라의 이름이 모든 사람의 입가에 맴돌았고, 그동안 조바심에 못 이겨 성이 난 사람들의 불평이 여기저기서 터져 나왔다. 그들의 눈에는 강둑에서 이어진 길을 따라 마차가 다가오는 것이 아직 보이지 않았다. 그들에게는 아직 초가 없었고, 마을의 주임 사제인 돈 콘솔로는 그 때문에 성체聖體를 모셔다가 악령을 퇴치하는 의식을 뒤로 미루고 있었다. 위기가 코앞으로 닥쳐왔는데도 어쩔 수 없었다. 짐승의 무리처럼 모여 있는 모든 사람들이 엄습하는 공포심에 사로잡혀, 감히 눈을 들어 하늘을 올려다볼 수조차 없게 되었다. 여인들의 가슴에서 흐느끼는 소리가 새어 나오기 시작했고, 이 같은 비탄의 울음소리가 귀청을 때리자 남정네들의 의식은 극도의 두려움에 짓눌리고 마비되었다.

마침내 종이 울렸다. 청동제 종들이 낮은 위치에서 울리자, 종소리의 둔한 울림이 모든 사람의 머리를 스쳐 지나가는 것 같았다. 종이 울리고 다시 종이 울릴 때까지 여백의 시간 동안 끊이지 않는 울부짖음과도 같은 여운이 대기를 가득 채웠다.

"판탈레오네 성자님(소아시아 지방 니코메디아 출신의 성자로 4세기 초에 순교했다. 이 이야기에서는 라두사니 마을의 수호성자이다 ─ 옮긴이), 판탈레오네 성자님!"

절망에 사로잡힌 사람들의 입에서 도움을 탄원하는 엄청나게 시끄러운 절규가 일제히 터져 나왔다. 모두가 무릎을 꿇고 손을 뻗은 채 창백한 얼굴로 수호성자의 이름을 외치며 탄원했다.

"오, 판탈레오네 성자님!"

두 개의 향로에서 피어오르는 연기 한가운데로 황금으로 장식된 자줏빛의 눈부신 망토를 걸친 돈 콘솔로가 교회의 문 앞에 모습을 드러냈다. 그는 성스러운 은제 팔을 높이 들어 올린 채 대기 속의 악령을 쫓는 의식을 거행했다. 그는 주문의 말을 라틴어로 중얼거렸다.

"주님, 주님을 믿는 저희에게 하늘의 평온을 허락해주시길 비나이다. 주님께 비옵나니, 저희의 소원을 들어주소서."

성물의 등장은 무리를 이룬 사람들의 예민한 마음을 자극하여 열광의 상태로 몰아갔다. 모든 사람의 눈에서 눈물이 샘솟듯 흘렀으며, 반짝이는 눈물의 장막 뒤에 있는 눈을 통해 그들은 기적적인 천상의 광휘를, 무리를 축복하기 위해 들어 올린 세 개의 손가락이 발산하는 천상의 광휘를 목격했다. 은으로 만든 그 팔은 자극된 분위기에 실제보다 한층 커 보였고, 황혼의 여명은 보석에 반사되어 눈을 황홀케 했다. 그리고 발삼 향은 급속하게 퍼져 열렬한 신자들의 콧구멍을 감돌았다.

"주님께 비옵나니, 저희의 소원을 들어주소서."

하지만 성물인 팔이 다시 안으로 모셔지고 종소리가 그친

후 잠시 침묵이 이어지는 사이, 그들의 귀에는 가까운 곳에서 울리는 마차의 땡그랑거리는 종소리가 들렸다. 강둑에서 광장으로 나 있는 길을 따라 들리는 소리였다. 사람들이 갑작스럽게 몸을 돌려 그쪽을 향했다. 많은 사람들이 이렇게 말했다.

"팔루라가 초를 가지고 온 거야! 팔루라가 돌아온 거야! 팔루라야!"

자갈 위로 절그럭거리는 소리를 내며 마차가 다가왔다. 아름다운 반달처럼 반짝이는 거대한 청동제 머리가 달린 말안장을 등에 지고 있는 육중한 몸의 회색 암말이 끌고 온 마차였다. 자코베와 모든 사람들이 마차 쪽으로 다가가자 얌전한 동물인 암말은 커다란 콧소리를 내지르고는 멈춰 섰다. 마차에 가장 먼저 다가간 자코베는 온통 피투성이가 된 팔루라가 마차의 바닥에 몸을 길게 뻗은 채 누워 있는 것을 보았다. 자코베는 비명을 지르기 시작했고, 군중을 향해 팔을 내저으며 소리쳤다.

"팔루라가 죽었어! 죽었단 말이야!"

3

비보가 순식간에 사람들의 입에서 입으로 전해졌다. 사람들이 마차 주변으로 몰려들어, 시신을 보기 위해 목을 길게 뺐다. 그리고 저 위의 하늘에서 찾아온 위협에 대한 생각은 깡그리 잊은 채, 새롭고 예상치 못한 이 사건에 충격을 받고 빠져들었다. 피를 목격하자 인간이라면 누구나 천성적으로 소유하고 있게 마련인 강렬한 호기심의 습격을 받게 된 것이었다.

"그가 죽었다니? 어떻게 죽은 거지?"

팔루라는 바닥에 반듯하게 누워 있었다. 이마 한가운데 커다란 상처가 나 있었고, 한쪽 귀가 찢어져 있었으며, 양쪽 팔과 양쪽 옆구리에, 그리고 한쪽 허벅지에 깊이 벤 자국이 나 있었다. 움푹 들어간 그의 눈에서 따뜻한 피가 쏟아져 나와 아래로, 아래로 흘러내려 뺨과 목을 적시고 있었고, 그의 웃옷도 핏자국으로 물들어 있었다. 그리고 그의 가슴에도, 그의 혁대에도, 심지어 그의 바지에까지 검고 빛나는 응고된 핏덩이가 묻어 있었다. 자코베가 시신 위쪽으로 몸을 굽힌 채 움직이지 않았다. 그리고 모두가 그의 주변에서 기다렸다. 북극광이 어찌할 바를 몰라 하는 사람들의 얼굴 위로 비쳤다. 그리고 그와 같은 침묵의 순간에 강둑에서는 개구리들의 울음소리가 들려왔으며, 박쥐들이 사람들의 머리 바로 위를 왔다 갔다 하고 있었다.

자코베가 뺨에 피를 묻힌 모습으로 갑작스럽게 몸을 일으키더니 소리쳤다.

"팔루라는 죽지 않았어! 아직 숨을 쉬고 있어!"

둔중한 웅성거림이 무리들 사이에 일었다. 주변에 모여 있던 사람들은 고개를 숙여 마차 안을 들여다보았으며, 멀리 떨어져 있던 사람들은 안절부절못하다가 고함을 지르기 시작했다. 두 여인이 물을 주전자에 날라왔고, 또 한 여인이 천을 몇 자락 가지고 왔으며, 한 젊은이가 포도주가 가득 담긴 호리병을 들고 와 팔루라에게 권했다. 사람들이 상처를 입은 팔루라의 얼굴을 닦아주었으며, 이마에서 흐르던 피를 멎게 한 다음 그의 머리를 들어 올렸다. 이윽고 사건의 원인이 무엇인가를 소리쳐 묻는 사람들의 고함소리가 일었다. 백 근의 초는 어디로 갔는지 보이지 않았고, 몇 개 안 되는 초 토막이 마차의 바닥 널빤지 틈새에 남아 있을 뿐이었다.

소란이 계속되는 가운데 사람들의 생각은 갈수록 점점 더 격렬한 것으로, 또한 적의에 차고 호전적인 것으로 바뀌어만 갔다. 그리고 강 건너편에 위치한 마스칼리코 마을(라두사니가 그러하듯, 이야기 속 가상의 마을 ─ 옮긴이)을 향해 조상 대대로 증오감을 불태우고 있던 까닭에 공격의 화살은 그쪽을 향하게 되었다. 자코베가 독기를 담아 거친 목소리로 소리쳤다.

"어쩌면 곤셀보 성자(13세기 포르투갈의 성자로, 이 이야기에서는 마스칼리코 마을의 수호성자이다 ─ 옮긴이)를 위한 의식에 쓰려고 초를 빼앗아갔는지도 몰라."

이는 기름에 던진 불씨와 다름없는 말이었다. 그 말이 갑작스럽게 그들 한 무리의 사람들이 지니고 있던 종교적 신앙심을 일깨웠다. 그들만의 유일한 우상을 오랜 세월 맹목적으로, 또 맹렬하게 숭배하다 보니 야만적인 것으로 전락한 바로 그 신앙심을 일깨우는 불씨가 되었던 것이다. 광신도의 말이 사람들의 입에서 입으로 퍼져 나갔고, 황혼녘의 비극적인 핏빛 광선 아래서 감정이 격해진 그들 무리는 흡사 폭동을 일으키고 있는 야만족과 다름없어 보였다.

곤셀보 성자의 이름이 마치 전쟁을 선포하는 구호처럼 모든 사람의 목구멍에서 터져 나왔다. 그 가운데 특히 열혈파에 속하는 사람들은 강 건너편을 향해 저주의 말을 퍼부으며, 팔을 휘두르고 주먹을 흔들어댔다. 마침내 모든 사람이 분노와 핏빛 광선으로 인해 붉게 달아오른 넓적하고 결의에 찬 굳은 표정의 얼굴들을 돌려, 금제 귀걸이와 이마를 덮은 기다란 머리칼이 야만인의 기괴한 모습을 떠오르게 하는 얼굴들을 돌려, 누워 있는 부상자를 향했다. 그를 향한 동정의 마음으로 인해 그들의 표정이 부드러워졌다. 마차 주위에서는 팔루라를 불쌍히 여기고 염려하는 한 무리의 여인네들이 죽어가는 사람을 소생시키고자 애를 쓰고 있었다. 수많은 사랑의 손길이 그의 상처를 감싼 천 조각을 갈아주었고, 그의 얼굴에 물을 뿌려주었으며, 백지장처럼 창백한 입술을 호리병의 술로 적셔주었다. 그리고 그의 머리를 받치는 부드러운 베개의 역할을 하기도 했다.

"팔루라, 이 불쌍한 녀석아, 내가 묻는 말에 대답할 수 있겠니?"

그는 눈을 감고 입을 반쯤 벌린 채 똑바로 누워 있었다. 그의 뺨과 턱에는 갈색의 솜털이 덮여 있었으며, 고통에 따른 경련으로 인해 얼굴 표정이 경직되어 있었다. 그럼에도 여전히 감출 수 없는 젊음의 부드러운 아름다움이 그의 표정에서 빛을 발하고 있었다. 그의 이마를 덮고 있는 붕대 아래로 가느다란 핏줄기가 흘러 관자놀이를 덮고 있었고, 그의 입가 양쪽에는 붉은색이 감도는 거품이 방울져 일었다. 그리고 그의 목구멍에서는 일종의 희미한 신음소리가 새어 나왔다가 끊기고 끊겼다가 다시 새어 나오곤 했다. 그의 주위에는 사람들의 관심이, 질문이, 초조해하는 눈길이 늘어만 갔다. 마차를 끌던 암말이 때로 머리를 흔들면서 집을 향해 울음소리를 냈다. 폭풍우가 다가오기 전에 그러했듯 숨 막히는 초조감이 마을 전체를 뒤덮고 있었다.

이윽고 광장 쪽에서 한 여인의 비명 소리가 들려왔다. 그녀는 팔루라의 어머니로, 모든 사람의 목소리가 갑작스럽게 잦아들었기 때문에 그녀의 비명 소리는 한층 더 크게 들렸다. 곧이어 거대한 몸집의 그녀가 너무 뚱뚱해서 숨도 제대로 쉬지 못하는 상태에서도 사람들을 헤치고 비명을 지르며 마차가 있는 쪽으로 다가왔다. 그녀는 너무 뚱뚱해 마차에 오를 수 없었기 때문에 아들의 발이 놓여 있는 쪽으로 몸을 던졌다. 흐느낌 속에서도 그녀는 아들에게 사랑의 말을 건넸고, 고르지 않은 목소리로 날카로운 비명을 토해냈으며, 너무도 끔찍하게 짐승 같은 슬픔을 드러냈기에 주변 사람들이 몸서리를 칠 정도였다.

"자케오, 자케오! 눈에 넣어도 아프지 않을 만큼 사랑하는 내 아들, 보배 같은 내 아들아!" 과부인 팔루라의 어머니가 깊은 상처를 입은 아들의 발에 얼굴을 부비면서, 그리고 아들의 발을 자기 쪽으로 끌어당기면서 끊임없이 비명을 질렀다.

팔루라가 몸을 움직여 반응을 보였다. 고통을 못 이겨 그가 입을 일그러뜨리더니, 눈을 떠서 허공을 응시했다. 하지만 물기 어린 장막과도 같은 것이 그의 시선을 가리고 있었던 것으로 보아, 그의 눈은 분명 무언가를 제대로 볼 수 있는 상태가 아니었다. 큼직한 눈물이 그의 눈가에서 쏟아져 나와 그의 뺨과 목을 타고 흐르기 시작했다. 그의 입은 여전히 일그러져 있었으며, 그의 목구멍에서 새어 나오는 거친 신음 소리를 비집고 그가 무언가 말을 하려고 헛되이 애쓰는 기척이 감지되었다. 그를 에워싸고 있던 사람들이 그를 재촉했다.

"말하게나, 팔루라! 어떤 놈이 자네를 이 지경으로 만들었나? 어떤 놈이? 어떤 놈이 그랬는지 말하게! 도대체 어떤 놈이?"

이 같은 질문 뒤에 숨어 있는 것은 끓어오르는 분노였다. 폭력에 호소하고자 하는 그들의 의지가 한층 강렬해졌으며, 복수를 하지 않고서는 못 견디겠다는 둔탁한 욕망이 그들의 마음을 뒤흔들었다. 조상 대대로 간직해 온 증오심이 그들 모두의 영혼에서 다시금 끓어오르고 있었던 것이다.

"말하게나, 어떤 놈이 자네를 이 지경으로 만들었나? 말해

114

주게! 우리한테 말해주게나!"

　죽음에 임박한 그가 다시금 눈을 떴다. 그리고 그들이 그의 양손을 꼭 쥐고 있었기 때문인지 몰라도, 어쩌면 그로써 그가 생명의 숨결과 온기와 접촉하게 되었기 때문인지 몰라도, 그는 잠시나마 생기를 되찾았고 그의 눈길도 밝아졌다. 무언가를 더듬더듬 말하려는 듯 그의 입술이 희미하게 움직였다. 그러는 동안 입가로 새어 나오는 거품이 조금 더 많아지고 핏빛이 진해졌다. 그가 하고자 하는 말이 무엇인지는 아직 알아들을 수 없었다. 침묵이 이어지는 동안 들리는 것이라고는 무리가 내뿜는 거친 숨소리뿐이었고, 모든 사람의 눈 깊은 곳에서 어른거리는 것은 단 하나의 불꽃이었다. 온 사람의 마음이 기다리는 것이라고는 단 한 마디의 말이었기 때문이다.

　"마······ 마······ 마······ 스칼리코······."

　"마스칼리코! 마스칼리코!" 몸을 굽혀 귀를 바싹 기울이고 있던 자코베가 죽어가는 사람의 입에서 새어 나온 희미한 말의 음절과 음절을 포착하고는 이렇게 외쳤다.

　엄청난 고함 소리가 그의 외침에 호응하여 일었다. 폭풍우가 닥쳤을 때 그러하듯, 무리 지은 사람들이 처음에 보인 반응은 혼란스러운 감정의 파동이었다. 이윽고 목소리 하나가 소란스러운 상황을 압도하더니, 전쟁을 선포하는 구호를 내질렀다. 그러자 무리를 이루었던 사람들이 분주하게 흩어졌다. 그들을 부추긴 것은 오로지 하나의 생각뿐이었는데, 그러한 생각은 동시에 즉각 모든 사람의 마음에 섬광처럼 인 것 같았다. 바로, 무언가를 공격하기 위해 무장을 하자는 생각이었다. 황혼녘의 엄청나게 불길한 핏빛 광선 아래서, 불안감이 감도는 시골 지방이 풍기는 자극적인 냄새 한가운데서, 그곳 사람들의 의식을 시시각각 지배하게 된 것은 목숨을 건 일종의 피의 잔치였다.

4

이윽고 둥근 낫으로, 밀낫으로, 도끼로, 곡괭이로, 장총으로 무장한 결사대가 교회 앞으로 모였다. 그리고 이들 우상숭배자 무리는 이렇게 외쳤다.

"판탈레오네 성자님!"

무리의 동요에 겁을 먹은 돈 콘솔로는 제단 뒤쪽의 성직자석 바닥으로 몸을 숨겼다. 자코베가 이끄는 광신도 무리는 교회 본당으로 쳐들어가 청동제 창살문을 강제로 뜯어 열고, 성자의 흉상이 안치되어 있는 지하실로 몰려갔다. 올리브유로 불을 밝히는 등잔 세 개가 성소의 습한 공간을 평온하게 밝히고 있었으며, 유리로 된 칸막이 뒤쪽에는 흰색의 머리 주변으로 거대한 후광을 두르고 있는 기독교 우상이 등잔 빛을 받아 번쩍이고 있었다. 그리고 엄청난 양의 봉헌물이 둘러싸고 있어서 벽은 보이지 않았다.

네 명의 덩치 큰 사내가 어깨에 메고 운반해온 우상이 마침내 교회의 현관 쪽 장식기둥 사이로 그 모습을 드러냈다. 그리고 그 우상이 극광을 받아 환하게 빛을 발하자, 무리 지어 기다리고 있던 사람들 사이에서 열렬한 신앙심이 담긴 기다란 한숨 소리가 새어 나왔고, 기쁨의 숨결과도 같은 떨림이 모든 사람의 이마 위로 스쳐갔다. 곧이어 사람들의 행렬이 앞으로 움직여 나아갔다. 성자의 거대한 머리가 허공 한가운데서 이리저리 흔들렸으며, 그런 성자의 눈동자 없는 두 눈이 앞을 응시하고 있었다.

이제 빛이 깊고 넓게 퍼져 있는 하늘에서는 때때로 그보다 밝은 빛의 극광이 자국을 남기면서 떨어졌고, 엷은 구름 뭉치들이 안개로 뒤덮인 지역의 가장자리에서 떨어져 나와 허공을 떠돌다가 천천히 흩어져 사라졌다. 뒤에 남겨진 라두사니 마을 전체는 화재가 가라앉을 무렵 연기를 내며 쌓여 있는 거대한 잿더미와 같아 보였다. 사람들의 눈앞에 펼쳐져 있는 것은 희미한 빛에 가려져 형체가 모호해진 시골 풍경이었다. 엄청난 개구리 울음소리가 소란하면서도 고적한 분위기를 채우고 있었다.

강둑으로 향하는 길 한가운데 팔루라의 마차가 앞으로 나아가려는 그들을 가로막고 서 있었다. 마차는 비어 있었지만, 아직도 여기저기 핏자국이 남아 있었다. 침묵 속에서 갑작스럽게 성난 사람들이 저주의 말을 쏟아냈다. 그때 자코베가 소리쳤다.

"우리, 성자님을 여기에 모시세!"

그의 제안에 따라 성자의 흉상이 마차 바닥에 안치되었고, 강변의 물이 얕은 곳에 이르기까지 사람들이 마차를 팔로 끌어 옮겼다. 이렇게 해서 전투 행렬이 경계를 넘어서게 되었다. 전열을 따라 무기의 금속성 빛이 번쩍였고, 사람들의 발길에 침범을 당한 강물은 번득이는 물보라를 일으켰으며, 핏빛의 강물이 온통 번득이며 백양나무 사이로, 저 멀리 사각형의 탑들이 있는 곳을 향해 흘러갔다. 이윽고 자그마한 언덕에 있는 마스칼리코 마을이 모습을 드러냈는데, 마을은 올리브나무들 사이에서 잠들어 있었다. 낯선 사람들이 다가오자 이에 반응하여 맹렬하게 짖어대는 개들의 울음소리가 여기저기서 끊이지 않고 이어졌다. 물이 얕은 곳을 빠져나온 사람들의 행렬은 큰길을 벗어나 들판을 가로지르는 지름길로 들어서서, 빠른 걸음으로 움직였다. 은빛의 흉상은 다시금 사람들의 어깨에 얹혀 운반되었는데, 곡물이 무성하게 웃자란 밭을 가로질러 가는 사람들의 머리 위로 흉상의 모습이 우뚝 드러나 보였다. 향기 가득한 곡물 밭은 명멸하는 반딧불로 인해 온통 별바다와도 같았다.

초막에 머물면서 곡물 밭을 지키던 목동 하나가 무장한 사람들이 수도 없이 몰려오는 것을 보고는 갑작스럽게 광적인 두려움에 사로잡혀 필사적으로 달아났다. 비탈을 따라 마을로 달려 올라가면서 그는 온 힘을 다해 소리쳤다.

"사람 살려! 사람 살려!"

그의 외침이 올리브나무 숲에서 메아리쳤다.

곧이어 라두사니 마을 사람들의 공격이 시작되었다. 나무줄기들 사이에서, 마른 갈대 사이에서 은으로 된 성체가 뒤뚱거리며 움직였고, 나뭇가지에 부딪혀 맑은 울림소리를 내기도 했다. 그리고 이를 운반하는 사람들의 몸이 기우뚱거려 자칫 넘어질 뻔할 때마다 성체는 환한 극광에 반사되어 번쩍였다. 장총에서 열 발의, 열두 발의, 스무 발의 총알이 진동하는 불빛을 뿜어내며 마을에 모여 있는 집들을 향해 차례로 발사되었다. 요란한 총성이 들렸고, 이어서 비명 소리가 들렸다. 그리고 곧이어 엄청나게 시끄러운 동요가 일었다. 어떤 문들은 열리고 다른 어떤 문들은 닫혔으며, 유리창이 떨어져 나가 산산이 부서지고 향신료를 담은 항아리가 깨어져 길거리에 나뒹굴었다. 공격자들이 지나간 자리에는 흰 연기가 굼뜨게 피어올라 하늘의 백열광 속으로 사라졌다. 모두가 짐승 같은 분노에 휩싸여 눈이 먼 채 소리쳤다.

"죽여라! 죽여!"

한 무리의 우상숭배자들이 판탈레오네 성자를 둘러싸고 빈틈없이 지켰다. 둥근 낫을 흔들어대는 사람들과 밀낫을 휘둘러대는 사람들 사이에서 곤셀보 성자를 향해 끔찍한 저주의 욕설이 터져 나오기도 했다.

"이 도둑놈, 도둑놈아! 이 쌍놈아! 초를 내놓으란 말이다, 우리 초를!"

다른 무리의 사람들은 도끼로 집집의 문짝을 공격했다. 문짝이 경첩에서 떨어져 나가 산산이 부서지자, 판탈레오네 성자를 추종하는 무리의 사람들은 으르렁거리며 집 안으로 뛰어들어가 사람들을 살해했다. 속옷 차림의 여인들이 구석으로 몸을 피한 채 살려달라고 애원했다. 그네들은 공격에 맞서 자신을 방어하고자 무기를 움켜쥐는 바람에 손가락이 잘려나가기도 했다. 또는 담요와 홑이불 더미에 몸이 감싸인 채 바닥에 뒹굴러 있고 엎어져 있기도 했는데, 그 사이로 영양 결핍으로 인해 축 늘어진 병약한 살점이 삐져나와 있기도 했다.

껑충한 키에 깡마르고 머리털이 붉은 자코베, 메마른 뼈다귀 더미와도 같은 인간인 자코베는 격정에 사로잡혀 끔찍한 학살 주도자로서의 역할을 수행했다. 그는 어느 때든 멈춰 서서, 엄청난 크기의 둥근 낫을 모든 사람의 머리 위에서 휘두르며 명령조의 지시를 내리는 큼직한 몸동작을 해댔다. 그는 판탈레오네 성자의 이름에 의지하여, 벗어진 머리를 드러낸 채 두려움 없이 무리의 선두에 섰다. 서른 명 이상의 사람들이 그를 따랐다. 모두가 화재 현장 한가운데를 지나가는 듯한 혼란스럽고 멍한 느낌에 빠져 있었다. 그들은 진동하는 바닥에 발을 딛고 이제 막 무너지려는 불타는 천장 아래를 지나가는 듯한 착각에 젖어 있었다.

하지만 자신들을 방어하기 위해 사방에서 사람들이 모여들기 시작했다. 흑백 혼혈아처럼 검은 피부를 가진, 강인한 데다가 피에 굶주린 마스칼리코 사람들이 기다란 접이식 칼을 들고 공격해왔으며, 상대의 배와 목을 조준하여 칼을 내리칠 때마다 목구멍 깊숙한 곳에서 나오는 고함 소리를 내질렀다. 난투전의 현장이 한 걸음 한 걸음 교회 쪽으로 이동했으며, 두세 집의 지붕에서 화염이 일었다. 여인네들과 아이들은 공포에 사로잡혀 눈에 생기를 잃은 채 허둥지둥 무리 지어 올리브나무 숲으로 피신했다.

이제 여인네들의 눈물과 탄원이라는 걸림돌이 사라지자, 남정네들 사이의 육박전이 한층 더 가혹하고 격렬한 것이 되었다. 녹빛 하늘 아래의 지상에는 시체로 뒤덮였다. 부상당한 자들의 이빨 사이로는 단속적인 저주의 말이 거칠고 새된 소리가 되어 새어 나왔다. 소란이 계속되는 가운데서도 라두사니 사람들의 외침은 끊이지 않고 이어졌다.

"초를 내놓으란 말이다, 우리 초를!"

하지만 교회의 출입구는 떡갈나무로 만들고 대못으로 장식한 거대한 문으로 막혀 있었다. 마스칼리코 사람들은 연장으로 내리치고 도끼로 찍어내는 라두사니 사람들의 공격에 맞서 문을 방어했다. 은으로 만들어진 흰색의 수동적인 성자는 극심한 난투전 한가운데서 이리저리 흔들리며 네 명의 장사들 어깨에 얹힌 채 아직 자세를 유지하고 있었다. 성자를 어깨에 떠받히고 있던 장사들은 머리에서 발끝까지 피를 흘리고 있었지만 굴복하지 않았다. 적들의 성전에 자기네들의 우상을 모시는 것이 공격자들의 지상 맹세였던 것이다.

마스칼리코 사람들이 돌계단 위에서 유별난 사자처럼 사납게 교전을 계속하고 있는 동안, 자코베가 갑자기 사라졌다. 그는 교회 건물의 옆쪽으로 돌아가서 방어진이 없는 출입구를 찾은 다음 그곳을 통해 성체 안치소로 침투하려 했던 것이다. 마침내 그는 땅바닥에서 그리 높지 않은 곳의 벽에 건물로 들어갈 수 있는 구멍이 나 있는 것을 보았다. 그는 그곳으로 기어 올라가서 몸을 넣어보았지만, 구멍이 좁아 엉덩이가 꼈다. 그러자 몸을 이리저리 비틀어 간신히 기다란 몸을 구멍 아래쪽으로 통과시켰다. 감미로운 향내가 신의 성전을 채우고 있는 차가운 저녁 공기 속에서 희미하게 감지되었다. 그는 밖에서 싸우는 소리의 인도를 받아 어둠 속에서 더듬더듬 문 쪽으로 걸음을 옮겼다. 그러다가 의자에 걸려 넘어져 얼굴과 손에 부상을 입기도 했다. 그가 문에 이르러 쇠막대로 자물쇠를 강제로 뜯어내려 할 때는 이미 라두사니 사람들의 도끼질 소리가 단단한 떡갈나무 문에서 사납게 울려대고 있었다. 바로 그때 그는 돌연 숨이 세차게 가빠오고 심장 박동이 빨라지는 것을, 그 때문에 기력이 쇠잔해지는 것을 느꼈고, 이로 인해 숨이 막힐 것 같은 상태에서 헐떡이며 그 일을 시작했다. 그러는 가운데, 상상 속의 번쩍이는 불꽃이 그의 시야를 가로질렀으며, 몸의 상처가 그를 고통스럽게 했다. 그의 피부 위로는 따뜻한 액체가 쏟아져 나와 흘러내리고 있었다.

"판탈레오네 성자님, 판탈레오네 성자님!" 문이 점점 헐거워지는 것을 느끼고 타격과 도끼질을 배가하면서, 밖에서 그의 동지들이 목소리를 높여 외쳐댔다. 나무로 된 문을 통해 사람들이 상처를 입고 쓰러지면서 내는 둔중한 소리가 들렸고, 그 자리에서 누군가의 등에 칼이 갑작스럽게 박히는 소리가 들리기도 했다. 또한 자코베에게는 자신의 격렬한 심장이 펄떡이는 소리가 교회의 회당 전체를 울리고 있는 것처럼 느껴졌다.

5

최후의 일격을 가하자, 마침내 문이 열렸다. 라두사니 사람들이 죽은 이들의 몸 위를 지나 엄청나게 시끄러운 승리의 함성을 지르며 돌진해 들어와서, 은으로 된 성자를 어깨에 메고 제단으로 향했다. 그리고 환하게 넘실대는 반사광이 갑작스럽게 어둠이 지배하던 교회의 회당으로 밀어닥쳐, 금빛의 촛대와 저 높은 곳의 파이프오르간을 환하게 비췄다. 그리고 교회 근처의 불타는 집들 내부에서 이따금씩 터져 나와 반사되는 황갈색의 불빛 속에서 제2차 전투가 벌어졌다. 양편의 사람들이 단단하게 뒤엉켜 타일이 깔린 바닥 위를 뒹굴며 떨어질 줄을 몰랐다. 그들은 일그러지고 격한 분노감에 휩싸인 채 여기저기서 엎치락뒤치락하다가 예배용 좌석에 부딪히기도 했고, 그 밑으로, 예배당의 계단 위로, 고해실 곁으로 굴러가기도 했다. 신의 성전 한쪽 외진 곳에서는 살을 가르고 뼈를 긁는 오싹한 쇳소리가 난무했고, 치명적인 부위를 찔린 사람이 내지르는 단속적인 외마디 신음 소리가, 일격을 당해 두개골이 산산이 깨질 때 나는 둔중한 소리가, 죽기를 원하지 않는 사람이 내지르는 고함 소리가, 누군가를 살해하는 데 성공한 사람이 내지르는 잔인무도한 환호 소리가 하나같이 또렷이 울려 퍼졌다. 그리고 이러한 갈등의 현장 위로 은은한 향내가 감돌고 있었다.

은으로 만든 우상은 아직 영광스러운 제단에 이르지 못했다. 한 무리의 적대자들이 제단에 다가가는 것을 막았기 때문이다. 자코베는 둥근 낫을 가지고 적에 맞서 싸우고 있었다. 비록 여러 군데 부상을 입었지만, 그는 자신이 이미 확보한 공간을 한 치도 내어주지 않았다. 이제 성자를 제단으로 모실 인력은 둘밖에 남지 않았다. 분노에 찬 들끓는 피바다 위에서 성자의 거대한 머리가 마치 술에 취한 사람처럼 휘청거렸다. 마스칼리코 사람들은 사납게 날뛰었다.

결국에는 판탈레오네 성자의 성상이 바닥에 넘어졌으며, 성상이 넘어질 때의 날카로운 금속성 소리가 칼끝보다도 더 깊이 자코베의 심장을 꿰뚫었다. 피 묻은 둥근 낫을 움켜쥐고 있던 그는 성상을 다시 일으켜 세우려고 몸을 날렸다. 그 순간, 극도로 악에 받쳐 있던 한 친구가 적인 그를 밀낫으로 내리쳐 바닥에 납작 눕혔다. 등을 바닥에 대고 쓰러진 자코베는 두 번이나 일어나려 했지만, 그때마다 적이 다시 내리쳐 바닥에 눕혔다. 피가 자코베의 얼굴 전체와 가슴과 양손을 흥건히 적셨고, 양 어깨와 팔에는 깊은 상처를 입은 뼈가 하얗게 드러나 보였다. 그럼에도 그는 여전히 일어나서 적과의 싸움을 멈추려 하지 않았다. 엄청나게 끈질긴 그의 생명력에 격노한 마스칼리코의 농부 셋이, 넷이, 다섯이 함께 그의 배를 맹렬하게 공격했고, 그의 내장이 쏟아져 나왔다. 광신도 자코베가 등을 뒤로 한 채 쓰러졌으며, 그의 목덜미가 은으로 된 흉상에 부딪쳤다. 그러자 그가 갑자기 배를 깔고 몸을 돌려 얼굴을 금속 덩어리인 흉상 쪽으로 향했다. 그리고 양다리를 뻗은 채 흉상을 움켜쥐려는 듯 갈고리같이 손가락이 모아진 손을 앞으로 뻗었다. 그렇게 해서 판탈레오네 성자는 종적을 감추게 되었다. ●

옮긴이 장경렬

서울대학교 영문과를 졸업하고, 미국 오스틴 소재 텍사스대학교 영문과에서 박사학위를 취득했다. 서울대학교 영문과의 교수직을 거쳐, 현재 명예교수로 있다. 주요 번역서로『내 사랑하는 사람들의 잠든 모습을 보며』,『야자열매술꾼』,『아픔의 기록』,『선과 모터사이클 관리술』,『젊은 예술가의 초상』,『라일라』,『학제적 학문 연구』등이 있다.

광기와 공격성이 빚어내는 처절미

—

「우상숭배자들」을 읽은 것은 내게 색다른 문학 체험이었다. 여기서는 우리가 다른 작품에서 흔히 보는 미학적 장치는 찾아볼 수가 없다. 신앙은 거룩함을 지향하지만 바로 그 때문에 쉽게 아름다움으로 전화轉化될 수 있는 그 무엇이다. 그러나 이 작품에서 신앙은 오직 광기로만 추구되고 있다. 비록 합리적이기까지는 못해도 어느 정도 근거만 있으면 인간의 투쟁 또한 비장한 아름다움을 획득할 수 있다. 그러나 이 작품 속의 투쟁은 아무 설득력 없는 공격성의 표출일 뿐이다.

해가 진 뒤에도 핏빛으로 물든 밤하늘 아래 공포에 찬 사람들을 끌어내는 소설의 서두는 일견 괴기소설의 분위기를 풍긴다. 그러나 소설의 마지막 줄까지 이어지는 것은 괴기미怪奇美의 형상화가 아니라 사실적이어서 더 끔찍해 보이는 살육극의 묘사다. 사건도 발단에서 결말까지 도무지 이성이 맥을 못 추는 진행이라 우리가 읽을 수 있는 것은 다만 인간의 광기와 공격성을 극단으로 과장함으로써 드러나는 작가의 사디즘뿐이다.

하지만 조금만 겸손하게 세계와 인생을 돌아보면 우리가 믿는 질서, 우리가 믿는 논리란 것이 얼마나 근거 없고 억지스러운가를 금세 알 수 있다. 결국 정도의 차이일 뿐, 우리는 누구도 우리 내부의 광기와 공격성으로부터 자유롭지 못하다. 현대적 논리로 세련된 신앙인 이데올로기도 광기로부터 온전히 벗어나지는 못했고 여러 세기에 걸쳐 강조된 박애와 연민의 가르침에도 우리 내부의 공격성은 크게 줄지 않았다. 아직도 세계 곳곳에는 광기와 공격성을 드러낼 구실을 찾아 광장에 몰려 있는 라두사니 주민들이 웅성거리고 그들을 피의 제전으로 내몰려는 자코베가 수없이 기염을 토하고 있다.

어쩌면 작가는 영원히 구제받지 못할 우리의 맹목과 광기, 그리고 잠재울 길 없는 공격성과 가학 성향을 한 무리의 우상숭배자들을 통해 형상화하려 한 것인지도 모르겠다. 그리하여 그 벌거숭이 본성이 연출하는 끔찍한 살육극은 우리에게 오히려 한 처절미懷絶美로 다가오는 것이나 아닌지.

이 작품을 쓴 가브리엘레 단눈치오는 20세기 초반 이탈리아의 국민적 영웅으로 숭앙받았던 시인이며 극작가이고 소설가이다. 그는 『조춘早春』이라는 시집으로 문단에 나온 이래 일련의 장편·단편 소설과 스케일이 큰 희곡에서 고루 대중적 인기를 누렸는데 그의 사상은 니체의 초인주의超人主義와 흡사한 데가 있었다. 그의 삶도 그가 구사하는 언어만큼이나 현란하고 인상적이어서 제1차 세계대전 때는 전투기 조종사로 싸웠고, 한때는 피유메 지방의 항독군抗獨軍 사령관으로 활동하기도 했다. 여기 실린 단편 「우상숭배자들」 외에 장편 『쾌락』, 『무고한 존재』도 우리나라에 번역되어 소개된 바 있다.

기우사

Der Regenmacher

헤르만 헤세 지음

송전 옮김

헤르만 헤세

독일의 소설가이자 시인, 화가. 1877~1962년. 독일 남부 뷔르템베르크의 칼프에서 태어났다. 1892년 마울브론 수도원 학교를 입학했으나 천성적인 자연인이자 미래의 시인을 꿈꾼 헤세는, 신학교의 속박된 기숙사 생활을 견디지 못하고 탈주했고, 한때 자살을 시도하기까지 했다. 이때의 경험은 지나치게 근면한 학생이 자기 파멸에 이르는 소설 『수레바퀴 밑에서』에 잘 나타나 있다. 노이로제가 회복된 후다시 고등학교에 들어갔으나 일 년도 못 되어 퇴학하고, 서점의 점원이 되었다. 그 후 한동안 아버지의 일을 돕다가 병든 어머니를 안심시키기 위해 칼프의 시계공장에서 삼 년간 일하며 문학수업을 시작하였다. 1946년 『유리알 유희』로 노벨문학상과 괴테상을 동시에 수상했다. 주요 작품으로 『수레바퀴 밑에서』, 『로스할데』, 『크눌프』, 『데미안』, 『싯다르타』, 『나르치스와 골드문트』, 『황야의 이리』, 『지와 사랑』, 『동방여행』, 『유리알 유희』 등이 있다. 이 밖에 단편집, 시집, 우화집, 여행기, 평론, 수상집, 서한집 등 다수의 작품이 있다.

—

수천 년 전의 일이다. 그때는 여인들이 통치권을 가지고 있었다. 씨족이나 가문에는 어머니나 큰 어머니가 있었다. 이들은 존경과 복종의 대상이었다. 아이가 태어날 때도 남자아이들보다 여자아이들이 더 선호되었다.

마을에는 고조할머니가 살고 있었다. 나이는 아마 백 살이나 그 이상이 되었을 터인데, 사람들이 기억하고 있는 한, 가끔 손가락을 움직이거나 말 한 마디 정도 내뱉는 늙은 할머니였지만, 마치 여왕처럼 모든 사람들로부터 존경을 받고 또 무서워하는 할머니였다. 이 할머니는 여러 날 동안, 옆에서 시중을 드는 친척들에 둘러싸여, 오두막 앞에 앉아 있었다. 마을의 여인들은 자신들의 존경심을 나타내기 위해서나, 자기 집안 사를 이야기하려고 또는 자기 아이를 보여드리고 축복을 받기 위해 이 할머니를 찾아왔다. 임신부들이 찾아와서 자신의 몸을 어루만져주고 장차 태어날 아기의 이름을 지어달라고 부탁하기도 했다. 그러면 이 고조할머니는 가끔씩 손을 얹어주기도 했고, 또 가끔씩은 고개를 끄덕이기만 하거나 머리를 설레설레 흔들기도 했고, 미동도 하지 않고 그저 앉아 있는 경우도 있었다. 고조할머니는 말을 거의 하지 않았다. 그냥 거기에 앉아 있었다. 거기 앉아서 다스렸으며, 시선을 멀리 둔 채 가늘게 땋은 하얗고 노란 머리를 독수리 모양을 한 뻣뻣한 얼굴 주위에 두르고, 존경, 선물, 간청, 보고, 고백 그리고 고발을 받아들였다. 이 할머니는 일곱 딸을 가진 어머니이자 큰 할머니였으며, 많은 손자와 증손자들의 할머니이기도 했다. 그녀는 그냥 앉아 있는 것뿐이었지만, 모든 사람들이 잘 알고 있었다. 이 고조할머니의 주름은 깊게 패고 그 이마는 햇볕에 그을렸지만, 파인 주름 사이와 이마 뒤편엔 마을의 지혜, 전통, 법, 규범 그리고 명예를 간직하고 있다고.

어느 봄날, 구름이 끼고 일찍 어두워진 저녁이었다. 진흙으로 만든 고조할머니의 오두막 앞에 고조할머니가 아닌, 그녀의 따님이 앉아 있었다. 이 따님 역시 자기 어머니 못지않게 얼굴빛이 그을렸고 품위가 있었으며 나이도 많았다. 앉아서 쉬고 있는 평평한 돌로 된 문지방에는, 날씨가 차가워져서 털가죽으로 덮혀 있었다. 그 바깥쪽 땅바닥이나 풀섶, 모래 위로 몇 명의 아이들과 몇 명의 아낙네, 그리고 머슴애들이 반원 모양으로 삥 둘러앉아 있었다. 그네들은 비가 오지 않거나 얼음이 얼지 않는 날이면, 매일 여기로 모여들었다. 고조할머니 따님이 하는 이야기나 역사 이야기, 그리고 음률을 붙인 격언을 듣기 위해서였다. 예전에는 고조할머니가 이 일을 맡아 했으나, 이젠 너무 나이가 들었고 더 이상 말을 전달할 수 없는 지경에 이르렀기 때문에, 그 자리에 따님이 쪼그리고 앉아 이야기를 해주고 있는 것이었다. 그녀가 역사나 격언들을 모두 고조할머니한테서 전수받았던 것처럼, 그녀의 고조할머니의 목소리, 형상, 조용한 품위, 동작 그리고 말하는 행동까지 그대로 이어받아 지니고 있었다. 청중들에 섞여 있는 나이 어린 사람들은 고조할머니보다 이 따님에게 훨씬 더 친숙했다. 게다가 그들은 이 따님이 다른 사람을 대신해서 부족의 역사와 지혜들을 전해주고 있다는 사실을 거의 알지 못했다. 그날 밤 따님의 입에서는 지혜의 샘물이 흘러나왔다. 그녀는 이 부족의 보물을 백발 머리 안에 담아두고 있었으며, 부드럽게 돋아 나온 나이 서린 이마 뒤편에는 마을의 추억과 정신이 깃들어 있었다. 누군가가 지혜가 있다거나 격언이나 역사를 잘 알고 있다면, 그건 이 따님 덕분이었다. 마을에는 이 따님과 그 윗대 할머니들을 제외하고 지혜 있는 자가 한 사람 더 있었다. 숨어 지내는 이 남자는 대단히 비밀스럽고 말수가 적은 사람으로, 날씨 마술사 혹은 비를 부르는 사람, 기우사祈雨師였다.

바닥에 쭈그려 듣고 있는 사람들 중에 크네히트라는 소년이 있었다. 그 곁에는 작은 소녀가 앉아 있었다. 소녀의 이름은 아다였다. 이 소녀를 좋아한 크네히트는 자주 함께 다니며 보호해주었는데, 이는 사랑 때문은 아니었다. 크네히트 역시 어려서 사랑에 대해서는 아직 아는 바가 없었다. 다만 이 아다의 아버지가 비를 부르는 사람, 기우사였기 때문이다. 크네히트는 이 기우사를 존경하고 경이로워하며, 고조할머니와 그 따님 말고는 누구보다도 그를 존경했다. 고조할머니나 따님은 여자였으므로, 사람들이 이들을 존경하고 두려워할 수는 있었으나 그들과 같은 존재가 된다는 생각을 하거나 소망을 품을 수는 없었다. 그런데 이 날씨 마술사는 남자였지만 접근하기가 심히 어려워서, 소년도 그의 곁에 머물러 있기가 쉽지 않았다. 그에게는 우회로를 통해 접근해야 했는데, 이 우회로 중의 하나가 어린 소녀를 보살펴주는 것이었다. 크네히트는 가능한 한 자주 그 어린애를 외딴 곳에 떨어져 있는 이 날씨 마술사의 집에서 데려와, 저녁에 할머니의 움막 앞에 앉아 이야기를 듣도록 해주었고, 나중에 다시 집으로 데려다주었다. 오늘 밤도 크네히트는 똑같은 일을 하였고, 아다 곁 어두운 곳에 웅크리고 앉아서 얘기를 들었다.

할머니는 오늘 마녀 마을에 대해서 이야기하기 시작했다.

"마을에는 때론 성미가 고약스러워 아무한테도 호감을 사지 못하는 여자가 있었지. 그런 여자들은 또 애도 못 낳는 법이야. 그런데 성미가 너무나 악질적이면, 마을에 둘 수가 없는 경우도 있었어. 그러면 마을 사람들이 밤중에 그 집에 몰려가서 남편은 쇠사슬로 묶고, 여자는 회초리질로 혼을 낸 다음 저멀리 있는 숲이나 늪지로 끌고 가서 악담을 퍼붓고 팽개쳐버렸지. 그런 다음 남편은 사슬에서 풀어주었어. 남편 나이가 많지 않으면 다른 여자와 살림을 차리기도 했어. 추방당한 여자가 용케 죽음을 면하면 숲이나 습지를 헤매다가 동물의 말을 배우게 되고, 그렇게 해서 세월을 보내다가 어느 날 마녀 마을을 만나게 돼. 본디 자기 마을에서 쫓겨난 악질 여자들이 자기들끼리 모여 마을을 이루고 있는 것이지. 이 악질 여자들은 거기서 살면서 온갖 나쁜 짓을 하고 마술을 부리는 거야. 그런데 특히 제 아이가 없으니까, 보통 사람들 마을에서 아이를 꼬드겨 오는 것을 즐거움으로 삼고 있었어. 아이들이 숲에서 길을 잃고 집에 돌아오지 않으면, 그건 습지에 빠지거나 늑대에게 물린 게 아니라, 마녀들한테 곁길로 유인당한 뒤 그 마녀 마을로 끌려간 것으로 알면 돼.

그런데 내가 아직 어릴 적, 그러니까 우리 할머니가 마을의 큰 할머니셨던 시절이었어. 어떤 여자애가 동무들과 귤을 따러 갔다가, 다른 애들이 귤을 따는 동안 그만 자기도 모르게 잠이 들어버렸던 거야. 아직 어린 여자애였던 까닭에 나뭇잎이 덮이면 보이지 않았어. 다른 여자애들은 그것도 모르고 점점 앞으로만 걸어 나갔다가 저녁때가 되니까 마을로 돌아와버린 거야. 그런데 마을에 돌아와서야 그 여자애가 없어진 걸 알게 되었지. 젊은이들이 찾아 나섰어. 숲속을 온통 뒤지며 여자애 이름을 불렀지만, 밤이 깊어질 때까지 찾지 못하고 되돌아왔어. 그런데 그 여자애는 실컷 자고 나서는 숲 안으로 계속 걸어 들어갔어. 여자애는 무서워질수록 걸음을 재촉했어. 어디가 어딘지 도대체 구분을 할 수 없었지. 결국 여자애는 마을로부터 점점 멀어지게 되었고, 여태껏 가보지 못한 곳에 도달해버린 거야. 그런데 그 여자애는 목에 나무껍질로 만든 줄에 산돼지 이빨을 잡아맨 목걸이를 걸고 있었어. 제 아비가 산돼지 이빨에 구멍을 내어 끈을 끼울 수 있도록 한 건데, 사냥 갔다 온 선물로 그 여자애에게 준 것이었어. 산돼지 이빨을 피로 세 번 끓이고 좋은 주문呪文을 외워두면, 이빨을 몸에 지닐 경우, 마술을 방지할 수 있기 때문이었지. 여자애가 숲속을 헤매고 있을 때 한 여인이 나타났어. 마녀였어. 여인은 다정한 얼굴을 하고 있었어. '귀여운 아가씨, 길을 잃었어? 자, 날 따라와, 내 가 집에 데려다줄게' 하고 말했어. 여자애는 따라갔지. 그때 여자애는 모르는 사람에게 산돼지 이빨을 보여서는 안 된다 는 부모님 말씀이 생각나서, 눈치 못 채게 이빨을 끈에서 뽑아 허리띠 사이에 꽂았어. 그 낯선 여인은 여자애를 데리고 여러 시간 걸어갔어. 밤이 깊어서야 마을에 도착했지. 그러나 그곳 은 우리 마을이 아니라 마녀 마을이었어. 거기서 여자애는 어 두컴컴한 마구간에 갇혔고, 마녀는 자기 오두막으로 잠자러 들어가버렸어. 다음 날 아침 여자애한테, '얘, 너 산돼지 이빨 갖고 있지 않니?' 하고 물었어. 여자애는, '네, 갖고 있었는데 요, 숲속에서 잃어버렸어요' 하고 대답하면서 나무껍질로 만 든 끈만 보여주었어. 그 끈에는 이미 산돼지 이빨은 달려 있지 않았지. 그러자 마녀가 돌로 만든 단지를 가져왔어. 그 안에 는 흙이 담겨 있었고 흙 속에 풀 세 포기가 자라고 있었지. 여 자애는 풀을 살펴보고는, '이게 뭐예요?' 하고 물었어. 그러자 마녀는 첫 번째 풀을 가리키며 '이것은 네 엄마 목숨이다'라고 말했어. 또 두 번째 풀을 가리키면서 '이 풀은 네 아버지 목숨이다'라고 말했고, 마지막으로 세 번째 풀을 가리키며 '이건 네 목숨이야. 이 세 포기의 풀이 푸르게 자라는 동안은 너희들이 튼튼하게 살 수 있어. 그러나 어느 것이든지 마르면 그것에 해당되는 목숨을 가진 사람은 병이 들어. 지금 내가 이중 어느 하나를 뽑을 텐데, 그러면 그것에 해당되는 목숨을 가진 사람은 죽어야 해'라고 말했어. 마녀는 아버지 목숨을 나타내는 풀을 손으로 잡고 뽑아내기 시작했어. 풀이 조금씩 뽑혀서 그 흰 뿌리 부분이 보였을 때, 풀은 깊은 한숨을 쉬었어……."

이 말을 하는 순간, 크네히트 옆에 있던 여자애가 마치 뱀에게 물린 듯이 펄쩍 뛰어오르더니 소리를 질러대며 허겁지겁 달아났다. 여자애는 이미 오랫동안 이야기의 무서움과 싸우고 있다가 더 이상 견딜 수가 없었던 것이었다. 한 나이 든 아낙네가 웃었다. 듣고 있던 사람들 중에서 다른 사람들도 이 꼬마 여자애 못지않게 무서움을 느끼고 있었으나 꾹 참고 앉아 있었다. 크네히트는 꿈꾸듯이, 겁먹으면서도 잘 듣고 있던 상태에서 깨어나서, 마찬가지로 벌떡 일어나 여자애를 뒤쫓아 달려갔다. 할머니는 이야기를 계속했다.

기우사는 마을 양어장 근처에 집을 두고 있었다. 그래서 크네히트는 그 근처에서 여자애를 찾았다. 그는 꼬이듯이 나직한 목소리로 중얼거리기도 하고 노래도 부르고 또 큰 소리로 불러대며 꼬마 여자애를 끌어내려고 무진 애를 썼다. 그것은 마치 여자들이 암탉을 불러낼 때처럼 목소리를 길고 달콤하게 소리 내어 마술을 걸려는 것 같았다. "아다!" 하고 크네히트는 노래 부르듯이 이름을 불렀다. "아다, 아다, 이리 나와. 겁낼 것 없어. 나야, 크네히트!" 그는 이렇게 몇 번씩 노래를 불렀다. 크네히트는 아다의 목소리도 듣지 못했고 모습도 볼 수 없었는데, 한순간 아다의 작고 부드러운 손이 자신의 손을 누르는 걸 느꼈다. 아다는 길 옆집에 등을 바짝 붙이고 서서 크네히트가 부르는 노랫소리를 들으며 기다리고 있었던 것이다. 그녀는 숨을 훅 내쉬면서, 이제는 어엿한 남성처럼 키가 크고 힘이 센 듯 보이는 크네히트에게 매달렸다.

"무서웠니, 응?" 하고 크네히트가 물었다. "그럴 필요 없어. 아무도 너한테 무슨 짓 안 해. 모두 아다를 좋아하니까. 자, 우리, 집으로 가자!" 꼬마 애는 아직 떨고 있었고 조금은 흐느껴 울었다. 그러나 곧 안정이 되어 크네히트에게 감사하며 그를 신뢰하듯이 뒤쫓아왔다.

오두막 문간에는 흐릿하고 불그스레한 불빛이 흔들리고 있었다. 기우사는 집 안에서 허리를 구부리고 앉아 있었다. 밝은 붉은빛이 길게 드리워진 그의 머리카락을 비추며 흔들거리고 있었다. 기우사는 불을 때며 두 개의 작은 냄비에 무엇인가를 끓이고 있었다. 크네히트는 아다와 함께 들어가기 전 호기심에 끌려 밖에서 들여다보고 있었다. 그는 끓이는 게 음식이 아니라는 걸 금방 알아차렸다. 음식 끓이는 냄비는 따로 있었기 때문이었다. 게다가 이미 늦은 시간이었다. 기우사는 벌써 크네히트의 발소리를 듣고 있었다.

"문간에 있는 사람이 누구냐?" 하고 기우사가 소리를 질렀다. "자, 방 안으로 들어오거라. 아다, 너냐?" 그는 냄비의 뚜껑을 덮고 물과 재를 북돋우고 돌아보았다.

크네히트는 이 이상야릇한 냄비를 아직도 곁눈질로 바라보고 있었다. 이 오두막에 올 때마다 이런 일은 크네히트의 마음에 호기심과 존경심 그리고 조마조마한 감정을 불러일으켰다. 그는 가능한 한 자주 오두막에 발을 내디뎠으며 그러기 위해서 갖가지 이유와 핑계를 만들어냈다. 그러나 그럴 때마다 늘 마음의 억누름이 반은 간질거림으로 또 반은 경계하는 감정으로 감지되었는데, 그런 마음의 억누름 안에서는 두려움을 동반한 호기심과 기쁨이 다툼을 벌이고 있었다. 크네히트는 오래전부터 이 노인의 뒤를 쫓아다니고 있었다. 또 노인이 있으리라 생각되는 곳이면 어디든지 그 근처에 나타났으며, 마치 사냥꾼처럼 그의 뒤를 밟고 말없이 그를 섬기며 동행이 되어주고 있었다. 노인은 이미 분명히 그걸 알고 있었다.

기우사, 투루는 맑은 맹조猛鳥의 눈으로 그를 쳐다보았다. "자넨 여기서 뭘 원하나?" 그가 냉정하게 물었다. "이보게, 지금은 남의 오두막을 방문할 수 있는 낮 시간이 아닐세."

"투루 사부님, 저는 아다를 집까지 바래다주려 한 겁니다. 아다가 할머니 근처에 있었습니다. 우린 마녀 이야기를 듣고 있었지요. 그런데 아다가 갑자기 무서움을 타서 소리를 질러 댔지요. 그래서 제가 데려온 겁니다."

아버지는 딸에게 시선을 주었다. "아다, 너 겁쟁이구나. 영리한 여자애는 마녀 따위를 무서워하지 않는데. 넌 영리한 애잖아. 그렇지 않니?"

"네, 그래요. 하지만 마녀는 순전히 못된 기술을 부릴 수 있었다고요. 만일 산돼지 이빨이 없다면……."

"그래 산돼지 이빨을 갖고 싶니? 생각해보마. 하지만 더 좋은 걸 알고 있다. 그 나무뿌리를 알고 있으니, 그걸 가져오마. 우린 그걸 가을에 찾아서 뽑아야 해. 그건 영리한 소녀를 마녀로부터 보호해주고, 또 예쁘게도 해주는 거야."

아다는 미소를 지으며 기뻐했다. 아다는 오두막의 냄새가 느껴지고, 작은 불빛이 자신의 주변에 느껴지는 순간 이미 마음이 편안해져 있었다. 크네히트는 수줍게 물었다. "저도 뿌리 찾는 데 함께 갈 수 없겠습니까? 사부님이 제게 그 모양을 설명해주시면……."

투루는 눈을 가늘게 떴다. "꼬마 사내아이들이 그런 걸 알고 싶어 하지"라고 말하는 그의 목소리에는 악의가 담겨 있지는 않았고, 다만 약간 얕보는 듯한 기색만이 있을 뿐이었다. "아직 시간이 있어. 아마 가을쯤이 될 거야."

크네히트는 물러나와 자기가 잠자는 곳으로 사라졌다. 크네히트는 부모가 없는 고아였다. 그래서 그는 아다와 그녀의 오두막에 매력을 느끼고 있었다.

기우사는 말하는 걸 좋아하지 않았으며, 다른 사람이 말을 듣는 것도 또 혼잣말도 좋아하지 않았다. 사람들은 흔히 그를 이상한 사람 또는 불만 있는 사람으로 취급했다. 그러나 사실은 그런 사람이 아니었다. 그는 자기 주위에서 일어나고 있는 일을 잘 알고 있었다. 그러니까 사람들이 학자나 은둔자 같은 그의 느긋해하는 태도에서 짐작하는 것보다는 잘 알고 있었다. 그리고 그 어떤 것보다 분명히 알고 있는 것이 있었다. 그 것은 약간 부담스럽지만 귀엽고 아주 영리해 보이는 이 소년이 자신을 쫓아다니며 유심히 살펴보고 있다는 사실이었다. 그는 이것을 처음부터 알고 있었다. 벌써 일 년 이상 지속되어 온 일이었다. 그는 그것이 무엇을 의미하는지도 잘 알고 있었다. 이것은 소년에게 대단히 중요한 것을 의미했지만, 노인에게도 역시 마찬가지였다. 그것이 의미하는 바는 소년이 이 날씨 마술사에게 반해 있고 무엇보다도 날씨 부리는 재주를 배우고 싶어 한다는 것이었다. 마을에는 언제든지 그런 소년이 있었다. 또 이 재주를 배우기 위해서 이 마을로 찾아든 사람도 여럿 있었다. 애시당초 겁을 먹고 용기를 잃은 자도 적지 않았으나, 그렇지 않은 자도 있었다. 예전에 노인은 이런 자들 중에서 두 사람을 몇 년 동안 제자와 견습생으로 삼아 데리고 있었다. 이들은 멀리 떨어진 마을로 장가가서 거기서 기우사가 되거나 약초 채집가가 되었다. 그 이후부터 투루는 혼자 살왔다. 그가 이제 어떤 견습생을 둔다면, 그건 장차 자신의 대를 이을 기우사를 갖기 위함일 터였다. 항상 그러했고, 항상 그게 옳았으며 달리 어쩔 수 없었다. 늘 반복해서 누군가 재능 있는 소년이 나타날 수밖에 없었다. 소년은 이 명인名人에 매달려 쫓아다녔고, 이 명인이 자신의 도구를 대가답게 완벽히 제어해나가는 것을 보았다. 소년은 재주가 있었다. 그는 필요한 것을 지니고 있었고, 그가 지닌 몇 가지 징표는 그를 돋보이게 했다. 무엇보다도 탐구적이며 날카롭고 꿈꾸는 듯한 눈매, 본질적으로 삼가고 조용한 태도, 무엇인가를 감지하고 냄새 맡으며 깨어 있는 태도, 소리와 냄새에 대한 주의 깊은 태도, 무언가 새나 사냥꾼 같은 속성 등이 그런 것들이었다. 분명 이 소년은 날씨 전문가가 될 수 있을 것 같았다. 아니, 마술사가 될 것도 같았다. 아주 쓸모 있는. 그러나 서두를 필요가 없었다. 소년은 아직 너무 어렸고, 사람들이 그를 알아본다는 걸 소년에게 드러내줄 필요 또한 전혀 없었다. 일이 그에게 너무 쉽게 풀려나가게 해서는 안 되었고, 또 그가 가야 할 길을 줄여주어서도 안 되었다. 만일 이 소년이 움츠러들고, 겁먹고, 흔들리고 또 용기가 꺾이는 경우라면, 소년을 잃는다고 해서 해될 것은 없었다. 소년은 기다려야 하고 봉사해야 하며 주위를 맴돌며 따라다니고 명인의 마음에 들려고 노력해야 할 것이었다.

크네히트는 별이 두서너 개 떠 있는 구름 낀 하늘 밑을 만족스런 마음으로 또 기분 좋게 흥분한 채 마을 쪽으로 걸어갔다. 오늘날의 우리들에게는 당연한 것이고 또 아무리 가난한 사람들에게도 있기 마련인 향락과 즐거움, 그리고 세련된 것들에 대해서 그 마을 사람들은 전혀 알지 못했고, 교양과 예술에 대해서도 알지 못했다. 또 그들은 점토로 만든 움막집 말고는 어떤 다른 집이 있다는 것을 알지 못했고, 쇠나 철로 만든 도구 그리고 밀이나 포도주도 몰랐다. 양초나 램프 같은 발명품들은 그들에게 기적과도 같은 물건이었을 것이다. 때문에 크네히트의 생활과 그의 상상세계는 무한한 비밀 못지않게 풍성했고 그의 세계를 둘러싸고 있는 것은 온통 그림책이었다. 크네히트는 매일 이 세계의 새로운 일부분을, 즉 동물세계와 식물의 성장으로부터 별, 하늘에 이르기까지 조금씩 조금씩 정복해나갔다. 비밀에 감싸여 소리 죽이고 있는 자연과 겁먹은 소년의 가슴에 흩어져 숨 쉬고 있는 영혼 사이에는 긴밀한 연대감이 있었고 또 온갖 긴장, 근심, 호기심 그리고 소유하고 싶은 욕망이 도사리고 있었다. 그리고 인간의 영혼은 그럴 능력을 지니고 있었다. 크네히트의 세계 속에는 문자로 쓰인 지식도, 역사도, 책도, 알파벳도 없었고, 마을을 서너 시간 벗어난 곳에 있는 모든 것은 그가 모르는 세계였다. 반면에 그는 가족과 동료 가운데서 그리고 마을 안에서 완벽하게 함께 생활하고 있었다. 할머니들의 지도 아래 있는 마을, 고향 그리고 씨족 공동체는 민중과 국가가 인간에게 줄 수 있는 모든 것을 그에게 주고 있었다. 그것은 바로 수천의 뿌리가 가득 뻗어내려 채워진 땅이었으며, 이 뿌리들의 얽힘 속에서 그 자신이 한 뿌리였던 것이고 그 모든 것에 함께 참여하고 있었다.

크네히트는 만족한 마음으로 천천히 걸어갔다. 나무 품속으로 밤바람이 낮게 속삭이는 소리와 축축한 땅 냄새, 갈대 냄새, 진흙 그리고 생나무 연기 냄새가 피어올랐다. 기름기가 낀 약간 달콤한 냄새는 그 어떤 것보다도 고향의 냄새였다. 마지막으로 소년의 오두막에 가까워졌을 때, 오두막 냄새, 소년 냄새, 젊은 남자 냄새가 풍겨났다. 크네히트는 소리 내지 않고 갈대로 만든 요 밑으로 기어들어 따뜻하게 숨 쉬는 어둠 속에 묻혔다. 그리고 지푸라기 위에 몸을 눕히고 마녀 이야기, 산돼지 이빨, 아다, 날씨 마술사, 불에 걸린 냄비 등을 생각하다가 살포시 잠에 빠져들었다.

투루는 아주 서서히 소년을 향해 다가갔다. 그는 소년을 쉽게 놓아두지 않았다. 그러나 젊은이는 항상 그의 뒤를 쫓아다녔다. 무엇인가가 젊은이를 노인에게로 끌어당겼지만, 그게 뭔지 노인은 알 수 없었다. 노인이 숲이나 습지 또는 들판 중 가장 은밀한 어떤 장소에서 덫을 놓고 짐승의 발자국 냄새를 맡고 뿌리를 캐고 또 씨앗을 모을 때면, 갑자기 이 소년의 눈길이 느껴질 때가 종종 있었다. 소년은 소리 내지 않고 눈에 띄지 않게 몇 시간씩 그를 따라와서는 그를 지켜보고 있었던 것이다. 그럴 때 노인은 짐짓 못 본 체하기도 했고, 또는 투덜거리며 뒤따라온 소년을 쫓아버리기도 했다. 그러나 어떤 때에는 소년을 눈짓으로 불러 하루 종일 곁에 두고 여러 가지 일을 거들게 하면서 이것저것 가르치고 알아맞혀보도록 하기도 했고, 약초 이름을 가르쳐주고 물을 길어오게도 했으며, 불 피우는 일을 시키기도 했다. 노인은 어떤 일을 하더라도 다루는 요령, 이점, 비밀 그리고 공식들을 알고 있었는데, 이런 것들을 비밀로 지키도록 소년에게 단단히 일러두었다. 그리고 마침내 크네히트가 약간 더 성장하자, 그를 온종일 자기 곁에 두고 자신의 제자로 완전히 인정한 다음 소년을 자기 오두막으로 데려왔다. 이렇게 해서 크네히트는 마을 사람들로부터 특별한 사람으로 인정받게 되었다. 크네히트는 이제 더 이상 소년이 아니었으며, 날씨 마술사의 정식 제자가 되었다. 그것은 곧 크네히트가 인내하며 약간의 능력을 나타낼 경우, 그의 후계자가 된다는 것을 의미했다.

노인이 크네히트를 자기 오두막으로 받아들인 그 순간부터, 두 사람 사이의 경계선은 완전히 없어졌다. 그러니까 존경과 복종의 경계선이 아니라, 불신과 격의의 경계선이 없어진 것이었다. 투루가 굴복해서 크네히트의 끈질긴 구애에 자신을 맡겨버린 격이었다. 투루가 원했던 것은 다름 아니라 크네히트를 날씨 마술사로 양성해 자신의 후계자로 만드는 것이었다. 그렇게 하는 데에는 개념도 학설도 방법도 수도 없고, 다만 약간의 말밖에 없었다. 스승이 연마시킨 것은 크네히트의 지성이 아니라 감각이었다. 전승과 경험의 위대한 자산, 자연에 대해 당시 삶들이 지니고 있는 전체 지식을 관리하고 응용하는 것도 중요했지만, 그것들을 다음 세대에 전해주는 것도 대단히 중요한 일이었다. 경험, 관찰, 본능 그리고 연구자의 습관 등이 농축된 크고 밀도 있는 체계가 소년 앞에 서서히 빛을 발하며 열리고 있었다. 그러나 그 어느 것도 개념을 통해서 전달되지 않고, 거의 모든 것을 감각으로 느끼고 습득하고 재음미해야만 했다. 그런데 이 학문의 기초와 중심은 무엇보다도 달에 관한 지식, 달의 변화와 그 영향에 관한 지식이었다. 다시 말해 달이 부풀어오르고 사라지는 동안 그 달에 망자들의 혼령이 어떻게 깃들게 되는지, 또 망자들이 있을 공간을 마련하기 위해 그 혼령들을 새로 태어날 생명에게 어떻게 보내는지 등에 대해 아는 것이었다.

할머니가 동화를 들려줄 때 그 자리를 떠나 노인이 아궁이에 올려놓은 단지 곁으로 왔던 그날 밤의 기억이 또렷한 것처럼, 크네히트에게는 그와 비슷하게 또렷이 기억에 새겨놓게 될 시간이 다가오고 있었다. 그것은 밤과 새벽의 시간이었다. 그때가 되면 스승은, 이지러지는 초승달이 마지막으로 떠오르는 것을 그에게 보여주기 위해, 그를 깨워 캄캄한 어둠 속으로 데리고 나갔다. 그때 스승은 한마디 말도 하지 않았고 미동도 하지 않았으며, 소년은 약간 무서워하며 또 부족한 잠 때문에 몸을 떨면서 숲 가운데 위치한 언덕배기의 널찍하고 앞이

훤하게 열린 바위 위에서 오랫동안 마냥 기다리고 있었다. 그렇게 기다리다 보면 마침내 스승이 이미 표시해놓은 지점에, 또 스승이 이미 자세히 기술해놓은 형상으로 얄팍한 달이 떠올랐다. 크네히트는 설레는 마음으로 넋을 잃고, 부드럽게 선이 굽은 모양으로 서서히 떠오르는 달을 바라보았다. 달은 어두운 구름 사이를 뚫고 조용히 헤엄쳐서 밝은 하늘의 섬에 도착했다.

"달은 머지않아 모습을 바꾸어 다시 차게 된다. 그럼 씨앗을 뿌릴 때가 오는 거다"라고 기우사는 손을 꼽아 보이며 말했다. 그러고는 다시 예전의 침묵 상태에 잠겼다. 홀로 버림받은 것 같은 기분으로 크네히트는 이슬이 빛을 발하고 있는 돌 위에 쭈그리고 앉아 싸늘한 공기에 몸을 떨었다. 숲속 먼 곳에서부터 부엉이 울음소리가 길게 늘어지며 들려왔다. 노인은 오랫동안 생각에 잠겨 있더니, 일어서며 그의 머리 위에 손을 얹었다. 그리고 꿈속에서 이야기하듯이 낮은 목소리로 말했다. "내가 죽으면 내 영혼은 달 속으로 날아간다. 그러면 너는 어른이 되는 거고, 아내를 맞이하게 된다. 내 딸 아다가 네 아내가 될 것이다. 아다가 너로 인해 아들을 얻게 되면, 내 영혼이 돌아와 네 아들 안에 머물게 될 거다. 내 이름이 투루이듯이 너는 그 아들의 이름을 투루로 짓도록 해라."

크네히트는 놀라서 귀를 기울였다. 감히 한마디 말도 꺼낼 수 없었다. 가느다란 은빛 초승달이 올라와서 벌써 반 정도는 구름 속에 휩싸여 있었다. 사물과 사건들이 서로 얽히고 연결되며 반복되고 또 교차하는 일이 빈번히 일어나는 것에 대해서 젊은이가 예감할 수 있게 되자 경이로운 느낌이 그를 엄습했다. 끝없이 펼쳐진 넓은 숲과 언덕 위로 낯설게 느껴지는, 있는 그대로의 하늘이 드리워 있었는데, 그 안에 스승이 정확히 예고했던 가느스름한 초승달이 떠올라 있었다. 크네히트는 경이로움을 느끼면서 자신이 이런 드리워진 하늘 앞에 증인이나 공연자의 위치에 서 있다는 걸 깨달았다. 그는 스승이 놀라운 존재로 느껴졌다. 지금 스승은 수천 가지의 비밀에 휩싸여 자신의 죽음을 생각하고 있었고, 그가 죽은 뒤 그의 영혼은 달에 머물 것이며, 그러다가 달로부터 돌아와 크네히트 자신의 아들로 태어나서 훗날 명인의 이름을 지니게 될 한 인간 안으로 들어가게 될 것이었다. 미래가, 마치 구름이 잔뜩 낀 하늘처럼, 기적적으로 찢겨 드러나 부분적으로 모습을 드러내는 것 같았으며, 운명이 자신 앞에 놓여 있는 느낌이었다. 이런 미래와 운명에 대해서 알고 그것들을 거명하고 또 그것들에 관하여 말할 수 있다는 것이, 기적과 질서로 충만해 있으나 감히 엿봐서는 안 될 영역을 들여다보는 일이라는 생각이 들었다. 저 하늘 위에서 낮은 소리를 내며 확실히 이뤄지는 천체의 진행, 인간과 동물의 삶, 인간과 동물의 공동체와 적대 관계, 만남과 투쟁, 생명체에 함께 들어 있는 죽음을 포함한 크고 작은 것들 등, 그 모든 것을 크네히트는 정신의 힘으로 한

순간에 파악할 수 있고, 알 수 있고, 또 들을 수 있을 것 같았다. 크네히트는 처음으로 던진 예감의 시선만으로 이 모든 것을 통째로 보았고 깨달았으며, 자신이 그 안에, 마치 명령을 받은 어떤 존재나 법칙의 지배를 받는 어떤 존재, 그리고 정신에 접근할 수 있는 어떤 존재처럼 소속되고 연관되어 있다고 느꼈다. 그것은 엄청난 비밀과 비밀의 품위와 깊이, 또 그것에 정통할 수 있다는 가능성을 예감하는 것이었다. 이 예감은 밤에서 새벽으로 이르는 냉기 속에 바위에 앉아 수천의 나무 꼭대기를 내려다보고 있는 젊은이를 마치 유령의 촉수처럼 건드리고 있었다. 크네히트는 이것에 대해서 말을 할 수가 없었다. 그 당시에도 못했고 또 그가 사는 동안 내내 못했다. 그러나 그 후 그에 대한 생각은 여러 번 했다. 그랬다. 그의 삶과 경험 속에 그때 그 시간은 항상 현재해 있었다. 그 시간은, '그걸 생각하라'고 경고하곤 했다. '그 모든 것이 존재한다. 달과 너와 투루와 아다 사이에는 뻗어 나오는 빛과 흐름이 오가고 있다. 죽음이 있으며 영혼의 나라가 있고 거기에서 돌아옴이 있다. 이 세상의 모든 영상과 현상에 대한 답은 너의 마음속에 자리 잡고 있다. 모든 것이 나와 연계된다. 너는 모든 것에 대해서 그 어느 사람이 알 수 있는 만큼은 많이 알고 있어야 한다. 그걸 항상 생각하라.' 그 목소리는 대략 이렇게 말하고 있었다. 크네히트로서는 처음으로 영혼의 목소리와 그 유혹과 독촉과 마력적인 권유를 들었던 것이다. 그는 이미 하늘에서 여러 번 달이 떠도는 것을 보았고 부엉이의 자연스러운 울음소리를 여러 번 들었던 터였다. 그리고 스승이 수다스러운 편은 아니었지만, 그의 입으로부터 크네히트는 옛 지혜나 외로운 성찰을 담고 있는 말을 여러 번 들은 적이 있었다. 그러나 오늘이 시간에는 사정이 달랐다. 그를 엄습했던 것은 전체에 대한 예감, 상호연관과 관계, 그리고 그 자신도 함께 포함되어 거기에 공동 책임을 지고 있다는 질서의 감정이었다. 만일 누군가가 이런 모든 것을 푸는 열쇠를 가졌다면, 그는 발자국에서 동물을 알아내고 뿌리나 씨앗으로부터 그 식물을 알아낼 수 있을 뿐만 아니라, 세계 전체를, 즉 천체天體, 영혼, 인간, 동물, 약물藥物, 독물毒物을 파악하고, 이 모든 것들을 또 전체 속에서 이해하며, 어떤 일부분이나 일부 징표로부터 그 다른 부분이나 징표도 읽어낼 수 있어야 할 것이었다. 훌륭한 사냥꾼들이 있었다. 그들은 발자국 하나, 똥, 털 하나, 시시하게 남겨진 것 하나에서 다른 사람들보다 많은 것을 알아냈다. 서너 개의 털로 그것이 어떤 종류의 동물이며 나이가 어느 정도이며 암컷인지 수컷인지를 알아냈다. 다른 사람들은 구름의 형태나 공중의 냄새, 동식물의 특이한 행태로부터 다가올 며칠 동안의 날씨를 예고해냈다. 그의 스승은 이 점에 있어서 타의 추종을 불허했고 거의 틀림없었다. 또 어떤 사람들은 다른 타고난 재주를 갖고 있었다. 어떤 소년들이 있었는데, 그들은 30보 정도 떨어진 거리에서 돌로 새를 맞힐 수 있었다. 배우지 않고도 그냥 그렇게 할 수 있었는데, 그건 노력으로 이뤄진 것이 아니라 마술과 은총에 의한 것이었다. 손에 있던 돌이 저절로 날아가고, 돌이 맞히려 한 것이고 새가 맞으려 한 것이었다. 미래를 미리 알 수 있는 사람들도 있었다고 한다. 그들은 병자가 죽을지 안 죽을지, 임산부가 사내애를 낳을지 여자애를 낳을지 미리 알 수 있었다. 큰 할머니의 딸은 이런 재능으로 유명했다. 날씨 마술사도 이런 지식을 갖고 있다고 사람들이 말했다. 그러니까 크네히트는 바로 그때 그 순간에, 이 거대한 상호연관 체계 안에는 하나의 중심점이 존재하고 이 중심점에서 모든 과거사나 미래사를 분명히 볼 수 있고 읽어낼 수 있을 것임에 틀림없다는 생각을 했다. 이 중심에 서게 되는 사람에게는, 물이 계곡으로 흘러 들어가고 토끼가 호배추로 뛰어가듯이, 모든 지식이 흘러 들어갈 것이었다. 훌륭한 사수射手의 손에서 날아간 돌같이, 그런 사람의 말은 예리하고 실수 없이 겨냥에 적중한다. 그는 분명 영혼의 힘을 빌려 이런 개별적인 기적의 재능과 능력들을 그 자신 안에 통합하여 움직이는 것임에 틀림없었다. 이들이야말로 완벽하고 현명하며 뛰어난 인물들임에 틀림없다! 이런 사람이 되어야 한다. 거기에 접근해야 한다. 그런 위인들을 목표로 접근해야 한다. 이것이야말로 인생의 감격과 의미를 부여하는 것이다. 크네히트는 이렇게 느꼈다. 크네히트가 모르고 이해할 수 없는 우리의 언어로 우리가 그런 일에 대해서 말해보려 하지만, 그 전율과 체험의 열기를 거의 전달할 수 없는 일이다. 한밤중에 일어나는 것, 위험과 비밀로 가득 찬, 어두컴컴하고 소리 없는 숲을 지나는 일, 아침나절의 냉기 속에서 바위에 앉아 기다리는 일, 희미한 아침 유령의 나타남, 현명한 남성의 몇 마디 말, 유별난 시간에 스승과 홀로 있는 일, 이런 모든 것을 크네히트는 하나의 축제, 하나의 비밀스런 의식으로 체험하고 간직했으며, 자신이 하나의 연맹체나 예배의식 그리고 뭐라고 말할 수 없는 것, 세계의 비밀에 봉사하며 숭앙하는 관계 속에 받아들여지고 있는 것이라 생각했다. 이런 체험이나 이와 유사한 것들을 생각이나 말로 가다듬을 수는 없었다. '이런 체험을 창조하는 것은 오직 나뿐일까? 아니면 이건 객관적인 현실일까? 스승께서도 나와 같이 느끼셨을까, 아니면 나를 비웃으실까? 이런 체험을 할 때의 내 생각은 새롭고 고유하며 일회적인 것인가, 아니면 스승이나 그 앞선 사람들이 예전에 모두 똑같이 체험하고 생각했던 것일까?' 등의 생각들은 한층 멀리 있는, 그리고 거의 불가능한 사념들이었다. 아니었다. 이런 단절과 구분은 도대체 없었다. 그것은 현실이었고, 빵 반죽에 이스트가 스며 부풀어오르듯이, 현실이 젖어들어 충만해지고 있었다. 구름, 달 그리고 변화무쌍한 하늘의 연극, 벗은 발 아래의 축축하고 차가운 석회석 바닥, 창백한 밤공기에서 떨어지는 축축한 이슬의 냉기, 스승이 둘러쓰고 있던 모피 가죽과 잎으로 만든 요와 아궁이에서 새어 나오는 푸근한 고향의 냄새, 스승의 쉰 목소리

안에 담긴 품위의 울림과 연륜과 죽음에의 의연함이 배인 소리울림…… 이 모든 것이 현실을 넘어서서, 거의 강한 힘이라고 할 수 있는 어떤 것으로 소년의 감각 안에 자리 잡고 있었다. 감각으로 받아들인 인상은 그 어떤 사상체계나 사색 방법보다 기억을 간직하는 최상의 배양토였다.

기우사는 직업을 영위하고 특수한 기술과 능력을 스스로 쌓은 소수의 사람들 가운데 한 사람이었지만, 외면적인 일상생활은 다른 사람들의 그것과 크게 다를 바 없었다. 그는 고위직의 관리였고 뭇사람들의 존경을 받고 있었으며 일반 사람들을 위해 뭔가를 할 수 있는 한 부족으로부터 약정금과 보수를 받았으나, 그것은 특별한 기회에만 그랬다. 무엇보다도 중요하고 엄숙한, 아니 신성한 그의 역할은 봄에 모든 종류의 과일과 약초의 파종일播種日을 정하는 것이었다. 투루는 한편으로는 물려받은 규칙에 의거해서, 또 한편은 자신의 경험에 의거해서 달의 상태를 판단함으로써 그 결정을 내렸다. 그러나 처음 씨앗을 뿌리는 엄숙한 행위 그 자체, 즉 첫 한 줌의 곡식 알맹이와 씨앗을 공동 농토에 뿌리는 일은 그의 몫이 아니었다. 그 어떤 사람도 높은 자리에 있지 못했다. 다만 고조할머니나 혹은 그분의 친척 중 가장 연장자만이 매년 그 일을 행할 수 있었다. 스승은 날씨 마술사로서의 책무를 수행하는 경우에만 마을에서 가장 중요한 인물이 되었다. 이런 경우란 한발이나 습기 그리고 냉해가 들판을 오랫동안 지배하여 부족이 기아의 위협을 받는 때였다. 그렇게 되면 투루는 한발과 홍작에 대처하는 수단을 강구하지 않으면 안 되었는데, 그 수단이라는 것이 제물을 바치거나 마술을 하거나 기원하는 행렬을 만들어 이끌어가는 것이었다. 전설에 의하면, 한발이 도대체 꺾일 줄 모르거나 장마가 끝내 그치지 않을 경우처럼, 어떤 방법도 효과가 없고 어떻게 해명하고 탄원하고 협박해도 귀신들의 마음을 돌릴 수 없을 때, 절대로 틀림없는 최후의 수단이 하나 있었다. 그것은 어머니나 할머니 시대에 종종 사용되었던 수단으로, 온 마을 사람들이 날씨 마술사를 산 제물로 바치는 방법이었다. 사람들 말에 따르면, 고조할머니도 그런 걸 체험했고 함께 목격했었다고 한다.

날씨 걱정하는 일 외에 스승은 개인적인 일이 있었다. 무당일, 부적이나 마술 약을 제조해주는 일, 그리고 어떤 경우엔 고조할머니에게 할애된 것이 아닌 범위에서 행하는 병 고치는 일 등이었다. 명인 투루는 그 밖에 있어서는 다른 사람들과 똑같은 삶을 살았다. 순번이 돌아오면 공동 농토를 경작하는 일을 도왔으며, 오두막 옆에는 자신의 채소밭을 두고 가꾸었다. 과일이나 버섯이나 장작을 모아서 저장했으며, 물고기를 잡고 사냥을 하고 또 염소를 한두 마리 기르기도 했다. 농부로서는 다른 사람들과 비슷했지만, 사냥꾼이나 어부 그리고 약초 채집자로서는 다른 어떤 사람들과도 비견될 수 없을 만큼 뛰어난 능력을 지니고 있었다. 그는 독보적인 존재이자 천재였고, 자연의 술책이나 마술적인 술책, 그리고 요령과 이점과 보완수단을 다양하게 알고 있다는 평판을 받고 있었다. 버들가지로 짠 그의 덫에 걸리면 어떤 동물도 도망갈 수 없었고, 특별한 약으로 물고기 밥과 냄새를 좋게 하는 방법을 알고 있었다. 또 그는 게를 자신한테 끌어들일 줄도 알았으며, 여러 동물의 말을 알고 있었다. 그러나 그의 원래 영역은 마술 영역에 대한 학문이었다. 즉 달과 별의 관측, 뇌우의 징조에 대한 지식, 기상이나 작물에 대한 예감, 마술적인 작용의 보조수단으로서 도움이 되는 모든 것을 조작하는 것이었다. 식물과 동물세계의 모든 구조체는 약제로서, 독극물로서, 마술의 매개체로서, 축복물로서, 또 음산한 것에 대한 방호물로서 작용할 수 있는데, 투루는 이런 것들에 정통해 있었다. 또한 그것들을 모으기 때문에 그만큼 위대한 존재였다. 아무리 희귀한 약초라 하더라도 그만은 그 약초를 알고 있었으며, 어디에선가 찾아낼 수 있었다. 언제 어디서 무슨 꽃이 피고 어떤 열매를 맺으며 뿌리를 파낼 시기는 언제인지도 알고 있었다. 모든 종류의 뱀과 두꺼비를 알아 찾아내고, 뿔, 발굽, 발톱, 털의 사용법을 알고, 어떤 것이 잘못되고 이상하고 기괴하며 무서운 형태인지 잘 구분할 수 있었다. 그 밖에 나뭇잎, 곡식 알맹이나 호두, 뿔이나 발굽의 관절, 우뚝 솟은 곳이나 사마귀 같은 것도 잘 알고 있었다.

크네히트는 이성으로 배우기보다는 감각, 수족과 눈, 촉각,

귀와 후각으로 배웠다. 또 투루는 말이나 이론으로보다 실례나 실물로 가르쳤다. 전반적으로 스승이 요약해서 말해주는 경우는 드물었으며, 또 그렇게 해주는 경우라고 할지라도 말은 깊은 인상을 주는 그의 특이한 거동을 보다 분명히 보여주기 위한 노력의 일환일 뿐이었다. 크네히트의 배움도 여느 젊은 사냥꾼이나 어부가 훌륭한 스승으로부터 배우는 배움의 과정과 크게 다를 바 없었다. 크네히트는 이 배움이라는 것이 이미 자신 안에 들어 있는 것을 배우는 것이었기 때문에 무척 기뻤다. 크네히트는 숨어서 기다리고, 귀 기울이며, 기어다니고, 관찰하고, 경계하고, 깨어 있고, 냄새 맡으며 흔적을 뒤쫓는 법 등을 배웠다. 그와 스승이 숨어서 기다리는 야생물은 여우, 곰, 살모사, 두꺼비, 새, 물고기뿐만 아니라, 정신과 전체 그리고 연관 관계였다. 변덕스럽고 덧없는 날씨를 규정하고 인식하고 헤아리며 예지하는 것, 딸기나 뱀이 문 자리에 들어 있는 죽음을 아는 것, 어떤 비밀에 의거해서 구름과 달이 달의 상태와 연관이 되는 것이며 이 구름과 달은 또한 파종과 식물의 자라남에 영향을 끼치고 또 마찬가지로 인간과 동물의 생명이 성하고 쇠하는 데 영향을 끼치게 되는데, 이런 비밀에 귀기울이는 것, 바로 이것을 그 두 사람은 목표로 삼고 있었다. 이럴 때 사실 그 두 사람은 몇 천 년 후 과학이나 기술이 했던 것과 동일한 목표를 추구하고 있었다. 즉 그들은 자연을 지배하려 했고 자연의 법칙을 마음대로 구사할 수 있기를 희구했다. 그러나 그들은 전혀 다른 방법을 택했던 것이다. 그들은 자연으로부터 떨어져 나오지 않았으며, 자연의 비밀 속으로 억지로 들어가려 하지 않았다. 결코 자연과 적대적으로 맞서지 않았으며 항상 자연의 일부로 남아 외경심을 안고 자연에 자신을 귀의시켰다. 두 사람이 자연에 보다 정통했고 또 자연과 더 현명하게 교감하는 것은 가능한 일이었을 것이다. 그러나 그들로서는 도저히 불가능한 일 한 가지가 있었는데, 아무리 뻔뻔스럽게 생각을 하더라도 역시 불가능한 일이었다. 그것은 바로 자연과 정령精靈의 세계에 대해서 두려움 없이 아첨하거나 복종하는 듯한 태도를 보이거나, 아니면 그것에 대해서 우월감을 느끼는 것이었다. 그들로서는 이런 오만을 도대체 생각할 수 없었다. 자연의 여러 힘들, 죽음 그리고 귀신들과 관계를 맺는 데 있어, 두려움을 느끼는 것 이외의 관계를 갖는다는 것은 그들로서는 불가능한 것으로 생각하였을 것이다. 이런 두려움이 인간의 삶 위에 군림하고 있었다. 이를 극복하는 것은 불가능해 보였다. 그러나 여러 가지 형태의 희생제의는, 두려움을 완화시키고 어떤 형태로 유도하고 책략으로 넘어서고 은폐시키고 삶 전체 속으로 편입시키는 데 기능하고 있었다. 두려움은 그때 사람의 삶을 짓누르는 압력이었다. 그리고 이런 압력이 없었더라면 그들의 삶에 경악驚愕이 없기는 했겠지만, 강렬함도 또한 없었을 것이다. 이런 공포의 일부분을 외경심으로 승화시킬 수 있었던 사람, 그러니까 그들

의 두려움을 종교적인 경건함으로 바꾼 사람들은 그 시대의
선한 사람과 앞서가는 사람들이었다. 많은 것들이 다양한 형
식을 통해 제물로 바쳐졌다. 그리고 이 제물과 제의祭儀가 바
로 날씨 마술사의 직무 영역에 포함되어 있는 것들이었다.

오두막에서 크네히트와 함께 아다도 성장하고 있었다. 귀
여운 아이로 노인의 총애를 받았다. 노인은 때가 되었다고 생
각했을 때 아다를 제자의 아내로 주었다. 그때부터 크네히트
는 기우사의 조수로 간주되었고, 투루는 그를 마을의 어머니
에게 자기 사위이며 후계자라고 소개했다. 그 후부터 크네히
트로 하여금 자신의 여러 업무와 직무를 대행시켰다. 계절이
바뀌고 해가 바뀌면서 늙은 기우사는 고독의 정관靜觀 상태로
빠져들었고, 모든 직무를 크네히트에게 위임했다.

그가 세상을 떴을 때―노 기우사는 난로 곁에 쭈그려 앉아
마술 양조물을 담은 서너 개의 냄비 위로 허리를 굽히고 엎
어져 있었으며, 백발이 불에 그을린 채 죽은 상태로 발견되었
다―젊은 제자 크네히트는 마을에서 기우사로 알려진 지 이
미 오래된 터였다. 그는 마을 회의에 스승을 위한 명예로운 장
례를 요구했고, 무덤 위에는 귀중하고 값진 약초와 뿌리를 산
더미처럼 쌓아놓고 불을 질렀다. 이런 일 역시 까마득한 옛일
이 되고 말았다. 크네히트에게는 벌써 아이들이 여럿 태어났
으며, 이로 인해 아다의 오두막이 좁아졌다. 아이들 중에 투루
라는 아이가 있었다. 이 아이의 형상 속에는 노 기우사가 달로

간 죽음 여행으로부터 돌아와 깃들어 있었다.

크네히트에게 있어서 여러 양상은 그의 스승과 마찬가지로 이루어져 나갔다. 그의 두려움 일부분은 경건함과 정신으로 변하였고 젊은 날의 희구希求와 깊은 동경의 일부분은 여전히 생생하게 살아 있었으나, 다른 일부는 소멸되고 나이가 들어 감에 따라 일하면서, 또 아다와 아이들을 사랑하고 보살피면 서 사라졌다. 그의 사랑과 연구 활동은 달과 달이 계절과 날씨에 끼치는 영향을 살피는 데 가장 크고 간절하게 바쳐졌다. 이 부문에 있어서 크네히트는 스승인 투루의 수준에 도달하였고 결국 그를 능가하게 되었다. 달이 커나가고 소멸해가는 것은 인간의 사멸 및 출생과 긴밀한 관계를 맺고 있었고, 인간이 살 면서 몸담게 되는 두려움들 중에서 죽는 것에 대한 두려움이 가장 깊다는 것을 알게 되었다. 크네히트는 달의 숭배자이자 전문가로서 달과 긴밀하고도 생생한 관계를 맺고 있었기 때 문에, 가장 깊은 두려움인 죽음에 대해서도 신성하고 순결한 관계를 맺을 수 있었다. 그는 원숙한 나이에 이르러서도 다른 사람들보다 죽음에 대해서 덜 예속되어 있었다. 그는 정중하 면서도 탄원하듯이, 아니면 부드럽게 달과 이야기할 수 있었 고, 자신이 애정 어린 정신적 관계 속에서 달과 결합되어 있는 것을 알고 있었다. 또 달의 삶을 대단히 정확하게 알고 있었고 달의 각 변모 과정과 운명에 내밀한 관심을 보이고 있었다. 그 는 달의 사라짐과 새로 태어남을 마치 신비한 과정인 것처럼 자신의 내부로 흡수하고 있었다. 고통을 함께했고 무시무시한 일이 나타나거나 달이 병들고 위험에 처하고 변화를 겪으며 손상을 입게 되는 것 같았을 때, 달이 그 광휘를 잃고 색깔이 거의 가물가물할 정도로 어두워졌을 때면, 그는 경악을 금치 못했다. 그런 때에는 모든 사람들이 달에 관심을 기울였고, 그의 주위에 몰려와 무서움으로 몸을 떨었으며, 달이 어둠침침해지는 것을 보며 위협을 인식했고 재난이 임박했다는 것을 알아차렸다. 그리고 이 병색이 완연한 노인의 얼굴을 뚫어지게 바라보았다. 그러나 바로 이럴 때 크네히트가 달과 그 누구보다 밀접한 관계를 맺고 있으며 달에 관해 정통하고 있다는 사실이 명백히 드러났다. 아마도 그는 달의 운명을 함께 감당하고 있었을 것이고, 달과 밀접하게 있었을 것이며 마음이 불안했을 것이었다. 그러나 이런 유사한 체험에 대한 크네히트의 기억은 한층 예리해지고 잘 간직되었고, 그에 대한 신뢰는 더욱 공고해졌으며, 영원과 재생에 대한 그의 믿음과 교정校訂과 극복에 대한 믿음은 더욱 커져갔다. 그의 헌신의 정도도 역시 강화되었다. 이런 시간 속에서 그는 자신이 천체의 운명을, 그 소멸과 새로운 출생에 이르기까지, 함께 체험할 준비가 되어 있음을 느꼈다. 뿐만 아니라 그는 가끔 정신으로 죽음에 저항하고 초인간적인 숙명에 헌신함으로써 자아를 굳건히 하자는 대담성, 외람된 용기나 결심 같은 것까지 느꼈다. 그런 어떤 것이 그의 본질로 내재되어 다른 사람들이 감지할 수 있는 정도가 되었다. 그는 지혜 있는 사람, 경건한 사람, 엄청난 침착함과 죽음의 두려움이 거의 없는 남성 그리고 여러 막강한 힘과 좋은 관계를 맺고 있는 사람으로 인정받았다.

그는 이런 직분과 덕목을 여러 번 엄격한 시련에 봉착하여 증명하지 않으면 안 되었다. 어느 때는 흉작과 악천후가 계속되는 시기를 극복해야 했다. 그것은 이 년 이상 계속된, 그의 생애 최대의 시련이었다. 그때는 파종을 여러 번 연기했음에도 불구하고, 재난과 흉조가 파종기에 이미 시작되었던 것이다. 그리고 생각할 수 있는 갖가지 불운과 재해가 못자리를 덮쳤고 마지막에는 거의 절멸시켜버렸다. 마을은 비참하게 굶주리고 크네히트도 그들과 함께 굶주렸다. 그가 이 엄혹한 해를 견뎌내고 기우사로서 신앙과 영향력을 잃지 않은 채, 부족이 겸손과 흔들림 없는 자세로 이 불행을 견딜 수 있도록 도울 수 있었던 것, 그 자체가 대단한 업적이었다. 많은 사람이 죽음을 맞았던 힘겨운 겨울이 지난 뒤, 그 이듬해에도 전년의 고뇌와 비참함은 반복되었고 마을 농토는 여름 동안 질긴 가뭄으로 그 바닥이 갈라지고, 쥐가 엄청나게 번식했다. 기우사의 외로운 주술행위나 산 제사도, 마을의 공식적인 행사인 북합주제와 온 마을 사람들의 기원 행진도 전혀 반응을 얻지 못하고 별 소득이 없었다. 그리고 기우사도 도저히 비를 부를 수 없다는 사실이 잔인스럽게 드러나고 말았다. 그렇게 되자 이것은 사소한 일이 아니었고 여기에 대한 책임을 물으며 동요하는 민중들에 제대로 대처하기 위해서는 평범한 한 사람으로서는 불가능했다. 그리고 이삼 주일 동안 크네히트는 완전히 고립된 상태에 있어야 했다. 그는 마을 전체, 기아와 절망에 맞서야 했고, 기우사를 제물로 바쳐야만 이 재난의 힘들을 달랠 수 있다는 오랜 믿음과 맞서야 했다. 그는 양보를 함으로써 승리를 거뒀다. 그는 산 제물을 바치자는 생각에 반대하지 않았고 스스로를 제물로 내놓았다. 그 밖에도 그는 곤궁을 완화시키기 위해 예전에 찾아볼 수 없을 정도의 노력과 헌신을 기울였고 물을 여러 번 찾아냈으며 샘물과 수맥을 감지해내 재난이 극심했던 때에 가축 전체가 사멸하는 것을 방지했다. 특히 그 당시 고조할머니가 파국적인 절망과 정신쇠약에 휩싸였었는데, 크네히트는 이 긴박한 시기에 협조, 충고, 협박을 통해서, 또 마술과 기도 그리고 모범이 되고 겁을 줌으로써 그녀가 무너져 모든 일을 비이성적으로 처리하는 것을 막아냈다. 격동과 전반적인 근심이 지배하고 있는 시대에는, 삶과 사고를 보다 더 정신적인 것과 초개인적인 데로 정향시키고, 또 보다 더 숭앙하고 관찰하고 기도하고 봉사하며 희생하는 법을 배운 사람이 더욱 쓸모가 있는 것인데, 이때 바로 이 같은 사실이 다시 한 번 명백히 밝혀졌다. 하마터면 크네히트가 제물이 되어 사멸할 뻔했던 그 이 년으로 인해 그는 한층 더 명성과 신뢰를 얻게 되었는데, 그것도 책임감 없는 다수에게서가 아니라, 책임을 감당해야 할 위치에 있으면서 크네히트와 같은 남성을 제대로 판단할 수 있는 소수의 사람들 사이에서 그러했다.

　이런저런 시련을 거치면서 그의 삶이 홀러 크네히트는 완숙한 남자의 나이에 도달했고 생애의 전성기에 이르렀다. 그는 이미 2대에 걸쳐 부족의 큰 할머니 장례를 도와 치렀고, 그 사이에 늑대가 귀여운 여섯 살배기 아들을 물어가 잃기도 했으며, 혹독한 질병을 앓기도 했으나 외부 손길의 도움 없이 견뎌 넘길 수 있었다. 그 자신이 의사였다. 그는 또 기아와 추위에도 시달렸다. 이 모든 일은 그의 얼굴에 새겨졌으며 그에 못지않게 그의 영혼에도 각인되었다. 그는 그사이에 몇 가지를 터득했다. 즉 정신을 다루는 사람은 다른 사람들에게 일종의 이상스러운 충격과 거부감을 일으키며, 사람들이 먼발치에서 그를 숭앙하고 긴급한 경우에 그의 도움을 요청하지만, 결코 그를 사랑하거나 동류로 취급하지 않으며, 오히려 회피한다는 것을 알았다. 병에 걸린 사람들이나 불행을 당한 사람들이 이성적인 조언보다는 전해 내려오는 주문이나 생각나는 대로 지은 주문을 더 기꺼이 받아들이며, 인간은 자신의 내면을 노력하여 바꾸거나 스스로를 점검하기보다는 차라리 괴로움이나 외면적인 징벌을 감수한다는 것도 그가 터득한 바였다. 인간은 이성보다는 마술을, 경험보다는 공식을 더 쉽게 믿었다. 그러니까 많은 역사책에서 확인할 수 있는 바처럼, 짐작컨대 이것은 이삼천 년 전 이래로 그렇게 크게 변하지 않은 일들이었다.

그가 배운 바도 있었다. 탐구 정신을 지닌 인간은 사랑을 상실해서는 안 되며 인간의 소원과 우둔함에 거만하게 맞대응해서도 안 되고, 그렇다고 그것들의 지배를 받아서도 안 되었다. 현자와 야바위꾼, 사제와 요술꾼, 도움을 주는 형제와 기생충같이 등쳐먹는 인간의 차이는 한 걸음에 불과한 것이며, 인간은 결국 헌신적으로 제공하는 도움을 아무 대가 없이 받아들이기보다는 사기꾼에게 돈을 지불하고 즐겨 이용당하고 있었다. 인간은 또한 믿음과 사랑으로 갚기보다는 돈과 물건으로 지불하기를 원했으며, 서로 속이고 속임을 당하기를 기대했다. 사람들은 인간을 연약하고 이기적이며 비겁한 존재로 보는 법을 배워야 했다. 그러나 또한 사람들은 스스로 얼마나 이 모든 사악한 특성과 본능이 함께하고 있는가 통찰하면서도, 정신과 사랑, 본능에 대항에서 그것을 고귀하게 승화시키려는 무엇인가가 내면에 자리 잡고 있다는 것도 분명히 알고 있었다. 이런 사고들은 크네히트가 터득할 수 있기에는 너무 유리된 것이었고 지나치게 공식화된 것이었다. 크네히트는 그런 사상을 체득해나가는 과정에 있었으며 또 그것에 이끌리고 있었다.

크네히트는 이런 사상들을 소유하려 애쓰면서 살고 있었지만, 감각 세계에 훨씬 더 큰 비중을 두었으며, 달과 약초 향기, 뿌리의 소금기, 나무껍질 향취, 약초 재배, 향유 짜기, 날씨와 기상에 헌신하는 것 등에 매료되어 있었다. 그러는 동안 그의 내부에는 많은 능력이 쌓여갔다. 이런 것은 우리 후세 사람들로서는 더 이상 가질 수가 없고, 그저 반 정도 이해할 수 있을 뿐인 그런 것이었다. 그 능력 중 가장 중요한 것은 바로 비를 부르는 능력이었다. 특수한 몇 번의 경우 하늘이 전혀 반응을 보이지 않은 채 그의 노력들을 처참하게 비웃어버릴 때도 있었으나, 크네히트는 수백 번이나 비를 불러왔다. 그것도 매번 다른 방법으로. 그는 물론 제사 지내는 일이나 기원 행렬 제식, 주문 외우기, 북에 의한 음악 연주 등에 있어서 조금도 감히 변화시키려 하지 않았다. 그러나 이것은 그의 활동 중 공식적이고 공개된 부분이었고, 사제로서의 직무가 드러나는 측면이었다. 제물을 바치고 여러 과정들이 행해지는 저녁에 하늘이 굴복하여 지평선에 구름이 모이고, 바람 속에 물기 냄새가 배어나기 시작한 뒤, 최초의 빗방울이 떨어지게 되면, 그때는 정말 기분이 좋았으며 황홀한 성취감이 느껴졌다. 그러나 그때에도 맹목적으로 헛수고를 하지 않기 위해 그날을 택하는 기술이 날씨 마술사에게 요구되었다. 사람들이 여러 힘에 간청하고 졸라댈 수는 있지만, 이런 노력도 이런 힘의 내부로 들어가 감정을 지니고 절도 있게 이뤄져야 했다. 그러나 간원이 받아들여져 성공했다는 멋들어지고 의기양양한 체험보다 더 기꺼운 어떤 다른 체험들을 그는 간직하고 있었다. 그것을 아는 사람은 그 외에 아무도 없었고 그 자신도 두려운 마음과 이성보다는 감각을 통해서 이 체험들의 존재를 알고 있을 뿐이었다. 이 체험이라는 것은 날씨의 상황, 공기와 온도의 긴장 상태였고, 구름 낀 상태와 바람 부는 상태였으며, 여러 양태의 물 냄새, 땅 냄새, 먼지 냄새 등이었다. 또 위협적인 일들과 약속된 일들이었고 날씨를 움직이는 정령들의 정서나 기분 상태였다. 이런 것들을 크네히트는 자신의 피부, 머리, 전체적인 감각 안에서 미리 느끼거나 함께 느꼈다. 때문에 그는 그 어떤 것에도 놀라지 않았고 실망도 하지 않았으며, 함께 비상하면서 날씨를 자신의 내부에 집중시키고, 구름과 바람을 제멋대로 부릴 수 있는 방법으로 날씨를 자신의 내부에 담고 다녔다. 그러나 이런 일은 어떤 자의恣意나 내키는 대로 하는 식이 아니라, 크네히트와 세계 사이의 구분 그리고 내부와 외계의 구분이 완전히 철폐된 데서 비롯된 유대와 결속에 의한 것이었다. 그럴 때 그는 황홀한 상태에서 일어나 귀 기울일 수 있었고, 쭈그려 앉아 모든 솜털 구멍을 열어젖힐 수 있었으며, 자신의 내부에서 여러 가지 대기와 구름의 삶을 더 많이 느낄 뿐만 아니라 그것들을 대략 지휘하거나 생산해낼 수 있었다. 이는 흡사 우리가 정확하게 알고 있는 음악의 한 악절을 우리 내부에서 일깨우고 재생할 수 있는 것과 같은 것이었다. 그가 호흡을 정지하기만 하면, 바람과 천둥이 조용해졌고, 머리를 끄덕이거나 좌우로 흔들면, 거기에 따라 우박이 내리기도 하고 또 멈추기도 하였다. 마음속에서 다투는 힘들을 화해시켜

이를 표현할 경우, 미소만 지으면 되고, 그렇게 되면 구름의 주름살이 펴지고 엷고 밝고 푸른 하늘이 나타났다. 특히 순수한 기분과 마음의 안정을 이루었을 때는 거의 어김없이 다가올 며칠간의 날짜를 정확히 예지할 수 있었다. 이는 마치 그의 피 속에 전체 악보가 적혀 있고, 외부에서 그 악보에 따라 음악이 연주되고 있는 것 같았다. 이것이 바로 그가 느끼는 최고의 날, 그의 보람 그리고 그의 열락悅樂이었다.

그러나 외부 세계와의 이런 내적 연결 상태가 단절되고, 날씨와 세계를 신뢰할 수 없고 이해할 수 없고 또 계산할 수 없는 경우, 크네히트 내부의 질서도 깨지고 여러 흐름들이 중단되었다. 그러면 그는 자신이 기우사 자격이 없다고 생각했으며 날씨와 수확에 대한 직무와 책임감이 부담스럽고 부적절하게 느껴졌다. 그럴 때 그는 집 안에 머물면서 아다에게 순종하며 함께 집안일을 열심히 했다. 아이들에게 장난감도 만들어주고 약도 달였다. 또한 사랑이 필요한 까닭에 자신을 다른 사람들과 가능한 한 구분 짓지 않으려 하였으며, 풍속과 습관에 완전히 순응했을 뿐만 아니라, 예전에는 부담스럽게 느꼈던 바였지만, 다른 사람들의 삶과 상태 그리고 그들의 행동거지 등에 대해 아내나 이웃 아낙들로부터 듣고 싶은 충동을 느꼈다. 이와는 반대로 일이 잘 풀려나갈 때는 집에 머무는 경우가 드물었다. 밖을 나돌아 다니며 고기를 잡든가, 사냥을 하든가 나무뿌리를 찾아다녔고, 풀 속에서 자기도 하고 숲속에 쭈그려 앉아 코를 쿵쿵거리며 냄새를 맡든가, 귀를 기울여 소리를 듣고 동물 흉내를 내기도 했다. 또 모닥불을 피우고 연기 형태를 하늘의 모습과 비교하고 피부와 머리카락에 안개와 태양과 달빛이 스며들게 했다. 그리고 그의 스승이며 전임자인 투루가 일생 동안 그렇게 했듯이 여러 가지 물질을 모아들였다. 이런 물질들이란 그 본성과 표면 현상이 각기 상이한 영역에 속하는 것들이었고, 그 안에 자연의 지혜와 기분 상태가 각기 그네들의 놀이 규칙과 창조의 비밀을 파편적으로 드러내는 것들이었다. 또 이런 물질들은 전혀 별개의 것들을 비유적인 방식을 통해 그 내부에 통합하고 있었는데, 예컨대 사람이나 동물 얼굴과 비슷한 모양을 한 나뭇가지 매듭, 물에 씻겨 마치 재목과 같이 나뭇결을 보이고 있는 잔돌, 화석화된 선사 시대 동물 형체, 왜곡된 쌍둥이 모습을 한 열매 씨 그리고 신장이나 심장 모양의 돌 등이 그런 것들이었다. 그는 나뭇잎 무늬를 읽었으며, 우산머리버섯의 대가리에 있는 그물 모양의 선線 배열을 읽고, 비밀스러운 것, 정신적인 것, 가능한 것을 예감해냈다. 즉 그는 기호의 마술을 읽고 숫자와 문자를 사전에 예감했으며 무한한 것과 수천 가지 모양을 단순한 것으로, 체계 안으로 그리고 개념 안으로 불어넣었다. 이렇게 정신을 통한 세계 파악의 가능성은 그의 내부에 자리 잡고 있었다. 이것은 물론 이름도 없고 딱히 이름 붙일 수도 없지만, 그렇다고 불가능한 것도, 예감할 수 없는 것도 아닌 어떤 것이었다. 이것은 아직 싹이며 봉오리이긴 하지만, 그에게 고유한 것이었고 그의 내부에서 유기체처럼 성장하고 있었다. 우리들이 만일, 이 기우사와 우리가 원시적인 것으로 느끼고 있는 그의 시간을 넘어서서 더 몇 천 년 앞으로 거슬러 올라갈 수 있다면, 우리는 그 인간과 함께 동시에 사방에서 정신을 만날 수 있을 것이다. 그리고 이때의 정신이란, 시작이 없으며 나중에 배태해낼 그 모든 것을 이미 포함하고 있는 그런 정신이리라.

자기 예감 가운데 한 가지를 영속시키거나 그것의 예증 가능성을 내세우는 것은 그가 하도록 규정되어 있는 일도 아니었고 또 그가 할 필요도 없었다. 그는 문자를 발명한 많은 사람들 중 한 사람도 아니었고, 기하학, 의학 그리고 천문학 발명자도 아니었다. 그는 그저 큰 사슬의 한 부분일 뿐이었고, 모든 부분이 그렇듯이 필수불가결한 것이었다. 그는 자신이 받은 것을 다음 세대에 물려주었고, 새로이 획득한 것과 쟁취한 것을 거기에 첨가했다. 그도 제자를 갖게 되었는데, 세월이 지나는 동안 두 명의 기우사를 키워냈고 그중 한 사람이 나중에 그의 후계자가 되었다.

오랫동안 크네히트는 누구의 귀 기울임도 받지 않고, 홀로 자신의 과업과 본성을 유지해나갔다. 그리고 처음으로―그의 흉작과 기아가 지난 지 얼마 되지 않아서였다―어떤 젊은이가 그를 숭앙하여 찾아오고 숨어서 관찰하며 따라다니기 시작했을 때, 그는 이상하게 아릿한 아픔을 일으키는 심장의 두

근거림과 더불어 젊은 날 자신의 거대한 체험이 되살아나고 있음을 느꼈다. 또 그는 처음으로 한중간에 서 있는 듯한, 엄격하고 또 동시에 조이는 듯한 그리고 화드득 정신이 일깨워지는 듯한 느낌을 받았다. 이것은 젊음이 지나가고 있고 하루의 정오를 넘겼으며 꽃이 열매를 맺고 있다는 느낌이었다. 그리고 그가 일부러 생각했던 것은 아닐 테지만, 그 젊은이에 대해서, 예전에 늙은 투루가 자신에게 했던 것처럼, 그렇게 행동을 취했다. 그러니까 무관심하고 불친절하고 시기를 기다리는 듯하고 또 주저하는 태도는 저절로, 그야말로 본능적으로 나타나는 것이었지, 결코 돌아간 스승을 모방한 것이 아니었다. 또 이 같은 태도는, 젊은이가 정말 진지한지 오랫동안 살펴보아야 한다든가, 비밀세계에 들어갈 수 있는 접근로를 아무에게나 쉽게 알려주어서는 안 되며, 오히려 그것을 어렵게 해야 한다는 등의 도덕적·교육적 고려 때문도 아니었다. 그렇게 하지 않았다. 크네히트는 제자들에 대해서, 약간 나이 든 은둔자나 학식 있는 괴짜가 자기를 존경하는 사람이나 제자들에게 취하는 태도처럼, 그냥 그렇게 행동했다. 그는 어색해하고 수줍어하며 퇴짜 놓는 듯하고, 자신의 감미로운 고독과 자유를 잃을까 걱정하는 듯하고 야생세계로 숨어들거나 홀로 자유롭게 사냥하고 채집하는 일, 그리고 꿈꾸는 행위나 귀 기울이는 행위들이 방해받지 않을까 걱정하는 듯했다. 그는 그의 모든 습관과 좋아하는 것들, 그의 비밀 그리고 그의 침잠 상태에 대해 열렬한 애정을 품고 있었다. 그는 존경 어린 호기심을 안고 그에게 주저하며 접근하는 젊은이를 결코 포옹해주지 않았으며, 그가 그 주저함을 넘어설 수 있도록 도와주는 법도 없었고 격려해주지도 않았다. 이제 마침내 다른 범인凡人들의 세계가 그에게 사자使者를 보내 사랑을 선언하는 격이었고, 누군가가 그에게 구애를 하며, 그와 친족관계에 있으며 그에게 헌신하고 또 비밀세계에 봉사하도록 그로부터 부름 받았다고 느끼는 정황이었지만, 크네히트 자신은 이것을 결코 기쁨이나 보상 또는 세상의 인정을 받는 것으로 느끼지 않았으며 기분 좋은 성공이라고도 생각하지 않았다. 그랬었다. 그는 처음에 이것을 부담스러운 훼방이나 그의 권리와 습관에 대한 간섭, 그가 이제야 비로소 자신에게 극히 귀중한 것으로 깨달은 그의 독자성에 대한 침탈로 느꼈다. 그는 이런 정황에 대해 저항했으며, 상대방을 속여 넘기고 몸을 숨기고 자취를 없애버리고 도망치는 데 별난 수법을 찾아냈다. 그러나 이런 과정에 있어서 투루가 겪었던 바를 크네히트도 그대로 겪어나갔다. 소년이 꾸준히 묵묵하게 사모하는 마음으로 접근해오자, 그의 마음은 서서히 풀리고 저항도 약해지게 되었다. 소년이 기반을 넓혀가면 갈수록, 크네히트는 서서히 젊은이 쪽으로 기울게 되고 마침내 자신을 열어 보이게 되었으며, 그의 요구를 수용하게 되고 구애를 받아들이게 되었다. 누구를 가르치고 제자로 삼는다는, 새롭지만 부담스러운 의무감을 느끼면서 이것이 모면할 수 없는 어떤 것, 운명에 의해 점지된 어떤 것, 그리고 정신에 의해 의도된 어떤 것이라 이해하게 되었다. 그는 점점 더 꿈으로부터, 무한한 가능성을 느끼고 향유하는 것에서부터, 그리고 수천 가지 모양의 미래로부터 물러서야만 했다. 무한한 진보와 온갖 지혜의 축적을 꿈꾸던 자리에 이제 제자가 서 있었다. 그는 가까이 다가와 요구하고 있는 작은 현실을—틈입자이자 훼방 놓는 화평이었지만—거부할 수도 또 회피할 수도 없는 것이었다. 그것은 또한 미래로 나아가는 유일한 길이었고, 가장 중요한 의무였으며, 좁은 길이었다. 이 길 위에서 기우사 크네히트의 삶과 행동, 신조와 사상 그리고 예감이 죽음으로부터 보호되고 있었던 것이며, 그것들이 새로 피어난 작은 봉오리 안에서 영속될 수 있는 것이었다. 크네히트는 한숨을 내쉬며 이를 갈았으나, 미소를 지으며 이런 정황을 받아들였다.

전승된 것을 다시 후대에 넘기고 후계자를 교육하는 일은 기우사 직무 영역 중에서 대단히 중요하고 또 아마 가장 책임성이 요구되는 측면일 것이다. 그러나 기우사 크네히트는 이 일에 있어 대단히 어렵고 쓰라린 경험과 실망을 피할 수 없었다. 첫 번째 제자는 마로라는 소년이었다. 그는 스승의 은총을 얻으려 무진 애를 썼고 거부당하면서도 오래 기다린 끝에 크네히트를 스승으로 삼을 수 있었다. 마로는 굴종적이고 아부에 능했으며 오랫동안 무조건적인 순종을 연기해냈다. 그러나 그는 이런저런 결점들을 갖고 있었는데, 특히 용기가 부족했다. 특히 밤과 어둠을 무서워하여 이를 숨기려고 애썼다. 크네히트도 이를 간파하고 있었지만, 없어지게 될 유년기의 잔재라고 오랫동안 생각했다. 그러나 이것은 없어지지 않았다. 마로에게는 또한 자기 욕심이나 자기 의도가 없이 무심한 상태에서 관찰하고 직무를 처리하고 사고와 예감 등에 자신을 온전히 바칠 만한 소질이 없었다. 그는 영리하고, 밝고 기민한 이성을 소유하고 있었다. 그래서 자신을 몰두하지 않고서도 배울 수 있는 것들은 쉽사리 확실히 배웠다. 그러나 그가 이기적인 의도와 목표를 갖고 있다는 것과 바로 그 때문에 기우사의 기예를 배우려 작정했었다는 사실이 점점 더 명확히 드러났다. 무엇보다도 마로는 주목받기를 원했으며 그럴듯한 역할을 하려고 애썼고, 소명 받은 자의 자세보다 재능 있는 자의 허영심만 갖고 있었다. 찬사를 받으려 노력했으며, 자신의 동년배들 앞에서 자신의 지식과 기예를 뽐내는 데 급급했다. 그것 역시 어린애 같은 속성일 수 있고 아마도 개선될 수도 있는 것이었다. 그러나 마로는 찬사만을 구했던 것이 아니라, 다른 사람을 지배하는 권력이나 이익을 얻으려 노력했다. 스승이 이를 알아채기 시작했을 때, 스승은 대경실색을 하고 그로부터 자신의 마음을 떼어놓기 시작했다. 마로는 크네히트 곁에서 수년간 수업을 받은 후, 대단히 심각한 잘못을 두세 번 저질렀다. 스승에게 알리거나 허락을 받지 않은 채 선물을 챙기면서, 한번은 병든 아이에게 약물 치료를 하였고, 또 쥐 재앙을 막는 주문을 외우는 잘못을 저질렀다. 마로에게 갖가지 경고를 했고 또 약속을 받아냈으나 그는 비슷한 시술행위를 하다가 번번이 적발당했다. 결국 크네히트는 그를 배움의 과정에서 쫓아내고 이 일을 고조할머니에게 고지한 후, 배은망덕하고 쓸모없는 이 젊은 녀석을 기억에서 지워버리려 했다.

이런 일이 있은 후, 그의 상처를 보상해준 것은 다음에 나타난 두 명의 제자였다. 그중에서도 뒤에 온 제자가 특히 그러했는데, 그는 다름 아닌 크네히트 자신의 아들 투루였다. 그의 제자 중 가장 나이가 어리고 뒤늦게 온 제자인 이 젊은이를 크네히트는 대단히 사랑했고 그가 자신보다 더 많은 것을 할 수 있으리라 믿었다. 그의 내부에 할아버지의 정신이 되돌아와 있다는 걸 확실히 감지할 수 있었다. 크네히트는 영혼을 강건하게 해주는 만족감을 느꼈다. 이 만족감은 그의 지식과 믿음 전부를 미래로 넘겨줄 수 있게 되었다는 만족감이며, 그에게 힘든 일이기는 했지만, 그가 매일 자신의 직무를 대리시킬 수 있는 한 사람을 알게 되었다는, 그것도 자신의 아들을 그 사람으로 갖게 되었다는 데에 따른 만족감이었다. 그러나 못돼먹은 첫 번째 제자가 그의 삶이나 기억에서 완전히 배제될 수는 없었다. 마을에서 그자를 그렇게 높이 평가하지는 않았지만, 적지 않은 사람들이 그를 좋아했기 때문에 영향력이 없지는 않았다. 결혼까지 한 그자는 일종의 야바위꾼이나 어릿광대로서 인기를 얻고 있었으며, 북 합주단의 고수장鼓手長 노릇을 하고 있던 터이고, 기우사 크네히트를 질시하는 은밀한 적대자였다. 크네히트는 이자 때문에 크고 작은 중상모략에 시달려야 했다. 크네히트는 결코 우정을 맺거나 함께 어울리는 데 능한 사람이 못 되었다. 그는 혼자 있고 자유로움을 지닐 필요가 있었다. 그는, 어린 소년 시절 스승 투루에게 했던 것을 제외하고는, 한 번도 사람들의 존경과 사랑을 얻으려 노력해본 적이 없었다. 그러나 이제 적이나 자신을 증오하는 사람을 한 사람 갖는다는 게 무엇인지 실감하게 되었다. 이것으로 인해 그의 삶 중 많은 나날이 망가져버렸기 때문이다.

스승의 제자들 중 일부는 스승을 늘 불편하고 부담스럽게 만드는 무리가 있기 마련인데, 마로는 그런 유형의 제자였다. 이런 제자들의 경우, 그 재능이 밑에서부터 그리고 내부에서부터 생장해 나온 것이 아니었고, 그 토대가 제대로 갖춰진 유기적인 힘이 아니며, 좋은 천성이나 훌륭한 혈통이나 성격을 드러내는 부드럽고 고상한 표징이 아니었다. 그런 재능은 갑자기 날아든, 우연스럽고 억지로 빼앗은 듯한, 아니면 훔친 듯한 어떤 것 같았다. 미천한 품성에 높은 지력이나 빛나는 환상이 곁들여진 제자는 불가피하게 스승을 곤란한 지경에 빠뜨리는 법이다. 스승은 이 제자에게 물려받은 지식과 방법을 제시하여 정신생활에 협력할 수 있도록 해야 할 것이다. 그러나 실질적이고 보다 더 높은 의무는 오직 재능만 갖춘 자들이 들이닥치는 것으로부터 학문과 기예를 보호하는 것일 수 있다는 것을 스승은 느낄 수밖에 없는 것이다. 스승은 제자에게 꼭 봉사해야 하는 존재가 아니며, 두 사람 모두 정신에 봉사해야 하기 때문이다. 바로 이 점 때문에 스승은 눈을 현혹시키는 어떤 재능에 대해서 꺼리고 두려워하는 것이다. 이런 유형의 제자들은 교수 행위의 의미와 봉사를 변조시켜버린다. 화려한 빛을 발할 수는 있지만, 봉사할 능력이 없는 제자를 기르는 것은 결국 봉사에 해를 끼치는 일이고 정신에 대해서 일종의 배반 행위를 저지르는 것이다. 우리는 여러 민족의 역사 속에, 정신적 질서가 심각한 장애를 받는, 재능뿐인 인간이 공동체나 학교나 대학 그리고 국가의 요직에 몰려들어 모든 관직을 차지하고 앉아 봉사할 줄 모르며 오직 지배만 하려 들었던 그런 시기가 있었음을 알고 있다. 이런 유형의 재능을 가진 자들이 정신적인 천직의 기초를 점령하기 전에 이를 제때 인식하여 이들을 가차없이 비정신적인 직업으로 나아가는 길로 내쫓아야 하는데, 이는 결코 쉬운 일이 아니다. 크네히트가 과오를 범한 것이었다. 그는 제자 마로에게 너무나 오랫동안 관용을 베풀고 탐욕주의자이고 겉치레 성공주의자인 그에게 아깝게도 대가의 지혜를 내맡겼던 것이다. 그 결과는 자신이 생각할 수 없을 정도로 극심한 것이었다.

어느 해였다―크네히트의 수염이 이미 상당히 흰빛을 띠고 있었다―그해에는 하늘과 땅 사이의 질서가 범상치 않은 힘과 궤계를 지닌 마귀 정령들 때문에 뒤틀리고 교란된 것 같았다. 이 교란 상태는 가을에, 모든 영혼들을 뿌리까지 놀라게 하고 공포로 마을 사람들의 마음을 조이게 하면서 끔찍스럽고 위압적으로, 전에 볼 수 없었던 하늘의 쇼를 시작했다. 밤과 낮의 길이가 같은 추분이 지난 직후였다. 기우사는 이 추분을 항상 엄숙한 마음과 공손한 기도, 면밀한 주의를 기울여서 관찰하고 있었다. 그런데 선들바람이 불고 약간 싸늘한 어느 날 밤, 하늘은 유리처럼 맑았고, 얼마 안 되는 불안정한 구름이 매우 드높은 하늘에 떠돌고 있었다. 이 구름에는 저물어가는 해의 장밋빛 햇살이 유난스럽게 오랫동안 머물고 있었다. 싸늘하고 창백한 우주공간 속을 흐르는 느슨하고 거품과도 같은 빛의 뭉치였다. 크네히트는 이미 수일 전부터, 매년 낮이 짧아지기 시작하는 이 시기에 느끼던 것보다 더 강한 무엇을 느꼈다. 하늘에서 일어나는 여러 힘들의 작용, 땅과 식물과 동물들이 느끼는 두려움, 대기 속에 감도는 불안정, 모든 자연 속에 나타나고 있는 불안정하고 두려우며 무슨 일이 있을 것 같은 예감을 느끼고 있었던 것이다. 이 해 질 무렵의 오래 질질 끌고 있는 상태에서 소진되지 않고 빛을 발하고 있는 구름 떼는, 땅 위에서 불고 있는 바람과 어긋나는 펄럭이는 움직임과 더불어, 예사롭지 않은 징조였다. 또 이 구름 떼의 붉은빛은 애소哀訴하듯이 오랫동안 슬퍼하며 꺼지지 않으려 버둥거리는 듯했는데, 이 붉은빛이 냉기를 띠고 사라져버리자 구름

역시 순식간에 사라지고 말았다.

마을은 조용했다. 큰 할머니 움막 앞에 있던 방문자나 얘기 듣는 어린애들도 사라진 지 오래였다. 다만 몇몇 사내애들이 서로 뒤쫓으며 드잡이하고 있었고, 그 밖의 모든 사람들은 오래전에 움막에 들어가 식사를 마친 터였다. 이미 잠든 사람도 많았고, 기우사 말고는 이 저녁노을을 바라보는 사람은 거의 없었다. 크네히트는 긴장 때문에 안정감을 잃고 오막살이 뒤의 작은 밭을 왔다 갔다 하면서 날씨에 온 신경을 곤두세우고 있었다. 때때로 쐐기풀 사이에 있는, 장작 패는 데 쓰이는 나무 그루에 잠시 쉬기 위해 앉기도 했다. 마지막 구름의 환한 빛이 사라지자 그때까지 밝고 푸르스름한 빛을 띠고 있던 하늘에 갑자기 별이 뚜렷하게 보이더니 그 숫자와 광력이 급속히 증가하고 강화되었다. 방금 전까지 두세 개밖에 보이지 않던 별이 벌써 열 개, 스무 개로 늘어났다. 기우사는 그런 별과 별자리를 이미 수백 번 보아왔기 때문에 이미 익숙해 있는 것들이었다. 이런 별과 별자리들이 변함없이 다시 나타는 것은 안정감을 주었다. 별들은 하늘 저 멀리 차갑게 떠 있으면서 어떤 따뜻함을 주는 건 아니었지만, 믿음을 주고 확고하게 배열되어 질서를 드러내주고 영속을 약속해줌으로써 위안을 주었다. 실상 별들은 지상의 삶, 인간의 삶에 낯설고 멀게 비쳐지며 맞서는 것처럼 보였다. 또 인간의 온기나 경련, 고뇌, 환희 따위에 미동도 하지 않는 것 같았고 유난스러운 차가운 위엄과 영원함으로 흡사 비웃는다고 할 정도로 인간에 비해 우월한 위치에 있는 듯이 보였다. 그러나 이 별들은 우리와 연관되어 있으며, 아마도 우리를 이끌고 지배하고 있을 것이었다. 어떤 인간적인 지식, 정신적인 소유, 덧없음에 대한 확신과 우월함에 도달하고 확고히 유지할 경우, 인간은 별과 비슷해지고 또 별처럼 차가운 고요 가운데 빛을 발하며 서늘한 전율로 위로하고, 영원한 그리고 약간은 비웃는 듯한 시선으로 바라보게 된다. 이런 모습이 기우사에게 자주 나타났다. 그에게 달은 거대하고 가깝고 젖어 있는 어떤 것이고 또 하늘을 떠도는 살찐 마법의 물고기인데, 이 달에 대해 기우사는 가깝고 자극을 주고 부단한 변화와 회기 가운데 자신을 검증하는 관계를 맺고 있었다. 기우사는 별에 대해서 이런 달과의 관계를 지닌 것은 아니었다. 그러나 그는 별을 마음속 깊이 숭앙했으며 믿음을 통해서 이 별과 결합되고 있다고 느꼈다. 별들을 오랫동안 바라보면서 영향을 입는 것, 그의 현명함과 따뜻함, 그의 소심함을 별들의 차갑고 고요한 시선에 드러내는 것은 그로서는 마치 목욕하는 것이나 약수를 마시는 것과 같았다.

오늘도 별들은 여느 때처럼, 아주 밝게 그리고 팽팽하면서도 엷은 대기 속에서 예리하게 갈아놓은 듯이 날카롭게 바라보고 있었다. 그러나 크네히트는 지금 별들에게 자신을 내어맡길 만한 마음의 안정을 찾을 수 없었다. 미지의 공간에서 어떤 힘이 그를 끌어당겨 고통을 주고 눈길을 빨아당기며 조용하고 끊임없이 작용하고 있었다. 하나의 흐름, 경고하는 진동이었다. 곁의 오두막 안에서는 아궁이의 따뜻하고 약한 불이 흐릿하게 타오르고 있었고, 작고 따뜻한 삶이 흘러가고 있었다. 이름을 부르는 소리가 울리고 있었다. 웃음소리, 하품, 호흡으로 느껴지는 사람 냄새, 살결의 따뜻함, 엄마의 자애로움, 아이들의 잠결 등, 이런 순진무구한 작고 따뜻한 삶이 가까이 있음으로 인하여, 펼쳐지기 시작한 어두운 밤이 한층 깊어지고, 별들이 한층 더 헤아릴 수 없을 정도로 멀리 그리고 높이 떠도는 것 같았다.

지금 크네히트는 오두막 안에서 아내인 아다가 아이들을 재우면서 아름다운 음성으로 나직이 노랫가락을 읊조리는 것을 듣고 있었다. 그때 마을 사람들이 나중까지 오랫동안 잊지 못할 일대 파국이 일어났다. 고요하게 반짝이는 별의 그물, 어느 때엔 보이지 않은 그물 줄이 이곳저곳에서 불이 붙어 번쩍거리며 움직이기 시작했다. 집어던진 돌처럼 별이 한 개씩 한 개씩 불타올랐다간 다시 깨지면서, 하늘에서 비스듬히 떨어졌다. 그리고 그 첫 유성이 꺼져 없어져버리는 것을 바라보던 눈길을 채 돌리기도 전에, 여기에서 한 개, 저기에서 두 개 그리고 또다시 서너 개의 별들이 쏟아져 내렸다. 이 광경을 보고 얼어붙었던 심장이 다시 두근대기 시작하자마자, 비스듬히 가벼운 곡선을 그리며 화살같이 하늘을 낙하해오는 내던져진 광선은 이미 수십, 수백의 떼를 이루었다. 별들은 마치 침묵의 거대한 폭풍에 휩싸여 오듯이 무수히 떼를 이루어 소리 없는 밤하늘을 가로질러 떨어졌다. 이것은 마치 우주 속의 가을이 모든 별들을, 하늘 나무에서 시든 잎새들을 따내듯이 훑어내어 소리 없이 허공 속에 던져 넣어버리는 것 같았다. 또 마치 펄펄 흩날리는 눈송이처럼 수천 개의 별들이 섬뜩한 정적속에서 떨어져 내려 남동쪽 산 너머 깊이를 알 수 없는 어디론가로 사라졌다. 사람들이 기억하는 한, 여태껏 어떤 별 하나떨어져 내린 적이 없었던 곳이었다.

심장은 얼어붙고 눈은 불타오르는 가운데, 크네히트는 머리를 뒤로 젖힌 채 서 있었다. 경악을 금치 못하고 떨어지지 않는 눈길로 마법에 걸려 변해버린 듯한 하늘을 올려다보았다. 도대체 눈을 믿을 수 없었지만, 끔찍한 사태는 분명했다. 이 밤의 광경을 본 모든 사람들처럼 크네히트도 자신이 잘 알고 있는 별들도 뒤흔들려 흩어져 소멸해버린 것이라 생각했고 또 이 대지가 자신을 삼켜버리기 전에 곧 하늘이 시커멓게 변하고 텅 비어버릴 것이라 예상했다. 그러나 잠시 후, 다른 평범한 사람들은 알 수 없는 노릇이었지만, 크네히트만은 인식할 수 있었다. 끔찍한 별들의 추락은 오랫동안 낯익고 믿음성을 주는 별들 가운데서 일어난 것이 아니라, 땅과 하늘 사이의 공간에서 일어났던 것이었다. 이렇게 떨어지고 팽개쳐지는 별들, 새로 나타났다가 또 금방 사라지고 마는 빛 덩어리들은 오래되고 제대로 된 별들과는 다른 색깔로 불타오르고 있었다. 이것들은 덧없이 사라지고 마는 새로운 다른 별들이었지만, 이런 별들의 흩어짐으로 인해 대기는 악하고 위험스러운 분위기로 채워졌다. 이것은 분명 재난과 무질서였다. 깊은 탄식이 크네히트의 메마른 목에서 새어 나왔다. 그는 이 귀기스러운 장면을 자신만 본 것인지, 아니면 다른 사람들도 보았는지 알아보기 위해 주위를 둘러보고 귀를 기울였다. 얼마 뒤 다른 오두막에서도 공포의 신음 소리와 날카로운 절규가 흘러나왔다. 다른 사람들도 보았고, 본 것을 외쳐서 전혀 모르고 자고 있던 사람들을 깨워 경고했다. 이제 곧 마을 전체가 근심과 공포에 휩싸일 것이었다. 크네히트는 깊은 한숨을 내쉬며 이런 사태를 받아들였다. 이 불행은 어느 누구보다 먼저 크네히트를 엄습했다. 바로 기우사인 크네히트를. 하늘과 대기 속의 질서를 책임지는 것은 바로 그였기 때문이다. 그는 지금까지 홍수, 우박, 폭풍 등 큰 재해를 미리 알아내고 예감했었다. 그럴 때마다 그는 어머니들이나 큰 할머니에게 경고하고 준비시켜 최악의 사태를 방지하곤 했다. 그리하여 그의 지식과 용기 그리고 저 높은 곳의 힘에 대한 신뢰 등을 통해 마을을 절망 상태에 빠지지 않도록 노력해왔던 것이다. 이번 사태의 경우, 왜 크네히트는 사전에 아무것도 몰랐고 또 지시할 수 없었던가? 왜 그는 자신이 품었던 어둡고 경고적인 예감에 대해서 그 어느 누구에게 한마디도 할 수 없었던 것일까?

크네히트는 오두막 입구의 가리개를 걷어 올리고 아내의

이름을 낮게 불렀다. 아내는 막내를 가슴에 안고 나왔다. 그는 아이를 가슴에서 떼어내 짚단 위에 눕혀놓고, 말을 하지 말라는 표시로 아내의 입술에 손가락을 얹은 후, 그녀를 오두막에서 데리고 나왔다. 그는 참을성 있는 고요한 아내의 얼굴이 금방 근심과 공포로 일그러지는 것을 보았다.

"아이들은 자게 내버려두시오. 아이들이 볼 필요는 없어요. 알아듣겠소?" 그는 격렬하게 속삭였다. "아무도 나오지 않게 하시오. 당신도 오두막 안에 있으시오."

그는 주저했다. 어느 정도까지 말을 하고 자신의 생각을 드러내야 할지 확실치가 않았다. 그는 덧붙였다. "당신이나 아이들에게는 아무 일도 없을 거요."

그녀는, 그녀의 얼굴과 기분 상태가 조금 전 느꼈던 공포로부터 완전히 회복되지는 않았지만, 그의 말을 곧 믿었다.

"어떻게 된 거죠?" 그의 곁을 스쳐 하늘을 올려다보며 아다가 물었다. "아주 안 좋은 일인가요?"

"안 좋소." 크네히트는 부드러운 음성으로 대답했다. "아주 좋지 못한 상태라 생각되오. 그러나 당신이나 아이들과는 상관없소. 집 안에 있으시오. 그리고 입구 가리개를 잘 닫아두시오. 난 사람들에게 가서 이야기를 나눠보겠소. 들어가시오, 아다."

그는 오두막 구멍으로 아다를 밀어넣고 가리개를 조심스럽게 드리웠다. 몇 번 심호흡을 하며 서서 여전히 계속되고 있는 별들의 쏟아짐을 쳐다보았다. 이윽고 무거운 가슴으로 한숨을 내쉬면서 고개를 떨군 채 어둠을 뚫고 빠른 걸음으로 마을을 향했다. 큰 할머니의 오두막으로 간 것이다.

거기에는 이미 마을 사람들의 절반가량이 모여 있었다. 그들은 불안에 떠는 낮은 목소리로 중얼거리며 공포와 절망으로 인해 흥분을 억누르지 못하고 있었다. 어떤 남녀들은 일종의 분노와 쾌감을 느끼며 경악과 임박한 종말감에 자신들을 내맡겼고, 또 다른 사람들은 술 취한 듯이 굳은 표정으로 서 있거나 사지가 풀려 휘적거렸다. 어떤 여자는 입에 거품을 물고 혼자서 절망적인 음란한 춤을 추며 긴 머리를 풀어헤쳤다. 이미 일은 시작되고 있었다. 그들은 떨어지는 별에 의해 마술에 걸려 무아상태에 빠졌으며 정신을 잃고 있었다. 크네히트는 이것을 보고 있었다. 아마 곧 광태와 격정과 자기기만의 도취 상태가 닥칠 것이었다. 지금이 몇몇 지각 있고 용기 있는 사람들을 모아 강화시켜야 할 바로 그때였다. 큰 할머니는 아주 침착했다. 그녀는 모든 것의 종말이 왔다고 믿고 있었으나, 거기에 저항하지 않고, 이 운명에 대해서 단단하고 확고하며 세게 옥죄어오는 상황에서 약간 비웃음기를 머금은 얼굴을 하고 있었다. 크네히트는 큰 할머니가 자신의 말을 듣도록 했다. 그는, 언제나 있었던 별들은 아직도 상존하고 있다는 것을 그녀에게 예증하려 조력했으나, 그 노인네는 그것을 받아들이지 않았다. 이것은 아마도 그녀의 눈이 그걸 알아볼 수 있을 정도로 힘을 갖고 있지 못하든가, 아니면 그녀의 별들에 대한 상상과 별들에 대한 관계가 기우사 크네히트의 그것과는 사뭇 다른 어떤 것, 사람들이 거의 동의할 수 없는 어떤 것이었기 때문일 것이다. 그녀는 머리를 가로저으면서 고집스럽고 엷은 미소만을 지었을 뿐이다. 그러나 크네히트가 사람들이 공포심에 마비되어 자신들을 방기하거나 못된 악령들에게 자신을 내맡기지 않도록 하자고 큰 할머니에게 간절히 촉구하자, 그녀는 곧 동의했다. 할머니와 기우사 주위에는 겁은 먹고 있으나 제정신을 잃을 정도는 아닌 한 무리의 사람들이 형성되었고, 이들은 지시에 따를 마음가짐을 갖추고 있었다.

여기에 도착하기 전까지만 해도 크네히트는 모범과 이성, 연설, 해명 그리고 권면을 통해서 경악 상태를 막을 수 있기를 바랐었지만, 큰 할머니와 잠시 이야기를 나눈 끝에 곧 그러기에는 이미 때가 늦었다는 것을 깨달았다. 그는 다른 사람들이 자신의 체험에 동참하게 하고, 이 체험을 그들에게 선물로 주어 이식移植시킬 수 있기를 원했던 것이다. 또 자신의 권면에 이끌려 다른 사람들이 모두, 모든 별들이 떨어진 것은 아니며 우주 폭풍으로 모두 딸려가버린 게 아니라는 것과 무기력한 경악 상태에서 능동적인 관찰자의 입장으로 발전해 결국 심리적인 동요 상태에 맞설 수 있기를 바랐던 것이다. 그가 곧 깨달은 바이지만, 지금 온 마을에서 이런 영향을 받아들일 수 있는 사람은 극소수에 불과했다. 영향을 받아들이기 전에 아마 다른 사람들이 이미 완전히 미쳐버릴 것만 같았다. 그랬다. 늘 그렇듯이, 이성과 현명한 언어로 얻을 수 있는 것은 아무것도 없었다. 다행스럽게도 다른 방도가 있었다. 이성의 힘을 빌려 설득함으로써 죽음의 공포를 해소시킬 수 있는 방법이 없다면, 죽음의 공포를 이끌어내 조직화하고 거기에 적절한 형식과 모습을 부여하는 방안이 있을 수 있었다. 이것은 미친 사람들이 어쩌지 못할 정도로 뒤엉켜 있는 것을 하나의 확고한 균일 집단으로 만들어내는 일이며, 통제 밖에 있는 개별적인 무수한 거친 목소리들을 하나의 합창대로 만드는 일이었다. 크네히트는 곧 작업에 착수하여 방법을 강구했다. 사람들 앞에 나서서 모두 잘 알고 있는 기도송祈禱頌을 외치기 시작했다. 이 노래는 원래 공적인 장례행사나 참회행사를 시작할 때 부르는 노래로, 큰 할머니 장례식의 조가나 전염병이나 홍수 같은 공적인 재난 때 행하는 산 제사나 참회제 때 부르는 노래였다. 크네히트는 제문을 박자에 맞춰 외쳐대며 그 박자를 박수로 뒷받침했다. 그리고 박수치고 소리 지르며 박자를 맞추는 가운데 땅바닥에 닿도록 허리를 굽혀 절을 하고 다시 몸을 일으키는 동작을 반복했다. 그러자 곧 열 명, 스무 명의 사람들이 이 동작을 함께하기 시작했다. 백발의 마을 큰 할머니는 서서, 리드미컬하게 주문을 외며 가볍게 허리를 굽힘으로써 제식의 동작을 암시적으로 나타냈다. 다른 오두막에서 도착한 사람들도 즉각적으로 이 의식儀式의 박자와 정신에 합류했다. 몇몇 넋 나간 사람들은 힘을 다해서 쓰러지거나 땅바닥에 꼼짝 않고 누워 있었으며, 그게 아니면 예배 행위의 합창과 리드미컬한 절하는 동작에 압도당해 함께 딸려왔다. 이 방법은 성공적이었다. 절망에 빠져 미쳐 날뛰던 무리들 대신 스스로를 제물로 바치고 기꺼이 참회할 마음을 지닌 기도하는 무리들이 형성되었다. 이들 개개인은 이제 죽음의 공포를 자신의 내부에 담은 채 스스로를 유폐시키지 않게 되었고 또 혼자서 분통을 터뜨리는 일도 하지 않게 되었다. 대신 스스로 많은 사람들이 참여하여 박자를 맞추어, 간구하는 의식을 집행하는 질서정연한 합창단에 편입된 셈이었다. 이것은 그들 각자에게 편안함을 가져다주었고 마음을 강화시켜주는 효과가 있었다. 많은 비의적秘儀的 힘이 연행演行 가운데서 작용하는 것이고, 공동체 감정을 증폭시켜주는 형식의 동일성은 가장 강력한 위안이고, 절제와 질서 그리고 리듬과 음악은 여기에 가장 불가결한 묘약인 것이다.

온 밤하늘은 여전히, 마치 빛의 방울들로 만들어진 작은 폭포가 쏟아져 내리는 듯이, 떨어져 내리는 별똥 무더기들로 뒤덮여 있었다. 이 거대하고 불그스레한 불 방울들은 벌써 족히 두 시간가량 소모되고 있었다. 그동안 마을을 뒤덮었던 공포는 헌신, 호소 그리고 참회의 감정으로 바뀌었고, 질서가 깨져버린 하늘에 대해서 인간은 두려움과 연약함을 떨쳐버리고 질서와 제의의 화음和音으로 맞대응했다. 성우星雨가 잦아들기 시작하고 그 흐름이 옅어지기 전에 이미 기적은 완성되었고 치유력治癒力이 발산되기 시작했다. 하늘이 서서히 안정되고 상태가 호전되는 것 같았다. 죽을 듯이 피곤에 지친 참회자들은 그들의 연행을 통해 그 막강한 힘들을 순치시켰고 하늘을 질서 있게 만들었다는 느낌을 가졌다.

그 경악의 밤은 결코 잊히지 않았다. 사람들은 가을 겨울 내내 이 끔찍스러웠던 밤에 대해서 이야기했다. 그리고 사람들은 곧 이 이야기를 속삭이거나 간절하게 말하지 않았다. 그들은 대신 평상시 말하듯 이야기하였고, 되돌아보면서 재난을 훌륭하게 극복하였고 위험을 성공적으로 퇴치하였다는 대견스러운 마음을 품게 되었다. 그 개별적인 행위들로 인해 사람들은 원기를 회복했고, 각자가 자기 나름의 방법으로 전대미문의 사건 때문에 놀랐었고, 각기 모두 그 사건을 맨 처음 발견했었노라고 주장했다. 사람들은 또 특히 겁먹고 압도되어 버렸던 사람들을 감히 놀리기까지 했다. 어떤 흥분 상태, 그러니까 무엇인가 체험했다, 엄청난 일을 목격했다, 무슨 일인가가 벌어졌었다, 는 식의 흥분 상태가 마을 안에 상당히 오랫동안 지속되었다.

크네히트는 이런 정서나 점차 잔잔해지는 과정, 그리고 이 엄청난 사건을 잊어가는 과정에 전혀 개입하지 않았다. 그에게 이 엄청난 체험은 결코 잊을 수 없는 경고로, 결코 멎지 않을 자극으로 남아 있었다. 이 사건이 지나갔고 또 행렬, 기도 그리고 참회행사 때문에 부드러워졌다고 해서, 자신에게 끝났거나 비껴갔다고 결코 믿지 않았다. 일이 발생한 지 오래되면 오래될수록 이 사건은 그에게 중요성이 점점 커져갔다. 이것은 크네히트 자신이 그 사건에 의미를 채워넣었기 때문이었다. 그는 이 일 때문에 더욱 골똘히 생각하고 더 신중히 해석하게 되었다. 그에게 이 사건 자체는 대단히 놀라운, 그리고 경이로운 자연 연극, 많은 전망을 지닌 끝없이 거대한 어려운 문제였다. 이 사건을 본 사람은 아마 일생 동안 이 일에 대해 곱씹어 생각할 수 있을 것 같았다.

이 성우, 별의 비를 크네히트와 비슷한 전제와 비슷한 시각으로 관찰할 사람이 마을에 있다면, 그것은 오직 한 사람뿐이었을 터인데, 그것은 다름 아닌 크네히트의 아들이자 그의 제자인 투루였을 것이다. 이 유일한 증인의 증언과 교정만이 크네히트에게 가치가 있었을 것이다. 그러나 크네히트는 이 아들을 잠자게 두었던 것이다. 그는 왜 자신이 그 역사적인 사건이 일어났을 때, 그것을 진지하게 받아들일 수 있는 유일한 증인이자 관찰자인 아들을 그냥 두었는지를 나중에 곰곰이 생각해보았다. 그러나 생각하면 할수록 자신이 그때 올바르게 행동했고 지혜로운 예감에 잘 순응했다는 믿음을 한층 강하게 갖게 되었다. 그는 당시 자신의 가족들이 그 사건을 바라보는 걸 막으려 했고 자신의 제자들과 동료, 특히 투루가 쳐다보는 걸 억제하려 했던 것이다. 그 까닭은 크네히트가 그 누구보다 투루를 사랑했기 때문이었다. 그는 아들에게 이 별의 추락 사건을 숨기고 은폐시켰다. 그는 한편으로는 수면睡眠, 특히 젊은 사람의 수면을 주관하는 좋은 정령을 믿고 있었다. 그리고 다른 한편으로는, 그의 기억이 틀리지 않다면, 하늘의 징조가 시작되었던 바로 그 순간에 크네히트 자신은 이 징조가 모든 사람들에 대한 순간적인 생명의 위협이라고 생각하기보다는, 하나의 전조이며 미래에 나타날 재난이 미리 드러난 것이라 생각했다. 그리고 이 징조는 그 누구도 아닌, 기우사인 자신과 직접 관련된 것이라고 생각했었다. 무엇인가가 접근해오고 있었다. 그의 직무와 관련된 영역에서부터 비롯되는 위험과 위협이었다. 이 위험과 위협은 어떤 형상을 취하더라도 분명히 크네히트를 겨냥할 것이었다. 이 위험에 대해 깨어 있으면서 단호히 대처하고, 영혼 속에서 여기에 대비하며, 이를 겸허히 받아들일 것이지만 이 일로 결코 용렬해지거나 스스로의 명예를 더럽히지 않으리라는 것, 바로 그것이 크네히트가 엄청난 전조에서 이끌어낸 경고이자 결심이었다. 앞으로 닥쳐올 운명은 성숙하고 용감한 인간을 요구할 터였다. 때문에 아들을, 동정하는 자의 입장이나 공지자共知者의 입장으로, 이 일에 끌어넣는 것은 좋지 않다고 생각했다. 아들이 자신에 대해 아무리 긍정적으로 생각하고 있더라도 아직 젊고 시험을 거치지 않은 사람이 그 일을 감당할 수 있을지 확실치 않았기 때문이었다.

투루는 물론 자신이 그 시간에 잠에 빠져 있어서 그 장관을 보지 못하고 놓친 것에 대해 대단히 불만스러워했다. 지금에 와서 그 일이 이렇게 저렇게 해석되고 있다손 치더라도, 어쨌든 그 일은 엄청난 사건이었다. 그리고 어쩌면 일생에 다시는 그런 비슷한 일이 나타나지 않을 수도 있었다. 그런데 그런 엄청난 체험과 세계적인 이적 현상이 그를 비껴간 것이다. 이 때문에 투루는 한동안 아버지에 대해서 뾰로통해 있었다. 그러나 이제는 그런 마음의 불만을 극복한 상태였다. 노인이 훨씬 세심하고 애정 어린 관심으로 그를 달래주었기 때문이었다. 크네히트는 예전보다 훨씬 자주 투루를 자신의 업무 처리에 끌어들였고, 앞으로 다가올 것에 대한 예감 속에서, 투루를 거의 완벽하고 모든 비의적인 지식을 전수받은 후계자로 온전히 키우기 위해 눈에 띄게 열의를 기울이고 있었다. 투루와 그 별의 쏟아짐에 대해 이야기하는 경우는 드물었지만, 크네히트는 그 자신의 비밀이나 실제 활동, 지식과 탐구의 면에 조금도 숨김없이 투루를 받아들였고, 여러 과정이나 시험적인 노력, 자연의 청취 등에 그를 동반했다. 크네히트가 이런 일에 다른 사람을 참여시키는 경우는 지금까지 한 번도 없었다.

겨울이 오고, 또 지나갔다. 습기가 많고 온화한 겨울이었다. 별이 떨어지는 일도 없었고, 비상한 일도 일어나지 않았다. 마을은 안정되어 있었고, 사냥꾼들은 부지런히 사냥거리를 찾아나섰다. 오두막 위쪽에 설치된 장대 걸개에는 꽁꽁 얼어붙은 동물 가죽들이 늘 걸려 있었는데, 이것들이 찬바람이 불어치는 날이면 서로 부딪쳐 펄럭펄럭 소리를 냈다. 사람들은 매끈하게 만든 긴 나무받침 위에 장작들을 싣고 이를 숲에서부터 눈 위로 썰매처럼 끌고 나왔다. 짧은 기간 동안 강추위가 닥친 적이 있었는데, 바로 그 기간 동안 마을의 어떤 할머니 한 분이 세상을 떴지만, 그 즉시 매장할 수가 없었다. 결국 땅이 어느 정도 녹을 때까지, 그 얼어붙은 시체는 오두막 문 곁에 방치되어 있을 수밖에 없었다.

봄이 되자 기우사가 예상했던 나쁜 조짐들이 사실로 드러나기 시작했다. 그해 봄은 달이 져버린, 아주 좋지 못한 봄이었다. 발아發芽와 수액樹液의 움직임을 전혀 발견할 수 없는, 기쁨이 전혀 없는 봄이었다. 달은 항상 뒷전에 처져 있었고, 파종일을 정하는 데 필요한 여러 징표들이 도대체 맞아떨어지지 않았다. 야생화가 피어나는 것도 빈약하기 짝이 없었다. 나무에 붙어 있던 봉오리들은 열리지 못한 채 시들어버렸다. 크네히트는 주위 사람들이 눈치채지 못하도록 했지만 엄청나게 마음을 졸이고 있었다. 아다와 투루만이 그가 얼마나 속을 썩고 있는지 알고 있을 뿐이었다. 크네히트는 관례적인 기원祈願 활동을 하고 있었을 뿐 아니라, 개인적이고 사적인 제물까지 바치고 있었다. 정령精靈들을 위해서 냄새가 좋고 쾌감을 일으키는 죽과 차를 끓였으며, 수염을 짧게 깎고 새 달이 뜨는 날 밤에 나무 기름과 젖은 나무껍질을 머리카락과 섞어 태워 냄새를 피우기도 했다. 그는 가능한 한 마을의 산 제사나 기원 행렬 또는 북의 합주 등과 같은 공공행사를 피하고 사악한 봄이 가져온 저주받은 날씨를 자신의 개인적인 걱정거리로 삼으려 했다. 통상적인 파종 날짜가 상당히 지나버리게 되자, 기우사는 어쨌든 큰 할머니에게 보고를 하지 않을 수 없었다. 그런데 보라! 크네히트는 이 대목에서 또다시 불행과 힘든 상황에 부딪혔다. 크네히트와 좋은 친구였으며 그를 마치 어머니 같은 푸근함으로 대해주던 큰 할머니가 심리 상태가 나빠져서 병석에 눕게 되고, 모든 의무와 권한을 그녀의 여동생에게 위임하게 된 것이다. 이 동생은 기우사에 대해서 상당히 냉랭한 마음을 품고 있었다. 게다가 그녀는 언니의 강직하고 곧은 성품을 지니지 못하고, 그저 소일거리나 재미거리를 좋아하는 성품이었다. 이런 성향을 그녀에게 심어준 사람이 바로 북 합주단 단장이자 마술사인 마로였다. 이 작자는 동생 할머니에게 재미있는 시간을 마련해주고 아첨을 일삼는 재주가 있었다. 이 마로가 이제 크네히트의 적이 된 것이었다. 그녀와 첫 대면한 자리에서 크네히트는, 그녀가 자신의 말에 대해서 반박하는 말을 한마디도 하지 않았지만, 곧 냉담함과 거부감을 감지할 수 있었다. 크네히트의 설명과 제안, 그러니까 파종이나 어떤 제사 그리고 기원을 위한 회전 행렬 등을 미뤄달라는 제안은 긍정적으로 받아들이고 허락했으나, 이 동생 할머니는 크네히트를 냉대하며 마치 신하를 대하듯이 접견했고, 병석에 있는 할머니를 문병하거나 약이라도 마련해드리도록 허락해달라는 크네히트의 청을 받아들이지 않았다. 그는 마음이 침울해지고 한층 더 마음이 가난해져서 입안이 씁쓸해진 상태로 접견에서 물러나왔다. 그는 반달 동안 파종이 가능할 만한 기류를 조성하기 위해 그가 할 수 있는 모든 방법을 동원하여 노력을 기울였다. 예전에는 흔히 그의 내적인 흐름과 조응하여 동일한 방향을 취했던 날씨가, 이번에는 고집스럽게 비웃으며 적대적인 형국을 취하고 있었다. 어떤 마법도 어떤 제물도 소용이 없었다. 기우사에게는 다른 방도가 없었다. 다시 한 번 큰 할머니의 여동생을 찾아갔다. 이번에는 흡사 인내와 연기延期를 위한 간청 같았다. 크네히트는 즉시, 이 여동생 할머니가 어릿광대인 마로와 더불어 자신과 자신의 일에 대해서 이야기한 것이 틀림없다는 것을 감지했다. 왜냐하면 파종일을 정하거나 간원懇願의 의식을 지시할 필요가 있다는 것에 대해 대화를 나누는 과정에서, 이 노파는 무척이나 아는 체를 했고 한때 기우사의 제자였던 마로 말고는 그녀가 구할 데가 없는 표현들을 사용하고 있었기 때문이었다. 크네히트는 사흘간의 말미를 다시 요청했고, 그런 연후에 별들의 상호관계와 위치를 새롭고 유리하게 조성하고 반달이 이지러지기 시작하는 첫날 파종하기로 작정하였다. 노파도 동의하고 덧붙여 제식 주문呪文을 발하였다. 이 결정 사항은 마을에 선포되었고, 파종 축제에 대한 만반의 준비가 갖춰졌다.

한동안 모든 일이 다시 잘 정리되는 듯이 보였던 때에 정령들은 새롭게 심술을 드러냈다. 그렇게 고대하고 준비를 해왔던 파종 행사가 있기 바로 전날, 큰 할머니가 세상을 뜨고 말았기 때문이었다. 이 축제는 연기되었고 대신 장례식 선포와 준비가 시작되었다. 이 행사는 제1등급의 중요 행사였다. 새로이 일을 맡은 마을 큰 할머니, 그녀의 여동생들과 딸들 후열에 기우사가 거창한 기원 행렬 때 입는 제복祭服을 입고 머리에는 여우가죽으로 만든 끝이 뾰족하고 높은 모자를 쓴 채 자리 잡고 있었다. 투루는 2음조의 경목硬木 딱딱이를 쳐 소리를 내면서 그를 돕고 있었다. 망자亡者와 새로운 연장자인 그녀의 여동생에게 마을 사람들은 최고의 경의를 갖추었다. 마로는 북 합주단을 이끌고 힘차게 앞으로 치달았으며 관심과 찬사를 받았다. 마을은 애도하며 행사를 거행했고, 비탄하며 축하일을 즐겼고 북 합주단의 음률과 산 제사를 즐겼다. 마을 사람 모두에게 즐거운 날이었다. 그러나 파종일은 또다시 연기된 것이었다. 크네히트는 품위 있고 침착하게 서 있었으나, 마음 깊은 곳에서는 번민을 거듭하고 있었다. 그는 큰 할머니를 땅에 묻는 순간 그의 생애 중 좋은 시간은 이제 지나가버렸다는 것을 느꼈다.

그 후 얼마 되지 않아 새로운 큰 할머니의 소원에 따라 마찬가지로 거창하게 파종이 이뤄졌다. 행렬은 엄숙하게 들판을 맴돌았으며, 노파는 진지하게 맨 첫 번째 씨앗 한 줌을 공동 경작지에 뿌렸다. 노파의 양옆엔 두 여동생이 알곡이 담겨 있는 자루를 들고 다녔고, 노파는 이 자루에서 종자를 퍼내었다. 크네히트는 이런 행사가 마침내 완수되자, 숨을 약간 내쉬었다.

그러나 이렇게 엄숙하게 파종된 씨앗은 기쁨이나 수확을 전혀 가져올 수 없게 되어 있었다. 그해는 은총이 떠나버린 해였다. 날씨가 겨울과 한파로 돌아간 것을 시작으로 해서 그해 봄과 여름의 날씨는 갖가지 술책과 적대행위를 자행했다. 여름이 되자 듬성듬성 반쯤 자란 앙상한 곡식들이 들판을 채우고 있었다. 그때 마지막 최악의 사태가 닥쳐왔다. 사람들이 기억하는 한 최악의 가뭄이 시작된 것이었다. 몇 주째 태양은 하얀 열먼지를 일으키는 가운데 들끓고 있었고, 실개천들은 바짝 말라붙었으며, 마을 연못들 중에서 더러운 늪지만 하나 남아 있어서 잠자리의 천국이자 모기 떼의 온상이 되어버렸다. 말라빠진 땅도 깊숙이 갈라졌다. 사람들은 농작물이 병들고 말라 죽는 것을 그저 망연히 바라볼 뿐이었다. 가끔씩 구름이 몰려들긴 했으나, 마른 하늘에 천둥 번개만 있을 뿐이었고, 어쩌다 한 번 빗방울이 가볍게 떨어진 다음엔 낮 동안 내내 건조한 동풍이 뒤따랐다. 높은 나무엔 자주 번개가 들이쳐서, 반쯤 말라비틀어진 나무 꼭대기는 금방 불이 붙어 타버렸다.

"투루야," 어느 날 크네히트는 아들에게 말했다. "이 사태가 잘 끝날 것 같지 않구나. 지금 우리는 모든 정령들의 반대에 부딪혀 있다. 이 일은 별들의 추락으로 시작된 것이다. 내 생각으로는, 이 일은 내 생명을 치러야만 할 것 같다. 명심해 두어라. 내가 산 제물로 바쳐지게 되면, 넌 그 시간으로 당장에 내 직책을 이어받아 수행하도록 해라. 그리고 맨 처음 넌 내 육체를 불태우고 그 재를 들판에 뿌리도록 요구해라. 너희는 엄청난 기아飢餓를 이번 겨울에 겪게 될 것이다. 그러고 나면 이 재난은 끝나게 될 것이다. 너는 그 누구도 마을 못자리에 손끝 하나 대지 말도록 살펴야 한다. 어기면 사형선고를 내리도록 해라. 다가올 해는 상황이 호전될 것이고, 사람들은 말할 게다. 새로운, 젊은 기우사를 갖게 된 건 잘된 일이라고.”

절망이 마을을 뒤덮고 있었다. 마로가 이를 부추기고 있었고, 기우사에게 드물지 않게 위협과 협박이 가해졌다. 아다는 병에 걸려 구토와 신열로 몸을 떨었다. 원형圓形 행렬이나, 산제사, 마음을 뒤흔드는 장기간의 북 합주도 아무 소용이 없었다. 그 일이 자신의 직무였기에, 크네히트가 이 일을 이끌었다. 그러나 사람들이 뿔뿔이 흩어지면, 그만 혼자 남았다. 그는 이제 기피 인물이 되어버렸다. 필요한 것이 무엇인지, 그는 알고 있었다. 또 그는 마로가 이미 큰 할머니에게 자신을 산제물로 바쳐야 한다고 주장했다는 것도 알고 있었다. 크네히트는 자신의 명예와 아들을 위해서 마지막 걸음을 내디뎠다. 그는 투루에게 커다란 제복을 입히고 큰 할머니에게 데려가, 그를 자신의 후계자로 추천했다. 그리고 그 자리에서 자신을 제물로 내놓으며, 자신의 직책을 사임했다. 큰 할머니는 잠시 호기심이 서린 눈으로 점검하듯이 그를 쳐다보았다. 이윽고 그녀는 고개를 끄덕이며 모든 걸 받아들였다.

산 제사는 바로 그날 실행에 옮겨졌다. 온 마을이 여기에 함께 할 것이었으나, 이질을 앓고 있는 사람들이 많았다. 아다도 심하게 앓고 있었다. 통이 높은 여우털모자를 쓰고 제복을 입은 투루는 열병에 쓰러질 정도였다. 병석에 있지 않은 모든 주요 인사들과 높은 사람들이 함께 참석했다. 큰 할머니와 그녀의 두 여동생, 나이 많은 노파들, 북 합주단장인 마로 등이었다. 그 뒤에는 일반 서민들이 무질서한 상태로 몰려왔다. 나이 먹은 기우사를 욕하는 사람은 한 사람도 없었다. 일은 침묵 속에서 마음 졸이는 가운데 진행되었다. 사람들은 숲으로 이동해서 넓고 둥근 모양의 개활지를 찾았다. 크네히트가 그 장소를 자신의 행위 장소로 정했던 것이다. 대부분의 남정네들은 불을 피우는 데 필요한 나무를 마련하기 위해서 저마다 돌도끼를 하나씩 들고 있었다. 개활지에 도착하자, 사람들은 그 가운데에 늙은 기우사를 세우고 그를 중심으로 하나의 원을 만들었다. 저 바깥으로는 보다 큰 원이 형성되어 보다 많은 사람들이 거기에 몰려 있었다. 모든 사람들이 마음의 결정을 내리지 못하고 어정쩡한 상태에서 어색해하고 있었기 때문에, 기우사는 스스로 말문을 열었다. "나는 여러분의 기우사였습니다"라고 그는 말했다. "난 그동안 내가 할 수 있는 만큼 일을 잘 감당해왔습니다. 이제 정령들이 나를 반대하고 있습니다.

난 이제 더 이상 성공을 거둘 수가 없습니다. 때문에 나는 자신을 산 제물로 바쳤습니다. 이로써 정령들을 달랠 수 있을 것입니다. 내 아들 투루가 새 기우사가 될 것입니다. 이제 나를 죽이시오! 그리고 내가 죽으면, 내 아들의 지시를 정확히 준수해주시오. 안녕히 계십시오! 누가 나를 죽게 해주겠소? 난 북쟁이 마로를 추천합니다. 그는 이 일에 가장 적합한 사람입니다."

마로는 침묵했다. 움직이는 사람이 한 사람도 없었다. 무거운 가죽 모자를 뒤집어쓰고 검붉은 얼굴을 하고 있는 투루는 고통스럽게 무리를 둘러보았다. 아버지의 입술은 비웃음으로 일그러져 있었다. 마침내 화가 난 큰 할머니가 발로 땅을 박차면서, 마로에게 손짓을 하며 소리를 질렀다. "앞으로! 도끼를 잡고 빨리 해!" 도끼를 손에 잡은 마로는 한때 자신의 스승이었던 크네히트 앞에 섰다. 그로서는 예전보다 훨씬 더 크네히트가 미웠다. 말없이 서 있는 이 노인네 입 위에 서려 있는 비웃음의 기미는 마로에게 쓰디쓴 아픔을 가해왔다. 그는 도끼를 쳐들고 자신의 머리 위쪽에서 휘둘렀다. 목표물을 겨냥하면서 위로 도끼를 쳐든 채 마로는 제물의 얼굴을 응시했다. 그리고 이 제물이 눈을 감기를 기다렸다. 그러나 크네히트는 눈을 감지 않았다. 그는 눈을 한 점도 흐트리지 않고 똑바로 뜬 채 도끼를 들고 있는 남자를 쳐다보았다. 거의 표정이 없었지만 만약 표정을 읽을 수 있었다면, 그것은 동정과 경멸 사이의 그 무엇이었다.

마로는 화를 내면서 도끼를 던져버렸다. "난 하지 않겠소." 그는 중얼거리며 높은 사람들을 뚫고 지나서 무리 속으로 모습을 감춰버렸다. 몇 사람이 낮게 웃었다. 큰 할머니는 이 거만한 기우사에 대한 분노로, 또 그에 못지않게 겁먹고 아무 쓸모없는 마로에 대한 분노로 얼굴이 창백해졌다. 그녀는 나이가 가장 많은 축에 속하는 한 높은 지위의 남성에게 손짓했다. 도끼를 받치고 서 있던 이 조용한 남자는 유쾌하지 않은 이모든 장면을 부끄러워하는 듯이 보였다. 그가 앞으로 나섰다. 그는 제물을 향해 잠시 친절하게 고개를 숙였다. 그와 크네히트는 어린 시절부터 잘 아는 처지였다. 이제 크네히트는 스스로 눈을 감았다. 단호하게 눈을 감은 뒤 그는 머리를 약간 숙였다. 그 나이 든 남정네가 도끼로 크네히트를 내리쳤다. 그가 쓰러졌다. 새로운 기우사, 투루는 한마디도 할 수 없었다. 다만 몸동작으로 필요한 사항을 지시할 뿐이었다. 곧 나뭇단이 쌓였고 그 위에 크네히트의 시체가 눕혀졌다. 두 개의 신성한 나무 몽둥이로 불구멍을 뚫는 엄숙한 제식이 거행되었다. 그것이 투루의 첫 번째 직무 행위였다. ●

옮긴이 송전

서울대학교 독어독문학과를 졸업하고 독일 보훔루르대학에서 수학했다. 서울대학교 대학원에서 독문학 문학박사 학위를 받았고, 한남대학교 문과대학장, 사회문화대학원장을 역임했다. 현재 한남대학교 인문학부 교수로 재직 중이다. 연극 〈어느 혁명가의 죽음〉, 〈갈릴레오 갈릴레이〉 등을 연출했다. 지은 책으로는 『하우푸트만의 사회극 연구』, 옮긴 책으로는 『게르만 신화 연구』, 『드라마 분석론』, 『오디세우스의 귀향』과 희곡 『에밀리아 갈로티』, 『녹색의 앵무새』, 『갈릴레이의 생애』 등이 있다.

거룩함으로 승화된 비장미,
그리고 말할 수 없는 것을 말하는 재주

—

이 작품에서 형상화된 인간 정신의 아름다움은 '사내들만의 미학'이라는 이 책의 표제와는 다소 먼 느낌을 줄지도 모른다. 기우사 크네히트가 자신을 제물로 바치려는 결의는 틀림없이 사내다운 강건함에서 나왔고 또 비장한 것이었다. 그러나 다 읽은 뒤에 받게 되는 감동은 그것들이 빚어낸 아름다움에서 온 것이라기보다는 거룩한 것을 바라볼 때의 숙연함에 가깝다.

거기다가 이 작품은 단편으로 독립되어 완결된 것이 아니라 장편의 부록 같은 것이어서 짜임새도 적잖은 흠이 있다. 이야기의 전개는 너무 평면적이고 균형 잡힌 상승도, 극적인 반전도 없다. 유일한 안타고니스트로서 제자였던 마로가 야기하는 갈등과 긴장 또한 전체 구조로 보아 지나치게 빈약하다. 그리하여 크네히트의 진정한 안타고니스트를 초자연적인 힘 또는 풀 수 없는 섭리 같은 것으로 해석하면 이번에는 마로가 야기하는 갈등과 긴장이 오히려 사족蛇足처럼 느껴지기까지 한다.

그렇지만 성격이 좀 달라지긴 해도 남성만이 연출할 수 있는 아름다움을 보여준다는 점에서 「기우사」는 빼놓을 수 없는 작품이 된다. 여성도 여러 고귀한 이름으로 자기 아닌 것에 기꺼이 자신을 바친다. 그러나 깊은 성찰과 투철한 결의 아래 이루어지는 자기투척自己投擲은 왠지 남성들만의 몫으로 느껴진다.

그뿐만 아니라 내가 이 작품을 꼭 소개하고 싶었던 또 다른 까닭은 헤세의 특질이라 할 수도 있는 말하기의 기술에 있다. 헤세에게는 말하기 어려운 것을 잘 말하는 재주가 있다. 자연이나 섭리의 가리워진 이면이며 삶의 오의奧義나 예술의 본질 따위에 대해 우리는 말하기 거북해하거나 기껏해야 이미 있는 말을 되풀이할 뿐이다. 그러나 그는 자신의 말로 두려움 없이 말한다.

헤세의 그 같은 재주는 오직 제도 안에서의 배움만이 확실한 것으로 믿고 있는 강단이론가들에게는 수상쩍게 비쳤을 것이다. 애초부터 말할 수 없거나 말하기 어려운 것을 말하려 했기 때문에 받는 의심도 있다. 그가 말한 것들 중에서 추상성과 애매함을 걷어내고 지식이라고 하는, 검증된 그물만으로 건져낸 내용은 종종 실망스러울 만큼 소박하다. 인상적이고 감동적인 것은 도정道程일 뿐 깨달음의 내용은 여전히 알 수 없는 것으로 남아 있거나 지극히 상식적이다. 이를테면 『싯다르타』가 보여주는 구도의 과정은 다채롭고 심각하지만 깨달음의 내용은 피상적으로 이해된 윤회설輪廻說에 그친다.

그렇지만 악의 있는 평자들이 그릇 이해하듯 그것이 헤세의 학문적 무지나 논리의 허약을 드러내는 것은 아니다. 다만 애초부터 말할 수 없거나 말하기 힘든 것을 말하려 한 이의 불행일 뿐이다. 그리고 내게는 오히려 그렇게라도 말할 수 있는 것이 경탄스러운 재능처럼 느껴져 특히 그런 쪽을 주목하라는 충고와 함께 이 작품을 소개한다.

이 작품이 실려 있는 만년晩年의 대작 『유리알 유희』는 헤세가 독학자로서 일생 받았던 의심과 설움을 앙갚음하려는 듯 대담하게 펼쳐 보인 지성과 철학의 모험이다. 그러나 그가 쓰고 있는 무기는 여전히 일생 그의 약점이 되었던 그 재능이며 그것을 가장 특징적으로 나타내고 있는 게 말미에 실린 「기우사」이다.

작가 헤르만 헤세에 대해서는 앞서 이미 소개한 바 있어 여기서는 생략한다.

두 소몰이꾼

The Two Drovers

S. W. 스코트 지음

장경렬·전수용 옮김

S. W. 스코트

영국 소설가이자 시인, 역사가. 1771~1832년. 스코틀랜드 에든버러에서 변호사인 아버지, 의과대 교수의 딸인 어머니 아래 유복하게 태어났다. 하지만 생후 1년 반 만에 소아마비로 오른쪽 다리에 장애를 갖게 됐다. 21세에 변호사가 됐지만, 그보다 잉글랜드와의 국경 지역 전설과 민요를 수집하고 출판하는 일에 힘썼다. 1796년 독일 시인 뷔르거의 「사냥」을 번역하고, 1802년 『변경 가요집』을 발표했다. 1805년 「마지막 음유 시인의 노래」, 1808년 「마미온」, 1810년 「호수의 여인」의 3대 서사시를 잇달아 발표하며 시인으로서 명성을 얻었다. 1813년 서사시 「로크비」로 계관시인 지위를 얻었지만 사퇴했다. 소설로 전향한 그는 1814년 익명으로 『웨이버리』를 출판했고, 이것이 크게 호평을 받으며 장편 걸작을 잇달아 발표해 유럽 전역에서 인기를 얻었다. 대표작으로는 『묘지기 노인』, 『롭 로이』, 『미들로시언의 심장』, 『라마무어의 새색시』, 『아이반호』, 『수도원』, 『성전 로난의 광천』, 『부적』, 『가이어스타인의 앤』, 『우드스톡』, 『나폴레옹전』, 『퍼스의 미녀』 등이 있다.

에든버러 왕립협회의 총재로 추대되고 옥스퍼드와 케임브리지 두 대학으로부터 명예학위를 받았다. 정부는 병을 앓게 된 그에게 순양함을 제공하면서까지 예우해 이탈리아로 요양시켰으나, 곧 귀국하여 숨을 거두었다.

둔(스코틀랜드 하이랜드 지방의 마을 - 옮긴이)에서 장場이 서던 다음 날을 출발점으로 하여 내 이야기는 시작된다. 장은 활기가 있었다. 잉글랜드의 북부와 중부의 군에서 가축 상인들 몇 명이 와서 잉글랜드의 돈이 즐거이 이리저리 흘러 들어와 하이랜드 농부들의 마음을 기쁘게 했다. 그래서 상당히 큰, 여러 가축 떼가 잉글랜드로 떠나게 되었다. 주인이 몰고 가는 경우도 있었고, 사들인 시장에서 나중에 가축들을 도살장 보내기에 알맞도록 살찌울 들판이나 농장까지 몇 백 마일을 몰고 가는 지루하고, 힘들고, 책임이 무거운 그 일을 전문적인 소몰이꾼을 고용하여 시키기도 했다.

하이랜드 지방의 사람들은 특히 이 까다로운 소몰이의 달인들이었다. 이 일은 전쟁만큼이나 그들의 기질에 맞는 것 같았다. 이것은 인내심 있게 어려움을 견디고 활동적으로 일하는 그들의 모든 습성을 활용할 기회를 준다. 그들은 이 지역의 가장 황량한 땅을 가로지르는 가축몰이 길을 완전히 알아야 한다. 소의 다리를 아프게 하는 큰길과 소몰이꾼들의 기질을 건드리는 유료 관문이 있는 도로를 피할 줄 알아야 한다. 그에 반해서 길조차 없는 습지대를 질러가는 널따란 푸른 들, 회색의 오솔길은 소도 힘 안 들이고 편히 걷고 더구나 마음 내키면 가다 가다 약간의 먹이를 뜯을 수도 있다. 밤이 되면 소몰이꾼들은 날씨가 어떻든 간에 가축 옆에 누워 잔다. 그래서 로호아버에서 링컨셔까지 걸어가는 동안 이들 강인한 소몰이꾼들 중에는 거의 하룻밤도 지붕 밑에서 자지 않는 이들이 많다. 그들에게 맡겨진 책임이 막대한 만큼 보수는 꽤 많았다. 가축이 목적지인 시장까지 잘 보내져서 가축업자들의 벌이가 되기 위해서는 무엇보다도 이들 소몰이꾼들이 신중하고, 감독을 게을리하지 않으며, 정직해야 하기 때문이었다. 그런데도 그들이 쓰는 비용은 일체 개인 부담이었기 때문에, 그들은 대단히 아꼈다. 지금 이야기의 배경이 되는 시기에 하이랜드 소몰이꾼들은 보통 이 길고 힘든 여행을 하는 동안 기껏 귀리 몇 줌과 양파 두세 개 정도의 식량만 지니고 있었고, 이것이 떨어지면 가끔 다시 채울 뿐이었다. 그 밖에는 양의 뿔에다 채운 위스키를 아침과 밤에 정기적으로, 그러나 아껴서 마실 뿐이었다. 또 무기라고는 소 떼를 모는 데 쓰는 몽둥이 이외에는 팔 아래 감추어 차거나 체크무늬의 어깨걸이 사이에 슬쩍 감추어둔 검은색 단검뿐이었다. 그러나 하이랜드 사람들에게는 이 소몰이 여행처럼 즐거운 것이 없었다. 여행을 하는 동안 내내 변화가 있었고, 그것이 켈트 사람의 천성적 호기심과 활동적 성향에 딱 들어맞았다. 장소와 경치가 계속 바뀌었으며, 왕래를 하다 보면 흔히 사소한 모험들이 따르기 마련이었다. 또한 각양각색의 농민, 목축업자, 장사꾼들과 만날 수 있었고,

종종 벌어지는 술판은 돈이 들지 않기에 더욱더 마음에 드는 일이었다. 또한 하이랜드의 사나이들은 자신들의 우월한 기술에 대한 긍지를 갖고 있었다. 양 떼 사이에서는 어린애 같다가도 일단 소몰이를 할 때는 왕자라도 된 듯한 느낌을 가질 수 있었던 것이다. 게다가 천성적으로 양치기의 나태한 생활을 경멸하는 그들이었기에, 시골 가축 떼가 당당하게 몰려갈 때 그 후견인이 되어 뒤따르는 것만큼이나 그들의 기질에 맞고 편하게 느껴지는 일은 없었던 것이다.

그날 아침, 이제 말한 그런 목적을 가지고 둔을 출발한 가축 몰이꾼들 가운데 로빈 오이그 맥콤비치만큼 위세 좋게 모자의 챙을 걷어 올리고 무릎 밑에서 묶은 격자무늬의 짧은 바지 아래로 멋진 다리를 드러낸 채 길을 가는 하이랜드의 젊은이는 없었다. 친지들은 그를 로빈 오이그, 즉 젊은 또는 작은 로빈이라 불렀다. 오이그라는 말의 뜻처럼 그의 몸집은 작고 팔다리도 그다지 억세지는 않았지만 가뿐하고 기민하기가 사슴 못지않았다. 먼 길을 갈 때는 건장한 사나이들도 탄력 있는 그의 발걸음을 부러워했다. 그가 어깨걸이를 메고 모자를 매만지는 폼을 보면, 이렇게 멋진 하이랜드 남자를 로우랜드 (스코틀랜드의 저지대 - 옮긴이) 처녀들이 눈여겨보지 않을 리 없다는 긍지를 느끼고 있음을 알 수 있었다. 악천후에 노출되었음에도 불구하고 거칠다기보다는 건장한 빛을 띠고 있는 그의 안색은 붉은 뺨과 입술, 하얀 이의 대조로 돋보였다. 하이랜드의 사나이들이 본래 그렇듯이, 로빈 오이그가 소리를 내어 웃는다거나 미소를 짓는 일은 아주 드물지만, 그의 밝은 두 눈은 금세 기쁨에 넘칠 듯한 유쾌한 표정을 띠고 모자 아래에서 빛났다.

로빈 오이그의 출발은 이날 그의 남녀 친구들이 있는 마을과 근방 일대에서 하나의 사건이었다. 그는 나름 일류였던 것이다. 자기 사업도 상당한 규모로 했을 뿐만 아니라, 하이랜드의 제일급 농부들은 이 지역의 다른 소몰이꾼들보다 그를 선호하여 일을 맡겼다. 조수를 쓴다면 얼마든지 일을 늘릴 수 있었을 테지만, 그는 누이의 아들인 조카 한둘을 쓰는 외엔 일체 조수를 쓰지 않았다. 아마도 그의 평판이 그가 모든 실무를 손수 해결하고 있다는 데서 나온다는 사실을 알고 있었기 때문이리라. 그래서 그는 결국 자신의 명성에 걸맞은 최고의 사례금을 받는 것으로 만족하고, 이제 몇 번만 더 영국으로 이 같은 여행을 해서 돈을 벌면 가문에 어울리는 자기 사업을 벌일 수 있으리라는 희망으로 자위하고 있었다. 가문을 들먹이는 이유는 그의 부친인 라하란 맥콤비치, 즉 '내 친구의 아들'(그의 씨족의 원래 이름은 맥그리거였다)이라는 이름은 저 유명한 로브 로이(18세기 초에 스코틀랜드에 실재한 의적 ─ 옮긴이)가 명명한 것이었기 때문이다. 로빈의 조부와 이 명망 있는 의적이 아주 친했던 관계로 그런 일이 있을 수 있었던 것이다. 어떤 이들은 로빈이라는 이름도 셔우드 숲 주변에서 명성을 떨친 유쾌한 로빈 후

드처럼 이 로호 로몬드의 황야에서 크게 명성을 떨쳤던 동명의 의적에게서 땄다고까지 말한다. 제임스 보즈웰(18세기 스코틀랜드의 문인 – 옮긴이)이 말했듯이, "어느 누가 이런 선조를 자랑스럽게 생각하지 않으랴?" 따라서 로빈 오이그도 이 선조를 자랑스럽게 생각했다. 그렇지만 잉글랜드나 로우랜드로 자주 여행하다 보니, 이 외로운 골짜기에서야 그런 집안 내력에 대해 사람들이 아직 다소나마 권위를 인정해주지만 다른 곳에서 들먹거리면 오히려 역겨운 조롱거리가 된다는 정도는 눈치채게 되었다. 따라서 출생의 긍지라는 것은 말하자면 수전노의 재화와 같았다. 남몰래 들여다보기는 하지만 남들 앞에서 자랑거리로 내놓을 만한 것은 못 되었다.

로빈 오이그는 많은 축복의 말을 들었다. 심사원들은 그가 맡은 소, 그중에도 일품인 로빈이 키운 소들을 칭찬했다. 그들 가운데 어떤 이는 전송의 뜻으로 냄새 맡는 담배쌈지를 내밀기도 하고, 어떤 이는 이별의 술잔을 권하기도 했다. 그리고 모두가 "행운을 비네. 몸을 잘 간수하고 무사히 돌아오게. 색슨인들의 장에서 행운을 얻길 비네. 검은 지갑엔 빳빳한 지전을, 그리고 염소 가죽주머니엔 잉글랜드의 금화를 잔뜩 가져오길 바라네"라고 외쳤다.

젊은 처녀들과의 이별은 그보다는 조촐했다. 그가 길을 떠나면서 마지막으로 자신들에게 눈길을 주도록 하기 위해 자신이 지닌 것들 가운데 제일 소중한 브로치를 기꺼이 선물로

주어도 아깝지 않다고 생각하는 처녀들이 한둘이 아니었다고
한다.

로빈 오이그가 무리에서 떨어진 몇 마리의 소를 몰아 앞으
로 가기 위해 소리를 질렀다. "여여." 그가 막 그 소리를 질렀
을 때 등 뒤에서 그를 부르는 소리가 들렸다.

"로빈, 잠깐만 기다려라. 토마후리치의 자네트야. 아버지의
누이, 자네트 고모란 말이야."

"제기랄, 하이랜드의 늙은 마귀할멈, 점쟁이 여편네가 왔네.
가축에게 장난질을 치겠군." 스털링 늪에서 온 농부가 말했다.

"그렇게는 안 될걸." 소몰이꾼 중에서 좀 아는 체하는 다른
사나이가 말했다.

"로빈 오이그 같은 친구가 소꼬리에 멍고 성자聖者님의 매
듭을 묶어놓지 않은 채 내버려두었겠어? 어림도 없지. 그렇게
만 해두면 아무리 빗자루를 타고 디마예트의 하늘을 나는 비
길 데 없는 마녀라도 당장 줄행랑치는 법이야."

하이랜드산 소는 걸핏하면 마법이나 주문에 홀리기를 잘해
서 신중한 소몰이꾼들은 꼬리 끝의 털을 독특하게 묶어놓고
그것으로 주술을 피한다는 사실을 알아두는 것이 독자에게
도움이 될 것이다.

그러나 농부들의 의심을 받은 당사자인 노파는 소 따위는
전혀 상관없이 오직 소몰이꾼에게만 관심이 있는 것 같았다.
한편 로빈은 이 아낙이 온 것을 못마땅하게 생각하는 듯했다.

"무슨 엉뚱한 생각이 들어서 이렇게 아침 일찍 화롯가를 빠져나왔나요? 틀림없이 어젯밤에 인사를 드렸고 고모님께서도 잘 다녀오라고 하셨는데."

"아무렴 그렇지. 더구나 아무짝에도 쓸모없는 이 늙은이에게 네가 돌아올 때까지 쓰고도 남을 만큼 용돈까지 주지 않았니. 참 기특하기도 하지." 마귀할멈 같은 노파가 말했다. "그런데 말이다, 만에 하나라도 내 아버지의 손자 녀석에게 좋지 않은 일이 생긴다면, 어떻게 이 늙은이가 영양분 넘친 음식을 먹을 것이며 화롯불에 따뜻하게 몸을 덥힐 수 있겠냔 말이다. 만에 하나 그런 일이라도 생긴다면, 하나님의 축복 어린 햇님인들 다 무슨 소용이 있겠어. 그러니까 낯선 곳에 갔다가 무사히 돌아올 수 있도록 오른편 돌이를 해주마."

로빈 오이그는 난처한 듯 웃으면서 발을 멈추고, 주위 사람들에게 고모의 기분을 맞춰주기 위해서 하라는 대로 하는 것일 뿐이라는 시늉을 했다. 자네트 고모는 비틀거리는 걸음으로 그의 둘레를 돌기 시작했다. 옛 드루이드(고대 켈트족의 종교-옮긴이) 신화에서 나온 것이라고도 하는 일종의 귀신 달래기 의식이었다. 하는 방법은 누구나 알고 있는 것과 같이 대상이 되는 사람의 주위를 세 번 빙빙 오른쪽으로 도는 것이다. 태양의 운행과 똑같은 방향이다. 그러나 그녀는 도중에 돌연 우뚝 멈추더니 놀람과 공포의 소리를 질렀다.

"내 아버지의 손자야, 네 손에 피가 묻어 있어."

"고모님도, 제발 그만하세요." 로빈 오이그가 말했다. "그런 예언력은 고모님 머리만 더 아프게 할 뿐이고 결국 고모님은 여러 날 동안 고통에서 헤어날 수 없게 될 겁니다."

그러나 노파는 핼쑥한 얼굴로 여전히 같은 말을 되풀이했다. "네 손에 피가 묻어 있어. 잉글랜드 사람의 피가 묻어 있단 말이다. 게일 사람들(주로 하이랜드 지방에서 사는 켈트족의 하나─옮긴이)의 피라면 더 진하고 붉을 게다. 저것 봐. 이리 좀 보자. 이리 좀 보자니까⋯⋯."

막을 새도 없었다. 정말 막으려 했다면 폭력을 쓸 수밖에 없었을 것이다. 노파는 민첩하고 단호하게 그의 옆구리 쪽 어깨 걸이 주름 속에 있는 검은 단검을 빼서 쳐들었다. 햇빛 아래 칼날이 맑고 환하게 빛났으나 그녀는 소리를 질렀다. "피다, 피야! 색슨 사람의 피야. 로빈 오이그 맥콤비치야, 오늘만큼은 안 된다. 잉글랜드로 가는 여행을 오늘만큼은 피하란 말이다!"

"거참!" 로빈이 대꾸했다. "그럴 수는 없어요. 그렇게 하는 것은 이 지방에서 도망치는 것이나 다름없는 일이 될 겁니다. 창피한 줄 아시고 그 칼을 이리 주세요. 빛깔만 가지고 검은 소와 흰 소의 피를 구별할 순 없어요. 그런데 색슨 사람의 피와 게일 사람의 피를 알아본다고요? 사람의 피는 모두 아담에게서 받은 거예요. 자, 그 검은 칼을 주시고 제가 길을 떠날 수 있게 해주세요. 지금쯤이면 벌써 스털링 다리까지 반은 갔을 텐데. 그 칼을 주고 절 보내주세요."

"아니야, 절대 못 줘." 노파가 말했다. "이 불길한 무기를 지니지 않겠다고 약속하지 않으면, 절대 너의 어깨걸이를 놓지 못하겠다."

주위의 여자들까지도 그를 부추겼다. 아주머니의 말이 맞지 않은 적은 없었다는 것이었다. 로우랜드의 농부들은 아까부터 언짢은 표정으로 이 장면을 쳐다보고 있었기 때문에 로빈은 어떻게든 여기에서 끝장을 내기로 결심했다.

"자, 그럼 말이죠." 로빈은 칼자루를 휴 모리슨에게 넘겨주며 말했다. "당신네 로우랜드 사람들은 이렇게 부산 떠는 것을 좋아하지 않지. 내 칼은 당신이 맡아 가지고 있게. 아버지의 유품이니까 아주 줄 수는 없지만, 당신 가축 떼가 바로 우리 뒤에 따라오니까 내가 그 단검을 지니지 않고 당신이 지니고 있는 걸로 만족할 수 있네. 고모님, 그럼 됐어요?"

"하는 수 없지." 노파가 말했다. "그런 칼을 맡아줄 만큼 정신 나간 로우랜드 사람이 있다면 말이다."

서부 지방에서 온 건장한 사나이가 큰 소리로 웃으며 말했다.

"아주머니, 전 글레네 출신의 휴 모리슨이란 사람으로, 오랜 전통의 용맹스러운 모리슨 가문의 후손입니다. 우리 집안 사람들은 싸울 때 단검 같은 건 써본 적이 없습니다. 그럴 필요가 없었죠. 우리 일가는 날이 넓은 칼을 씁니다. 저는 상당히 유연한 이놈을 쓰죠." 이렇게 말하면서 아주 굉장한 몽둥이를 내보였다.

"마시고 먹고 하는 자리에서 단검을 쓰는 일은 하이랜드 사람들에게 맡기겠습니다. 당신네들 하이랜드 사람들, 특히 자네 로빈에게 말하는데, 코웃음 치고 넘길 일이 아니야. 아무튼 단검은 내가 맡기로 하지. 이런 점쟁이 노파의 허튼소리가 그렇게도 무섭다면 말일세. 필요할 땐 언제든지 돌려주겠네."

모리슨의 말투가 로빈의 신경을 다소 거슬리게 했다. 하지만 그도 여러 번 여행하는 동안 하이랜드 사람이라면 천성적으로 지닌 욱하는 기질을 누를 만큼의 인내력은 터득한 터였다. 그런 까닭에 이렇게 빈정대는 투의 말에도 시비를 걸지 않고 용맹스러운 모리슨가 출신이라고 하는 사나이의 도움을 받기로 했다.

"저놈이 아침 술만 안 마셨어도, 거기에다 덤프리셔의 수퇘지만큼만 됐어도, 조금쯤은 더 신사답게 말했을 거야. 그러나 암퇘지 같은 녀석한테는 꿀꿀거리는 소리밖에 들을 게 없을걸. 저런 놈 때문에 잡탕으로 채워진 창자를 찔러봐야 아버지에게서 받은 칼에 수치가 될 뿐이지."

이렇게 말하면서 로빈은 가축 떼를 몰고 뒤에 남은 사람들에게 이별의 손을 흔들었다. 물론 그가 말할 때 사용한 것은 게일 말이었다. 그는 직업상 동료이며 형제인 사람에게 함께 여행할 것을 제안했는데, 펄커크에서 그와 합류할 생각이었기에 여느 때보다도 더 서둘렀다.

로빈 오이그의 친구는 해리 웨이크필드라는 이름의 젊은 잉글랜드 사람이었다. 그는 북부 시장에서는 어디든지 얼굴이 알려져 있고, 동시에 그 나름대로 우리의 하이랜드 소몰이꾼 못지않게 평판이 좋고 인정받는 사람이었다. 키는 거의 6피트였고, 스미스필드(런던 성 밖에 있던 광장으로 가축 시장이 섰던 곳 – 옮긴이)에서 벌어지는 권투 시합이나 레슬링 시합 같은 데 나가도 충분할 만큼 훌륭한 체격을 지니고 있었다. 물론 권투계의 프로들 틈에 끼면 열세에 몰릴지 몰라도, 시골 촌놈들 사이에 벌어지는 시합에 선수 자격으로 끼거나 우연히 지나가다 초청객으로 낀다면 어떤 아마추어도 실컷 두들겨 눕힐 정도의 실력은 갖추고 있었다. 또 돈카스터의 경마판에서 그는 항상 행운을 차지하는 편이어서 돈을 걸면 대개 성공했다. 쟁쟁한 임자의 닭들이 벌이는 요크셔의 투계판에도 장사에 지장이 없는 한 그의 모습은 보이지 않을 때가 없었다. 해리 웨이크필드는 쾌활한 젊은이로서 놀기 좋아하고 또 노는 곳에 빠지지 않았지만, 착실했을 뿐만 아니라 때가 오면 신중한 로빈 오이그 못지않게 세심했다. 그는 놀 때는 실컷 놀았으나, 일하는 날에는 꾸준히 끈질기게 일했다. 그는 생김새나 기질 면에서 볼 때 그 옛날의 쾌활한 잉글랜드 자영농의 전형이라고 할 만했다. 한때는 1야드짜리 화살로 수백만의 전쟁터에서 다른 국가들을 상대해 영국의 우위를 과시했을 뿐만 아니라, 이제는 멋지고 날카로운 칼로 경제적이고도 아주 확실하게 자신들을 방어하는 사람들이 잉글랜드의 자영농들이었던 것이다. 해리 웨이크필드는 금세 환희에 빠지는 사람이었으며, 신체와 골격이 강할 뿐만 아니라 태어난 환경도 유복했기 때문에 주위의 모든 일에 쉽게 즐거움을 느끼는 사람이었다. 때로 곤란한 일이 벌어져도 그처럼 활기찬 사람에게는 심각한 두통거리이기보다 한낱 심심풀이에 지나지 않았다. 쾌활한 사람의 장점과 더불어 우리의 젊은 잉글랜드인은 결점도 가지고 있었는데, 그것은 때로는 싸움꾼이라고 할 수 있을 정도로 화를 잘 낸다는 점이었다. 더구나 권투 솜씨에 관한 한 당할 상대가 없다는 것을 알았기 때문에 그는 종종 다툼거리를 주먹으로 해결하려 들었다.

웨이크필드와 로빈 오이그가 처음에 어떻게 친해졌는가에 대해서는 말하기가 어렵다. 그러나 이 두 사람은 소에 대한 이야기가 끝나면 공동의 화제가 될 만한 것이 별로 없었는데도 가까워진 것이 확실했다. 수송아지나 스코틀랜드 토종 소를 소재로 놓고 이야기할 때를 제외하면 로빈의 영어 구사력은 형편없었고, 해리의 둔한 요크셔 혀로는 게일 말의 단어를 한마디도 발음할 수가 없었다. 언젠가 민치무어의 습지대를 횡단할 때 로빈이 거의 하루 아침을 걸려 게일 말로 송아지라는 단어를 정확하게 발음할 수 있도록 해리에게 열심히 가르쳐 주었지만 헛일이었다. 색슨 사람으로서는 도저히 감당할 수 없는 단음절어를 발음하려 할 때마다 나오는 서툰 소리와, 서툰 소리가 날 때마다 한껏 터져나오는 동행자의 웃음소리로

트라케어에서 머더케언까지 근방의 언덕이 진동했다. 그러나 두 사람은 보다 나은 방법으로 산천을 진동시킬 수도 있었다. 해리는 몰, 수잔, 시슬리와 같은 젊은 처녀들을 찬양하는 수많은 노래를 부를 줄 알았고, 로빈 오이그는 스코틀랜드 피리곡을 끝도 없이 굽이굽이 휘파람으로 부는 특별한 재주를 지니고 있었던 것이다. 그리고 로빈은 북쪽 지방의 노래를 경쾌한 것이든 슬픈 것이든 참으로 많이 알고 있었는데, 그 사실이 남쪽 출신의 동료인 해리를 더욱더 즐겁게 했다. 심지어 해리는 그의 노래에 맞춰 저음으로 따라 부르는 것까지 배우게 되었다. 그리하여 해리가 경마나 투계, 여우 사냥에 대해 이야기할 때 그의 말을 로빈이 잘 알아듣지 못했음에도 불구하고, 또한 로빈이 하이랜드의 유령과 요정들의 이야기를 가미해가면서 씨족 간의 전쟁과 약탈에 얽힌 전설적인 이야기를 할 때 그의 말이 해리의 귀에는 얼토당토않게 들렸음에도 불구하고, 그들은 용케도 서로에게서 상당한 즐거움을 찾아낼 수 있었다. 그런 이유 때문에 삼 년 전부터 그들은 방향이 같으면 짝을 지어 함께 여행을 다녔다. 실제 그들은 함께 여행하는 게 서로에게 이득이 된다는 것을 알게 되었다. 서쪽 하이랜드로 갈 때 잉글랜드 사람에겐 로빈 오이그 맥콤비치 이상의 길 안내자를 얻기란 불가능한 터였고, 일단 해리가 말하는 스코틀랜드와 잉글랜드의 경계 안쪽으로 들어서게 되면 해리의 지대한 보호와 묵직한 지갑이 항상 로빈을 위해 봉사했던 것이다. 사실 천성적으로 관대한 해리는 로빈에게 진정한 자영농이라면 당연히 베푸는 도움의 손길을 수도 없이 맛보여주었던 것이다.

2

그토록 서로 사랑한 벗은 없었으니,
어찌 이견이 있을 수 있으랴!
아아, 그토록 그는 벗을 사랑하고,
우정을 보답할 방도를 생각하더니,
이제 그 이외의 벗은 하나도 남지 않자,
그는 그 벗과 싸울 결의를 했다네.

두 친구는 전과 다름없이 다정하게 리즈데일의 황량한 초원을 넘어 컴버랜드의 반대편 쪽, 이름도 황무지라고 불리는 지대를 지나가게 되었다. 이러한 무인지경에서는 우리의 소몰이꾼들이 몰고 가는 소 떼는 소몰이 길을 가면서 풀을 뜯든지, 아니면 기회가 있을 때 옆에 있는 목초지를 침범하고자 하는 유혹에 굴복하여 그곳에 들어가 배를 채우기도 했다. 그러나 이제 경치가 바뀌었다. 그들은 울타리를 친 비옥한 지대를 향해 내려가고 있었던 것이다. 거기에서라면 그런 식으로 제멋대로 하는 경우, 제재를 받지 않을 수 없었다. 적어도 사전에 토지 소유자와 교섭과 거래를 하지 않으면 안 되었다. 특히

220

북쪽 지방의 큰 장이 서기 전날 저녁에는 그러했다. 잉글랜드의 가축 상인도 스코틀랜드의 가축 상인도 몰고 온 소들 가운데 얼마는 이 큰 장에서 팔았고, 그러려면 소를 잘 쉬게 하여 좋은 상태로 장에 내놓는 것이 바람직했다. 그래서 가축에게 풀을 먹일 초원을 얻기란 무엇보다도 어렵고 비용이 많이 들었다. 그래서 두 사람은 일시적으로 헤어져 제각기 소를 풀어놓을 곳을 찾아 흥정하러 갔다. 불행히도 두 사람은 서로 알지 못한 채 동시에 같은 목초지를, 즉 이 근방에 토지를 소유하고 있는 어느 시골 재산가의 목초지를 교섭할 생각을 하게 되었다. 해리 웨이크필드는 애초부터 잘 아는 관리인을 통해 교섭했다. 그런데 우연히도 이 컴브리아의 향사鄕士는 자기 관리인의 정직성에 대해 약간의 의심을 품고 있던 터라, 그 의심이 근거 있는 것인지 확인하기 위해 가끔씩 나름의 조처를 취했다. 즉 울타리 친 목초지를 누군가가 일시적으로 사용하려고 신청하는 일이 있으면 반드시 사전에 그 자신에게 알릴 것을 지시했던 것이다. 그런데 마침 그 향사 아이어비 씨에게 바로 그 전날 일이 생겨서 수마일 북쪽으로 떠났기 때문에 관리인은 자신에 대한 제재가 일시적으로 취소된 것으로 간주하고 주인의 이익과 또 자신의 이익을 고려하여 웨이크필드와 교섭을 해야 한다고 결론을 내렸다.

한편 로빈 오이그는 그의 친구 해리가 일을 어떻게 처리했는지 전혀 모른 채 길을 가다가 우연히 망아지를 타고 뒤따라

오던 말쑥한 차림의 인상 좋은 사내와 만나게 되었다. 망아지는 당시의 유행대로 아주 빈틈없이 짧게 깎은 갈기와 털로 치장하고 있었고, 말에 탄 사나이는 착 달라붙은 가죽 바지를 입고 목이 긴 반짝이는 박차를 구두에 착용하고 있었다. 그 신사가 어쩌다 시장의 사정과 소 값에 대해 로빈 오이그에게 한두 가지 요령 있는 질문을 하게 되었다. 로빈도 그가 상당한 판단력과 예의를 갖춘 신사라는 점을 알아채고는 어디 근방에 소를 임시로 풀어둘 만한 목초지 가운데 빌릴 곳이 없는지 물어보았다. 누구에게 묻더라도 그에게 묻는 것보다 더 적절한 사람은 찾을 수가 없었을 것이다. 가죽 바지를 입고 있는 이 사나이는 바로 먼저 해리가 관리인과 교섭한, 또는 교섭 중인지도 모르는 그 목초지의 소유주였던 것이다.

"현명한 젊은이, 당신은 참으로 운이 좋소." 아이어비 씨가 이렇게 말했다. "보아하니 당신의 소도 오늘은 걸을 만큼 걸은 것 같고, 3마일 안쪽으로 이 근방에서 빌릴 수 있는 유일한 목초지가 있다면 그건 바로 내가 소유하고 있는 것이오."

"2, 3마일이나 4마일쯤이라면 아직 소들이 잘 걸을 수 있을 겁니다." 신중한 하이랜드인이 이렇게 말했다. "한데 이 풀밭을 이삼 일 빌리기로 한다면, 빌리는 삯은 한 마리당 얼마씩 요구하실 작정이신지요?"

"뭐, 겨울을 날 만한 송아지 여섯 마리만 적당한 값에 준다면, 더 말하지 않겠소."

"그러면 어떤 소를 드릴까요?"

"글쎄, 저 검은 놈으로 두 마리, 암갈색 놈으로 하나, 저기 저 뿔이 없는 놈, 뿔이 휘어진 저놈, 그리고 이 뿔이 짧은 놈 정도라면 괜찮겠는데. 한 마리에 얼마씩이오?"

"나리께선 참으로 현명하십니다. 정말 현명한 분이십니다. 가령 제가 여섯 마리를 고른다 해도, 그 이상으로 고르진 못할 겁니다. 저 녀석들을 자식처럼 잘 아는 제가 고른다 해도 말입니다."

"그런데 젊은이, 한 마리에 얼마씩이오?" 아이어비 씨가 되풀이해서 물었다.

"둔에서도 펄커크에서도 값이 꽤 나갔었죠." 로빈이 대답했다.

이야기는 대충 이런 식으로 진행되었고, 결국 소는 적당한 값으로 흥정이 되었다. 아이어비 씨는 덤으로 소 떼를 울타리 안에 임시 수용하는 것을 허락했으며, 로빈은 풀만 웬만하다면, 아주 잘된 거래라고 생각하고 있었다. 향사는 말을 탄 채 줄곧 소 떼를 따라갔다. 길도 안내할 겸, 목초지로 로빈이 소 떼를 몰아넣는 것을 보기도 할 겸, 그리고 북쪽 지방 장의 최근 상황에 대해 이야기도 들을 겸 해서 느린 걸음으로 소 떼를 따라갔던 것이다.

마침내 목초지에 다다랐는데, 풀의 상태가 아주 좋아 보였다. 그러나 방금 소유주가 로빈에게 배당한 목초지에 관리인이 조용히 해리 웨이크필드의 소 떼를 끌어들이고 있는 것을 보았을 때 그들은 얼마나 놀랐는지! 아이어비 씨는 즉각 말에 박차를 가해 자기 하인에게로 달려갔다. 양자 사이에 어떤 거래가 이루어졌는지 알아낸 그는 해리에게 관리인이 자기의 승인을 받지 않고 빌려주었으므로, 이곳에서는 목초지를 얻을 수 없으니 딴 데 가서 얻어보라고 잘라 말했다. 그리고 한편 관리인을 향해서는 지시를 거역했다고 꾸짖은 다음, 모처럼 풍요로운 식사를 막 즐기기 시작하려는 굶주리고 지친 해리의 소 떼를 당장 몰아내도록 지시했다. 대신 빨리 로빈의 소 떼를 넣어주라는 것이었다. 해리는 로빈을 적수로 생각하기 시작했다.

웨이크필드의 마음속에 일어난 감정대로라면 그는 아이어비 씨의 결정에 이의를 제기했었을 것이다. 그러나 잉글랜드 사람이라면 누구나 법과 공정성에 대해 비교적 정확한 인식을 가지고 있어, 관리인인 존 플리스범킨이 월권 사실을 인정한 이상 웨이크필드로서는 실망한 소들을 다시 모아 다른 곳을 찾아 몰고 갈 수밖에 없었다. 로빈 오이그는 일의 자초지종을 알고는 유감스러웠다. 그래서 서둘러 해리에게 문제의 목초지를 함께 쓰자고 제의했다. 그러나 웨이크필드는 자존심이 무척 상해서 경멸적으로 대답했다. "다 차지하게. 자네가 다 차지하란 말일세. 버찌 하나를 둘이서 나누어 먹을 수는 없지 않은가. 자네는 자주 양반과 직접 통하여 나처럼 보잘것없는 사람의 눈에 눈물이 돌게 하는군. 그만두세, 그만둬. 난 말일세, 더러운 신발 끈에 입을 맞추어가면서까지 남의 오븐에다 빵을 구워달라고 할 사람은 아닐세."

로빈 오이그는 친구의 노여움에 유감을 느끼긴 했으나, 무리한 것이라고 생각되지는 않았다. 그래서 그는 서둘러 친구에게 간청했다. 아이어비의 집에 가서 판 소의 대금을 받고 돌아올 때까지 한 시간만 기다려달라고. 그렇게 하면 다른 편리한 휴식 장소를 찾아 소를 모는 일을 도와주겠노라고, 또 어떻게 해서 그들 둘 다 이런 착오를 일으키게 되었는지 모두 설명해주겠노라고 했던 것이다.

그러나 해리의 분노는 좀처럼 풀리지 않았다. "아니, 장사까지 했단 말인가? 흥정할 때를 아는 교활한 자로군. 내 눈앞에서 썩 꺼져버리게! 사기꾼 같은 녀석의 낯짝 같은 건 두 번 다시 보고 싶지 않으니까. 부끄러워 내 얼굴을 감히 어떻게 똑바로 쳐다보겠나?"

"나는 누구의 얼굴을 똑바로 쳐다보아도 부끄럽지 않네." 로빈도 조금 흥분해서 말했다. "자네 역시 저 아랫마을에서 묵게 된다면 오늘이라도 틀림없이 자네 얼굴을 다시 한 번 보게 될 걸세."

"아마도 그 근방으로는 오지 않는 게 나을 걸세." 그는 이렇게 말한 다음 옛 친구에게 등을 돌렸다. 그리고 관리인의 도움을 받아 내켜 하지 않는 소들을 모으기 시작했다. 관리인은 웨이크필드의 소 떼에게 새로운 안식처를 잡아주는 데 얼마간은 진정한 관심을 보였고, 얼마간은 관심을 보이는 척했다.

근방의 농부 여럿과 흥정을 해보았으나 휴식처를 제공할 수 있는 사람도 기꺼이 제공하려는 사람도 끝내 없었다. 결국 해리 웨이크필드는 로빈 오이그와 처음 헤어지면서 그날 밤 같이 머물기로 한 주막집 주인에게 부탁하여 겨우 일을 해결할 수 있었다. 집주인은 먼젓번 관리인이 시비가 붙은 목초지를 놓고 부른 값보다 조금 싼 값으로 황폐한 습지에 소를 넣어주었다. 그 형편없는 목초지에 상당한 값을 내고 보니, 그의 스코틀랜드 출신 친구의 신의와 우정의 배반은 더욱 과장되게 느껴졌다. 웨이크필드의 이러한 성정에 부채질을 해 그의 예전 동료에 대한 원망의 감정을 돋운 것은 관리인과 주인 그리고 그 자리에 우연히 있었던 두세 명의 손님들이었다. 관리인으로 말하면, 로빈이 자기도 모르는 사이에 그에 대한 주인의 신뢰를 잃게 한 장본인이므로 죄 없는 로빈에게 심사가 날 이유가 따로 있었다. 그리고 주인과 손님들이 웨이크필드의 노여움을 부채질한 것은, 하나는 국경 지대에 예부터 있었던 스코틀랜드 사람에 대한 반감 때문이었고, 또 하나는 아담의 후손들의 명예를 걸어 말하건대 신분 계층을 막론하고 모든 인간들이 무언가 불상사가 일어나길 바라는 심정 때문이었다. 더구나 맥주란 놈은 원래 성난 감정이든 상냥한 감정이든 그것을 부추기고 과장하는 데 으뜸가는 것인데, 이 경우에도 그 의무를 게을리하지 않았다. 그래서 그들은 큰 컵을 몇 순배 비우면서 인정머리 없는 주인과 배신자를 물리칠 것을 다짐했다.

그 무렵 아이어비 씨는 즐거운 마음으로 북쪽에서 온 소몰이꾼 로빈을 고색창연한 자신의 집 안으로 끌어들여 머물게 하고 있었다. 그는 식료 저장고에서 찬 고기를 한 덩어리 꺼내와 로빈 앞에 내놓고 집에서 만든 거품 이는 맥주를 큰 잔에 가득 부어 대접하였는데, 이 특별한 음식을 로빈이 왕성한 식욕으로 해치우는 것을 기꺼운 마음으로 바라보았다. 그는 또한 파이프 담배에 불을 당기고는 방 안을 왔다 갔다 하면서 손님과 대화를 나누었는데, 그의 귀족적 위엄과 농업에 대한 잡담을 즐기는 두 가지 면모를 함께 보여주었다.

"또 한 떼의 소들이 오고 있는 걸 보았소." 아이어비 씨가 말했다. "당신 고향 사람이 몰고 오고 있었다오. 물론 당신이 몰고 온 것보다는 좀 못했소. 거의 다 뿔이 없는 소였고, 몰이꾼은 덩치가 큰 사나이였소. 그런데 여느 스코틀랜드 사람과 달리 킬트(스코틀랜드 특유의 허리에 감는 남자용 스커트 – 옮긴이)를 입지 않고 말쑥한 바지를 입고 있더군. 누군지 아시오?"

"글쎄요, 휴 모리슨인가. 아마도 그 사람일 겁니다. 하지만 그렇게 빨리 오리라고 생각지 못했는데요. 일을 잘해낸 것 같군요. 그러나 그렇다면 그의 아가일셔산 소들은 정강이가 꽤 아플 겁니다. 얼마나 뒤떨어져 있던가요?"

"한 6, 7마일쯤 될 거요. 크리슨베리 바위산에서 그들을 지나쳤고 젊은이를 만난 곳이 홀란 부시였으니까 말이오. 소가 지쳐 있다면 싼 값에 팔지도 모르겠군."

"아닙니다. 그렇진 않아요. 휴 모리슨이란 녀석은 제대로 흥정할 줄 아는 친구가 아닙니다. 아무래도 이 로빈 오이그처럼 하이랜드 사람이 아니면 그런 일을 제대로 하지 못하죠. 그건 그렇고 이젠 저녁 인사를 올리고 물러가야 할 것 같습니다. 저 아랫마을에 가서 해리 웨이크필드라는 녀석이 아직도 화가 나 있는지 알아봐야겠습니다."

주막집에서 사람들은 아직 한창 이야기판을 벌이고 있는 참이었다. 그 이야기의 주제는 아직도 로빈 오이그의 배신이었는데, 그 장본인이 들어온 것이었다. 그런 경우 언제나 그렇듯이, 그를 화제 삼아 이루어지고 있던 대화는 딱 그쳤고, 그곳에 모인 이들은 모두 차디찬 침묵으로 그를 맞이했다. 이런 침묵은 그가 반갑지 않다는 것을 천 마디의 외침보다도 더 호소력 있게 침입자에게 알리는 것이었다. 이러한 대접에 그는 놀라기도 하고 괘씸하기도 했지만, 그렇다고 해서 움츠러들었던 것은 아니다. 로빈 오이그는 의연히, 아니 차라리 거만하다고도 할 수 있는 태도로 들어섰다. 인사하는 사람이 없으므로 그 역시 인사 한마디 없이 곧바로 난로 옆자리에, 해리와 관리인 그리고 두세 명의 손님이 앉은 테이블에서 좀 떨어진 곳에 앉았다. 이 캄브리아식의 널찍한 식당은 좀 더 떨어져 앉아도 될 만큼 충분한 공간을 갖고 있었다.

로빈은 이렇게 자리를 잡고 앉아 파이프에 불을 붙이고는 2페니짜리 작은 병에 담긴 맥주를 주문했다.

"2페니짜리 맥주는 다 떨어졌습니다." 주인인 랄프 헤스킷이 말했다. "손님께선 담배도 갖고 계신 것 같은데, 그렇다면 술도 갖고 계신 것 아니오? 손님 고향 출신의 사람들이라면 으레 그렇게 하는 걸로 알고 있습니다만."

"당신도, 부끄러운 줄 아세요." 바지런히 움직이고 있던 쾌활한 안주인이 말했다. 그리고 재빨리 그에게 술을 갖다주면서 이렇게 말했다. "손님께서 무얼 원하는지 당신은 잘 알잖아요. 손님에게 친절히 하는 것이 당신 일 아녜요. 스코틀랜드 손님은 작은 맥주병을 좋아하지만, 값 치르는 것은 틀림없다는 걸 당신도 잘 알잖아요."

이들 부부의 대화에는 귀를 기울이지 않은 채 하이랜드 사람 로빈 오이그는 병을 높이 치켜든 채 모여 있는 손님들에게 말했다. 좋은 장이 되기를 기원하는 재미있는 몸짓으로 건배를 올리고 그는 술을 들이켰다.

"바람에 불려오는 북쪽 땅의 거래꾼들이 적으면 적을수록 좋지." 농장주인 한 사람이 말했다. "하이랜드의 송아지 놈들이 잉글랜드 목초지의 풀을 덜 먹어 치울수록 좋지 않겠어?"

"이런, 잘못 알고 계시군." 로빈은 평정을 잃지 않고 대꾸했다. "불쌍한 우리 스코틀랜드 소들을 먹어 치우는 것은 살찐 잉글랜드 사람들이라오."

"누가 하이랜드의 소몰이꾼들을 먹어 치워줄 수 있다면 좋겠는데." 또 다른 사람이 말했다. "어디 그들 근처에서라면 웬만한 잉글랜드인들이 제대로 끼니라도 빌어먹을 수 있겠나."

"또 정직한 고용인이 주인의 신임을 유지할 수가 있겠냔 말일세. 두 사람 사이에 끼어들어 주인의 은총을 가리거든." 이렇게 말한 것은 관리인이었다.

"형씨들이 농담을 하는 거라면, 한 사람을 놓고 너무 심하게 하시는 것 같소." 아직 평정을 잃지 않은 채 로빈 오이그가 말했다.

"농담이라니, 이건 진담으로 하는 말이오. 이보쇼, 형씨가 로빈 오이그인지 누군지는 모르겠소만, 똑똑히 들어두쇼. 여기 있는 사람 모두가 하나같이 똑같은 생각을 하고 있단 말이오. 로빈 오이그 씨, 형씨는 여기에 있는 우리의 친구인 해리 웨이크필드에게 건달같이 행동했단 말이오."

"그래요? 잘 알겠소." 로빈은 놀라울 만큼 침착하게 대꾸했다. "당신네 모두 정말 대단한 심판관들이구먼. 당신네 생각이나 하는 짓거리에 눈 하나 깜짝할 줄 아시오? 만일 해리 웨이크필드가 어디에서 잘못 대접받았는지를 안다면, 어디에 가서 보상을 받을 수 있는지 그 자신이 알 것이오."

"그건 그래." 그때까지 잠자코 일이 되어가는 것을 지켜보던 해리 웨이크필드가 이렇게 말했다. 그는 오늘 로빈의 처신으로 인한 상처도 잊을 수 없었지만, 평소에 지니고 있던 호의적인 마음 또한 버릴 수 없었던 것이다.

그는 벌떡 일어나 로빈에게 가까이 갔다. 로빈도 일어서서 말없이 손을 내밀었다.

"해리, 그래, 그래. 해치워. 본때를 보여주란 말이야!" 사방에서 일제히 외쳤다. "한 대 쳐버려. 주먹 맛을 보여주란 말이야!"

"다들 조용히 해! 그리고 말이지." 웨이크필드는 로빈을 돌아보며 경의와 도전이 반반 섞인 표정을 한 채 손을 내밀어 그의 손을 잡았다. "이보게, 로빈. 오늘 자네가 내게 한 짓은 상당히 심한 것이었네. 하지만 말일세, 자네가 진정 사나이라면 악수를 하고 어디든 밖에 나가 한바탕 겨루세. 그러면 자네를 용서할 수 있겠어. 그리고 다시 한 번 어느 때보다 더 사이 좋은 친구가 되도록 하세."

"하지만 말일세, 더 이상 일을 벌이지 않고 이대로 화해하는 게 좋지 않을까?" 로빈이 대답했다. "몸을 다치지 않은 온전한 상태로 다시 친구가 되는 게 더 낫지 않겠냔 말일세."

그러자 이 말을 듣고 해리는 로빈의 손을 그냥 놓았다기보다 뿌리쳤다고 해야 할 정도의 반응을 보였다.

"난 말일세, 그런 겁쟁이와 내가 삼 년 동안이나 친구였다고 생각지는 않는데."

"겁쟁이? 그건 내 이름과 어울리지 않는 말이네." 로빈이 눈에 불을 켜면서 이렇게 말했다. 그러나 아직은 화를 억누르고 있었다. "이보게, 해리 웨이크필드, 저 프루의 여울목에서 자네가 시꺼먼 바위 위로 떠내려가고 있을 때, 강의 뱀장어들이란 뱀장어들이 죄다 자네를 뜯어 먹기 위해 기다리던 때 자네를 건져준 팔과 다리를 놓고 설마 겁쟁이의 것이라곤 하지 못하겠지."

"그렇지, 그건 자네 말대로일세." 잉글랜드 출신의 해리는 이 같은 항의에 적지 않게 움츠러들어 이렇게 말했다.

"이거 왜 이래, 해리." 관리인이 외쳤다. "설마 위트슨 트리스트, 울러 페어, 칼라일 샌즈, 스태그쇼 뱅크에서 사나이 중의 사나이였던 자네가 꽁무니를 빼려는 건 아니겠지? 아니, 스코틀랜드식 킬트 치마를 입고 모자를 쓴 녀석들과 너무 오랫동안 어울리다 보니 주먹 쓰는 법을 잊었나 보지."

"이보쇼, 플리스범킨 씨, 주먹 쓰는 법을 잊지 않았다는 사실을 내 당신에게 똑똑히 가르쳐주도록 하지." 웨이크필드가 이렇게 말한 다음 말을 이었다.

"이봐, 로빈, 그래 봐야 소용없어. 한바탕 붙지 않으면 우리 둘 다 시골 사람들의 웃음거리가 될 거야. 자네한텐 절대 상처 같은 건 입히지 않을 테니까. 자네가 원한다면 장갑을 끼겠네. 자, 사내답게 일어서서 이리 나오게."

"개처럼 얻어맞다니, 무슨 이유라도 있단 말인가?" 로빈이 말했다. "자네에게 내가 무슨 잘못을 저질렀다면, 난 여기 법이 어떤지 여기 사람들 말이 어떤지 전혀 모른다고 해도 앞장

서서 나갈 걸세."

"아니지, 그게 아냐. 법 문제도 아니고 재판관을 끌어들일 문제도 아니지! 한바탕 치고받은 다음 다시 친구가 되는 거야!" 모인 패들의 외침이 좌중을 울렸다.

"그러나 이보게, 해리." 로빈이 말을 이었다. "가령 한바탕 붙는다고 해도 난 원숭이처럼 때리고 할퀴고 하는 싸움은 할 줄 모르네."

"그럼 어떻게 하잔 말인가?" 그의 맞상대가 이렇게 말했다. "자네를 나와 맞서도록 끌어들이기가 쉽지 않구먼."

"나 같으면 넓은 날의 칼을 갖고 싸우겠네. 먼저 피를 낸 쪽이 신사처럼 칼을 거둬들이는 거야."

물론 그 말은 냉정한 이성의 소리라기보다는 차츰 북받쳐 오르는 감정에 자기도 모르게 튀어나온 것이었다. 그러나 그의 말을 듣고 사람들은 크게 웃어댔다.

동시에 "신사래요, 신사!"라고 떠드는 소리가 사방을 울렸고, 그칠 줄 모르는 웃음소리가 다시 한 번 터져 나왔다. "대단한 신사구먼! 여보게, 랄프 헤스킷, 결투용 칼 두 자루를 신사 양반에게 드리지 않겠나?"

"없는데. 칼라일의 병기고에 사람을 보낼 수는 있지. 하지만 그때까지 변통 수단으로 쓰게 포크라도 두 개 빌려드릴까?"

"쓸데없는 농담일랑 그만두게." 한 사나이가 말했다. "적어도 제대로 된 스코틀랜드 사람이라면 말일세, 태어날 때부터 머리엔 푸른 모자를 쓰고 허리엔 단검과 권총을 차고 있다고 하더군."

"사람을 보내는 게 좋겠어." 플리스범킨 씨가 말했다. "코비 성에 사람을 보내 나리를 모셔오는 거야. 이 신사 양반의 결투에 입회인 자격으로 말이지."

일제히 퍼붓는 조소 속에서 불현듯 로빈의 손은 본능적으로 어깨걸이 밑을 더듬었다.

"하지만 그만두는 게 옳지." 그는 자신의 언어인 게일 말로 중얼거렸다. "부끄러움도 예의도 모르는 돼지 같은 놈들이군. 빌어 처먹고 급살 맞을 놈들 같으니라고!"

"자, 모두 길이나 비키시오." 입구 쪽으로 나아가며 그가 말했다.

그때 그의 옛 친구가 커다란 덩치로 나가는 길을 가로막았다. 로빈 오이그가 그를 밀어젖히고 나가려는 찰나 느닷없이 한 대 얻어맞고는 바닥 위에 나동그라졌다. 어린아이가 공을 굴려 아홉 개의 볼링 표적을 맞추듯 힘들이지 않고 내뻗은 주먹에 맞았던 것이다.

"싸움이다! 싸움!" 이윽고 이런 소리가 터져 나왔다. 시커멓게 그을은 서까래와 거기에 걸린 그을린 돼지고기 덩어리들도 다시금 마구 흔들리고 찬장의 접시들이 서로 부딪쳐 덜그럭거리는 소리까지 낼 정도였다. "잘했어, 해리!" "급소를 쳐버려, 해리!" "이제 손 좀 봐주란 말이야! 아니, 저놈 보게. 피가 나오는데!"

그런 식으로 굉장한 소동이 벌어졌다. 하이랜드 출신의 로빈은 땅바닥에서 벌떡 일어났지만 불같은 노여움에 휩싸여 이제는 냉정함도 자제력도 몽땅 잃고 말았다. 분노에 가득 차서 복수심에 찬 산고양이의 몸짓으로 느닷없이 상대방에게 달려들었으나, 애당초 노여움만으로는 단련된 침착한 주먹에 맞설 수 없는 법이 아닌가? 로빈 오이그는 맞수가 되지 않는 싸움에서 얻어맞고는 다시 쓰러졌으며, 그가 맞은 일격이 필경 몹시도 세었던지 그대로 식당 바닥에 널브러진 채 움직이지 못했다.

안주인이 놀라 일으켜 세우려 했지만 플리스범킨 씨가 제지하며 가까이 못 가게 막았다. "내버려둬요." 그가 말했다. "시간이 지나면 살아나서 다시 덤빌 겁니다. 아직 덜 얻어맞았거든."

"아니, 이제 그만, 이걸로 충분해." 로빈을 맞상대한 당사자가 이렇게 말했다. 옛 친구를 향해 얼었던 마음이 누그러들기 시작했던 것이다. "뒤는 당신에게 맡기겠소, 플리스범킨 씨, 당신도 한마디 하고 싶을 테니까. 게다가 로빈이란 놈은 싸움을 시작하는 데 거추장스러운 것조차 벗을 줄 모르는 녀석 아니오? 어깨걸이를 너덜너덜 걸친 채 덤벼들다니. 야, 이 친구, 로빈, 이제 일어서! 자, 이젠 다시 친구다. 자네 일이나 자네 고향에 대해 아직도 뭐라고 떠벌리는 놈이 있다면 자네 대신 내가 맡아서 처리할 테니."

그러나 로빈 오이그의 노여움은 아직 누그러지지 않았다. 다시 한 번 맞붙고자 했다. 하지만 안주인 헤스킷 부인이 말리고 있고 다른 한편으론 웨이크필드도 이미 맞설 의향이 없음을 알자, 자연히 그의 노여움은 마음속의 침울한 앙심으로 남게 되었다.

"자, 자, 그렇게 앙심을 품지 말게." 영국인 특유의 온화함을 담은 목소리로 뱃심 좋은 웨이크필드가 말했다. "자, 악수하세. 이제부터는 전보다 더 사이좋게 지내세."

"'사이좋게'라고!" 로빈 오이그가 힘을 주어 외쳤다. "'사이좋게'라고! 천만에. 조심하는 게 좋을걸, 해리 와크펠트!"

"자부심 강한 스코틀랜드 사람의 근성이 딱하군. 무대의 대사에 나오듯이 크롬웰 각하의 엄한 저주라도 받겠단 말이지? 네 신상에 해로운 것도 모르느냐 말이야, 이 빌어먹을 놈아! 생각해봐, 사람이 싸움질을 한 뒤 잘못했다는 말 말고 그 이상 무슨 할 말이 있겠나."

이런 식으로 둘은 헤어졌다. 로빈 오이그는 아무 소리 없이 동전 한 닢을 꺼내어 탁자 위에 던지고는 곧바로 주막집을 나갔다. 나갈 때 문간에서 잠깐 뒤돌아보며 두고 보자는 뜻인지 위협의 뜻인지 여하튼 주먹을 세워 웨이크필드 쪽을 향해 흔들었다. 그리고 그는 달빛 속으로 사라졌다.

그가 나간 뒤 관리인과 해리 사이에는 사소한 말다툼이 있었다. 관리인은 조금이나마 로빈을 괴롭힌 것이 자랑스러운 모양이었고, 그에 반해 해리 웨이크필드는 전후가 틀리긴 하지만 이번에는 로빈의 역성을 들면서 뭣하다면 싸움도 불사하겠다는 듯한 기세였다. "물론 잉글랜드 사람보다 주먹질은 시원찮지만, 그건 그 지방 기질이라 어쩔 수 없는 거야." 이렇게 로빈을 변호했던 것이다.

그러나 다행히도 이 두 번째의 싸움은 안주인의 단호한 개입으로 인해 그럭저럭 무사하게 끝났다. "더 이상 이 집에서 싸움은 말아줘요. 그리고 웨이크필드 씨, 언젠가 알 때가 올 거예요. 옛 친구를 원수로 만들면 어떤 결과가 오는지."

"원, 아주머니도! 로빈 오이그란 녀석은 멋진 사나이입니다. 원한 같은 건 품질 않아요."

"안심해선 안 될걸요. 당신이 얼마나 스코틀랜드 사람들과 사귄지는 몰라도 그 완고한 성품이 어떤 것인지는 모를 테니까. 난 잘 알아요. 내 어머니가 스코틀랜드 사람이었거든요."

"그래, 그 성품을 딸이 너무도 잘 이어받은 거로군." 주인인 랄프 헤스킷이 말했다.

이처럼 비꼬는 투의 말을 자기 부인에게 하는 가운데 화제는 겨우 다른 곳으로 바뀌었다. 술집에는 새로 들어오는 손님이 있는가 하면 돌아가는 손님도 있었다. 이야기는 주로 앞으로 설 장날에 관한 이야기, 스코틀랜드와 잉글랜드 각지에서 소 시세가 어떤가에 대한 이야기로 옮겨갔다. 그리고 흥정이 시작되고 해리 웨이크필드는 마침 운이 좋아서 소 떼의 일부를 퍽 유리한 조건으로 사준다는 사람까지 만나게 되었다. 초저녁의 불쾌했던 싸움에 대한 기억을 몽땅 지우기에 충분한 것이었다.

그러나 단 한 사람, 설령 에스크에서 이든까지 소라는 소를 몽땅 그의 것으로 만든다 해도 그 기억을 마음속에서 완전히 지울 수 없는 사나이가 있었는데, 바로 로빈 오이그 맥콤비치였다. "아아, 무기를 아무것도 지니고 있지 않았었다니." 그는 말했다. "생전에 이런 일이 있을 수 있다니! 하이랜드의 사나이에게 단검을 벗어놓으라는 말을 한 사람에게 저주가 내릴진저! 단검, 그렇다, 잉글랜드 사람의 피! 고모가 그렇게 말했었지! 언제 고모의 말 가운데 틀린 것이 있었던가?"

그 무서운 예언이 생각나자, 그의 마음속에 얼핏 고개를 쳐든 살의가 그대로 움직이지 않는 결심으로 변했다.

"그렇지, 모리슨 녀석이 바로 뒤에 따라올 것이다. 까짓 100마일 정도 뒤처졌다 해도 무슨 상관이냔 말이다."

마냥 격정적인 성미는 고스란히 행동을 위한 무서운 결의와 동기를 품게 했다. 그는 하이랜드의 자랑인 날 듯한 발걸음으로 황야 쪽으로 갔다. 오늘 아이어비 씨가 한 말로 미루어 틀림없이 모리슨이 오고 있는 중이었다. 마음은 굴욕감, 그것도 친구한테서 받은 굴욕감에 완전히 사로잡히게 되었고, 이제는 그가 불구대천의 원수로밖에 생각되지 않는, 사내에 대한 복수심으로 가득 차게 되었다. 그렇지 않더라도 그가 간직해온 태생과 가문에 대한 자존심과 자부심은 수전노에게 비장의 재물과도 같이 어느 때보다도 더 소중하게 느껴졌다. 남몰래 혼자만 즐긴다는 의미에서 더욱더 소중하게 여겨졌던 것이다. 그런데 지금은 그 재물을 약탈당한 셈이었다. 남몰래 숭배하던 우상들이 더럽혀지고 짓밟힌 것이었다. 모욕당하고, 욕을 보이고, 얻어맞고, 이제 그는 이미 그가 갖고 있는 가명과 그가 이어받은 가문 앞에 얼굴을 내밀 수 없는 마음이었다. 이제 그에게 남은 것은 아무것도 없었다. 복수밖에 남은 것이 없었던 것이다. 이런 생각이 숨차게 내딛는 발걸음에 더욱더 박차를 가했으며, 길을 가며 그는 모욕을 받을 때와 똑같이 복수는 일격에 이루어지지 않으면 안 된다는 생각을 마음에 새겼다.

로빈 오이그가 주막집을 나왔을 때 그와 모리슨과의 거리는 적어도 7, 8마일가량 되었다. 모리슨의 진행은 소 떼의 굼뜬 걸음에 제약을 받아 여간 더딘 것이 아니었다. 이에 반해 로빈은 시속 6마일의 속도로 11월의 밝은 달빛 아래에 펼쳐져 있는, 밤서리로 뒤덮여 온통 하얗게 빛나고 있는 그루터기밭과 나무 울타리, 울퉁불퉁한 바위와 거무스름한 히스나무를 뒤로한 채 나는 듯이 걸어갔다. 이윽고 모리슨이 몰고 오는 소 떼의 울음소리가 나지막하게 들리기 시작했다. 이제 드넓은 황야를 지나 느린 걸음으로 천천히 다가오는 소 떼의 모습이 마치 두더지 떼가 다가오는 것처럼 보였다. 마침내 그는 소 떼와 만나게 되었고 그 사이를 뚫고 소를 몰고 있는 모리슨과 마주쳤다.

"어, 안녕하신가!" 남쪽 출신의 모리슨이 말했다. "아니, 이게 누구야. 로빈 맥콤비치 아닌가? 아니면 귀신인가?"

"그렇다네. 로빈 오이그 맥콤비치일세." 하이랜드 출신의 로빈 오이그가 대답했다. "아니, 아닐지도 모르지. 하지만 그건 어떻든 간에 내 단검을 돌려주게."

"뭐라고? 하이랜드로 돌아가겠다는 건가? 제기랄! 장도 서기 전에 벌써 다 팔아치웠단 말인가? 원, 빠르다 빠르다 해도 이렇게 빠른 장사꾼이 어디 있겠나."

"아닐세, 소 떼를 다 팔아치운 게 아닐세. 북쪽으로 돌아가는 것도 아니고. 두 번 다시 고향에 돌아가지 못할지도 모르지. 어쨌든 휴 모리슨, 내 단검을 돌려주게. 주지 않으면 좀 시끄러울지 몰라."

"그래, 알았네. 그렇다 해도 로빈, 돌려주기 전에 말이나 좀 들어보세. 본시 이 단검이란 게 하이랜드 사나이가 갖게 되면 무시무시한 흉기가 되지 않는가. 그러고 보니 자네 누구네 창고라도 털러 갈 작정인가."

"농담일랑 그만하게! 아무튼 칼을 돌려주게." 로빈 오이그는 참을 수 없다는 듯 이렇게 말했다.

"뭐 그리 급하게 굴진 말게." 사람 좋은 휴 모리슨이 이렇게 말했다. "찌르고 베는 것도 좋지만 더 좋은 것을 일러주지. 이봐, 자네도 알 테지만, 하이랜드 사람들이나 로우랜드 사람들, 또 경계 지대의 사람들은 모두 스코틀랜드 경계를 넘어서면 한집안 형제나 다름없다네. 보게, 뒤에 오는 에스크데일의 젊은이들, 리즈데일의 싸움꾼 찰리, 로커비의 젊은 친구들, 루스트루더의 멋쟁이 4인조, 그 밖에도 회색 격자무늬의 스코틀랜드 어깨걸이를 두른 몇몇 사람들이 뒤에 오고 있지 않은가. 자네가 만일 무슨 일을 당한다면 용맹한 모리슨과 같은 사나이의 주먹이 손을 좀 봐줄 것이고, 설령 칼라일과 스탄윅스 패거리들이 한꺼번에 덤빈다 해도 넉넉히 본때를 보여줄 수 있을 걸세."

"실은 말이네." 로빈 오이그가 더 이상 그의 친구한테 의심을 사고 싶지 않아서 다음과 같이 둘러댔다. "블랙 워치(스코틀랜드 왕립 연대의 별명 – 옮긴이) 소속 부대에 입대했다네. 그래서 내일 아침 출발하지 않으면 안 될 형편이네."

"뭐, 입대라고? 머리가 어떻게 되거나 취해서 제정신이 아닌 거 아닌가? 돈을 주고 그만두게. 지폐 스무 장쯤은 빌려줄 수 있네. 소 떼만 팔아치운다면 거기에다 스무 장쯤은 더 빌려줄 수 있을 걸세."

"뜻은 고마워. 참 고맙네, 휴. 하지만 난 내가 가는 길을 즐거운 마음으로 가고 있다네. 그러니 말인데, 칼을 좀 돌려주게. 칼을 돌려달란 말일세!"

"그렇다면 돌려주지. 말을 듣지 않으려 하니 돌려주는 수밖에. 그렇지만 내가 지금 말한 걸 다시 한 번 생각해보게. 아, 이럴 수가. 발키더 산허리의 사람들에게 슬픈 소식이 될 걸세. 로빈 오이그 맥콤비치가 잘못된 길로 들어서버렸다고 할 걸세."

"정말이지 발키더 사람들에게 슬픈 소식이 되겠지!" 불쌍한 로빈이 말을 되받았다. "어쨌든 휴, 행운을 비네. 장사도 잘 되길 바라고. 앞으로 두 번 다시 회합 장소에서든 어디서든 로빈 오이그와는 만나지 못할 걸세."

이렇게 말하고 그는 서둘러 그의 친구와 악수를 하고는 전과 같은 빠른 걸음으로 오던 길을 따라 되돌아갔다.

"이 친구에게 뭔가 심상치 않은 일이 생긴 모양인데." 모리슨은 혼잣말로 중얼거렸다. "아무튼 내일 아침이 되면 무슨 일인지 좀 더 자세히 알게 되겠지."

그러나 그 아침이 채 되기도 전에 우리 이야기의 파국은 이미 일어나고 말았다. 싸움이 있은 지 이미 두어 시간이 지났고 그리하여 거의 모두가 그 일을 까맣게 잊고 있었을 때, 로빈 오이그가 다시금 헤스킷의 주막집에 나타났다. 술집 안은 각양각색의 손님들로 들어차 있었고, 또한 각 손님의 성품에 걸맞은 소음으로 떠들썩했다. 바쁘게 상거래를 하고 있는 사람들은 의젓하고 조용하게 이야기를 주고받고 있었고, 즐기는 일 외에 아무것도 할 일이 없는 사람들은 그저 웃고 노래하고 떠들썩하게 농담을 지껄여대고 있었다. 즐겁게 놀고 있던 사람들 속에 해리 웨이크필드도 끼어 있었는데, 그는 주름 잡힌 작업복과 징을 박은 구두에다가 잉글랜드 사람 특유의 명랑한 인상이 특징인 한 패거리의 사람들 사이에 끼어 있었던 것이다. 이를 드러내고 웃고 있던 사람들 사이에서 그는 옛 노래를 명랑하게 불러대고 있었다.

> 내 이름이 로저라고 해서 어쨌단 말인가,
>
> 쟁기와 수레를 끄는 나는야 로저라오……

여기까지 노래했을 때 돌연 귀에 익은 목소리가 들렸다. 강한 하이랜드 사투리가 섞인 드높고 단호한 어조로 외치는 소리가 들렸던 것이다.

"해리 와크펠트, 네가 사나이라면 일어서라!"

"왜 그러지? 무슨 일이야?" 손님들은 서로에게 이렇게 물었다.

"그 빌어먹을 놈의 스코틀랜드 녀석이야." 이제는 몹시 취해 있던 플리스범킨의 말이었다. "오늘 말일세, 해리 웨이크필드에게 뜨거운 국 한 그릇을 얻어먹은 놈이지. 어떻든 양배춧국이 식었다고 다시 데우러 온 모양이네!"

"해리 와크펠트!" 불길한 호출 명령이 또다시 되풀이 울렸다. "사나이라면 일어서!"

깊고도 응축된 격정이 담긴 어조에는 무언가가 담겨 있어서, 그 울림만으로도 듣는 이의 이목을 끌었고 두려움을 불러

일으켰다. 사방의 손님들이 일제히 뒤로 움츠러든 채 그들 한 가운데 눈살을 찌푸린 채 서 있는 하이랜드 사나이를 응시하였다. 그의 얼굴은 결연한 의지로 굳어 있었다.

"여보게, 로빈, 기꺼이 상대해주겠네. 그렇지만 이건 자네와 화해의 악수를 하고 언짢은 일은 모두 술로 씻어버리자는 이유 때문이야. 주먹 쥐는 법을 모른다고 해서 자네 마음까지 잘못된 건 아닐 테니까."

이렇게 말하면서 그는 상대방 바로 앞에 섰다. 아무런 의심도 품고 있지 않은 솔직한 그의 표정은 단호한 결의로 빛나는 하이랜드 사나이의 눈초리와 묘한 대조를 이루고 있었다. 광적이고도 음울한 그의 눈은 복수심에 불타고 있었던 것이다.

"자네가 잉글랜드 출신의 사나이로 태어나지 못한 건 자네 잘못이 아니지. 계집애들만큼도 싸울 줄 모른다고 해서 어디 그게 자네 잘못인가."

"나도 싸울 줄 알아." 로빈이 단호하게, 그러나 침착하게 말했다. "이제 그걸 보여주지. 자네, 해리 와크펠트, 오늘 색슨 사람들이 싸우는 법을 나에게 가르쳐주었지. 이번엔 하이랜드의 방식을 가르쳐주지."

그 말에 곧바로 행동이 이어졌다. 갑자기 칼을 뽑아 들더니 그것을 잉글랜드 자영농의 널찍한 가슴팍에 깊숙이 꽂았다. 어찌나 치명적으로 확실하게 힘을 주어 찔렀던지, 칼자루가 상대방의 갈비뼈에 부딪히면서 울리는 소리가 났고, 양쪽으로 날이 선 칼의 끄트머리는 상대방의 심장을 관통했다. 해리 웨이크필드는 한 마디 신음 소리를 내었을 뿐 그대로 쓰러져 숨을 거두었다. 이어서 살인자는 관리인의 멱살을 잡고 피묻은 단검을 그의 목에다 갖다 댔다. 두려움과 놀라움에 관리인은 방어할 기력조차 없었다.

"네 녀석도 함께 잠재워야 마땅하겠지만, 내 아버지의 칼에 묻어 있는 용맹한 사나이의 피와 너 따위 비열한 아첨꾼의 피를 섞을 수는 없지."

이렇게 말하면서 그가 상대방의 몸을 힘껏 밀어 던졌다. 어찌나 세게 밀었는지 사나이는 바닥에 나가떨어졌다. 그러는 동안 로빈은 다른 한 손으로 피투성이가 된 치명적 무기를 이글거리는 석탄불 속에 던졌다.

"자, 누구든 원하면 나를 잡아가시오. 그리고 저 불이 피를 정하게 하도록 내버려두시오."

놀라움으로 인해 여전히 침묵이 계속되었다. 로빈 오이그는 경찰관이 있는지 물었다. 경관이 한 사람 앞으로 나서자, 로빈 오이그는 순순히 그에게 몸을 내맡겼다.

"오늘 밤 당신은 몹시도 피비린내 나는 짓을 저질렀군." 경관이 말했다.

"당신 잘못도 있소." 하이랜드의 사나이가 말했다.

"두 시간 전에 당신이 만일 저 녀석의 주먹을 말렸더라면, 이 분 전까지 그랬던 것처럼 저 녀석도 아직 생생한 모습으로 즐겁게 놀고 있었을 것이오."

"죄과가 무거울 것이오." 경찰관이 말했다.

"그런 걱정은 하지 마시오. 죽음으로 모든 채무는 끝나는 법이오. 그것으로 죄과도 갚게 될 겁니다."

방관자들의 공포는 차츰 분노로 변하기 시작했다. 아무리 복수라고 해도 너무 심하지 않느냐는 것이 그들의 의견이었다. 인기를 끌던 사나이가 살해당한 채 그들 사이에 누워 있는 것을 보고는 당장 그 자리에서 가해자를 죽여버리자는 쪽으로 마음이 끌려가는 형세였다. 그러나 이번에는 경관이 그의 임무를 수행했다. 그리고 현장에 있던 사람들 가운데 다소 냉정을 유지하고 있던 몇몇 사람들의 도움을 받아 말 몇 필을 구해와서 칼라일까지 죄수를 호송했다. 다음 순회재판에서 그의 운명이 결정되도록 기다리기 위함이었다.

호송 준비를 하는 동안 죄수는 무엇에 대해서도 아무런 관심을 보이지 않으려 했고 또한 어떤 물음에도 대답하려고 하지 않았다. 다만 살인 사건이 일어난 주막을 막 나서려 할 때, 그는 다시 한 번 시신을 보고 싶다고 했다. 시신은 바닥으로부터 옮겨져서, 바로 얼마 전까지만 해도 해리 웨이크필드가 생기와 활기에 가득 차서 활발하게 자리를 이끌어가고 있던 바로 그 식탁 위에 눕혀진 상태였다. 의사의 검시가 있을 때까지 기다려야 했던 것이다. 시신의 얼굴은 식탁용 손수건으로 품위 있게 덮여 있었다. 로빈 오이그는 살짝 수건을 젖히고는 슬픔에 가득 찬 눈으로, 그러나 흔들리지 않는 고정된 시선으로 지그시 생명을 잃은 친구의 얼굴을 바라보았다. 바로 조금 전까지 생명이 넘치던 얼굴이었다. 자신의 힘에 대해 기분 좋은 확신에 차서 짓던 미소, 그의 적에 대해 화해와 동시에 경멸을 담던 미소로 아직까지 죽은 친구의 입술은 약간 일그러져 있었다. 구경꾼들은 로빈 오이그의 행동에 놀랍고 두려워서 이를 물고 입술을 반쯤 다문 채 일제히 "아!" 하고 탄성을 질렀다. 현장에 있던 사람들은 살인자의 손길이 죽은 자의 상처에 닿는 순간, 방금 방 안을 선혈로 물들이던 바로 그 상처에서 다시금 피가 뿜어 나오지 않을까 내심 걱정했다. 그러는 동안 로빈 오이그는 다시 수건을 덮고 한 마디 짤막하게 절규했다. "아, 참으로 멋진 녀석이었는데!"

3

나의 이야기는 이제 거의 끝나간다. 이 불행한 하이랜드 사나이는 칼라일에서 재판을 받았다. 나 자신도 스코틀랜드의 젊은 법률가 자격으로, 또는 적어도 변호사 자격으로, 이 재판에 참여하였다. 그 방면에 다소 명성을 갖고 있었던 덕분에 컴버랜드 주지사의 호의로 법정에 자리를 얻을 수 있었던 것이다. 사실 심리는 앞서 이야기한 방식으로 진행되었다. 복수심에서 나온 암살이라는 너무나 비잉글랜드적인 이 범행에 대해 법정의 청중이 처음에 가졌던 편견이 어떠했는지는 모른다. 그러나 육체적 폭력을 당했을 때 씻을 수 없는 불명예로 더럽혀졌다고 생각하는 스코틀랜드 사람 특유의 뿌리 깊은 민족적 선입관에 대한 해명이 이루어지고, 또한 그가 처음에 보였던 인내심, 절제력, 참을성이 정상참작의 요인으로 대두되면서, 잉글랜드 법정의 관대함이 작용하여 점차 그의 범행은 결코 천성적으로 야만스럽다거나 상습적 비행에 의한 삐뚤어진 마음에서 나온 것이 아니라 명예심에 대한 잘못된 인식이 원인이 되어 돌발적으로 일탈행위를 저지른 데 지나지 않는 것이라는 쪽으로 분위기가 기울었다. 특히 존경하는 재판장의 배심원에 대한 법정 설명은 결코 잊을 수 없을 것이다. 비록 당시에는 법정 설명이 웅변적이거나 비장한 것이라고 해서 배심원들이 그 영향을 받는 추세는 아니었지만, 그래도 그의 법정 설명을 나는 잊을 수 없는 것이다.

"법에 의한 정당한 제재와 보복을 가해야 할 성질의 것이면서 동시에 불쾌감과 혐오감을 느끼도록 만드는 갖가지 범죄를 심리하지 않으면 안 되었던 사례는, 우리들의 과거 경험에 비추어볼 때 적지 않았습니다. 그런데 오늘 아주 특이한 사건에 엄격하면서도 여전히 효과적으로 법령을 적용하지 않으면 안 된다는 점에서 이는 한층 더 우리의 의무를 우울한 것으로 만들고 있습니다. 이 범죄는 물론 범죄 중에서도 중대한 범죄이긴 하나, 사악한 마음에서 비롯된 것이라기보다 순전히 생각의 잘못으로 저지른 것입니다. 즉 잘못을 저지르려는 생각에서 범한 것이라기보다 무엇이 정의인가에 대한 불행한 편견 때문에 범한 범죄인 것입니다. 여기 두 사람이 있습니다. 둘 다 그들 세계에서는 대단한 존경을 받았다고 진술되어 있으며, 또 서로 무척 친한 친구였던 것 같습니다. 그런데 그 한 사람의 생명은 이미 사소한 일로 인해 희생당했고, 다른 한 사람은 지금 범법행위에 따른 제재와 보복을 감수해야 할 처지인가를 입증해야 할 상황에 처해 있습니다. 그러나 서로 상대방의 민족적 선입관에 대해 전혀 무지한 상태에서 행동을 했다는 점에서, 또한 자발적으로 올바른 길에서 빗나가려 했다기보다는 불행히도 길을 잘못 들었다는 점에서, 이들 두 사람은 모두 우리에게 동정을 요구할 권리가 충분히 있다고 사료됩니다.

오해의 근본 원인과 관련하여 우리는 현재 피고석에 있는 피고에게 나름의 법적 권리를 부여하는 것이 지당하다고 생각합니다. 피고는 경쟁 대상이 되는 울타리 안의 목초지에 대한 점유권을 소유주인 아이어비 씨와의 합법적 계약을 통해 획득했습니다. 그러나 그로 인해 전혀 부당한 비난을 받게 되었습니다. 본래 성질이 급한 사람으로서는 도저히 못 견딜 만한 비난을 받았던 것입니다. 그럼에도 불구하고 그는 평화와 우정을 위해 획득한 권리의 반을 양보하려 했습니다. 그런데 그의 호의적인 제안은 거절당했을 뿐만 아니라 모멸감까지 감수해야 했습니다. 그 뒤의 장면은 헤스킷 씨의 선술집을 무대로 펼쳐집니다. 여기에서 이방인이 피해자에게 어떤 대접을 받았는지 또한 유감스러운 일입니다만, 피해자와 함께 있던 사람들이 그 이방인에게 어떤 모욕적인 대접을 했는지를 알고 계실 줄 압니다. 그들은 극도로 약이 오르도록 그를 몰아댔던 것 같습니다. 그래도 피고는 평화와 타협을 희망하였고 치안 관계자나 그 밖의 중재자가 하는 중재라면 기꺼이 따를 의사까지 표시했습니다. 그러나 피고는 모든 사람들한테 모욕을 당했습니다. 이 경우 함께 있던 사람들은 '공정하게 겨루기'라는 민족적 격언을 망각한 자들이라 아니할 수 없습니다. 더구나 피고가 평화롭게 자리에서 물러나려 할 때, 그는 저지당하고 맞아 눕게 되었을 뿐만 아니라 구타당하여 피까지 흘리게 되었던 것입니다.

배심원 여러분, 존경하는 공소인의 논고를 본관은 배청하면서 약간은 참기 어려웠던 것이 사실입니다. 공소인께서는 이 경우 피고의 행위에 관해서 매우 불리한 진술을 하셨습니다. 즉 피고가 피해자에 맞서서 당당히 도전하기를 두려워했다거나 권투의 규칙에 따라 싸우기를 두려워했다고 말씀하셨던 것입니다. 그리고 그런 이유 때문에 비열한 이탈리아 사람처럼 자신의 치명적 무기인 단검에 호소했고, 그 결과 당당히 맞서 싸워서는 당해내지 못할 사람을 쓰러뜨릴 수 있었다고 하셨습니다. 본관도 관찰했습니다만, 이 고발의 한 대목에 가서 피고는 이른바 용감한 사람 특유의 혐오감에 갑자기 몸을 움츠리는 것을 보았습니다. 본관이 피고의 사실상 범죄를 지적할 때 본관의 발언이 설득력 있는 것이 되기를 바라는 마음에서 하는 말입니다만, 본관의 의견으로 허위 고발이라고 생각되는 점들을 하나하나 빠짐없이 논박함으로써 피고도 본관의 공평무사함을 믿게 되리라고 믿습니다. 의심할 바 없이 피고는 결단력이 투철한 부류의 사람, 지나칠 정도로 결단력이 투철한 사람입니다. 본관으로서는 그런 결단력을 덜 갖고 있거나 그것을 제어하기에 충분한 교육을 받았었더라면 얼마나 좋았을까 하는 마음에 애석함을 느끼는 바입니다.

배심원 여러분, 공소인께서 지적하신 규칙에 관해 말씀드리자면, 이는 사실 투우장, 투웅장鬪熊場, 투계장에서는 공지公知의 사실일 것입니다. 그러나 여기에서는 아무도 그런 것을 모릅니다. 그리고 만일 이런 유형의 싸움에서 때로는 치명적인 사고가 발생할 수도 있겠지만 그 자체로서는 쌍방이 어떤 악의도 품고 있지 않다는 사실을 입증하는 증거의 하나로 받아들여졌던 것도 사실입니다. 그러나 그렇다 하더라도 이는 다만 쌍방이 동등한 입장에 있고, 또 양자가 똑같이 그런 종류의 규칙을 익히 알고 있는 동시에 양자가 똑같이 기꺼운 마음으로 이를 따르고자 할 때 비로소 받아들여질 수 있는 것입니다. 그러나 최상의 지위에 있고 최고의 교육을 받은 사람에게 그처럼 사납고 야만스러운 싸움 규칙에 따라야 한다거나 따르지 않으면 안 된다고 과연 주장할 수 있겠습니까? 그것도 상대가 젊고 완력이 세거나 기량이 훨씬 더 뛰어날 경우에 어찌 그런 주장이 가능할까요. 확실히 심지어는 권투 규칙조차도, 만약 그것이 공소인께서 말씀하신 대로 '즐거운 옛 잉글랜드'의 공평하게 겨루기 정신에 입각하여 만들어진 것이라면, 그처럼 불합리한 것을 담고 있지는 않을 것이라고 생각합니다. 배심원 여러분, 만일 이 피고가 받은 것과 같은 직접적인 육체적 폭력에 대한 자위상의 조치로서 잉글랜드 신사에게 대검을 휴대하는 것을 법으로 인정할 수도 있다면, 똑같은 법이 똑같은 종류의 불쾌한 상황에 몰린 외국인과 이방인도 역시 보호해야 할 것입니다. 따라서 배심원 여러분, 만약 여러분이 모든 사람들의 비방 대상이 되고, 그리고 적어도 한 사람한테, 또는 피고인 쪽에서는 당연히 그렇게 생각했을 테지만, 그 이상의 여러 사람한테 직접적으로 폭력을 당하게 되었다고 합시다. 이처럼 불가항력적인 상황에 몰리게 되었을 때, 여러분께서 우리가 들은 바와 같이 피고인이 살던 지역의 사람들이라면 대개 몸에 지니고 다닌다고 하는 무기를 꺼내어 불행한 사태를 야기하게 되었다고 합시다. 이런 이유로 여러분께서도 이미 증언 내용을 상세히 들어 알고 계시는 것과 동일한 불행한 사태를 야기하게 되었다면, 본관의 양심으로서는 도저히 배심원 여러분께 살인죄 평결을 요구할 수 없을 것입니다. 물론 피고가 행사한 자위 행위는 그와 같은 경우라 할지라도 법조인들이 말하는 '정당방위'와는 다소 거리가 있는 것인지도 모릅니다. 그러나 그렇다 하더라도 적용될 죄명은 살인죄가 아니라 과실치사죄가 되어야 할 것입니다. 덧붙여 한 말씀 더 드리겠습니다. 제임스 1세법 제3장에 의하면, 작은 흉기에 의한 치사죄를 범한 자는 비록 살의를 품고 한 것이 아니라고 하더라도 이른바 성직재판이라는 특혜를 누릴 수 없다고 되어 있습니다. 그러한 법규에도 불구하고 본 법정에 상정된 소송과 관련하여 본관은 과실치사죄와 같은 보다 관대한 형이 부과되어야 할 것이라고 생각하는 바입니다. 이른바 단검에 의한 살상에 관한 법령이라고 불리는 방금 언급한 법규는 일시적인 이유에서 제정된 것이며, 범죄의 실체에 변함이 없는 이상 그것이 단검에 의한 것이든 장검이나 권총에 의한 것이든 모두 동일하게 혹은 거의 동일한 것으로 간주하는 것이 근대법의 관대한 사고방식인 것입니다.

그러나 배심원 여러분, 이 사건의 핵심은 폭행을 당했을 때부터 살인이라는 보복이 이루어지기까지 개입된 시간이 두 시간이라는 점에 있습니다. 싸움이 불붙어 있을 당시라면, 말하자면 돌발적으로 열전이 벌어져 있는 상황이라면, 법은 인간이란 약한 것이라는 사실을 참작하여 격정적인 상황을 지배하던 격앙된 감정에 대해 상당히 너그럽게 받아들입니다. 당시에 당사자가 느끼고 있던 고통, 더 심한 상처를 입게 될지도 모른다는 불안감, 개인의 몸을 지키기 위해 이쪽에서 어느

정도의 폭력을 행사할 것인가에 대해 판단하기가 어렵다는
점, 절대적으로 필요한 이상으로 상대방을 괴롭히거나 상처
를 입히지 않으려면 어느 정도의 폭력에서 그칠 것인가를 엄
밀하게 따지기란 아주 어렵다는 점 등등을 정상에 참작하고
있는 것입니다. 그러므로 피고가 자신의 목적을 수행하기 위
해 저지른 폭력은, 신중하고도 찬찬한 결정에 따른 것이라는
점을 말해주는 수많은 정황으로 인해, 충동적인 분노에서 나
온 것도 아니고 일시적 공포감에서 나온 것도 아닐 수 있습니
다. 복수를 하려는 목적이 있었고 앞서 미리 결심한 복수를 행
동에 옮겼다는 점에서, 법은 동정을 하거나 정상참작을 할 수
도 없고, 하지도 않을 것이며, 해서도 안 될 것입니다.

물론 이 불쌍한 피고의 불행한 행위를 놓고 정상을 참작하
려는 의도에서 그의 경우가 아주 특이한 것임을 되풀이해서
말할 수도 있습니다. 예컨대, 피고가 살고 있는 지방에서는 극
히 최근에도 거기까지 아직 영향을 미치고 있지 않은 잉글랜
드의 법은 물론 스코틀랜드의 우리 이웃들이 준수해야 하는
법도 시행되고 있지 않은 실정입니다. 문명국의 법이라면 정
의와 평등이라는 대원칙에 입각한 것이어야 하며, 스코틀랜
드의 법 역시 의문의 여지없이 그러한 대원칙에 입각하여 형
성된 것입니다. 그러나 그 지방의 산악 지대로 들어가면 마치
북아메리카의 인디언들과 같이 다양한 부족들이 서로 끊임없
이 싸우고 있습니다. 그리하여 자연히 각자가 자위의 방편으

로 무기를 갖고 다니지 않을 수 없습니다. 이들은 자신들의 가문과 자존심을 어떻게 지킬 것인가에 대해 나름대로 가진 견해들 때문에 자신들을 평화로운 나라의 농민이라고 생각하기에 앞서 기사라든가 전사로 간주합니다. 공소인께서 말씀하신 바의 권투 규칙과 같은 것은 호전적인 산악인들 사이에는 전혀 알려져 있지 않습니다. 다만 자연이 만인에게 부여한 무기만으로 승패를 결정하는 따위의 방법은 그들의 생각엔 프랑스의 귀족들이 그렇게 생각했듯이 아주 상스럽고 비합리적인 해결 방법이었을 것임에 틀림없습니다. 반면 복수란, 마치 체로키나 모호크 등 인디언 부족에게 그러하듯이 그들 사회에서는 아주 낯익은 습속이었을 것임도 틀림없는 사실입니다. 확실히 그 저변에는 베이컨 경이 말한 바 일종의 야만적 미개인의 정의라고 하는 것이 깔려 있습니다. 무모한 폭력을 제지할 정규적인 법이 부재하는 곳에서라면, 보복에 대한 두려움이 압제자들에게 주먹을 휘두르지 못하게 할 것이라는 뜻에서 하는 말입니다. 그러나 이 모든 것들을 인정한다고 하더라도, 또한 피고의 부친이 활동하던 시대의 실정이 상술한 바와 같기 때문에 당시의 수많은 사고방식과 정서가 현세대의 사람들에게 아직도 어떤 영향력을 미치고 있음에 틀림없다는 점을 인정한다고 하더라도, 법은 배심원인 여러분의 손이나 재판장인 본관의 손에 의해 자의적으로 변조되어 시행될 수도 없고 그렇게 되어서도 안 될 것입니다. 그 점은 아무리 본건과 같이 심히 가슴 아픈 경우에서라도 조금도 흔들릴 수 없습니다. 모든 사람이 칼의 길이나 완력이 세기에 따라 자기 마음대로 남을 베거나 남에게 상처를 입히는 따위의 야만적 정의에 대신하여 문명사회가 무엇보다도 추구해야 할 것은 만인에게 평등하게 시행되는 법을 모두가 함께 보호하는 일입니다. 법은 신성의 권위에 버금가는 권위를 갖고 '복수는 나의 몫'임을 사람들에게 외치고 있는 것입니다. 일순간의 노여움이 식고 이성이 개입할 여유를 갖게 되는 즉시, 피해자는 오로지 법만이 당사자 간의 잘잘못을 가리는 역할을 떠맡을 수 있다는 점을 깨달아야 할 것입니다. 그리고 자신에게 가해진 불의를 바로잡기 위한 사적 당사자의 어떤 노력도, 법이 자신의 신성불가침한 방패로 막고 있음을 피해자는 깨달아야 할 것입니다. 다시 한 번 되풀이해서 말합니다만, 개인적 감정의 차원에서 보면 불행한 이 사나이는 증오의 대상이 아닌 오히려 동정의 대상이 되어야 할 것입니다. 그는 전혀 무지의 상태에서, 또한 잘못 인식된 명예감으로 인해 죄의 나락으로 떨어졌기 때문입니다. 그러나 배심원 여러분, 그의 죄는 살인죄에서 크게 벗어나는 것이 아닙니다. 또한 여러분의 숭고하고 중대한 임무에 비추어 그러한 평결을 내리는 것이 여러분의 의무일 것입니다. 격정적인 분노라는 점에서 말하면 잉글랜드 사람도 스코틀랜드 사람과 다를 바가 없습니다. 만일 이 피고의 행위에 대해 책임을 묻지 않고 지나간다면, 이 나라 남쪽 끝에서 북쪽 끝에 이르기까지 천 개의 흉기들이 별별 구실 아래 난무하도록 하는 셈이 될 것입니다."

이와 같은 말로 존경하는 재판장은 법정 설명을 끝맺었다. 그의 얼굴에 뚜렷이 드러나 있는 괴로운 표정이나 그의 눈에 고인 눈물로 판단하건대, 이상과 같은 법정 설명을 수행하는 일이 그에겐 진실로 고통스러운 작업이었음에 틀림없었다. 배심원들은 그의 설명에 따라 유죄 평결을 내렸다. 본명이 맥그레거인 로빈 오이그 맥콤비치는 사형선고를 받았고, 후에 절차에 따라 형이 집행되었다. 그는 매우 의연한 태도로 그의 운명을 받아들였고, 판결의 정당함도 인정했다고 했다. 그러나 무장하지 않은 사람을 공격했다고 비난하는 사람들의 말에는 몹시 분개하며 거세게 반발했다고 한다. "내가 빼앗은 생명에 대해 나도 생명으로 갚는다." 그의 항변은 이렇게 이어졌다고 한다. "그 이상 어떻게 하겠는가." ●

옮긴이 장경렬

서울대학교 영문과를 졸업하고, 미국 오스틴 소재 텍사스대학교 영문과에서 박사학위를 취득했다. 서울대학교 영문과의 교수직을 거쳐, 현재 명예교수로 있다. 주요 번역서로『내 사랑하는 사람들의 잠든 모습을 보며』,『야자열매술꾼』,『아픔의 기록』,『선과 모터사이클 관리술』,『젊은 예술가의 초상』,『라일라』,『학제적 학문 연구』등이 있다.

옮긴이 전수용

이화여자대학교 영어영문학과를 졸업하고 미국 미시간대학교에서 박사학위를 받았다. 경희대학교 영문과 교수를 거쳐, 이화여대 영문과 교수로 재직했고 현재는 동 학과 명예교수로 있다. 저서로『포스트모던 바이오픽션의 역사성 읽기』,『신화적 상상력과 문화』(공저)가 있고, 역서로『결정론과 문학』,『범죄소설』(공역),『켈트신화와 전설』(공역) 등이 있다. 2014~2015년 한국영어영문학회 회장을 역임했다.

문화의 차이가 빚어낸 비극

—

우리가 흔히 보는 살인은 극단적 증오의 표현인 경우가 대부분이다. 그런데 이 작품에서 이루어지는 살인은 그 증오가 없다. 오히려 자신을 지키기 위한 정당방위적 성격이 강하다.

여기서 로빈 오이그와 해리 웨이크필드는 둘 다 이름 있는 소몰이꾼으로 세상의 악과는 거의 무관한 사람들이다. 그런데도 결국은 한 사람이 다른 한 사람을 죽이고 마침내 그도 죽게 되는 지경에 이른다. 더구나 둘 다 서로를 인정하고 은근한 애정까지 느끼면서도 모욕하고 죽인다.

이 같은 비극을 이해하는 열쇠는 무엇보다 그들이 사내였으며 그것도 한 문화를 모범적으로 체현體現하고 있는 이들이었다는 점에 있다. 모욕의 방식과 그 해소에 관한 한 로빈 오이그는 하이랜드 문화를 대표하고, 해리 웨이크필드는 잉글랜드 문화를 대표한다. 그리고 여기서 비극적으로 형상화된 것은 바로 그 두 가지 다른 문화의 충돌이다.

모든 문화는 우열을 가리기가 쉽지 않다. 특히 언제나 수호守護를 떠맡아야 하는 남성의 입장에서 보면, 당연히 자신의 문화가 우월하거나 최소한 상대편과 등가等價를 이룬다. 따라서 그의 행동원리는 자신의 문화에 따를 수밖에 없다. 해리가 로빈을 모욕한 것도 로빈이 해리를 죽인 것도 그들 자신에게는 지켜야 할 의무와도 같은 행동 원리였을 뿐이다.

이 작품은 19세기 초반에 쓰인 것으로 어떤 이는 영국 근대 단편소설의 효시로 친다. 하지만 또한 이 작품이 거의 2세기 전에 쓰였다는 사실 때문에 오늘날 단편소설을 공부하려는 이에게는 그리 세련된 전범이 되지 못한다. 특히 작품의 후반에 장황하게 실린 판사의 논고문은 성마른 현대의 비평가들을 약올리기 딱 알맞다. 행복했으리. 그런 것은 자기들에게 맡겨야 한다고 단단히 믿고 있는 비평가들의 눈치를 볼 필요 없이 쓰고 싶은 대로 글을 쓸 수 있었던 시대는.

이 작품을 쓴 스코트는 스코틀랜드 출신의 영국 작가로 우리에게는 『아이반호』(혹은 『호반의 기사』)로 더 잘 알려져 있다. 변호사의 아들로 태어나 그 자신도 변호사가 되고 몇 가지 공직을 서쳐 작위爵位까지 얻었으나 결국은 소설가로 끝을 보았다. 그는 스코틀랜드 변경지대의 옛 전설과 민요, 독일의 시 등을 연구하며 문학적 취미를 기르고 재능을 닦아, 특히 스코틀랜드를 배경으로 한 역사소설에서 걸작을 많이 남겼다. 작품으로는 장편 『아이반호』 외에 『웨이버리』와 『가이어스타인의 앤』 등이 유명하다.

스코트의 소설들은 인물이 생동감 있게 묘사되고, 과거는 현실적 기반 위에 사실성과 미래에의 전망을 가지고 처리되는 것이 특색이다. 한때는 그저 한 역사소설가로 잊혀져가는 듯했으나 사실주의의 맹위에 힘입어 새로운 평가를 받게 되었다. 특히 루카치 같은 이는 주저없이 스코트의 작품들을 가장 탁월한 역사소설의 전범으로 친다.

여기 실린 「두 소몰이꾼」은 그의 흔치 않은 단편들 중 하나로 문학성보다 문학사적 의의를 더 크게 보는 이도 있다.

규염객전

虬髯客傳

두광정 지음

정범진 옮김

두광정

중국 당나라 말 오대五代의 도사. 850~933년. 자는 빈성賓聖, 호는 동영자東瀛子. 중국 저장성에서 태어났다. 과거에 잇달아 낙방한 뒤 톈타이산天台山에서 도교道敎를 공부해 도사가 되고, 도교의 우두머리로서 존경을 받았다. 제18대 황제 희종 때인 881년 '황소의 난'으로 촉 지방으로 피신할 때 따라갔다가 그대로 쓰촨성 청두에 머물렀다. 이후 왕건王建이 쓰촨 땅에서 독립해 전촉前蜀을 세운 뒤, 금자광록대부·간의대부로 중용됐다. 호부시랑까지 벼슬이 올랐으나 신왕 즉위 후 칭청산 백운계곡에 은거하며 도서의 수집과 정리에 노력했다. 도교 교리학의 집대성에 중요한 공로자로 알려져 있다. 주요 저서는 『간서』(100권), 『녹이기』(10권), 『태상동연신주경』, 『도덕진경광성의』, 『도교영험기』, 『역대숭도기』, 『광성집』, 『도문과범대전집』, 『태상로군설상청쟁경주』 등이 있다. 두광정의 저서 상당수가 『정통도장』에 수록돼 오늘날에도 전해지고 있다.

―

　수나라의 양제煬帝가 강도江都(중국 강소성에 있는 현의 이름 – 옮긴이)로 행차했을 때, 사공司空(사도, 사마와 더불어 삼공으로 불리는 관직명으로 당시 재상에 해당했다 – 옮긴이) 양소楊素(수 대의 장사로서, 일찍이 문제文帝를 따라 천하를 통일하여 월국공越國公에 봉해졌다 – 옮긴이)에게 명하여 서경西京(수 문제가 섬서성 용수산에 새로운 성도를 세우고 대흥성이라 부르고 낙양으로 천도하였는데, 양제는 낙양을 동경, 대흥을 서경이라 개칭했다. 지금의 산시성 서안西安이다 – 옮긴이)의 유수留守가 되게 하였다.

　양소는 세도가의 집에서 귀하게만 자라서 세간의 일을 잘 모르는 데다가, 때마침 난세를 당하여 천하의 권세가 크고 명망이 높은 사람이라고 할지라도 나만 한 사람은 없다고 생각하고 있었으므로, 사치와 호화로움을 마음껏 부려 예제禮制도 다른 일반 신하들과는 달리하고 있었다. 공경公卿 등의 벼슬아치들이 용무가 있어 찾아온다든가 손님들이 인사차 찾아온다든가 했을 때도, 언제나 반드시 의자에 걸터앉은 채로 만나며 미녀로 하여금 접대를 시키는 것이었다. 그리고 시녀들을 나란히 세워놓는 모양도 아주 과하여 천자와도 같았다. 만년晩年에는 그런 버릇이 더욱 심해져서 점점 자기 자신이 맡은 바의 임무를 다할 것을 깨닫지 못하였고, 자기 혼자 천하를 다스려 위난을 극복해나가고 있는 듯한 기분에 도취되어 있었다.

그러던 어느 날, 위공衞公 이정李靖(자는 약사이고 삼원 사람으로 서書·사史·병법兵法 등에 통달했다. 위공의 칭호는 이정이 위국공衞國公에 봉해졌기 때문에 붙여진 것이다 – 옮긴이)이 아직도 평민의 신분이었을 때인데, 가서 면회를 하고 기발한 정책을 진언하려고 했다. 그런데 양소는 이때도 역시 의자에 앉은 자세로 이정을 만나는 것이었다. 그래서 이공은 앞으로 나아가 인사를 하고 말하기를,

"바야흐로 천하가 어지러워 영웅들이 앞을 다투어 봉기하고 있습니다. 공께서는 황실의 중신이시므로 반드시 그런 영웅호걸들을 주위에 모으는 일에 신경을 쓰셔야지, 이처럼 거만한 자세로 손님을 접견하셔서는 안 됩니다."

라고 하니, 그제서야 양소는 엄숙한 표정으로 일어서서 이공에게 사과하고 그와 더불어 이야기를 나누었는데, 아주 마음에 들어 이공의 정책을 받아들이기로 하고 물러가게 하였다.

그런데 바로 이공이 변론에 열을 올리고 있을 때 용모가 아주 뛰어난 한 기녀妓女가 붉은 먼지떨이를 들고 그 앞에 서서 이공을 주시하고 있었다. 그러더니 이공이 물러나오자 마루 끝까지 쫓아 나와서는 관리를 불러서,

"지금 물러가신 처사는 뉘시며 어디에 살고 계시는지 물어봐주세요."

라고 말했다. 이리하여 관리가 묻는 대로 이공이 자세히 대답해주자, 그 말을 전해 들은 기녀는 그것을 입속으로 외우면서 안으로 들어갔다.

그리고 나서 이공은 여관으로 돌아왔는데, 그날 새벽 네 시쯤 갑자기 문을 두드리며 나지막히 부르는 소리가 들렸다. 공은 일어나서 밖으로 나갔다. 그랬더니 밖에 자주색 옷을 입고 모자를 쓴 사람이 지팡이에 자루 하나를 걸치고 서 있었다. 이공이 누구냐고 물었더니,

"저는 양씨 댁의 붉은 먼지떨이를 들고 있던 기녀예요."

라고 말했다. 이공은 황급히 그녀를 안으로 들어오게 했다. 겉옷과 모자를 벗고 난 그녀의 모습을 보니 열여덟아홉 살쯤의 미인이었다. 소박한 얼굴 그대로 아롱진 옷을 입은 채 이공에게 절을 했다. 이공도 놀라면서 답례를 했다. 이윽고 그녀가 말했다.

"저는 오랫동안 양사공을 모시고 있으면서 이 세상 사람들을 많이 보아왔습니다만, 이공과 같이 훌륭한 분은 없었습니다. 그리고 저의 몸 또한 사라絲蘿(토사絲와 여라女蘿를 말한다. 이것들은 만생식물로서 소나무 등의 교목에 부생한다 — 옮긴이)들처럼 독립해서 살 수 없는 것이므로, 큰 소나무에 의지하고 싶어서 이렇게 집을 뛰쳐나와 찾아왔을 따름이옵니다."

"양사공께서는 서울에서도 그 권세가 대단하신 분인데 이렇게 도망 나와서 괜찮겠소?"

"그분은 목숨만 남아 있을 뿐, 이미 반은 죽은 생활을 하고 계시기 때문에 두려워할 건 못 됩니다. 그 집의 기녀들 가운데는 그의 앞날에 아무런 희망이 없음을 알아차리고 달아난 자

들이 많은걸요. 그렇지만 그분 또한 그렇게 뒤쫓아서 찾으려고 하지도 않아요. 그리고 저는 그 점에 대해서 세밀한 계획을 세우고 있으니, 아무쪼록 걱정은 하지 마세요."

그녀의 성을 물었더니,

"장張가예요."

라고 대답했다. 그리고 형제간의 서열을 물었더니,

"첫째예요."

라고 대답했다. 이공이 그녀의 피부라든가 예모禮貌라든가 언사言辭라든가 기질 같은 것을 보니 진정 하늘에서 내려온 사람 같았다.

이공은 뜻하지 않게 이런 미녀를 얻게 되자, 기쁨이 크면 클수록 두려움도 더했기 때문에 순식간에 여러 가지로 불안해졌다. 그런 데다가 집 안을 기웃거리며 구경하는 사람들이 그칠 새가 없었다.

며칠이 지나니 과연 기녀의 행방을 찾고 있다는 소문은 들렸지만 역시 엄중하게 찾고 있는 눈치는 아니었다. 어쨌든 그는 그녀에게 남자의 복장을 입힌 후 말에 태우고 여관 문을 열어 젖히고 나와 태원太原(지금의 산서성 태원현 - 옮긴이)을 향하여 길을 떠났다.

도중에 그들은 영석靈石(지금의 산서성 영석현 - 옮긴이)의 여관에 묵게 되었다. 침대도 이미 마련됐고, 화로에 올려놓은 고기는 막 익어가고 있었다. 머리카락이 길어 땅바닥까지 끌리는 장씨는 침대 앞에 서서 빗질을 하고 있었으며, 이공은 말에게 솔질을 해주고 있었다. 바로 그때 갑자기 한 나그네가 나타났다. 몸집은 크지도 작지도 않은 보통이었고, 수염은 붉으면서도 용의 그것처럼 꾸불꾸불했으며, 그가 타고 온 것은 당나귀였다. 그는 가죽 배낭을 화롯가에 내던지며 베개를 가지고 와서 비스듬히 기대고 누워 장씨가 머리를 빗는 모습을 지켜보았다. 이공은 이 꼴을 보고 대단히 화가 났지만, 겉으로 드러내지는 않고 계속해서 말만 씻어주고 있었다. 장씨는 그 사람의 얼굴 모양을 자세히 살핀 후 한쪽 손으로는 머리카락을 잡고 또 다른 손으로는 등 뒤에서 이공을 향하여 가로저으며 화내지 말라는 암시를 하였다. 그러고는 급히 머리를 다 빗고 나서 의상을 단정히 하고 그 손님에게로 가서 성씨를 물었다. 그랬더니 누워 있던 나그네는,

"장가요."

라고 대답했다. 그래서 장씨는,

"저도 성이 장가인데, 그럼 제가 누이동생이 되겠네요."

라고 말하면서 서둘러 그에게 절을 했다. 그리고 그에게 형제 중에서 몇 째인가를 물었더니,

"셋째이지요."

라고 대답하고는 잇따라 그녀에게 몇 째냐고 물었다. 그래서,

"첫째예요."

라고 말하였더니, 그는,

"다행히도 오늘 첫째 누이동생을 만나게 되었군!"

하면서 기뻐하였다. 그래서 장씨는 멀리서 이정을 부르면서,

"이랑! 빨리 오셔서 우리 셋째 오라버니와 인사하세요!"

하고 소리쳤다. 그래서 이공이 달려와 그에게 인사를 했다. 그러고 나서 세 사람은 화로를 중간에 두고 둘러앉았다. 나그네가 먼저 입을 열었다.

"삶고 있는 것이 무슨 고기요?"

"양고기인데, 아마 다 익었을 겁니다."

하고 대답하니, 그 나그네는,

"배가 고픈걸!"

하고 말했다. 이공이 밖으로 나가 호떡을 사오고, 나그네는 허리에서 비수를 뽑아 고기를 자른 후 셋이서 함께 식사를 했다. 식사를 마치고 나서 나그네가 먹다 남은 고기를 난도질하여 당나귀에게 갖다 먹이는데 그 동작이 대단히 빨랐다. 그리고 그가 말하기를,

"이랑의 행장을 보아하니, 가난한 선비에 불과한 것 같은데, 어떻게 이처럼 아름다운 여자를 얻었소?"

"나 이정은 비록 가난하긴 하지만 그래도 나대로 생각이 있는 놈입니다. 다른 사람이 이런 것을 물어온다면 결코 답해주지 않겠지만, 형님께서 물어오셨으니 감추지 않겠습니다."

라고 하면서 그 내막을 자세히 말해주었다. 그랬더니 그가 물었다.

"그렇다면 장차 어디로 갈 생각이오?"

"장차 태원으로 피해 갈 생각입니다."

"그래서 내가 당신이 얻을 수 있는 여자가 아니라고 했지."

라고 말하더니 그는 이어서,

"술 있소?"

라고 물었다. 이에 이공이,

"이 집 서쪽이 곧 술집입니다."

라고 말하면서, 한 말의 술을 사가지고 왔다. 술잔이 돌자, 나그네가 말했다.

"내게 술안주가 조금 남아 있는데 이랑도 같이 좀 드시겠소?"

"죄송할 뿐입니다."

이리하여 나그네는 가죽 배낭을 열고 사람의 머리 하나와 염통, 간을 꺼내었다. 그러더니 머리는 다시 배낭 속에다 집어넣고 비수로 염통과 간을 썰어서 이공과 함께 먹었다. 그러면서 말하기를,

"이놈은 천하의 배신자로서 내가 십 년 동안이나 원한을 품어오다가 이제야 비로소 잡게 되어서 가슴에 맺혔던 원한이 풀렸지."

라고 했다. 그러고는,

"이랑의 풍채나 태도를 보아하니 진정 대장부임에는 틀림이 없는데, 태원 땅에 혹시 이인異人이 있다는 말은 못 들었소?"

"일찍이 한 사람을 알고 있으며 저로서는 그 사람을 큰 인물이라고 생각하고 있습니다. 그리고 그 나머지는 모두 장수에 불과한 사람입니다."

"그의 성씨가 무엇이오?"

"저의 일가입니다."

"나이는 얼마나 되었소?"

"스무 살밖에 안 되었습니다."

"지금 무엇을 하고 있소?"

"주장州將의 아들입니다."

"그 사람 같은데, 만나봐야 되겠소. 이랑은 나를 그와 한번 만나게 해줄 수 있겠소?"

"제 친구로 유문정劉文靜(자는 조인肇仁이고 무공武功 사람으로, 수나라 말엽 진양령晉陽令을 지냈다—옮긴이)이란 자가 있는데, 그가 그 사람과 아주 친하게 지냅니다. 그러니 유문정을 통해서 그를 만나보시면 됩니다. 그런데 형님께선 그를 만나서 무얼 하시려고 그러십니까?"

"망기자望氣者(공중에 떠 있는 기류를 살펴서 미래를 예언하는 사람—옮긴이)가 태원 땅에 기이한 기운이 서리고 있다면서, 나에게 그를 찾아보라고 했거든. 이랑은 내일 떠나면 언제 태원에 도착하시오?"

이정은 날짜를 계산해보았다. 그 나그네는,

"그러면 태원에 도착하는 그다음 날 아침 해가 돋을 무렵에

분양교汾陽橋에서 나를 기다려주시오."

라고 말을 마친 다음 나귀를 타고 나는 듯이 달려나가 순식간에 어디론지 사라지고 말았다. 이공과 장씨는 한편 놀랍기도 하고 한편은 기쁘기도 하여 한동안 갈피를 잡지 못하다가,

"협사는 사람을 속이지 않는 법이야. 아무것도 두려워할 건 없어!"

라고 말하고 서둘러 말에 채찍질을 하며 출발하여 예정한 날짜에 태원에 들어갔다.

약속한 대로 그들은 서로 만나 대단히 기뻐하면서 함께 유문정에게로 갔다. 이공은 유문정을 속이면서,

"관상을 잘 보는 사람이 있어서 이공자李公子(나중에 당 태종이 된 이세민李世民 – 옮긴이)를 한번 보고자 하니 아무쪼록 그를 데리고 와주시오."

라고 말했더니, 유문정은 항상 이공자를 비범하게 보아온 터인데, 갑자기 상을 잘 보는 사람이 왔다는 말을 듣고서는, 당장에 사람을 보내 이공자를 데려오게 하였다. 보낸 사람이 돌아올 때 이공자도 함께 왔다. 그는 예복도 입지 않고 관화官靴도 벗은 채 그냥 평복 그대로 왔는데, 의기는 충만했고 용모 또한 보통 사람 같지 않았다. 규염객(용의 수염을 기른 나그네 – 옮긴이)은 묵묵히 말석에 앉아 있다가 이공자의 모습을 보더니 그만 기가 죽고 말았다. 그래서 몇 잔의 술을 마시고 나더니 이정을 불러서,

"진정한 천자의 상인걸!"

하고 말해주었다. 이정이 이 말을 유문정에 전해주니, 유문정은 더욱더 기뻐하면서 자기의 사람 보는 눈이 틀리지 않았음을 자부했다.

유문정의 집을 나와서 규염객은 말하였다.

"내가 보기에 십중팔구 틀림이 없소. 그러나 도형道兄이 보아야 합니다. 그러니 이랑은 누이동생과 함께 다시금 낙양으로 올라와서, 아무 날 정오에 마행馬行(서경에 있던 시가지의 이름-옮긴이)의 동쪽에 있는 술집 아래층으로 나를 찾아와주시오. 거기에 이 나귀와 또 다른 말라빠진 나귀가 있으면 곧 나와 도형이 함께 그 위에 있는 것이니 도착하는 대로 위로 올라오시오."

이렇게 일러주고 작별하며 떠나갔다. 이공과 장씨는 또다시 규염객의 말대로 하기로 했다.

약속한 시간에 그곳으로 가보았더니 틀림없이 두 마리의 나귀가 있었다. 옷깃을 움켜잡고 위층으로 올라가보니 규염객과 도사가 때마침 마주 앉아 술을 마시고 있다가 이공이 온 것을 보고 아주 기뻐하면서 자리에 앉혔다. 둘러앉아 열 잔 정도 술잔이 오간 다음, 규염객이 말했다.

"아래층 금궤 속에 10만 전이 있으니, 그 돈으로 어딘가 다른 사람들의 눈에 잘 띄지 않는 곳을 골라 누이동생을 안주安住시키고 난 다음, 아무 날 분양교로 나를 다시 찾아주시오."

이정이 약속한 날짜에 가보니 도사와 규염객은 이미 와 있

274

었다. 그래서 그들은 함께 유문정에게로 갔다. 마침 유문정은 바둑을 두고 있었다. 그들은 인사를 하고 나서 그들이 온 뜻을 말해주었다. 유문정은 그들이 찾아온 의도를 알자, 곧 편지를 써서 지급으로 사람을 보내어 문황文皇(당태종 이세민의 시호는 처음에 문황제였다 – 옮긴이)을 바둑 구경하러 오게 하였다. 이리하여 도사는 대국을 벌이고 규염객은 이정과 더불어 옆에서 관전하고 있었다.

얼마 후 문황이 도착하였는데, 정신과 풍채가 모든 사람을 놀라게 할 정도였다. 그는 정중히 인사를 하고 나서는 자리에 앉았다. 그의 기분이 상쾌해서인지 만좌滿座에 바람이 이는 듯했으며 돌아보는 눈동자도 번쩍번쩍 빛났다. 도사는 한눈에 기색이 달라져 바둑알을 놓으면서,

"이 판은 완전히 졌소이다. 이쪽에서 그만 온 판을 망쳐버렸단 말이오! 살려낼 도리가 있어야지. 말해봤자 소용없소!"

라고 말하며 바둑을 끝내고 작별 인사를 했다.

그 집을 나와서 도사는 규염객에게 말하기를,

"이 세상은 공의 세상이 아니니, 다른 곳으로 가보는 것이 좋을까 하오. 노력해보십시오. 그리고 이로 인하여 상심하진 마십시오."

라고 했다. 그들은 함께 낙양으로 들어가기로 했다. 규염객이 말했다.

"이랑의 일정을 계산해보니, 모일某日에 낙양에 도착하게 되

는데, 도착하는 그다음 날 누이동생과 함께 모지모리某地某里에 있는 내 집으로 찾아와주시오. 이랑은 누이동생과 의지하게 되었는데, 한 푼도 가진 것 없는 빈털터리란 말이오. 하여튼 우리 집사람을 인사시키기도 할 겸 조용히 의논할 일이 있으니, 미리부터 사양일랑 하지 말고 와주시기 바라오."

말을 마치더니 그는 탄식하면서 돌아갔다.

이정도 말을 달려 돌아왔다. 그리고 약속한 날에 장씨와 함께 규염객의 집을 찾아갔다. 가보니 한 조그마한 판자문이 달려 있었다. 그 문을 두드리니 어떤 응접하는 사람이 나와 인사를 하면서,

"삼랑三郞께서 이랑과 큰아가씨를 기다리고 있으라고 저에게 분부하신 지가 오래되었습니다."

라고 말하며 안내하여 여러 대문을 들어가는데 들어갈수록 대문은 더욱더 웅대하였다. 사십여 명의 시녀들이 뜰 앞에 도열해 섰고 스무 명이나 되는 하인들이 그들을 인도하여 동쪽 대청으로 들어갔다. 대청 안의 진설陳設은 지극히 진기하였고, 상자 속에 들어 있는 화려한 화장품, 모자, 거울, 머리 장식품 등은 모두 이 세상의 물건으로 생각되지 않았다. 세수를 하고 머리를 빗고 화장을 하고 나니 또 옷을 갈아입으라고 청하는데, 그 옷 또한 진기한 것이었다. 옷을 다 갈아입고 나니 어떤 사람이,

"삼랑께서 오십니다!"

하고 전갈을 했다. 이때 규염객은 사모紗帽를 쓰고 가죽옷을 입고 나왔는데, 또한 용과 범 같은 위용이 있었으며 반가이 그들을 맞이하였다. 그리고 나서 자기의 아내를 재촉하여 데리고 나와 인사를 하게 했는데, 그도 또한 선녀 같은 미인이었다.

드디어 중앙의 응접실로 안내되었는데, 그곳에 차려놓은 요리의 풍성함이란 비록 왕공王公의 집이라고 할지라도 이에 비할 바가 못 되었다. 네 사람이 자리를 잡고 요리상 앞에 앉으니, 곧 여자 악사 스무 명이 그 앞에 나란히 자리 잡고 음악을 연주하는데, 마치 하늘에서 내려온 것 같았으며 이 세상에 있는 곳은 아닌 듯싶었다. 식사를 끝마치고 나니 이번에는 술이었다.

이러는 가운데 하인들이 동쪽 집채로부터 스무 개의 상을 맞들고 나왔는데, 상마다 비단 수를 놓은 보자기로 덮어놓았다. 앞에다가 늘어놓은 다음 그 보자기를 모두 벗기는데 보니 그 속에는 문서와 열쇠로 가득 차 있었다. 규염객이 말했다.

"이것이 보물과 돈의 숫자를 전부 기록해놓은 것입니다. 이것은 모두 나의 소유인데 전부 이랑에게 기증하겠소. 왜냐하면 실은 내가 이 세계에서 큰일을 좀 해보려고 이삼십 년 동안이나 천하의 패권을 다투어왔고, 그 결과 조그마한 공업功業을 세우게 되는가 했습니다만, 그러나 이제는 이미 주인이 나타났으니, 내가 이곳에 더 머물러 있은들 무엇을 하겠소? 태원에 있는 이씨는 진정한 영주英主입니다. 사오 년 이내에 천하는 태평하게 될 것입니다. 그러니 이랑은 기특奇特한 재능으로 천하를 통일할 군주를 보필하여 마음과 몸을 다 바친다면, 반드시 신하로서의 가장 높은 지위에 오르게 될 것이요, 누이동생은 선녀와 같은 용자容姿로서 특출한 지략을 쌓아, 부군의 출세에 따라 현귀顯貴한 영화를 누리게 될 것입니다. 실로 누이동생이 아니었던들 이랑의 인물을 알아볼 수 없었을 것이며, 또 이랑이 아니고서는 누이동생을 영광되게 해줄 수가 없을 것입니다. 그리고 군웅들이 기회를 만나 일어나기 시작하는 때에는 으레 영주와 어진 신하가 서로 만나게 되는데, 이는 마치 범이 으르렁거리면 산 계곡의 바람이 이에 따라 일고, 용이 으르렁거리면 이에 따라 구름이 모이는 것처럼 실로 우연한 일은 아닙니다. 이랑은 내가 기증하는 이 재물을 가지고 진정한 주인을 보좌하여 그의 창업에 협찬協贊하십시오. 힘껏 노력하십시오! 그리고 지금으로부터 십 년 뒤에 동남쪽 수천 리 밖에서 무슨 큰 사건이 일어날 것입니다. 그때가 곧 내 일이 성공하는 때입니다. 그때 누이동생과 이랑은 동남쪽을 향하여 술을 뿌리며 축하해주기 바랍니다."

규염객은 집 안에 있는 하인들을 열 세워 절하게 하고,

"이제부터는 이랑과 누이동생이 너희들의 주인이다."

라고 일러주었다. 말을 마치고 나서 규염객은 그의 부인과 함께 하인 한 사람만 거느린 채 말을 타고 떠나갔는데, 얼마 안 있어 어디론지 사라지고 보이지 않았다.

그리하여 이정은 이 집을 차지하여 대부호가 되었고, 그 재산으로 이세민이 창업하는 일을 도와줄 수가 있었으므로 드디어는 천하를 통일하게 되었다.

그후 정관貞觀(당 태종의 연호 – 옮긴이) 10년 이정이 좌복야평장사左僕射平章事(당대의 상서성에는 좌우복사에 각각 한 사람씩을 두었는데 종이품으로 상서령의 부직이다. 무릇 중서성中書省의 중서령中書令이나 문하성門下省의 시중侍中이 아닌 자로서 제상帝相의 직위에 있는 사람에게는 모두 이 직책을 부여하여, 중서성·문하성의 장관과 함께 군대에 관한 일과 나라의 대사에 관한 일에 간여케 했다 – 옮긴이)의 벼슬에 있을 때, 마침 그때 남만국南蠻國으로부터 사람이 들어와 보고하였다.

"어떤 사람이 일천 척의 선박과 십만의 갑병을 거느리고 부여국夫餘國으로 들어와 그 나라의 군주를 죽이고 스스로 왕위에 올랐습니다. 그런데 국내의 질서는 이미 안정되었습니다."

이정은 마음 속으로 규염객의 일이 성공하였다는 것을 알았다. 그래서 집으로 돌아와 이 사실을 장씨에게 일러주고, 두 사람은 예복으로 갈아입고 멀리 동남쪽을 향하여 술을 뿌리며 축하의 예를 올렸다.

이로 미루어 진명眞明의 영주가 일어날 때는 보통의 영웅 따위는 천하를 바랄 바가 못 된다는 것을 알 수 있다. 그런데 하물며 영웅도 못 되는 자에 있어서랴. 신하의 신분으로서 난을 꾸며 모반謀叛하려고 망상하는 것은, 마치 사마귀가 그의 팔뚝으로 굴러오는 수레바퀴를 대항하려는 것과 같이, 결국에는 자멸하고 말 뿐인 것이다. 우리 황실이 만세토록 복을 누리는 것이 그 어찌 요행으로 얻은 것이리오!

어떤 사람은 또 이렇게 말하였다.

"이위공의 병법 중에서 그 절반은 곧 규염객으로부터 배운 것이다." ●

옮긴이 정범진

성균관대학교 중어중문학과를 졸업하고, 대만사범대학에서 석사, 성균관대학교 대학원에서 박사학위를 받았다. 한국중국학회, 한국중어중문학회 회장을 지냈고, 성균관대 중문과 교수와 문과대학 학장을 거쳐 제16대 총장을 역임했다. 2000년 청조 근정훈장, 2019년 경북 영주시가 제정한 '제1회 대한민국 선비대상'을 수상했다. 현재 다산학술문화재단 고문이자 한국-우크라이나 친선교류협회 회장, 한국한시협회 명예회장을 맡고 있다. 중국 산동대학과 성균대학교 명예교수이고, 동양대학교 석좌교수 및 인성교육원 · 한국선비연구원 원장을 겸하고 있다. 주요 저서로 『표준 중국어』,『세계문학대사전』,『중국문학입문』 등이 있다.

천하를 양보하는 의기

—

당대唐代의 전기소설傳奇小說을 현대 단편소설의 개념으로 이해하는 데는 틀림없이 무리가 있다. 무엇보다도 우연성이나 신비적인 계기의 남용과 세부 묘사의 소홀은 단편소설의 현대성에 치명적으로 배치된다. 그러나 유사한 서사구조로서, 특히 남성적인 미학의 형상화로서는 현대의 단편소설에도 한 참고가 될 수 있다고 보아 「규염객전」을 싣는다.

규염객은 아마도 천하쟁패의 야망을 품고 힘을 길러가던 일방—方의 호걸이었을 것이다. 그러나 천명天命이 그에게 없음을 알자 선선히 그 야망을 버린다. 뿐만 아니라 애써 쌓은 기반을 이정李靖에게 물려주어 잠재적인 경쟁자였던 당 태종을 돕게 한다.

현대인에게 관상이나 천명은 자칫 미신과 동의어로 들릴 테지만 그것이 확고한 믿음의 대상이었던 시절도 있었다. 그러나 그렇다 해도 규염객이 일생에 걸친 야망을 그렇게 선선히 양보하는 것은 동양적인 남아의 의기가 아니고서는 설명하기 어렵다. 뻔히 안 되는 줄 알면서도 실낱 같은 가능성에 아등바등 매달리는 이 시대의 좀된 정치가들에 견주면 얼마나 시원스러운가.

그 밖에 이「규염객전」과 아울러 살펴보고 싶은 것은 우리『홍길동전』의 결말과 연관된 논의이다. 일반적으로 홍길동이 율도국栗島國에서 이상의 나라를 여는 것은 그 원형을『수호지』에서 찾는다. 그러나 살아남은『수호지』의 영웅들이 섬라국暹羅國에서 이상의 나라를 여는 것은 명대明代의『수호지』에는 없고 청대淸代에 쓰여진『후수호後水滸』에나 보여 광해조 시절의 허균이 모방하기에는 연대가 맞지 않는다. 아마도 규염객이 남만에 세웠다는 부여국夫餘國이 원형이 되었을 것이다.

두광정杜光庭(850~933)은 당말唐末 5대代의 저명한 도사道士로 문학에도 조예가 깊었다. 저서로는 도교 의례道敎儀禮를 집대성한 책『도문과범道門科範』등이 있다.

왕이 되고 싶었던 사나이

The Man Who Would be King

러디어드 키플링 지음

강자모 옮김

러디어드 키플링

영국의 소설가이자 시인. 1865~1936년. 가장 유명한 영국 작가 중 한 명으로, 시와 산문 모두에서 인정을 받아 1907년 영어권 작가로는 처음이자 최연소(41세)로 노벨 문학상을 수상했다. 헨리 제임스는 "키플링은 개인적으로 내가 알아온 사람들 중에서 가장 완벽한 천재의 모습으로 다가온다"고 평가했다. 키플링은 인도 봄베이(현재 뭄바이)에서 미술관 관장이던 아버지와 삽화가였던 어머니 사이에 태어났다. 그의 이모부는 19세기의 유명 화가 에드워드 번 존스였고, 그의 사촌 스탠리 볼드윈은 훗날 영국 수상을 지냈다. 6세 때 가족과 함께 영국으로 돌아간 키플링은 영국 노스데본의 유나이티드서비스 대학교에서 공부했다. 1882년 인도로 돌아온 그는 1889년까지 라호르의 『시빌 앤 밀리터리 가제트』 편집원을 지냈다. 1892년 결혼 후 미국으로 건너가 『정글북』을 비롯한 대표작을 발표하며 큰 명성을 얻었다.

키플링은 인도의 영국 군인을 소재로 한 시와 이야기, 그리고 어린이 소설로 유명하다. 『정글북』 외에도 『저스트 소 스토리스』, 『킴』, 「왕이 되고 싶었던 사나이」 등 많은 소설과 「만달레이」, 「건가 딘」 등의 시를 발표했다. 또 『부문별 노래』, 단편소설집 『산중야화』 등을 비롯한 많은 단편소설을 발표했다. 시인으로는 인도의 군대 생활을 그린 「병영의 노래」, 「7대양」 등을 통해 애국시인으로 추앙받기도 했다. 하지만 한편으로는 인도를 미개하고 나태하며 꿍꿍이가 가득한 곳으로 묘사하는 등 영국 제국주의를 미화하는 표현으로 논란이 되기도 했다.

'사람은 그 진가에 따라 왕의 형제나 거지의 친구가 될 수 있다.'

위에 인용한 법칙은 일견 타당하게 보이지만 이것이 항상 지켜지는지는 의문이다. 나는 지금까지 몇 번 거지와 친구로 지낸 적이 있으나 과연 그것이 서로의 진정한 모습이었는지 판단하기는 어려웠다. 일전에 나는 진짜 왕이 될 뻔한 사람과 친척처럼 가까운 관계를 유지하며, 그로부터 군대와 법정, 세금제도와 정책기관 등 모든 것을 갖춘 하나의 왕국을 양도받기로 했었지만 아직 왕의 형제가 된 적은 없다. 그러나 대단히 유감스럽게도 이제 나의 왕은 죽었기 때문에 만일 내가 왕관을 원한다면 스스로 그것을 쟁취해야만 한다.

모든 일은 엠하우에서 아지미르로 가는 기차에서 시작되었다. 오랜 적자로 인해 나는 일등칸의 반값밖에 안 되는 이등칸도 탈 수 없는 처지라 하는 수 없이 중급의 객차를 탔는데 그곳은 정말 끔찍했다. 내가 탄 객차에는 등받이도 없었고, 오랜 야간 여행에 지쳐 성미가 고약해진 유라시아 사람들이나 원주민 아니면 술에 잔뜩 취한 놈팡이들이 득실거릴 뿐이었다. 중간 등급의 객차에는 식당이 따로 없었다. 그들은 보따리나 냄비 등에 음식을 넣어와 먹거나 원주민들로부터 설탕과자를 사먹고 길가에서 물을 마셨다. 이 때문에 더운 날이면 중급 객차의 승객들은 객차로부터 초주검이 된 채 끌려나오는 경우가 흔했고 항상 다른 사람들의 극심한 경멸의 대상이 되곤 했다.

내가 탄 객차는 내시라바드에서 올라탄, 몸이 건장한 와이셔츠 차림의 한 남자를 빼고는 텅 비어 있었다. 그는 이 객차의 이용객들이 늘 그러했듯이 특별히 하는 일 없이 빈둥빈둥 시간을 보냈다. 그는 위스키에 대한 일가견이 있다는 점을 제외하고는 나와 다를 바 없는 방랑자였다. 그는 그가 경험했거나 본 것, 그가 알고 있는 제국의 낯선 지방, 또 며칠간의 음식을 얻기 위해 생명의 위험을 감수하면서까지 벌였던 모험 등에 관하여 이야기했다. 그는 이렇게 말했다. "당신이나 나나 아는 것이라곤 단지 내일의 양식을 얻을 수 있는 장소뿐인 까마귀들과 다를 바 없는 것 같은데, 만일 인도가 우리 같은 사람들로 가득하다면 이 땅에서 거두어들일 수 있는 세금이 칠천만이 아니라 칠억은 족히 되었을 겁니다." 그의 입과 턱을 바라보며 이야기를 듣던 나는 그의 주장에 왠지 동의하고 싶은 마음이 들었다. 우리는 정치, 예를 들어 거친 바다에 누워 밑으로부터 세상을 바라보는 게으름뱅이 나라의 정치 등에 관해 이야기하였다. 또 나의 친구가 다음 역에서 봄베이(뭄바이의 옛 이름 - 옮긴이)와 엠하우로 가는 철도의 교차 지점인 아지미르로 전보를 쳐야 한다고 말해 우리는 전신제도에 관해서도 이야기를 나누었다. 내 친구가 가진 돈이라곤 저녁을 먹기 위해 남겨둔 8아나가 전부였고, 나는 앞서 말한 적자 예산 때문에 한 푼도 지니고 있지 않았다. 더군다나 내가 가고 있는 곳은 사막으로, 재무부서와 연락을 취할 수 있는 전신국조차 없었다. 따라서 나는 어떤 방식으로도 그를 도와줄 형편이 못 되었다.

"역장을 위협해서 외상으로 전보를 치게 하면 어떨까요?"라고 그가 말했다. "그러나 그렇게 되면 당신과 나에 대해 꼬치꼬치 캐물을 텐데, 난 요즘 너무 바쁘단 말씀이야. 당신 며칠 후에 다시 이 기차로 돌아간다고 했죠?"

"열흘 안에는 돌아갈 겁니다." 나는 말했다.

"여드레 후에 돌아갈 수는 없습니까?" 그가 말했다. "이 일이 좀 급한 일이란 말이에요."

"괜찮으시다면 제가 열흘 안에 전보를 쳐드릴 수는 있어요." 내가 말했다.

"지금 생각하니 전보를 쳐서 그 친구를 오게 할 수는 없을 것 같은데. 가만 있자, 그가 23일 델리를 떠나 봄베이를 향할 거란 말이야. 그러면 23일 밤쯤 아지미르를 통과하겠지……."

"그렇지만 나는 지금 인도 사막을 향해 가고 있는데요."

"물론 그렇겠지요." 그가 말했다. "조드포어 지방으로 가려면 마와르 역에서 기차를 갈아타야만 될 텐데—그 외에는 방법이 없어요—그런데 그가 봄베이 우편열차를 타고 24일 이른 아침에 마와르 역을 통과할 거란 말이요. 바로 그 시간에 당신이 그 역에 좀 가줄 수 없겠습니까? 아무리 『변방의 주민』지의 특파원인 척해도 어차피 인도 중부 지방에서 주워 모을 수 있는 귀중한 정보는 별로 없을 테니, 뭐 그렇게 시간 낭비라고만 생각할 필요는 없을 겁니다."

"그런 속임수를 많이 써본 적 없는 것 같은데요?"

"많이 써먹어보았지요. 그런데 만일 주민들에게 들키기라도 하면 당신이 그들을 칼로 찌르기 전에 경계 밖으로 쫓겨나고 말 겁니다. 어쨌든 내 친구에 대한 얘기를 계속하지요. 그 친구에게 내 소식을 꼭 전해주어야 해요. 그렇지 않으면 그 친구는 어디로 가야 할지 모르고 방황하게 될 테니까 말입니다. 제발 부탁이니 잠시 짬을 내 아까 말한 그 시간에 마와르 역으로 가서 내 친구에게 '그는 일주일 예정으로 남쪽으로 갔다'고 좀 전해주시오. 그러면 아마 알아들을 겁니다. 그 친구는 붉은 수염의 체구가 큰 아주 멋쟁이예요. 그는 아마 이등 객차에서 짐을 옆에 놓은 채 마치 신사처럼 잠을 자고 있을 겁니다. 그러나 두려워하지는 마세요. 창문 곁으로 살짝 다가가서 '그는 일주일 예정으로 남부로 갔어요'라고 말해주기만 하면 됩니다. 그러면 알아들을 거예요. 당신의 일정에서 한 이틀만 나를 위해 써주면 되는 일입니다. 서부로 가는 낯선 이의 부탁이지만 좀 들어주십시오." 그는 서부를 유난히 강조하며 말했다.

"실례지만 당신은 어디서 오는 길인데요?"

"동부에서 오는 길이지요. 부디 그 친구에게 나의 메시지를 좀 잘 전해주시오. 내 어머니나 당신 어머니를 봐서라도 말입니다." 그는 말했다.

영국 사람들은 그들의 어머니를 내세우며 하는 부탁에도 웬만해서는 영향을 받지 않는 것이 보통이지만, 그때 나는 어떤 이유에서인지—나중에 명확해지겠지만—그의 부탁을 들어주어야겠다는 생각이 들었다.

"그건 내게 아주 중요한 일이오. 바로 그렇기 때문에 당신에게 부탁하는 겁니다. 당신이 믿을 만한 사람이라는 것을 나는 느낄 수 있어요. 마와르 역, 이등 객차, 거기서 자고 있을 빨간 수염의 남자. 아마 이렇게 하면 확실히 기억할 수 있을 거예요. 나는 다음 정거장에서 내려 그 친구가 그리로 오거나 직접 오지는 않더라도 내가 원하는 것을 보내줄 때까지 기다릴 겁니다."

"그 사람을 만나기만 한다면 당신의 메시지를 꼭 전해드리죠. 이번엔 내가 당신의 어머니와 나의 어머니를 위해 충고 하나 드릴까요? 『변방의 주민』 특파원 행세를 하며 인도 중부 지방을 돌아다니지는 마십시오. 특히 요즘은 말입니다. 진짜 특파원이 있는데 그러다가 큰일 나죠."

"고맙습니다." 그는 짧게 말했다. "그놈의 자식은 도대체 언제 사라져버릴 것 같소? 그놈이 단지 내 일을 망친다는 이유만으로 내가 이대로 굶어 죽을 수는 없어요. 이쯤에서 자신의 아버지의 후처를 살해한 데굼버 라자라는 놈을 잡아 혼쭐을 내주어야 하는데……."

"그 사람이 도대체 그 여자에게 무슨 짓을 했는데요?"

"고추를 잔뜩 먹인 후 대들보에 매달아 놓고 슬리퍼로 때려 결국 숨지게 했지요. 그 사실을 알고 배짱 좋게도 그곳으로 찾아가 입막음 조로 돈을 요구할 사람은 아마 나밖에 없을 겁니다. 내가 금품을 뜯어내기 위해 코르툼나로 갔을 때 사람들이 그랬던 것처럼 그들도 아마 나를 독살시키려고 덤빌지 몰라요. 어쨌든 당신은 마와르로 가서 나의 메시지나 꼭 전해주시오."

그가 어느 조그만 역에서 내린 후 나는 곰곰이 생각해보았다. 나는 사람들이 신문사 특파원을 사칭해 토후국을 찾아가 실정을 폭로하겠다고 위협하며 돈을 뜯어낸다는 소리는 여러 번 들은 적이 있으나 실제로 그런 사람을 만난 적은 한 번도 없었다. 그런 부류의 사람들은 어렵게 생활하다 갑자기 죽어 사라져버리는 것이 보통이었기 때문이다. 토후국은 그들만의 특별한 자치 방법을 세상에 알리려고 하는 영국 신문에 대하여 일종의 공포심을 가지고 있었기 때문에 일단 특파원이 들어오면 샴페인을 먹이거나 네 필의 말이 끄는 사 인승 마차로 정신을 못 차리게 하곤 했다. 그들은 억압과 범죄가 적당히 행해지고 통치자가 일 년 내내 약물이나 술에 취해 있거나 병에 걸려 있지 않는 한, 아무도 그들의 내정에는 관심이 없다는 사실을 모르고 있었다. 토후국들은 진기한 풍경과 호랑이, 그리고 황당한 이야기의 보고로서 신의 섭리로 창조된 곳이었다. 상상할 수 없을 정도의 잔인함으로 가득 찬 암흑의 땅인 그곳은 한쪽에는 철도와 전신주가 있었으나 또 다른 한쪽에는 하룬 알 라시드(재위 786~809. 아바스 왕조 제5대 칼리프로 『천일야화』의 등장 인물로도 유명하다 – 옮긴이)의 시대가 펼쳐져 있었다. 기차에서 내린 후 팔 일에 걸쳐 여러 왕들과 거래를 하면서 나의 생활은 많이 바뀌었다. 때때로 나는 정장을 하고 왕자나 정치가들과 만나 크리스털 잔으로 술을 마시고 은그릇에 담긴 음식을 먹으면서 교제하였다. 어떤 경우에는 하루 종일 바닥에 아무렇게나 드러누워 달콤한 비스킷을 비롯해 손에 닿는 음식과 과자를 닥치는 대로 먹고 마시며 내 하인과 같은 이불을 덮고 잠을 자기도 했다.

얼마 후 나는 약속한 대로 대인도 사막으로 향했다. 야간 우편열차는 나를 마와르 역에 내려주었는데 그곳에는 원주민들이 운영하는 조그맣고 우스꽝스럽게 생긴 조드포어행 열차가 한가롭게 서 있었다. 델리발 봄베이행 우편열차는 마와르 역에서 잠시만 정차했다. 내가 역에 도착했을 때 마침 그 열차도 도착했기 때문에 나는 서둘러 그 열차가 서 있는 플랫폼으로 가서 객차들을 훑어보았다. 열차에는 오직 한 량의 이등 객차가 붙어 있었다. 창문 곁으로 재빨리 다가간 나는 객차에서 제공하는 담요를 반쯤 덮고 비스듬히 앉아 곤하게 잠자고 있는 불꽃처럼 붉은 수염의 남자를 발견했다. 내가 찾던 바로 그 사람이었다. 내가 그의 옆구리를 가볍게 툭 치자 그는 투덜거리며 잠에서 깼다. 램프 빛을 받아서인지 그의 얼굴은 빛을 발하고 있었다.

"표 검사를 또 하나요?" 그가 말했다.

"아닙니다. 저는 단지 어떤 남자의 부탁을 받고 당신에게 말씀을 전해드리려고 왔을 뿐입니다. 그는 일주일 예정으로 남부로 갔어요!" 나는 말했다.

열차가 움직이기 시작했다. 붉은 수염의 남자는 눈을 비볐다. '그가 일주일 예정으로 남부로 갔다'는 말을 되뇌면서 그 사람은 이렇게 말했다. "정말 대담하군. 혹시 내가 뭘 줄 것이라고 말하지 않습디까? 물론 줄 것은 없지만요."

"아니요, 그런 말을 한 적 없는데요." 잠시 후 열차에서 내린 나는 열차의 붉은빛이 어둠 속으로 사라져가는 것을 지켜보았다. 모래를 날리며 불어오는 바람 때문인지 날씨가 매우 추웠다. 내 기차―이번에는 중급 객차가 아니었다―로 올라온 나는 잠을 청했다.

만일 그 붉은 수염의 남자가 내게 1루피라도 주었다면 나는 이 괴상한 사건을 기억하기 위해서라도 그것을 받아 챙겼을 것이다. 그러나 내 할 일을 했다는 만족감이 내가 받은 유일한 보상이었다.

얼마 후 나는 내가 알게 된 두 명의 신사 같은 사람들이 작당하여 신문사 특파원으로 가장한 채 빈곤에 허덕이는 조그만 인도 중부 지방과 남부 라지푸타나 지방의 고혈을 빨아먹으려다가는 오히려 큰 화를 입을 수밖에 없을 것이라고 생각했다. 그러므로 나는 기억을 더듬어 그들을 추방하는 데 관심이 있을 만한 사람들에게 그들의 인상착의를 가능한 한 정확하게 일러주었다. 나의 이러한 노력은 결실을 맺었다. 후에 나는 그들을 데굼버 경계 밖으로 쫓아내는 데 성공했다는 말을 들었다.

이런 일이 있은 후, 나는 왕도 없고 일이라고는 그저 매일 신문을 만드는 것밖에 없는 사무실로 돌아와 착실하게 일했다. 신문사 사무실에는 온갖 종류의 사람들이 찾아와 각종 요구를 하기 때문에 편집 원칙을 지키는 것이 여간 어려운 것이 아니었다. 인도 여성전도회 소속 여인들은 편집자에게 모든 일을 중단하고 산간벽지에 위치해 접근하기조차 어려운 가난한 마을에 기독교인들이 상품을 나누어준 일을 기사화하라고 요구하고, 지휘할 때가 지난 늙은 군인들은 의자에 앉아 연공과 진급에 관한 열 편, 열두 편 혹은 스무 편으로 구성된 연재 기사의 개요를 적기도 한다. 선교사들은 도대체 왜 그들만 정기적으로 비난의 대상이 되는 신세를 면치 못하는지 그 이유에 대해 알고 싶어 하면서 필자의 특별한 보호를 받는 다른 선교사들에게 욕을 퍼부어대고, 떠돌이 연극단이 몰려와 광고비를 지금 당장 낼 수는 없지만 뉴질랜드나 타히티에서 돌아오는 대로 이자를 쳐서 꼭 갚겠다고 억지를 부리기도 한다.

또 천장에 매다는 큰 부채를 움직이는 특허 기계, 객차 연결 장치, 부러지지 않는 칼이나 수레의 차축을 개발한 발명가들은 설계 명세서를 가지고 와서 몇 시간씩 그들 마음대로 머문다. 차茶 회사 관계자들이 찾아와 사무실 펜을 사용해 그들 회사의 청사진에 대하여 자세하게 설명한다. 무도회 위원회에 관련된 사람들은 그들이 마지막으로 개최한 무도회에 대하여 좀 더 자세하게 기사를 작성해줄 것을 요구한다. 낯선 여인들이 치마를 살랑살랑 흔들며 들어와 편집자의 의무사항이라고 주장하며 부인용 명함 백 장을 즉시 인쇄하여 내놓으라고 떠들기도 한다. 또 길거리를 배회하는 오갈 데 없는 놈팡이들이 찾아와 교정담당자로 취직시켜달라고 억지를 쓴다. 이외에도 전화벨은 항상 미친 듯이 울리고 유럽에서는 국왕이 살해되고 있으며 제국들은 서로를 비난하고 그라스톤 씨는 영국 자치령에 대해 욕설을 퍼붓는가 하면, 원고를 수거하는 꼬마 흑인 아이는 마치 지친 벌처럼 애처롭게 "카피 체이하이(원고를 주세요)"라고 웅얼거리며 다닌다. 그러나 신문의 대부분은 모드레드(옛 전설에 나오는 아더 왕의 조카로서 원탁의 기사 중 한 사람. 그의 방패에는 아무런 문장紋章이 없었다고 한다 – 옮긴이)의 방패처럼 아무것도 쓰여 있지 않은 채 텅 비어 있기 십상이다.

그래도 이러한 시절은 일 년 중 재미있는 기간이라고 할 수 있다. 나머지 여섯 달 동안은 누구 하나 찾아오는 사람도 없고, 수은주는 조금씩 올라가 눈금 꼭대기까지 치솟으며, 차양이 쳐진 사무실은 겨우 글자를 읽을 수 있을 정도로 어둡게 변해버리는가 하면, 인쇄기는 손을 댈 수 없을 정도로 뜨겁게 달구어진다. 이런 상황에서는 누구도 지방 관리들의 거주 지구에서 일어나는 재미있는 일이나 사망 기사 외에는 글을 쓰려고 하지 않는다. 이런 때에 울리는 전화벨 소리는 공포의 대상이 된다. 왜냐하면 그런 전화는 대개 당신이 잘 아는 어떤 사람이 죽었다는 소식을 전하는 것이기 때문이다. 전화를 받으면 당신은 찌는 듯한 더위를 옷처럼 걸쳐 입고 앉아 이렇게 쓴다. "쿠다 잔타 칸 지역으로부터 온 소식에 의하면 질병이 약간 확산되고 있다고 한다. 그러나 이번 질병의 확산은 산발적인 것으로 현재는 지역 당국의 적극적인 노력 덕분에 진정되고 있다. 그러나 유감스럽게도 이번에 희생된 사람도 적지 않다. 그분들의 죽음을 애도하며……."

공교롭게도 이런 보도가 나간 다음에 정말로 병이 창궐하는 경우가 있는데, 이때는 독자들의 동요를 막기 위해 가능한 한 보도를 자제하는 것이 바람직하다. 그러나 열강의 왕들은 여느 때처럼 향락에 빠져 있고, 십장들은 하루에 한 번씩은 신문이 꼭 나와야 한다고 생각하며, 지방 관리들의 거주 지구에 사는 사람들은 흥에 겨워 놀면서 "그것참, 왜 좀 더 재미있는 신문이 나올 수 없는 것일까? 여기만 보더라도 정말 많은 사건이 터지고 있는데 말이야"라고 말한다.

어두운 이 시기는 어떤 광고 문안의 내용대로 경험해보지 않고서는 그 진면목을 알 수 없다.

바로 이 악몽과 같은 시기에도 그 주의 마지막 신문은 런던 신문사의 관습대로 토요일 밤, 정확하게 말해서 일요일 새벽녘에 인쇄되기 시작하는데, 이것은 매우 다행스러운 일이었다. 왜냐하면 조판한 것을 인쇄기에 얹을 때쯤이면 새벽의 찬 기운 덕분에 약 삼십 분 동안 기온이 섭씨 35도에서 28도로 떨어지게 되고 이렇게 선선해진 틈을 타 지칠 대로 지친 직원들은 다시 더위에 깰 때까지 곤하게 잘 수 있기 때문이었다. 아마 일반 사람들은 더위가 식기를 애타게 기다리는 사람에게 섭씨 28도가 얼마나 쾌적한 기온인지 상상도 할 수 없을 것이다.

어느 토요일 밤, 일할 차례가 된 나는 즐거운 마음으로 조판지를 인쇄기에 얹었다. 오늘 밤에도 지구 반대편의 세계에서는 왕이나 신하, 고급 창녀 혹은 시민들이 죽을 것이고 새로운 헌법이 제정되거나 뭔가 중요한 일이 벌어질 것이다. 이러한 소식을 담은 전보를 게재하기 때문에 가능한 한 시간을 끌다가 마지막 순간에 이르러 신문을 인쇄하는 것이 보통이다. 칠흑같이 어둡고 숨 막히는 6월의 밤이었는데 곧이어 비가 올 것이라는 사실을 예고라도 하는 듯이 '루'라고 불리는 뜨거운 바람이 서쪽으로부터 불어와 윙윙거리며 마른 장작 같은 나무들 사이를 헤집고 다녔다. 이따금 거의 끓는 듯한 물방울이, 마치 개구리가 툭 하고 떨어지듯 땅에 큰 소리를 내며 떨어져 자국을 냈지만, 더위에 지친 사람들은 그것이 비가 내릴 것 같은 전조에 불과하다는 것을 알고 있었다. 나는 사무실보다는 인쇄실이 더 시원할 것 같아 그곳으로 가 의자에 앉아 있었다. 창문 밖에는 쏙독새가 울고 한쪽에서는 거의 벌거벗은 조판공들이 철커덕거리며 활자를 뽑다가 이마의 땀을 닦으며 물을 달라고 소리쳤다. 뜨거운 서풍도 그치고 조판 작업이 끝날 때까지도 무엇인지는 모르지만 우리가 기다렸던 사건은 일어나지 않았고, 사방은 질식할 것 같은 더위 속에 고요하기만 하였다. 나는 졸면서, 이 판국에 전보가 온다면 그것이 과연 축복이 될 수 있을 것인가, 또 죽음을 앞둔 사람이나 고통과 싸우는 사람들이 자신들이 시간을 끄는 것이 다른 사람들에게 얼마나 큰 불편을 주는지 생각이나 하고 있을까, 하는 의구심이 들었다. 더위와 걱정으로 인한 긴장감 때문이었는지 시곗바늘이 세 시를 가리킬 때쯤 인쇄 개시 허가에 앞서 기계 상태의 최종 점검을 위해 인쇄기의 플라이휠이 두세 번 돌아갔을 때, 나는 소리를 지르고 싶은 충동을 느꼈다.

이윽고 윤전기가 정적을 가르며 시끄럽게 돌아가기 시작했다. 일어나서 막 나가려고 하는데 흰옷을 입은 남자 두 명이 들어와 나를 가로막았다. 첫 번째 남자가 "바로 그 사람이야"라고 말하자 두 번째 남자도 "정말 그렇군" 하고 맞받아쳤다. 곧이어 두 사람은 마치 기계의 굉음 같은 소리로 크게 웃으며 이마의 땀을 닦았다. "저쪽에 있는 도랑이 시원하기에 그곳에서 잠을 청하다가 길 건너편 사무실에 불이 켜져 있는 것을 보았소. 그래서 나는 여기 있는 이 친구에게 '사무실이 열려 있는 것 같은데, 가서 우리를 데굼버 주에서 쫓아낸 그 사람과 이야기나 해보는 것이 어때?'라고 말했죠." 둘 중 키가 작은 사람이 말했다. 그 사람은 내가 엠하우 역에서 만났던 사람이고 그의 친구라는 사람은 마와르 역에서 만난 붉은 수염의 남자였다. 특이하게 생긴 눈썹과 붉은 수염으로 보아 그 사람이 틀림없었다.

졸음이 쏟아지는 판국에 건달들과 얘기를 나누어야 한다는 사실 때문에 나는 무척 화가 났다. 나는 "무슨 일 때문에 오셨습니까?" 하고 물었다.

"한 삼십 분 정도 사무실에서 당신과 조용하게 얘기 좀 할 수 없겠소?" 붉은 수염의 남자가 말했다. "뭘 좀 마실 것은 없소? 아직 우리 계약이 정식으로 발효된 것도 아니니까 그렇게 긴장할 필요는 없어, 피치. 사실 우리가 정말로 원하는 것은 당신의 충고요. 돈 같은 것은 바라지 않아요. 데굼버 주에서 우리에게 몹쓸 짓을 한 대가로 우리 부탁을 하나 들어주셔야겠는데……."

나는 그들을 벽에 지도가 걸려 있는 찌는 듯이 더운 사무실로 안내했다. 붉은 수염의 남자는 손을 비벼대며 "거참, 대단하군요"라고 말했다. "드디어 우리가 만나야 할 사람을 만난 것 같아. 자, 이제 소개를 해드리지. 이쪽은 내 동료 피치 카르네핸이고, 나는 그의 친구 다니엘 드라보트라고 합니다. 우리 직업에 대해서는 말하지 않는 것이 더 나을 것 같소. 안 해 본 일이 별로 없거든. 군인, 선원, 조판공, 사진사, 교정사, 거리의 선교사 그리고 그 신문사에게 기자를 필요로 하는 것 같아 『변방의 주민』지의 특파원 노릇까지 했으니 말이오. 카르네핸이나 난 술을 입에도 대지 않았소. 내 말을 가로막기 전에 우리 얼굴을 잘 보시오. 그러면 알 거요. 담배 좀 얻어 피워도 되겠소? 불도 좀 주시고."

나는 그들을 자세히 살펴보았는데 정말로 술에 취한 흔적이라고는 찾아볼 수 없었다. 그래서 나는 그들에게 미지근해진 하이볼을 한 잔씩 돌렸다.

"좋아, 할 수 없지." 특이한 눈썹을 한 카르네핸이 콧수염에 묻은 거품을 닦으면서 말했다. "자 댄, 이제 나도 말 좀 하자! 우리는 인도 전역을 거의 걸어서 누비고 다녔죠. 보일러 정비공, 기관사, 소규모 건축 청부업자 등 여러 가지 일을 하면서 말입니다. 그런데 얼마 후 우리 같은 사람에게는 인도가 너무 좁다는 사실을 깨달았죠."

비좁은 사무실에서 봐서 그런 것인지는 몰라도 그들은 정말 커 보였다. 두 사람은 커다란 테이블 위에 앉아 있었는데 사무실의 반은 드라보트의 수염으로, 나머지 반은 카르네핸의 어깨로 꽉 차버린 듯하였다. 카르네핸이 계속해서 말했다. "이 나라는 채 절반도 개발되지 않았어요. 나라를 다스리는 사람들이 아무도 만지지 못하게 하기 때문이지요. 그들은 나라를 통치하는 데에만 시간을 온통 써버리기 때문에 석재 채취나 석유 탐사는 물론 삽질조차 할 수 없도록 한답니다. 이런 일을 하려고 들면 정부 관리들은 늘 '우리가 할 테니 그냥 놔두시오'라고 말하지요. 상황이 이렇다 보니 우리로서도 포기할 수밖에 없어요. 그래서 우리는 사람이 북적대지 않고 정당한 지위와 명성을 얻을 수 있는 곳으로 가기로 했어요. 사실 우리는 그렇게 하찮은 사람들이 아니에요. 술을 제외하고는 우리가 무서워하는 것은 아무것도 없답니다. 술에 대해서도 단단히 약속을 했기 때문에 걱정할 필요가 없고요. 우리는 왕이 되기 위해서 떠날 겁니다."

"우린 우리 힘으로 왕이 될 거요." 드라보트가 중얼거렸다.

"물론이지요." 내가 말했다. "당신들 뙤약볕 아래서 하루 종일 걸어 피곤할 텐데 우선 오늘 밤은 주무시고 내일 다시 말씀하시는 것이 어떻겠습니까? 내일 오도록 하십시오."

"우리는 술에 취하지도 않았고 일사병에 걸리지도 않았소." 드라보트가 말했다. "우리는 지난 반년 동안 이러한 생각을 해오면서 여러 가지 책과 지도를 볼 필요가 있다고 느꼈어요. 우리는 우리 같은 강인한 사람들에게 어울리는 곳은 이 세상에 단 한 곳밖에 없다는 결론에 도달했지요. 카피리스탄이 바로 그곳이오. 내가 알기로 그곳은 아프가니스탄의 오른쪽 위에 있는데 페샤와르로부터 300마일 정도 떨어져 있어요. 그곳 사람들은 서른두 개의 우상을 숭배하고 있는데 우리가 가면 서른세 번째 우상이 될 거요. 그곳은 산악 지방인데, 거기 여인들이 매우 아름답다고 하더군요."

"그렇지만 다니엘, 여자와 술을 금한다는 우리의 계약을 벌써 잊었어?"

"지금까지 그곳에 간 사람은 한 명도 없었소. 또 그곳에서는 일단 싸움이 일어나면 사람을 잘 훈련시킬 줄 아는 사람이 왕이 된다고 합디다. 이 정도가 우리가 아는 전부예요. 우리는 그곳으로 가서 왕을 만나 '당신은 적을 물리치고 싶습니까?'라고 물은 뒤에 그에게 사람을 훈련시키는 방법을 보여줄 거요. 그 점에 있어서는 우리가 그 누구보다도 잘 알고 있지요. 그런 다음 왕을 폐위시키고 그 자리를 차지하여 우리들의 새로운 왕조를 세우는 겁니다."

"국경을 넘어 50마일도 채 가기 전에 당신들은 갈기갈기 찢기고 말 겁니다." 내가 말했다. "그곳으로 가려면 아프가니스탄을 지나야만 합니다. 그런데 그 지방은 온통 험한 산과 얼음으로 뒤덮여 있어 영국인으로서 그곳을 지난 사람은 아직 한 명도 없다고 들었어요. 게다가 그곳 사람들은 매우 사납기 때문에 설령 도착한다고 하더라도 당신들은 아무것도 성취할 수 없을 겁니다."

"그럴 수도 있겠죠." 카르네핸이 말했다. "우리를 미친 사람 취급해도 좋습니다. 우리가 여기 온 이유는 그 지방에 대해서 알고 싶어서죠. 그곳에 관한 책도 읽고 지도도 보면서 말입니다. 우리를 바보라고 생각해도 좋으니 당신이 가지고 있는 책을 좀 보여주시오." 이렇게 말하며 그는 책장을 둘러보았다.

"당신들 진심으로 하는 말입니까?"

"네, 그래요." 드라보트가 상냥하게 말했다. "카피리스탄이 표시되어 있지 않아도 좋으니 당신이 가지고 있는 지도 중에서 가장 큰 지도와 책을 좀 보게 해주시오. 공부를 많이 하지는 않았지만 그래도 읽을 줄은 아니까 말이오."

내가 32만 분의 1로 축소한 커다란 인도 지도와 그보다 좀 작은 변경 지도, 그리고 카피리스탄이 실려 있을 브리태니커 사전 한 권을 꺼내주자 그 두 사람은 열심히 들여다보았다.

"여기 좀 보시오!" 엄지손가락으로 지도를 가리키며 드라보트가 외쳤다. "자그달락까지 가는 길은 나와 피치가 알고 있소. 우리는 로버츠의 군대와 함께 그곳까지 간 적이 있었지요. 자그달락에서 오른쪽으로 돌아 라그만 지역을 통과해야만 합니다. 그 후부터는 높이가 1만 4,000이나 1만 5,000피트는 족히 될 산악 지방이라 매우 추울 겁니다. 어쨌든 지도상으로 보면 그다지 멀지는 않은 것 같군요."

나는 『옥서스의 수원水原』이라는 우드의 책을 그에게 건네주었다. 카르네핸은 백과사전에 온통 정신이 팔려 있었다.

"정말 여러 종족이 섞여 사는군." 드라보트는 뭔가 생각하는 듯 혼잣말로 말했다. "이들 종족의 이름을 알 필요는 없겠지. 여러 종족이 살면 살수록 싸움은 더 일어날 테고, 그렇게

302

되면 우리에게는 훨씬 유리할 거야. 자그달락에서 아샹까지라, 음…….”

“그러나 그 지방에 관한 모든 정보는 너무 개략적이고 부정확한 것이에요.” 나는 그에게 분명한 어조로 말했다. “그곳에 관해서 정말로 아는 사람은 아무도 없어요. 여기 합동 서비스 사의 서류를 좀 보세요. 벨루가 뭐라고 말하고 있는지 한번 보시죠.”

“그런 놈이 무슨 상관이에요?” 카르네핸이 말했다. “댄, 그들은 모두 이교도들이잖아? 그런데 여기 이 책에 의하면 그들은 스스로 우리 영국인들과 혈연관계에 있다고 생각하고 있어.”

나는 그 두 사람이 래버티와 우드의 책, 지도 그리고 백과사전을 들여다보며 지껄여대는 동안 담배를 피웠다.

“여기 앉아 계시지 않아도 돼요.” 드라보트가 공손하게 말했다. “벌써 네 시가 다 돼갑니다. 우리는 여섯 시쯤 떠날 테니까 주무시고 싶으시면 가서 주무세요. 종이 한 장도 훔쳐가지 않을 테니 말입니다. 우리를 남에게 해도 끼치지 못하는 정신병자 정도로 생각하시고 내일 저녁 때쯤 여관으로 오셔서 우리와 작별 인사나 나눕시다.”

“정말 정신 나간 사람들이군요.” 나는 말했다. “당신들은 국경을 넘기도 전에 잡혀 추방되거나 설사 아프가니스탄에 무사히 들어간다 하더라도 그 순간 난도질을 당하고 말 겁니다. 당신들 혹시 돈이나 추천장 같은 걸 원하시오? 혹시 일할 자리가 있는지 다음 주쯤에 알아봐줄 수도 있어요."

"다음 주면 우리는 정신없이 일에 열중하고 있을 거요. 어쨌든 고맙소."

드라보트가 말했다. "왕이 되는 것은 생각처럼 그렇게 쉬운 일이 아닙니다. 우리가 왕조를 세워 어느 정도 안정이 되면 그때 당신이 와서 통치하는 것을 좀 도와주시오."

"우리 두 미치광이가 어떤 계약을 맺었는지 좀 보시겠습니까?" 카르네핸은 억지로 겸손한 태도를 지어 보이며 기름때가 묻은 반으로 접힌 종잇조각을 내게 보여주었는데 거기에는 다음과 같은 글이 적혀 있었다. 나는 호기심이 발동하여 즉석에서 그것을 베껴 썼다.

하느님의 이름으로 당신과 나 사이에 다음과 같은 계약을 체결한다.

(하나) 우리는 이 과업, 즉 카피리스탄의 왕이 되는 과업을 공동으로 수행한다.

(둘) 이 과업을 수행하는 데 있어 지장을 초래할 수 있는 어떤 사건에도 휘말리지 않기 위해서 우리는 술을 절대 입에 대지 않고 흑인, 백인, 갈색인을 포함한 어떠한 여자와도 절대 관계를 갖지 않는다.

(셋) 우리는 위엄을 갖추고 신중하게 행동할 것이고 만일 우리 둘 중 한 사람이 곤경에 빠질 경우, 다른 한 사람은 그의 옆에 머물

며 도움을 아끼지 않는다.

피치 탈리아페로 카르네핸
다니엘 드라보트
두 신사가 여기에 서명하다.

"신사란 말을 구태여 쓸 필요는 없었는데." 카르네핸은 약
간 얼굴을 붉히며 말했다. "그러나 대체로 잘된 것 같아. 자 이
제 당신은 우리가 어떤 종류의 놈팡이들인지 알았겠죠? 댄,
그래 우리는 놈팡이들이야, 적어도 인도를 벗어나기 전까지
는 말이야. 우리가 진지하지 않았다면 이런 계약까지 맺겠습
니까? 더구나 우리는 삶의 의미를 더해주는 중요한 두 가지를
포기하기까지 했어요."

"만일 당신들이 이 터무니없는 모험을 감행한다면 삶의 의
미고 뭐고 금방 죽게 될 겁니다. 어쨌든 사무실에서는 불조심
이나 하시고, 부디 부탁이니 아홉 시가 되기 전까지 이곳을 떠
나주시오."

나는 지도를 들여다보며 그들이 말하는 소위 계약서 뒷면
에 무언가를 열심히 적고 있는 두 사람을 뒤로하고 사무실을
나왔다. 그들은 내일 여관에 오는 것을 잊지 말라는 말로 작별
인사를 대신했다.

쿨하르슨 여관은 거대한 인간 집합소인데, 북쪽으로부터

말과 낙타에 짐을 싣고 내려와 짐을 부리거나 싣는 상인들로 항상 북적댔다. 그곳에서는 인도 본토인의 대부분과 중앙아시아의 모든 나라 사람들을 만날 수 있다. 발흐나 보하라 사람들이 벵골이나 봄베이 사람들과 만나 서로 거래하며 정보를 교환한다. 그곳에 가면 망아지, 터키옥, 페르시아산 고양이, 안장에 달 수 있도록 만든 주머니, 털이 거친 식용 양 등을 사거나 사향을 비롯해서 여러 가지 진귀한 물건들을 공짜로 얻을 수도 있다. 오후에 나는 나의 친구들이 과연 자신들이 공언한 바를 행동으로 옮길 것인지, 아니면 술에 취해 쓰러져 있을 것인지 궁금해서 그곳으로 가보았다.

누더기를 걸친 승려 한 사람이 심각한 모습으로 아이들이나 가지고 놀았음 직한 종이 바람개비를 빙빙 돌리며 내게로 슬그머니 다가왔다. 그의 뒤에는 하인이 진흙으로 만든 장난감이 들어 있는 나무 상자를 무거운 듯 지고 서 있었다. 두 사람은 두 마리의 낙타에 짐을 싣는 중이었는데, 여관에 모여 있던 사람들은 그들을 바라보며 큰 소리로 웃고 있었다.

"미친 사람이에요." 말을 파는 상인이 내게 말했다. "그는 카불까지 가서 왕에게 장난감을 팔려고 한답니다. 표창을 받거나 참수형에 처해지거나 둘 중 하나겠죠. 아침부터 이곳에 와서는 줄곧 미친 짓만 하고 있답니다."

우즈베크 사람이 엉터리 힌디어로 더듬거리며 이렇게 말했다. "미친 자들은 하느님의 보호를 받을 것이다. 왜냐고? 그들은 미래를 예언하기 때문이지."

"우리 카라반이 어두운 산길을 지날 때 도적 떼들에 의해 습격을 당할지 어떨지 한번 예언해보라지" 하고 국경을 지나자마자 흉악한 강도들의 손에 물건을 몽땅 빼앗겨 상인들의 조롱거리가 된 적이 있었던 라지푸타나 무역상사 소속의 한 상인이 투덜거리며 말했다. "오, 스님이시여, 당신은 어디서 와서 어디로 가십니까?"

"나는 루마니아에서 왔다네." 바람개비를 흔들어대며 승려가 소리쳤다. "루마니아로부터 백 마리의 악마가 내쉬는 숨소리에 날려 바다를 건너왔지! 오, 도둑, 강도, 사기꾼이여, 칸의 축복이 돼지, 개 그리고 위증자들에게도 내릴지어다. 누가 과연 신의 가호를 받고 있는 나를 북쪽으로 데려가 왕에게 이 강력한 부적을 팔 수 있도록 해줄 것인가? 이것만 있으면 낙타도 다치지 않을 것이고 아들들도 아파 쓰러지는 일이 없을 것이며 부인들은 남편들이 집을 떠나 있을 때에도 정조를 지키게 될 것이다. 자, 그대들 중 누가 나를 카라반에 끼워줄 것인가? 내가 루스의 국왕을 은 굽이 달린 금제 슬리퍼로 쳐서 죽일 수 있도록 도와줄 사람은 없는가? 나를 도와주는 사람에게 칸의 가호가 있으리라." 그는 긴 윗옷 자락을 펴서 잡고는 매여 있는 말들 사이로 빙빙 돌았다. "이십 일 후에 페샤와르에서 카불까지 가는 카라반이 있어요." 라지푸타나 무역상사 소속의 한 상인이 말했다. "내 낙타들도 거기 끼어서 같이 갈 겁니다. 당신도 같이 가십시다. 우리들에게 행운도 주시면서 말입니다."

"나는 지금 당장 떠나겠소!" 승려가 소리쳤다. "나의 발 빠른 낙타를 타고 떠난다면 하루 안에 페샤와르에 도착할 것이오. 어이, 하자 미르 칸!" 그는 하인을 큰 소리로 불렀다. "자, 내가 이제 낙타를 탈 테니 어서 몰고 나가도록 해라!"

무릎을 꿇고 앉은 낙타 위에 뛰어오른 그는 고개를 돌려 나를 향해 외쳤다. "신사 양반, 잠시 동안만이라도 나와 동행하지 않겠소? 그러면 내가 그대에게 부적을 하나 팔겠소. 카피리스탄의 왕이 되도록 해주는 부적을 말이오."

그제야 비로소 나는 그들이 누구인지 알 수 있었다. 나는 두 마리의 낙타를 따라 여관 밖으로 나갔다. 탁 트인 길에 당도했을 때, 그 승려가 멈춰 섰다.

"어땠소?" 그가 영어로 말하였다. "카르네핸은 상인들의 은어를 잘 몰라요. 그래서 내 하인으로 만들었죠. 하인 역을 아주 멋지게 해내지 않았소? 이 나라를 십사 년 동안이나 떠돌아다녔던 것이 헛수고는 아니었던 것 같아요. 내 말솜씨, 근사했죠? 우리는 페샤와르에서 카라반과 합류하여 자그달락까지 갈 거요. 그런 다음에 우리 낙타를 당나귀와 바꿀 수 있는지 알아보고 카피리스탄으로 향할 겁니다. 왕에게 바람개비를! 낙타에 실린 주머니 밑으로 손을 집어넣어 무엇이 만져지는지 말해보시오."

손을 찔러 넣자 마티니 총의 개머리판이 수없이 만져졌다.

"스무 정이오." 드라보트가 차분하게 말했다. "바람개비와 진흙으로 만든 우상 밑에는 총 스무 정과 그에 상응하는 탄약이 들어 있지요."

"맙소사, 그런 것을 소지하고 있다가 들키면 어쩌려고 그래요!" 내가 말했다. "파탄(네팔 중부, 카트만두 남쪽에 있는 도시 – 옮긴이)인들 사이에서 마티니 총 한 자루의 값은 그 총의 무게에 해당하는 은 값과 같다는 것을 모르세요?"

"동냥으로 얻은 돈, 도둑질을 하거나 남에게 꾼 돈을 모두 합하니까 1,500루피 정도 되더군요. 우리는 이 돈을 몽땅 털어 낙타 두 마리를 샀어요." 드라보트가 말했다. "우리는 잡히지 않을 거예요. 우리는 정식 카라반과 함께 카이버 고개를 넘어갈 겁니다. 가난하고 미친 승려를 도대체 누가 건드리겠어요?"

"필요한 것은 모두 준비했나요?" 너무 놀란 나는 정신을 가다듬으며 간신히 물었다.

"아직은요. 그렇지만 곧 다 준비될 겁니다. 친구여, 당신의 호의를 기억할 수 있도록 우리에게 기념될 만한 것을 주지 않겠소? 당신은 어제는 물론이고, 그때 마와르에서도 나를 도와주었어요. 옛말에 이른 대로 나는 당신에게 내 왕국의 반을 줄 것이오." 나는 나의 시계줄에서 조그마한 장식용 나침반을 빼내 그 승려에게 주었다.

"안녕히 계시오." 드라보트는 조심스럽게 손을 내밀며 말했다. "앞으로 당분간 영국인과 악수할 수 있는 기회가 없을 것 같소. 카르네핸, 이분과 악수해." 뒤따라오던 낙타가 내 곁을 지나치려 할 때 그가 소리쳤다.

카르네핸은 몸을 숙여 나와 악수했다. 두 마리의 낙타가 먼지투성이의 길을 따라 사라져간 다음, 나는 홀로 남아 생각에 잠겼다. 나도 몰라볼 정도로 그들의 변장술은 완벽했다. 여관에서 그들이 보여준 행동은 그들이 원주민과 전혀 다를 바가 없다는 것을 증명하기에 충분한 것이었다. 따라서 카르네핸과 드라보트가 아무런 의심도 받지 않고 아프가니스탄을 통과할 수 있을 가능성은 한결 높아진 것이다. 그러나 그다음 단계에서 그들은 아마도 비참한 죽음을 피할 수 없을 것이다.

열흘 후 나의 원주민 친구가 페샤와르 소식을 전하는 편지를 보내왔는데, 그 편지 말미에 다음과 같이 적혀 있었다. '이곳에서는 겉만 번지르르한 값싼 물건과 자질구레한 장신구 등을 부하라의 왕에게 효험 있는 부적이라고 제멋대로 속여 팔려던 어떤 미친 중 때문에 웃음이 그칠 날이 없다네. 그는 페샤와르를 통과한 후 카불로 가는 제2차 여름 카라반에 합류했어. 그런 미친 친구가 자신들에게 행운을 가져다줄 거라는 미신을 믿고 있던 상인들이 기꺼이 그를 받아주었지.'

그렇다면 그 두 사람은 결국 국경을 넘었단 말인가? 그때 나는 그들을 위해 기도를 해주고 싶었다. 그러나 마침 유럽의 국왕이 서거하여 그에 관한 기사를 써야만 했다.

세월의 수레바퀴는 똑같은 과정을 반복하며 쉬지 않고 돌아갔다. 여름이 가면 겨울이 오고 겨울이 가면 어김없이 봄이 찾아오는 과정을 되풀이하면서 말이다. 신문은 계속 발간되었고, 나도 같은 일을 반복하며 살아갔다. 삼 년쯤 지난 어느 무더운 여름 밤 나는 지난해와 마찬가지로 세상 저편의 소식이 전신을 통해 날아들기를 기다리며 긴장 속에서 야간 작업을 하고 있었다. 위대한 인물 몇 명이 세상을 떠났고, 기계들은 낡아 더 큰 소음을 내며 돌아갔으며, 사무실 앞 정원의 나무들이 조금 더 커졌다는 것을 제외하면 지난 이 년 동안 변화한 것이라곤 별로 없었다.

나는 인쇄실로 들어가 평상시와 전혀 다를 바 없는 그곳 광경을 둘러보고 있었다. 이 년 전에 비해 나의 신경과민 증상은 더욱 심해졌고 더위는 더더욱 못 견딜 지경이 되었다. 세 시쯤 되어 인쇄 시작을 지시하고 몸을 돌려 밖으로 나가려고 하는 순간, 나는 뭔가 사람 같은 물체가 바로 앞에 있다는 것을 깨달았다. 몸을 잔뜩 웅크린 채 머리를 어깨 사이에 넣은 그 모습은 마치 공과 같았다. 그는 어색한 자세로 힘겨운 듯 다리를 움직였는데 도대체 걷는 것인지 기는 것인지 분간할 수 없을 정도였다. 그런데 누더기를 걸치고 애처롭게 낑낑거리는 이 앉은뱅이가 나의 이름을 부르며 "내가 돌아왔어요"라고 외치는 것이 아닌가! 그는 흐느껴 우는 듯한 목소리로 물을 좀 달라고 사정했다. "제발 물을 좀 주세요!"

내가 사무실로 가서 불을 켜자 그도 고통스럽게 신음하며 나를 따라왔다. "나를 모르시겠어요?" 숨을 헐떡대며 의자에 털썩 주저앉으면서 그가 말했다. 그런 다음 그는 허옇게 세어버린 헝클어진 머리카락으로 온통 뒤덮인 일그러진 얼굴을 불빛에 갖다 댔다.

나는 그를 자세히 들여다보았다. 코 위에서 서로 교차할 정도로 길고 폭이 1인치는 족히 될 짙은 눈썹을 본 적이 있는 것 같았으나 도대체 어디서인지 생각이 나질 않았다.

"잘 모르겠는데요." 나는 그에게 위스키를 건네며 말했다. "어떻게 오셨죠?"

그는 위스키 한 잔을 단숨에 들이켠 다음, 찌는 듯한 더위에도 아랑곳없이 몸을 부르르 떨었다.

"내가 돌아왔어요." 그는 또다시 말했다. "나는 카피리스탄의 왕을 지냈어요. 나와 드라보트는 왕이었단 말이오. 바로 이 사무실에서 우리는 왕이 되려는 우리의 결심을 밝혔고 당신은 저기 앉아 우리에게 책을 빌려주지 않았습니까? 내가 바로 그 피치예요. 피치 탈리아페로 카르네핸 말입니다. 맙소사, 당신은 그 이후 줄곧 여기서 일해왔군요."

그의 출현에 적이 놀란 나는 솔직하게 나의 그러한 느낌을 말해주었다.

"그래요." 누더기를 칭칭 감은 발을 매만지며 갈라지는 듯한 메마른 목소리로 카르네핸이 말했다. "정말이에요. 우리는 왕관까지 쓴 왕이었소. 나와 드라보트 둘 다 말이오. 그런데 오, 가엾은 댄. 댄은 내가 그렇게 간청했는데도 나의 충고를 귀담아듣지 않았어요! 아, 불쌍한 댄."

"우선 술을 좀 들고 진정한 다음 천천히 말해보세요. 처음부터 끝까지 자세하게 말을 좀 해보란 말입니다. 당신들은 낙타를 이용해 국경을 넘지 않았습니까? 드라보트는 미친 승려로, 당신은 그의 하인으로 변장을 하고서 말이에요. 기억나죠?"

"난 아직 미치지 않았소. 얼마 후면 그렇게 될지도 모르지만. 물론 기억하지요. 나를 좀 똑바로 보세요. 그렇지 않으면 말이 안 나올 것 같아서 그래요. 아무 말 말고 그저 가만히 내 눈을 쳐다보고만 있어주면 돼요."

나는 몸을 앞으로 숙이고 그의 얼굴을 똑바로 바라보려고 노력했다. 그는 테이블 위에 손을 떨어뜨리듯 내려놓았고 나는 얼떨결에 그의 손목을 잡았다. 그의 손목은 마치 새의 발톱처럼 뒤틀려 있었고 손등에는 붉은 다이아몬드 모양의 험상궂은 상처가 나 있었다.

"거길 보지 말고 나를 보란 말이에요, 나를." 카르네핸이 말했다.

"그 상처 이야기는 나중에 해주겠어요. 그러니 제발 나를 산만하게 만들지 마세요. 나와 드라보트는 그 카라반과 함께 떠났지요. 우리는 그들을 즐겁게 해주기 위하여 온갖 어릿광대 짓을 다 했답니다. 드라보트는 모든 사람들이 저녁을 짓기 위해 부산을 떨 때 어김없이 우리를 웃겼어요. 저녁을 먹고 난 다음에는 또 어떤 일이 있었더라? 아, 맞아요. 그들이 피운 불이 드라보트의 수염에 옮겨붙어 불을 내다니! 생각만 해도 우습지 않아요?" 나에게서 시선을 뗀 그는 바보처럼 빙그레 웃었다.

"모닥불 사건 이후 당신들은 그 카라반과 함께 계획한 대로 카피리스탄으로 들어가기 위해서 자그달락까지 갔겠죠?" 나는 대충 넘겨짚으며 말했다.

"아니요. 우리는 그곳까지 가지 않았어요. 도대체 무슨 소리를 하는 겁니까? 자그달락에 당도하기 전에 오른쪽으로 가면 길이 더 좋다고 해서 방향을 바꿨지요. 그러나 그 길은 드라보트와 내가 탄 낙타에겐 여전히 험한 길이었어요. 카라반을 떠난 후 드라보트는, 카피리스탄 사람들은 회교도들과 말하는 것이 금지되어 있다면서 옷을 바꿔 입어야 한다고 했죠. 그래서 우리는 이도 저도 아닌 어정쩡한 모습이 되고 말았어요. 그때 우리 모습이라니, 정말 눈 뜨고 못 봐줄 꼴불견이었지요. 그는 자신의 수염을 반쯤 불태워 없애버리고 어깨에 양가죽을 걸친 다음, 기묘한 모양으로 머리를 밀었어요. 그는 또 내 수염도 깎아버린 다음 내게 철저하게 이교도처럼 보여야 한다고 강조하며 보기에도 흉측한 옷을 입혀주었지요. 그 지방은 우리 낙타로는 도저히 갈 수 없을 정도로 정말 산세가 험한 지역이었어요. 우리가 타고 간 키가 크고 검은 털을 가진 낙타들은 마치 야생 염소처럼 밤낮 서로 싸움만 해댔지요. 카피리스탄에는 정말 야생 염소들이 많이 있어요. 아, 그리고 그 산들 말인데, 결코 조용한 날이 없었어요. 야생 염소처럼 가만히 있지 않았지요. 그저 밤낮 서로 싸워 도무지 잠을 잘 수조차 없었답니다."

"위스키를 좀 더 하시겠습니까?" 나는 아주 천천히 말했다. "카피리스탄으로 가는 길이 험해 낙타로는 어쩔 수 없었다고 했는데, 그래 당신과 다니엘 드라보트는 어떻게 했습니까?"

"어떻게 했냐고요? 피치 탈리아페로 카르네핸과 드라보트는 죽이 잘 맞았어요. 그에게 무슨 일이 일어났는지 듣고 싶습니까? 그는 결국 그 추운 곳에서 죽었지요. 늙은 피치도 다리 틈새로 마치 왕에게 파는 1페니짜리 바람개비처럼 빙빙 돌며 떨어졌었어요. 아니, 바람개비가 두 개에 1페니 반이었던 것 같은데. 정말 생각이 잘 안 나는군. 어쨌든 그때 낙타는 아무 짝에도 쓸모가 없었어요. 그래서 피치가 드라보트에게 말했죠. '우리 목이 달아나기 전에 제발 이곳을 뜨자고.' 먹을 것이라곤 하나도 없는 산중에서 그들은 결국 낙타 두 마리를 모두 죽일 수밖에 없었지요. 물론 그전에 그들은 총과 탄약이 들어 있는 상자들을 끌어내렸어요. 그런데 때마침 네 마리의 당나귀를 몰고 두 사람이 오고 있었어요. 드라보트는 팔짝팔짝 뛰며 그들 앞으로 나아가 큰 소리로 외쳤어요. '내게 당나귀를 모두 팔 수 있겠소?' 그러자 앞에 서 있던 남자가 이렇게 말했어요. '만일 이 당나귀를 모두 살 수 있을 정도로 네가 부자라면 우리가 빼앗아갈 돈도 많이 가지고 있다는 얘긴데.' 그러나 그가 칼을 꺼내기 위해 호주머니에 손을 넣기 전에 드라보트가 무릎으로 그의 목을 부러뜨렸고 나머지 한 사람은 혼비백산해서 도망갔죠. 그래서 우린 낙타에서 부린 총을 당나귀에 나누어 싣고 살을 에는 듯한 추위를 무릅쓰고 앞으로 나아갔어요. 길이라고 해봐야 고작 당신 손등보다도 좁은 길이었지요."

그가 잠시 숨을 돌리는 사이 나는 그가 여행한 지방에 대해 기억을 더듬어 자세하게 이야기해보라고 요청했다. "나는 가능한 한 있는 그대로 당신에게 말하고 있어요. 그런데 내 머리가 옛날 같지 않군요. 그 지방은 온통 산뿐이었고 노새는 그렇게 고집이 셀 수가 없었어요. 또 사람들은 넓게 흩어져 드문드문 고립된 삶을 살고 있었죠. 산을 따라 끝없이 올라갔다 내려오기를 얼마나 했는지 모릅니다. 카르네핸은 드라보트에게 노래나 휘파람을 제발 크게 불지 말라고 통사정했어요. 거대한 눈사태가 일어날지도 모르는 일이었거든요. 그러나 드라보트는 만일 왕이 마음대로 노래할 수 없다면 그게 무슨 왕이냐고 말하면서 노새의 등을 철썩하고 때렸어요. 열흘 동안 여행하면서 그는 내 말은 완전히 무시했지요. 우리가 높은 산으로 사방이 둘러싸인 깊은 골짜기에 당도했을 때, 노새들은 거의 초주검이 되어버렸어요. 그래서 결국 우리 손으로 죽이고 말았어요. 우리도 먹을 것이 없는 판에 노새까지 챙길 수는 없었기 때문이죠. 우리는 상자 위에 앉아서 총알을 가지고 홀짝 놀이를 했어요.

그때 활과 화살을 든 열 명의 남자들이 활과 화살을 든 또 다른 스무 명의 남자들을 추격하며 계곡으로 뛰어 내려왔어요. 그들의 피부는 그 어떤 사람들보다도 희었고 머리는 금발에다 체격도 좋았어요. 드라보트는 총을 꺼내라고 말했죠. '자 이제 우리 일이 시작되는군. 우린 저 열 명 쪽에 붙자고.' 이렇게 말하면서 그는 우리가 앉아 있던 바위로부터 200야드쯤 떨어진 곳에 있던 스무 명을 향하여 총을 쏴 그중 두 명을 쓰러뜨렸어요. 카르네핸과 드라보트는 바위에 그대로 앉은 채 도망가기 시작한 놈들을 향해 마구 총을 쏘아 그들을 쓰러뜨렸어요. 그런 다음 우리는 놀라 달아나는 열 명을 향해 뛰어갔답니다. 그런데 그놈들이 우리에게 활을 쏘아대지 않겠어요! 드라보트가 그들의 머리 위를 겨냥해서 총을 쏘자 그들은 모두 땅에 납작 엎드렸어요. 그들이 엎어져 있는 곳으로 간 드라보트는 그들을 발로 차 일으켜 세운 후 친하게 지내자면서 일일이 악수를 나누었어요. 그는 그들에게 상자를 운반하도록 시켰고 벌써 왕이라도 된 듯이 사방에 손을 흔들어댔어요. 상자를 진 그들은 그를 계곡을 가로질러 소나무가 무성한 높은 곳으로 안내했는데 그곳에는 여섯 개의 신상이 서 있었지요. 드라보트는 그중 가장 큰 임브라라고 불리는 신상 앞으로 가 그의 발밑에 총과 탄약을 내려놓으면서 근엄한 표정으로 석상의 코에 자신의 코를 비비고 머리를 만지면서 인사를 했어요. 그러고는 돌아서서 사람들에게 머리를 끄덕여 보인 다음 이렇게 말했죠. '걱정할 것 없다. 나는 이들과 절친한 친구이다.' 그런 다음 그는 자신의 입을 벌리고 손가락으로 그 입속을 가리켰어요. 첫 번째 사람이 그에게 음식을 가져오자 그는 '싫어'라고 말했어요. 두 번째 사람이 음식을 가져왔을 때도 그의 반응은 마찬가지였죠. 그러나 늙은 사제들과 마을의 지도자가 음식을 가져오자 '좋아'라고 말하면서 대단히 거만한 자세로 천천히 음식을 먹는 것이었어요. 이렇게 해서 우리는 마치 하늘에서 뚝 떨어진 사람처럼 별 어려움 없이 첫 번째 마을로 들어갈 수 있게 된 거랍니다. 아, 그런데 그런 우리가 글쎄 그 망할 놈의 밧줄로 만든 다리에서 떨어지다니, 정말 창피한 일이었죠."

"위스키를 좀 더 마시고 계속해보세요." 내가 말했다. "거기가 당신이 처음 도착한 마을이군요. 그런데 어떻게 왕이 되었죠?"

"왕이 된 사람은 내가 아니라 드라보트였어요. 금관을 머리에 쓰고 각종 장식을 한 그는 정말 멋있었지요. 그와 그의 동료인 나는 마을에 머물렀는데 매일 아침 드라보트가 임브라

석상 옆에 앉아 있으면 사람들이 와서 경배했어요. 드라보트가 그렇게 하도록 시켰거든요. 얼마 후 많은 사람들이 계곡으로 들어오는 것을 본 카르네핸과 나는 총을 쏘며 그들을 물리친 다음, 여세를 몰아 반대편 산꼭대기까지 단숨에 달려 올라갔어요. 그곳에도 마을이 있었는데 마을 사람들은 드라보트를 보자 모두 땅에 머리를 조아리고 엎드렸어요. 그러자 드라보트는 이렇게 물었어요. '도대체 두 마을 사이에 무슨 원한이라도 있는 건가?'라고 말입니다. 사람들은 당신이나 나처럼 흰색 피부를 가진 인질로 잡혀온 한 여인을 손으로 가리켰어요. 드라보트는 그녀를 그녀의 원래 마을로 데려온 후 죽은 사람의 수를 세어보았지요. 여덟 명이었어요. 드라보트는 죽은 사람들을 위하여 우유를 여덟 번 땅에 붓고는 '자, 이제 되었소'라고 말했어요. 그와 카르네핸은 두 마을 지도자의 팔을 잡고 계곡 아래로 내려가 창으로 선을 긋게 하고는 양쪽의 영토에서 파낸 풀을 각각에게 나누어주었어요. 마을 사람들이 모두 뛰어 내려와 소리를 지르며 기뻐하자 드라보트는 이렇게 말했지요. '가서 땅을 파 농사를 지으며 수확을 얻고 번성하도록 하시오.' 그들은 드라보트의 말을 이해하지 못했지만 어쨌든 결과적으로 그렇게 했어요. 그런 다음 우리는 그들 말로 빵, 물, 불 그리고 신상 같은 것을 무엇이라고 부르는지 물어봤어요. 드라보트는 두 마을의 사제를 불러 신상이 있는 곳으로 가서 그들에게 그곳에 앉아 재판관 노릇을 하되 만약 잘못

되면 처형해버릴 것이라고 엄포를 놓았지요.

다음 주가 되자 그들은 모두 마치 벌처럼 조용하게 열심히 계곡의 땅을 경작하기 시작했어요. 사제들은 사람들이 제기한 민원을 듣고는 드라보트에게 손짓 발짓을 동원해 그 내용을 말해주었어요. 드라보트는 '이것은 시작에 불과해'라고 말했어요. '이놈들은 우리가 신인 줄 알고 있어.' 그와 카르네핸은 똑똑한 놈 스무 명을 골라 총을 다루는 방법과 네 명이 한 조가 되어 일렬로 행진하는 법 등을 가르쳐주었는데 그들은 즐겁게 훈련을 받았고 요령도 금방 익혔어요. 훈련이 끝나자 드라보트는 담배 주머니와 파이프를 꺼내 두 마을에 하나씩 나누어주었어요. 그런 다음 우리는 또 다른 마을을 향해 길을 떠났죠. 우리가 도착한 곳은 온통 바위뿐인 조그만 마을이었어요. 카르네핸은 '저들을 계곡으로 보내 농사를 짓도록 해야겠어'라고 말하며 그들을 데리고 계곡으로 가 주인 없는 땅을 떼어주었어요. 가난하고 보잘것없는 그들을 새로운 왕국에 받아들이기에 앞서 우리는 그들에게 새끼 염소의 피를 뿌리는 의식을 행했지요. 강한 인상을 심어주기 위해서였어요. 그들은 별문제 없이 정착했고 카르네핸은 눈과 얼음으로 뒤덮인 산악 지방의 마을로 떠난 드라보트와 합류했어요. 그 마을에는 개미 새끼 한 마리도 보이지 않았어요. 정적에 싸인 마을을 보고 그의 군대가 두려움에 떨자 그는 그중 한 명을 총으로 쏴버렸어요. 마을을 뒤지다 사람들을 발견한 군인들은 그들에게 마을 사람들의 희생을 원하지 않는다면 그들이 가지고 있는 조그만 화승총 따위를 쏘는 일은 삼가라고 말했죠. 그곳 사람들은 화승총을 가지고 있었어요. 우리는 곧 그 마을 사제와 친하게 되었고 얼마 후부터 나는 부하 두 명과 함께 사람들에게 훈련법을 지도하며 그곳에 머물기 시작했어요. 얼마 후 새로운 신이 나타났다는 소문을 들은 족장이 북을 치고 피리를 불며 눈밭을 헤쳐 우리 마을을 향해 오고 있었어요. 반마일 밖에서 눈밭을 달려오는 검은 점들을 발견한 카르네핸은 그중 한 명을 쏴서 거꾸러뜨린 다음, 족장에게 사자를 보내 죽고 싶지 않으면 무기를 버리고 와서 자신과 악수를 해야만 한다고 말했죠. 혼자서 먼저 찾아온 족장에게 카르네핸은 악수를 건네며 드라보트가 그랬던 것처럼 그의 팔을 마구 흔들어대고는 눈썹을 쓰다듬었어요. 족장은 놀라는 기색이 역력했지요. 그런 다음 카르네핸은 손짓 발짓을 이용해 그에게 증오하는 적이 있느냐고 물어보았어요. 그는 있다고 대답했어요. 그래서 카르네핸은 그의 부하 두 명을 시켜 족장의 부하들 중 뛰어난 사람들을 뽑아 훈련시키라고 명령했죠. 이 주일쯤 지난 후 그들은 여느 군대 못지않게 되었답니다. 그래서 그는 족장과 함께 산꼭대기에 위치한 거대한 고원지대를 향해 행군을 시작했어요. 정상에 도착하자마자 족장의 부하들은 용감하게 마을을 공격해 점령하는 데 성공했어요. 우리도 총을 쏘며 그들을 도왔어요. 나는 족장에게 내 코트에서 꺼낸 헝겊

조각을 준 다음 '내가 돌아올 때까지 잘 다스리시오'라고 말했죠. 이 말은 성서 어디엔가 나오는 말일 겁니다. 내 말을 마음에 잘 새기도록 하기 위해 나와 나의 군대가 1,800야드쯤 갔을 때 나는 눈 속에 서 있는 그의 발밑을 향해 한 방 쐈어요. 그러자 모든 사람들이 땅 위에 얼굴을 묻으며 납작 엎드리더군요. 그런 다음 나는 드라보트에게 편지를 보냈어요."

그 사람 말의 맥을 끊을지도 모른다는 위험에도 불구하고 나는 이렇게 물어보았다. "어떻게 그런 오지에서 편지를 쓸 수 있었나요?"

"편지 말이오? 아, 편지! 내 얼굴을 잘 보세요. 펀자브에서 어떤 눈먼 거지로부터 배운 줄 매듭으로 글씨를 쓰는 방법을 이용했죠."

나는 언젠가 자신만이 아는 암호 체계에 근거해서 실을 잔뜩 감은 옹이투성이의 나뭇가지를 든 눈먼 거지가 사무실로 찾아왔던 것을 기억했다. 얼마쯤 지난 후 그는 자신이 감아놓은 실을 보며 문장을 읽어내기 시작했다. 그는 알파벳을 열두 개의 기초적인 음으로 표시하는 방법을 썼는데, 내게 그 방법을 가르쳐주려고 노력했지만 결국 실패하고 만 적이 있었다.

"나는 그 편지를 드라보트에게 보냈어요." 카르네핸이 말했다. "편지에서 나는 그에게 이제 왕국이 너무 비대해져 혼자의 힘으로는 더 이상 통제할 수 없다고 말했죠. 그 후 나는 사제들이 어떻게 일하고 있나 보려고 첫 번째 계곡으로 갔어요.

사람들은 족장과 함께 우리가 점령한 마을을 바시카이라고 불렀고 우리가 접수한 첫 번째 마을은 에르헵이라고 불렀죠. 에르헵의 사제들은 그런대로 일을 잘 처리하고 있었지만, 아직 해결하지 못한 땅과 관련된 사건들도 많이 있었어요. 또 밤이면 다른 마을에서 사람들이 와서 활을 쏘아대기도 했지요. 그래서 나는 그 마을을 찾아가 1,000야드쯤 떨어진 곳에서 총을 서너 방 쏬어요. 이것으로 내가 가지고 있던 탄약은 모두 동이 났고 나는 불상사가 발생하지 않도록 사람들을 통제하면서 두세 달 전에 떠난 드라보트를 기다렸어요.

그러던 어느 날, 나는 북과 나팔 소리를 요란하게 울리며 댄 드라보트가 언덕을 넘어 행진해오는 것을 보았어요. 그의 뒤로는 그의 군대는 물론 수백 명의 사람들이 줄줄이 그를 따라오고 있었답니다. 놀랍게도 그는 커다란 금관을 머리에 쓰고 있었어요. '어이, 카르네핸.' 댄이 말했어요. '이건 정말 근사한 일이야. 우리는 점령할 가치가 있는 곳은 모조리 점령한 셈이야. 난 세미라미스 여왕(전설에 의하면 니네베의 창설자 니누스 왕비 – 옮긴이)의 후손 알렉산더의 아들이고 넌 내 동생이야. 그러니 너도 신인 셈이지! 정말 위대한 일이야. 나는 나의 군대와 함께 여섯 주 동안 행군하고 싸우고 했는데 50마일 이내에 있던 모든 조그만 마을들이 내게 기뻐하며 무릎을 꿇었어. 이제 너도 곧 알게 되겠지만 이 모든 것의 연출자는 바로 나야. 이제 네게도 왕관을 주겠어. 양고기에 낀 기름처럼 바위에 금이 끼어 있는 슈라는 곳에서 내가 왕관을 두 개 만들라고 지시했거든. 황금이 들어 있는 바위 외에도 절벽은 터키옥으로 그득했고 백사장에는 석류석이 널려 있었어. 이 큰 덩어리가 뭔지 알아? 어떤 친구가 갖다 준 호박琥珀이야. 자, 사제들을 모두 불러모으도록 해. 그리고 여기 네 왕관이 있으니 받아.' 나는 어떤 사람이 검은 털로 짠 가방을 열어 꺼내준 왕관을 써보았는데 그것은 너무 작고 좀 무거웠어요. 어쨌든 나는 위엄을 갖추기 위해 그것을 머리에 썼어요. 금을 세공해 만든 그 왕관은 마치 나무통에 둘러친 쇠로 된 테 같았는데 5파운드는 족히 되었죠.

'피치, 난 이제 더 이상 싸우기도 진력이 나. 이제부터는 비밀결사를 이용해야겠어. 신이여, 우리를 도우소서.' 말을 마치자마자 드라보트는 내가 바시카이에 남겨두고 온 족장을 불렀어요. 그는 옛날에 마크란 곳에서 탱크 기관차를 몰던 빌리 피시와 너무도 흡사했기 때문에 빌리 피시로 불렸지요. 드라보트가 우리에게 악수를 하도록 시켰어요. 악수를 하는 순간, 나는 놀라고 말았어요. 빌리 피시의 악수 방법이 비밀결사 회원들의 그것과 같았기 때문이죠. 나는 아무 말도 하지 않고 중급 결사 회원끼리의 악수 방법을 시도해보았어요. 그랬더니 제대로 응답하더라고요, 글쎄. 그래서 이번엔 상급 결사 회원들만의 악수 방법을 시도해보았지요. 그런데 이번엔 별 반응이 없었어요. 그래서 나는 댄에게 '이 사람은 중급 결사 회원이군'이라고 말했어요. '이 친구가 우리끼리만의 비밀 암호를 알고 있어?' '물론이지.' 댄이 말했어요. '사제들은 모두 알고 있어. 기적 같은 일이야. 족장들과 사제들이 우리와 매우 흡사한 방법으로 중급 비밀결사 지부를 운영하다니 말이야. 그들은 바위에 비밀결사 표시까지 해놓고 있는데 상급에 관해서는 아직 모르고 있지. 그래서 그것을 알아내려고 이곳까지 온거야. 정말이야. 오랫동안 나는 아프가니스탄 사람들이 중급 단계까지 알고 있다는 사실을 간파하고 있긴 했지만, 어쨌든 이건 기적 같은 일이야. 난 신인 동시에 비밀결사의 우두머리이기도 하단 말이야. 이제 상급 지부를 만들어 각 마을의 수석 사제들과 족장들로 하여금 그 자리를 맡도록 해야겠어.'

'허가를 받지 않고 지부를 여는 것은 말도 안 돼. 게다가 우린 어디에서고 무슨 직책을 맡아본 적도 없잖아!'

드라보트는 이렇게 말했어요. '모든 것은 정치적 수완에 달려 있어. 머리만 잘 쓰면 한 나라를 마치 언덕길에서 사륜 마차가 굴러 내려가듯 쉽게 지배할 수 있어. 지금 이것저것 따질 시간이 없어. 머뭇거리다가 그들이 우리에게 반기를 들고 나오기라도 한다면 어떻게 할 거야? 나를 추종하는 마흔 명의 족장들에게 능력에 맞는 직책을 줘야겠어. 우선 적당한 곳에 이 사람들이 묵을 곳을 마련해주고 지부를 결성하는 일을 돌보도록 조치해주게. 일단 임브라 사원을 집회실로 써야겠어. 넌 오늘 여자들에게 앞치마 만드는 법이나 가르쳐줘. 난 오늘

밤 족장들을 접견하고 내일은 일반 회원들을 만나볼 거야.'

나는 신발이 닳도록 뛰어다녔죠. 이 비밀결사 작업이 우리 일에 얼마나 중요한가를 알고 있었기 때문이죠. 난 여자들에 게 회원들이 등급별로 입을 앞치마를 만드는 방법을 가르쳐 주었는데 드라보트의 것은 특별히 천이 아닌 흰 가죽에 터키 옥을 붙여 장식하고 가장자리는 푸른색 테를 둘렀어요. 우리 는 사원 안에 있던 커다란 돌을 지부장의 자리로 지정하고 다 소 작은 돌로 간부들이 앉을 곳을 만든 다음, 검은 바닥에는 흰색 페인트로 사각형 모양의 무늬를 그려넣었어요. 이 외에 도 우리는 가능한 모든 방법을 동원해 집회소가 그럴듯하게 보이도록 최선을 다했죠.

그날 밤 우리는 언덕배기에 커다란 모닥불을 피워놓고 접 견식을 거행했는데, 드라보트는 자신과 내가 신이자 알렉산 더의 아들이고 일전에 비밀결사의 지부장을 지낸 적이 있노 라고 선언한 뒤, 그와 내가 이곳까지 온 이유는 카피리스탄을 모든 이들이 우리를 섬기면서 평화롭게 먹고 마실 수 있는 살 기 좋은 나라로 만들기 위함이라고 열변을 토했어요. 그런 다 음 족장들이 한 사람씩 나와 우리와 악수를 나누었는데 그들 의 손이 워낙 흰 데다 털까지 나 있어서 마치 오래된 친구와 악수를 나누는 듯한 착각을 느낄 정도였어요. 우리는 우리가 인도에서 알게 된 사람의 이름 가운데서 적당한 것을 골라 그 들에게 붙여주었죠. 이름들 중에는 빌리 피시, 홀리 딜워쓰,

그리고 내가 엠하우에 있을 때 그곳 시장의 책임자였던 피키 커간 등도 포함되어 있었어요.

그런데 정말 놀랄 만한 기적은 다음 날 집회 때 일어났어요. 한 늙은 사제가 우리를 뚫어지게 바라보는 것이었어요. 얼렁 뚱땅 의식을 해치워버려야 했던 나로서는 여간 당황스러운 일이 아닐 수 없었죠. 그 늙은이가 의식에 대하여 잘 알고 있다고 생각해보세요. 그 낯선 늙은이는 바시카이 마을보다 더 떨어진 먼 곳에서 온 사람이었어요. 드라보트가 여자들이 만들어준 지부장의 앞치마를 걸치는 순간, 그 사제는 괴성을 크게 지르며 드라보트가 앉아 있던 돌을 뒤집으려고 하는 게 아니겠어요! 내가 말했죠. '이제 다 틀렸어. 허가도 받지 않고 지부를 결성하려니까 이런 일이 벌어지지'라고 말입니다. 그러나 드라보트는 열 명의 사제가 자신이 의자로 쓰던 돌을 뒤집어엎는 순간에도 눈 하나 꿈쩍하지 않았어요. 그 늙은 사제는 그 돌의 밑바닥 끝부분을 잘 닦아 검은 흙을 제거하더니 그곳에 새겨져 있는, 드라보트의 앞치마에 있는 것과 똑같은 지부장의 표시를 모든 사제들에게 보여주었어요. 임브라 사원의 사제들조차도 그것이 거기 새겨져 있다는 사실을 몰랐죠. 그 늙은이는 드라보트 앞에 머리를 조아리고 엎드려 그의 발에 입을 맞추었답니다. '우린 정말 행운아야.' 그는 나를 건너다보며 말했어요. '그들은 그 표시가 도대체 어떻게 그 돌 밑에 새겨지게 되었는지 정말 놀라고 있어. 이제 우리는 안전해.' 드라보트는 총 개머리판을 사회봉인 양 바닥에 힘껏 내리치더니 이렇게 말했어요. '천부적으로 내게 부여된 권한과 나의 조력자 피치의 도움으로 나는 이제부터 카피리스탄의 모든 비밀결사의 우두머리이며, 피치와 함께 이 나라의 국왕임을 엄숙히 선언하노라!' 그런 다음, 그와 수석 의장 역을 맡은 나는 각자 준비한 왕관을 쓰고서 가장 근엄한 얼굴로 지부의 문을 정식으로 열었어요. 우리가 이런 일을 하다니 정말 기적 같았어요. 사제들은 마치 기억이 되살아난 것처럼 별다른 지시를 받지 않고도 하위 두 급에 속한 회원으로서 자신들이 해야 할 바를 정확하게 하는 것이었어요. 피치와 드라보트는 대제사장과 멀리서 온 족장같이 신분이 높은 사람들 중에서 몇 명을 뽑아 그들의 지위를 한 단계씩 높여주었어요. 제일 처음 선택된 사람은 빌리 피시였는데 그 친구는 정말 놀란 토끼 같은 표정을 하고 있더군요. 사실 식순에도 없는 일이었지만 우리의 목적을 위해서는 필요했어요. 우리가 승급시킨 사람은 열 명도 채 안 되었는데 그 이유는 간부 회원을 양산하는 것은 좋지 않다고 판단했기 때문이죠. 사람들은 물론 높은 등급의 회원이 되게 해달라고 아우성을 쳤어요.

'앞으로 육 개월 정도 지난 다음에 우리는 또 한 번 이런 모임을 가져 너희들의 업적을 평가할 것이다'라고 드라보트가 말했어요. 그런 다음 마을 상황에 관해 물어보면서 드라보트는 그들이 서로 싸움을 일삼다가 이젠 너나없이 지쳤고, 서로 싸우지 않을 때는 회교도들과 전쟁을 한다는 사실을 알게 되었지요. '그들이 우리 왕국을 침입하면 언제라도 싸워야 해.' 드라보트는 말했어요. '너희 부락 사람들 중 열 명에 한 사람씩 뽑아 국경을 수비하도록 명령하고 한 번에 이백 명씩 이 계곡으로 보내 군사 훈련을 받도록 조치하여라. 말을 잘 듣는 한, 그 누구도 총에 맞거나 창에 찔려 죽는 일은 없을 것이다. 나는 너희들이 보잘것없는 검둥이 회교도가 아니고 알렉산더의 후예인 백인이기 때문에 나를 속이지는 않을 것이라고 믿는다. 너희는 나의 백성이다. 그리고 맹세코,' 여기까지 말한 그는 그때부터 영어로 말하며 그의 짧은 연설을 마무리했어요. '나는 내 목숨을 바쳐 너희를 훌륭한 국민으로 만들고 말테다.'

나로서는 이 일 이후 육 개월 동안 일어난 일에 대해 당신에게 낱낱이 말씀드릴 수 없어요. 왜냐하면 드라보트가 한 일 중 상당 부분은 내가 도저히 이해할 수 없는 것이었거든요. 그는 또 나와는 달리 그들 말을 열심히 배웠어요. 나는 사람들이 경작하는 것을 돕는 일 외에 부하들을 이끌고 다른 부락의 동정을 살피러 다녔고, 사람들을 시켜 왕국을 보기 흉하게 갈라놓는 협곡 사이에 밧줄로 다리를 놓도록 시켰어요. 드라보트는 내게 매우 친절했지요. 그러나 그가 붉은 수염을 어루만지며 소나무 숲을 이리저리 걸어다니면 그것은 곧 그가 나로서는 이해할 수조차 없는 원대한 계획을 세우고 있는 중이란 뜻이었어요. 이런 때면 나는 그저 그의 명령만 기다렸죠.

드라보트는 결코 공개적으로 내게 무례하게 행동한 적은 없어요. 사람들은 나와 군대는 두려워했지만 댄은 사랑했어요. 그는 사제들과 족장의 절친한 친구였죠. 드라보트는 자신에게 하소연하는 사람이 있으면 그가 누구든지 간에 그의 말을 경청한 다음, 네 명의 사제들을 불러 어떻게 해야 할지 의논하곤 했어요. 그는 또 군소 부락들과 전쟁을 수행해야 할 일이 생기면 바시카이의 빌리 피시, 슈의 피키 커간 그리고 우리가 보통 카프젤룸이라고 부르는 늙은 족장 등을 불러들여 의논을 했어요. 일종의 참모회의인 셈이죠. 바시카이, 슈, 카왁 그리고 마도라에서 온 네 명의 사제들은 그의 고문단이고요. 그들의 결정에 따라 나는 마흔 명의 전사와 스무 자루의 총, 그리고 터키옥을 운반하는 예순 명의 인원을 대동하고 수제품 마티니 소총을 사기 위해 아프가니스탄 왕실 군대의 한 부대가 주둔하고 있는 고르밴드 지방으로 갔어요. 그들은 터키옥이라면 간이라도 빼줄 정도였으니까요.

나는 고르밴드에서 한 달간 머물면서 그곳 주지사에게 입막음 조로 가장 훌륭한 터키옥을 상납했고 주둔 부대의 대령에게는 좀 더 큰 뇌물을 바쳤지요. 그 덕분에 우린 그곳에서 백여 정의 수제 마티니 소총과 600야드 사거리의 코하트 장총, 그리고 성능은 좀 나빴지만 마흔 명의 인부가 지고 날라야 할 정도의 많은 탄약 등을 살 수 있었어요. 물건을 싣고 돌아온 나는 이 무기들을 족장들이 훈련시키기 위해 보낸 사람들에게 골고루 나누어주었어요. 드라보트는 너무 바빠서 이런 일에 신경을 쓸 수 없었지만 우리가 처음 훈련시킨 고참 군인들이 내 일을 도와주었죠. 우리는 한 오백 명 정도 훈련시켰는데 그중 이백여 명은 무기를 꽤 잘 다루었어요. 그 조악한 수제 소총도 그들에게는 굉장한 것이었어요. 겨울이 다가올 때 드라보트는 소나무 숲을 걸어다니며 화약 공장에 관한 원대한 구상을 하고 있었지요.

'난 조그만 나라 따위엔 관심 없어.' 그가 말했어요. '난 제국을 건설하고 말 거야! 이 사람들은 검둥이들이 아니라 영국인이야. 그들의 눈과 입을 잘 봐. 그들이 걸어 다니는 모습을 한번 보란 말이야. 그들은 집에서 의자를 사용해. 그들이 잃어버린 종족이나 뭐 그런 부류에 속할지는 몰라도 지금은 영국인이 되어 있단 말이야. 사제들만 괜찮다면 오는 봄에 인구조사를 한번 해봐야겠어. 아마 이 언덕 근처에 적어도 이백만 정도는 살고 있을걸. 이백만 명, 그중 전사는 이십오만 명, 이들이 모두 영국인이라고 생각해봐. 그들이 필요한 건 총과 약간의 훈련뿐이야. 이십오만 명의 병사가 인도를 넘보고 있는 러시아의 측면을 언제라도 공격할 수 있도록 만반의 준비를 갖출 수 있다고.' 그는 자신의 수염을 한입 가득 입에 물고 씹으면서 계속 내게 말했어요. '우리는 황제가 될 거야. 이 지상의 황제 말이야. 인도의 왕 정도는 어린애 장난이야. 난 총독과

대등한 입장에서 교섭할 거야. 나는 그에게 열두 명의 엄선된 영국인을—내가 알고 있는 사람으로 말이야—나에게로 보내 우리 정부 일을 도와달라고 부탁하겠어. 세고울리에서 중사 연금을 받아 생활하고 있는 메크레이라는 자가 있는데, 그는 옛날에 내게 여러 번 푸짐한 저녁을 대접한 바 있고 그의 아내는 내게 바지를 준 적도 있어. 탕후 감옥 간수인 동킨이라는 사람도 있어. 내가 만일 인도에 있다면 이들 외에도 내 수족처럼 부릴 수 있는 사람을 내가 직접 수백 명은 더 구할 수 있을 텐데. 지금으로서는 총독에게 부탁할 수밖에 없지. 봄에 그 자들이 있는 곳으로 사람을 보낸 다음, 대지부장으로서 내가 해온 일에 대한 면책 특권을 구하는 편지를 대본부 앞으로 쓸 거야. 충성스러운 병사와 마티니 소총으로 무장한 인도의 원주민 군대가 폐기 처분할 스나이더식 소총만 있으면 만사형통이야. 좀 낡은 것이 문제지만 이 산악 지방에서 싸우는 데는 별문제 없을 거야. 열두 명의 영국인, 십만여 정의 스나이더식 소총을 가진 병사들이 아프가니스탄 땅을 조금씩 먹어들어 가는 거지. 일 년 안에 소총 이만 정만 구할 수 있어도 나는 승리할 수 있다고 생각해. 모든 것이 안정되면 난 빅토리아 여왕 앞에 무릎을 꿇고 앉아 왕관을, 지금 쓰고 있는 바로 이 왕관을 바칠 거야. 그러면 여왕께서는 이렇게 말씀하시겠지. 다니엘 드라보트 경, 일어나시오, 라고 말이야. 아, 훌륭해. 정말 굉장해. 그런데 그전에 바시카이, 카왁, 슈 그리고 그 외 다른 지

방에서 해야 할 일이 너무 많아.'

'무슨 일인데?' 내가 말했어요. '이번 가을엔 더 이상 훈련을 받기 위해 오는 사람도 없어. 그리고 저 크고 시커먼 구름을 좀 봐. 큰 눈이 올 거야.'

'내가 말한 것은 그런 것이 아니야.' 다니엘은 내 어깨에 힘 있게 손을 얹고서 말했지요. '난 너의 기분을 상하게 할 만한 말은 하고 싶지 않아. 나와 함께 동고동락하며 오늘의 나를 만들어준 사람은 바로 너라는 사실을 나는 잘 알고 있기 때문이지. 그러나 피치, 아무리 해도 네가 나를 도와줄 수 없는 부분이 있어.'

'그래? 그렇다면 네가 좋아하는 그 망할 놈의 사제들에게나 가보시지!' 난 이렇게 말하고는 곧 후회했어요. 그러나 모든 병사를 훈련시키고 그가 원하는 대로 모든 일을 해온 내게 그가 그렇게 거만한 태도로 말할 수 있다는 것이 매우 불쾌하게 느껴진 것도 사실이었지요.

'피치, 싸움은 그만두자.' 다니엘이 화도 내지 않은 채 말했어요. '피치, 너도 왕이야. 그리고 이 왕국의 반은 네 것이고. 그러나 이제 우리는 우리보다 더 영리한 사람이 서넛 정도 필요해. 우리를 대신해서 각지에 파견할 사람으로 말이야. 그래도 모르겠어? 이 큰 나라를 혼자서 다스릴 수는 없어. 내가 일일이 이래라저래라 하고 얘기할 수도 없고 내가 하고 싶은 일을 다 할 시간도 없는데 말이야……. 게다가 이제 곧 겨울이

다가오고 있잖아.' 그는 그의 금관처럼 불그스레한 빛을 띤 수염의 반쯤을 입에 넣고 씹으며 말했어요.

'다니엘, 미안하게 됐어.' 내가 말했지요. '난 내 임무를 충실히 수행해왔어. 사람들을 훈련시키고 그들이 추수한 귀리를 잘 쌓아두는 법도 가르쳐주고 말이야. 또 고르밴드로부터 총도 가져왔어. 어쨌든 난 네가 무슨 말을 하려 하는지 알고 있어. 그래, 왕은 항상 여러 가지 일로 마음 편할 날이 없겠지.'

'또 한 가지 얘기할 것이 있어.' 이리저리 왔다 갔다 하며 드라보트가 말했어요. '이제 겨울도 다가오고 사람들도 조용할 거야. 만일 그들이 시끄럽게 굴면 우린 어디 돌아다닐 수도 없게 되겠지만 말이야. 피치, 나 결혼하고 싶어.'

'오, 제발 여자 이야기는 하지 말자고.' 내가 말했어요. '그래, 난 네가 생각하는 대로 그렇게 똑똑하지 않을지는 몰라. 그래도 우린 우리가 가질 수 있는 것을 모두 손에 넣었어. 우리가 맺은 계약을 한번 생각해봐. 여자는 가까이하지 않기로 했잖아.'

'그 계약은 우리가 왕이 되기까지 적용되는 것이었어. 그런데 우리가 왕위에 오른 지 벌써 서너 달이나 됐어.' 왕관을 만지며 드라보트가 말했어요. '너도 어서 아내를 얻도록 해. 추운 겨울을 따뜻하게 해줄 성격 좋고 건강하고 통통한 여자로 말이야. 이곳 여자들은 영국 여자들보다 더 예뻐. 더구나 우리는 그중에서도 가장 예쁜 여자로 고를 수 있잖아. 가끔씩 때를

벗기면 닭고기나 햄처럼 희고 매끈하게 될 거야.'

'날 유혹하지 마!' 내가 말했어요. '지금보다 더 안정될 때까지 난 여자 따윈 생각도 않겠어. 우린 지금까지 각각 두세 사람 몫을 훌륭하게 해왔어. 아프가니스탄에서 가져온 담배나 술을 즐기면서 잠시 쉬는 것은 몰라도 여자는 안 돼!'

'난 지금 여자 이야기를 하는 게 아니야.' 드라보트가 말했어요. '난 나의 아내, 다음 대를 이어갈 왕자를 생산할 여왕에 관해서 얘기하고 있는 거라고. 가장 훌륭한 부족 출신의 여왕을 얻어 자식을 낳으면 그들과 형제가 될 수 있고, 또 여왕은 옆에서 사람들이 우리를 어떻게 생각하고 있는지, 혹은 그들 내부 일 등에 관해서 이야기해줄 수도 있으니 얼마나 좋아. 바로 그게 내가 원하는 거야.'

'너, 혹시 내가 무굴에서 선로공으로 일할 때 데리고 있었던 벵갈 출신 여자 기억나?' 내가 말했어요. '그 여자 정말 별 볼 일 없었어. 물론 내게 자기 나라 말 몇 마디 가르쳐주었고 그 외에도 한두 가지 좋은 점은 있었지. 그러나 그 여자의 행동을 한번 생각해봐. 결국 역장의 하인과 눈이 맞아 도망치지 않았어? 그것도 내 반달치 월급을 가로채서 말이야. 그런데 얼마 후 어떤 혼혈아 놈과 함께 다두르 역 근처에 나타나 뻔뻔스럽게도 내가 자기의 전남편이라고 떠들고 다녔잖아. 모든 기관사들 앞에서 말이야.'

'그 얘기는 더 이상 할 필요 없어.' 드라보트가 말했어요. '이

곳 여자들은 너나 나보다도 더 흔단 말이야. 난 이번 겨울에 꼭 여왕을 맞이하겠어.'

'댄, 이제 마지막으로 부탁하겠어. 제발 그만둬.' 내가 말했어요. '우리에게 득이 될 게 하나도 없어. 성경에도 이르기를 자고로 왕은 여자 때문에 정력을 낭비해서는 안 된다고 했어. 특히 새롭게 왕국을 건설하는 동안에는 말이야.'

'나도 한마디만 더 하지. 나 결혼하고 말 거야.' 드라보트는 이렇게 말하면서 마치 커다란 붉은 악마처럼 소나무 숲으로 사라져버렸어요. 석양빛을 한쪽으로 받은 그의 왕관과 수염은 마치 타오르는 석탄처럼 빛을 발했지요.

그러나 아내를 얻는다는 것이 그의 생각대로 그렇게 쉬운 일은 아니었어요. 그는 자신의 결혼에 관해 의논하도록 회의를 소집했어요. 한참 후 빌리 피시가 회의장의 침묵을 깨며 말했어요. 여자들에게 직접 물어보는 것이 좋겠다고 말이죠. 그러자 드라보트는 임브라 신상 옆에 서서 거기 모인 사람들에게 화를 내며 이렇게 소리쳤어요. '내가 어디가 어때서? 내가 개라도 된다는 말인가? 그래서 너희 부족의 여자를 얻을 만한 자격이 없다는 말이야 뭐야! 이 나라를 보호해주고 구해준 사람이 누군데! 지난번 아프가니스탄의 침공으로부터 이곳을 지켜준 사람이 바로 나야.' 사실 그건 내가 한 일이었어요. 화가 머리끝까지 치민 드라보트가 혼동했던 거죠. '누가 너희들에게 총을 제공해줬어? 저 교량들을 고쳐준 사람은 또 누구였지? 저 돌에 새겨진 표시를 지닌 대지부장이 도대체 누구난 말이야.' 집회장에서 또 회의석상에서 자신이 늘 앉는 곳을 손으로 가리키며 그가 소리쳤어요. 빌리 피시를 포함하여 거기 모인 사람들 중 입을 여는 사람은 아무도 없었지요. 그래서 내가 나섰어요. '댄, 진정해. 고향에서 하듯이 여자들에게 직접 물어봐. 이곳 사람들도 영국인과 똑같다고 했잖아.'

'왕의 혼인은 국가적인 일이야.' 자신이 자제심을 잃어가고 있다고 느껴서 그랬는지—정말 그가 그렇게 느끼기를 나는 바랐죠—그는 더욱더 격노한 목소리로 외쳐댔어요.

보다 못한 나는 바시카이 족장인 빌리 피시를 불러 물어보았어요. '도대체 뭐가 문제야? 진정한 친구인 내게 솔직하게 얘기해보라고.' 빌리 피시가 대답했어요. '글쎄요. 모든 것을 다 아는 당신에게 일개 사람인 내가 무슨 말씀을 드릴 수 있겠습니까마는, 문제는 사람의 딸이 어떻게 신—악마라도 마찬가지겠습니다만—과 결혼할 수 있단 말입니까? 그건 있을 수 없는 일이죠.'

난 성서에 이와 비슷한 내용이 있었던 것 같다는 생각이 들었어요. 어쨌든 난 우리와 오랫동안 함께 지내온 이들이 아직 우리를 신이라고 믿는다는 사실에 놀랐어요. 그러나 그렇게 믿는다니, 난들 어쩌겠어요.

'신은 무엇이든지 할 수 있어.' 내가 말했어요. '만일 왕이 어떤 여자를 사랑한다면 그 여자를 죽게 내버려두지는 않을 거야.' '죽을 겁니다.' 빌리 피시가 말했어요. '이 산속에는 수많은 신과 악마가 있어요. 그런데 그들 중 하나와 결혼했던 여자는 결국 사라져버리고 말았어요. 그런데 오직 신만이 알 수 있는 돌에 새겨진 기호를 당신들은 찾아냈어요. 우리도 그전까지는 당신들이 사람이라고 생각했었지요.'

난 그때 그것을 찾은 것은 우연이었다는 점을 말해주었어야 했어요. 그러나 난 아무 말도 안 했지요. 그날 밤 내내 언덕 밑에서 조금 떨어진 곳에 있는 조그만 사원에서는 나팔 소리와 한 소녀의 울음소리가 그치지 않았어요. 사제들 중 한 사람이 우리에게 바로 그 울음의 주인공이 왕과 결혼할 여자라고 말해주었지요.

'그따위 소리 집어치워!' 댄이 말했어요. '너희들의 관습에 대해 뭐라고 할 생각은 없어. 그러나 그 여자는 내 아내가 될 사람이란 말이야!' '그 여자아이는 지금 좀 두려워하고 있습니다.' 사제가 말했어요. '그 아이는 자기가 곧 죽을 거라고 생각하고 있죠. 그래서 사람들이 지금 사원에서 그 아이를 달래고 있는 중입니다.'

'좀 부드럽게 달래라고 하지, 그래.' 드라보트가 말했어요. '그렇지 않으면 끽소리도 못하도록 내가 너희들을 흠씬 두들겨 패주겠어.' 그는 다음 날 맞이할 아내에 대한 생각으로 잔뜩 들떠 거의 밤새도록 잠을 못 이루며 서성거렸어요. 그는 정말로 들떠 있었어요. 그러나 외국에서 여자와 관계를 맺는다는 것이 얼마나 위험한 일인가를 아는 나는 별로 마음이 편하지 않았어요. 그 점에서는 왕이 아니라 어떤 사람의 경우라도 마찬가지겠지요. 드라보트가 아직 자고 있던 아침에 일찍 잠에서 깬 나는 사제들이 모여 뭔가 수군거리는 광경을 보았어요. 족장들도 한데 모여 뭔가에 대해 이야기하고 있더군요. 내가 나타나자 그들은 나를 힐끗 쳐다보았어요.

'무슨 일이야?' 바시카이에서 온 피시에게 물었어요. 모피를 몸에 두른 그의 모습은 보기에도 멋있었어요.

'글쎄요, 뭐라고 말씀드려야 할지 모르겠습니다만 당신께서 이 무의미한 일을 중지하도록 왕을 설득해주시는 것이 왕이나 당신, 그리고 우리 모두를 위해 좋은 일이라는 생각이 듭니다.' 그가 말했어요.

'나도 동감이야. 그러나 우리와 맞서 싸운 적도 있고 우리를 위해 싸운 적도 있는 네가 우리를 설마 신이라고 생각하는 것은 아니겠지? 우리가 전능하신 신이 만든 가장 훌륭한 작품이라는 것은 의심할 바 없지만 말이야. 어쨌든 우린 분명 인간일 뿐이야.'

'그럴 수도 있겠죠.' 빌리 피시가 말했어요. '그러나 만일 정말 그렇다면 유감스러운 일이군요.' 그는 잠시 머리를 모피 코트에 파묻은 채 생각에 잠기더니 이렇게 말했지요. '왕이시여, 당신이 인간이든 신이든 혹은 악마이든 저는 오늘 당신에게 충성을 다하겠습니다. 저는 지금 스무 명의 부하를 거느리

고 있는데 그들은 제 명령을 따를 겁니다. 폭풍이 지날 때까지 저희는 바시카이로 가 있겠습니다.'

전날 밤 내린 눈으로 북쪽에서 밀려오는 두껍고 검은 구름을 제외하곤 모든 것이 하얗게 변해버렸어요. 흰색이 만면한 드라보트가 왕관을 머리에 쓴 채 팔을 휘젓고 발을 구르며 나왔어요.

'댄, 마지막 부탁이야. 이쯤에서 그만둬!' 난 소리를 죽여가며 말했어요.

'여기 빌리 피시가 말하기를 난리가 날 거래.'

'나의 백성이 소동을 피울 거라고?' 드라보트가 말했어요. '염려하지 마, 피치. 아내를 구하지 않다니, 넌 정말 멍청한 놈이야. 나의 신부는 어디 있나?'

나귀가 울부짖듯 큰 소리로 드라보트가 외쳤어요. '족장과 사제들을 모두 불러들여. 그리고 그 여자가 과연 황제인 나와 어울리는 여자인지 한번 보아야겠다.'

그런데 누구도 일부러 소집할 필요는 없었어요. 총과 창을 손에 든 그들이 이미 소나무 숲 가운데의 공터를 에워싸고 있었기 때문이죠. 사제 대표 한 사람이 여자를 데려오기 위해 사원으로 내려갔어요. 잠시 서성이던 빌리 피시가 화승총을 든 스무 명의 부하와 함께 다니엘 뒤편에 버티고 섰어요. 그들은 모두 6피트가 넘는 장신이었답니다. 난 드라보트의 옆에 서 있었는데 우리 뒤에는 정규군 스무 명이 있었어요. 얼마 후 여자가 올라왔는데 그녀는 체격이 좋은 시골 여자였어요. 온통 은과 터키옥으로 치장한 그녀는 백지장처럼 하얗게 질려 자꾸 사제들이 서 있는 뒤를 돌아다보았지요.

'이만하면 됐어.' 여자를 훑어보며 댄이 말했어요. '자, 무서워하지 말고 어서 내게 키스해.' 팔로 여자를 안은 채 그가 다그쳤어요. 눈을 감고 우는 듯하던 그 여자의 얼굴이 댄의 타는 듯한 붉은 수염에 덮이는 것 같았어요.

'어, 이 계집이 나를 물었어!' 손으로 목 근처를 감싸며 댄이 소리쳤는데 정말 그의 손에는 붉은 피가 묻어 있었어요. 빌리 피시와 화승총을 든 그의 부하 두 명이 댄을 부축하여 바시카이 사람들 사이로 끌어당겼습니다. 그러는 동안 사제들은 그들 말로 소리를 질러댔어요. '신도 악마도 아닌 사람일 뿐이야!' 눈 깜짝할 사이에 사제 한 사람이 내게 달려들었고 그 뒤에 있던 병사들은 바시카이 사람들을 향하여 총을 쏘기 시작했어요.

'맙소사!' 댄이 말했어요. '이게 도대체 어떻게 된 일이야?'

'어서 이리로 오십시오. 폭동이 일어났어요. 지금 빨리 바시카이 지역으로 몸을 피해야 합니다.' 빌리 피시가 외쳤어요.

난 정규군 소속의 내 부하들에게 명령했지만 소용이 없었어요. 그래서 가무잡잡한 피부의 그들을 향해 영국제 마티니 총을 쏴 그중 나란히 서 있던 세 놈을 거꾸러뜨렸지요. '신도 악마도 아닌 사람일 뿐이야'라고 외치는 사람들로 계곡은 온통 소란스러웠어요. 빌리 피시가 지휘하는 바시카이 군대가 우리를 보호해주려 안간힘을 다했으나 그들이 소지한 화승총의 위력은 카불 소총과는 비교도 안 되는 보잘것없는 것이었어요. 얼마 후 우리 쪽에 있던 네 명의 병사가 쓰러지고 말았어요. 화가 머리끝까지 치민 댄은 마치 황소처럼 고함을 질러댔고 빌리 피시는 사력을 다해 그가 군중 쪽으로 뛰어가는 것을 막았지요. '더 이상 안 되겠어요. 자, 빨리 계곡 아래로 후퇴합시다. 마을 전체가 우리를 향해 덤벼들고 있어요.' 화승총을 든 병사들이 계곡 아래를 향해 뛰기 시작했고 우리도 저항하는 드라보트를 억지로 끌고 그들을 따라 뛰었어요. 그는 땀을 비 오듯 흘리며 자기가 왕이라고 소리쳤지요. 사제들은 우리를 향해 커다란 돌멩이를 던졌고 병사들은 마구 총을 쏘아댔어요. 결국 계곡까지 무사히 도망친 사람은 댄, 빌리 피시, 그리고 나를 빼고 겨우 여섯 명에 불과했죠.

그러자 그들은 총격을 중단했고 사원에서는 다시 나팔 소리가 울리기 시작했어요. '제발, 어서 이곳을 빠져나갑시다!' 빌리 피시가 애원했어요. '그놈들은 우리가 바시카이에 도착하기 전에 발 빠른 놈들을 풀어 우리를 잡으려고 기를 쓸 거예요. 그곳에서는 당신들을 보호해줄 수 있지만, 이곳에서는 저도 어쩔 도리가 없어요.'

제 생각으로는 댄이 미치기 시작한 것은 바로 그때부터였던 것 같아요. 그는 마치 목을 찔린 돼지처럼 아래위를 번갈아 바라보았어요. 그런 다음 그는 혼자서 돌아가 자신의 손으로 직접 사제들을 죽이려고 했어요. '나는 황제야.' 드라보트가 말했어요. '그리고 내년이면 난 여왕 폐하의 기사가 될 거야.'

'그래, 그런 건 아무래도 좋아. 그러나 어쨌든 지금은 빨리 이 자리를 뜨자고.'

'이건 모두 네 잘못이야.' 그가 말했어요. '군을 좀 더 잘 감독했더라면 이런 일은 없었을 게 아냐! 반란이 일어났는데 사전에 그 낌새도 눈치채지 못했다니 말이나 돼? 이 기관사나 선로공, 선교사의 앞잡이 노릇밖에는 못 할 인간 같으니!' 이 모든 소동이 그의 바보짓 때문이라는 것을 잘 알고 있었지만 극도로 의기소침해진 난 그의 말을 반박할 여력이 없었어요.

'댄, 미안해.' 내가 말했어요. '하지만 원주민들이 무슨 짓을 할지 어떻게 예측할 수 있겠어. 이번 폭동은 1957년에 일어난 인도인의 폭동 같은 거야. 일단 바시카이에 도착한 후에 뭔가 계획을 세워보자고.'

'그래, 그럼 바시카이로 가자.' 댄이 말했어요. '그러나 두고 봐. 다시 이곳에 돌아와 개미 새끼 한 마리도 남겨놓지 않고 모조리 싹 쓸어버리고 말겠어.'

그날 우리는 하루 종일 걸었어요. 그날 밤 내내 댄은 눈 위를 허둥대며 걸으면서, 수염을 질겅질겅 씹으며 뭔가 혼잣말로 중얼거렸어요.

'아무래도 피할 길이 없을 것 같아요.' 빌리 피시가 말했어요. '사제들이 마을로 사람들을 보내 당신들은 신이 아니고 인간이라고 떠벌릴 것이 틀림없어요. 좀 더 안정될 때까지 당신들은 신으로 행세해야 했어요. 나도 이제 끝장난 것 같아요.' 이렇게 말하며 빌리 피시는 눈 위에 엎드려 자신의 신에게 기도하기 시작했어요.

다음 날 아침, 우리는 정말 험한 지역에 도착했어요. 어디를 봐도 평지는 없었고 먹을 것도 찾을 수 없었어요. 여섯 명의 바시카이 병사들은 몹시 허기진 표정으로 빌리 피시에게 무언가를 요구하려는 듯한 표정을 지었으나 말로 표현하지는 않았어요. 정오에 우린 눈으로 뒤덮인 산의 정상 바로 아래까지 당도했습니다. 간신히 올라가보니, 이게 웬일입니까, 놈들이 정면에서 우리를 기다리고 있는 게 아니겠습니까!

'참 빨리도 왔구먼.' 빌리 피시가 희미하게 웃으면서 말했어요. '놈들이 우리를 기다리고 있었어요.'

적진으로부터 서너 명의 병사가 총을 쏘아댔고 그중 한 발이 댄의 정강이를 관통했지요. 총을 맞자 댄은 제정신으로 돌아왔어요. 눈밭 저쪽에 있는 적군을 바라본 댄은 그들이 소지하고 있는 무기가 바로 우리가 가져다주었던 것이라는 사실을 알게 되었죠.

'이제 우리는 끝장이야.' 그가 말했어요. '저놈들은 영국인들이야. 너희들이 이 지경에 빠지게 된 것은 나의 어처구니없는 생각 때문이야. 빌리 피시, 부하들을 이끌고 돌아가. 너는 최선을 다했어. 이제 그만해. 그리고 카르네핸, 나와 작별 인사를 하고 빌리 피시와 함께 가도록 해. 그들은 너희들을 죽이지는 않을 거야. 나 혼자 그들을 상대하겠어. 이 모든 일을 일으킨 장본인은 바로 나야. 왕인 나란 말이야.'

'망할 놈, 뒈져버려!' 내가 말했지요. '난 너와 함께 있을 거야. 빌리 피시, 너는 이제 빠져! 우리 둘이 저놈들을 상대할 거야.'

'저도 명색이 족장입니다.' 빌리 피시가 조용히, 침착하게 말했어요. '당신들과 함께 남겠어요. 너희들은 가도 좋아.'

바시카이 병사들은 두말 않고 도망치기 시작했어요. 댄과 나 그리고 빌리 피시는 북소리와 나팔 소리가 진동하는 적진을 향해 걸었어요. 날씨는 정말 대단히 추웠지요. 그때 추위는 아직도 내 머릿속에 생생하게 살아 있어요."

천장에 단 커다란 부채를 부쳐주던 일용직 근로자들은 모두 잠에 곯아떨어져 있었다. 사무실은 두 개의 석유 램프에서 흘러나오는 불빛으로 환하게 밝혀져 있었고, 고개를 숙이자 내 이마에 맺혀 있던 땀방울이 압지 위로 흘러 떨어졌다. 몸을 심하게 떨고 있는 카르네핸을 보며 난 그가 혹시 의식을 잃지나 않을까 하고 걱정했다. 나는 얼굴을 닦고 무참하게 뭉개진 그의 손을 다시 잡으며 말했다. "그래서 어떻게 되었습니까?"

"어떻게 되었냐고요?" 카르네핸은 감정이 북받치는 듯 말을 이었다. "그놈들은 아무 말도 하지 않고 조용히 우리들을 붙잡았어요. 왕이 그를 붙잡았던 첫 번째 놈을 쳐서 쓰러뜨리고 이 늙은 피치가 그들을 향해 마지막 남은 총알을 퍼붓는 동안에도 그들은 한마디도 하지 않고 우리를 끌고 눈길을 걸어갔어요. 그 돼지 같은 놈들은 정말 아무 말도 하지 않고 우리를 둘러싼 채 걸었지요. 그들이 두르고 있던 모피에서 나는 냄새는 지독했어요. 아, 그런데 놈들은 바로 그때 그 자리에서 마치 돼지를 잡듯이 우리 모두의 좋은 친구였던 빌리 피시의 목을 따버렸어요. 그러자 왕은 피가 흥건히 괸 눈밭을 발로 차면서 이렇게 말했지요. '정말 산전수전 다 겪으며 어렵게 여기까지 왔는데! 이젠 또 뭐야!' 그러나 나, 피치, 피치 탈리아페로는 당신에게 친구로서 모든 것을 털어놓겠습니다. 그는 극도로 흥분했어요. 아니, 그가 아니라 왕이라고 해야겠죠. 그래요. 왕은 매우 흥분했어요. 밧줄로 교묘하게 만든 다리에서 말입니다. 저, 그 종이 자르는 칼 좀 이리로 주시겠습니까? 그 다리는 이렇게 한쪽으로 기울어져 있었어요. 그들은 그를 끌고 눈길을 걸어 1마일쯤 떨어진 곳의 협곡에 걸쳐져 있는 문제의 다리에 당도했습니다. 밑에는 강물이 흐르고 있었어요. 이런 다리를 본 적이 있으시죠? 놈들은 마치 소를 몰듯 엉덩이를 때리며 그를 끌고 갔어요. '이 망할 놈들아!' 왕이 외쳤어요. '신사답게 죽는 것이 어떤 것인가를 보여주겠다!' 그는 어린아이처럼 울고 있는 피치를 돌아다보며 이렇게 말했어요. '피치, 결국 네가 이렇게 된 것은 모두 나 때문이야. 잘 살고 있던 너를 꼬여내 결국 네가 한때 황제의 군대 사령관으로서 지배하던 카피리스탄에서 개죽음을 당하게 하다니. 자, 피치, 나를 용서한다고 말해줘.' '그래 용서해.' 피치가 말했어요. '댄, 진심으로 너를 용서해.' '피치, 그럼 악수해줘. 나 이제 떠난다.' 이 말을 남기고 그는 좌우를 살피지도 않고 다리 위로 나아갔어요. 춤추듯 흔들리는 밧줄 다리 한가운데 도착하자 그는 '자, 이 빌어먹을 놈들아, 이제 다리를 끊어!'라고 소리쳤어요. 그러자 놈들은 다리를 끊어버렸고 댄은 깊은 계곡 속으로 빙빙 돌며 떨어졌어요. 그의 몸이 물에 빠질 때까지 반시간이나 걸렸으니까 아마 그 계곡의 깊이는 2만 마일은 족히 되었을 거예요. 그의 몸과 왕관이 바위에 부딪혀 튕겨나가는 것을 내 눈으로 똑똑히 보았어요.

한데 선생, 놈들이 이 피치에게 무슨 짓을 했는지 아십니까? 그놈들은 이 피치를 소나무에 못 박았어요. 피치의 손을 한번 보시면 금방 알 겁니다. 놈들은 나무못으로 네 손과 발을 못 박았어요. 그런데 그는 죽지 않았지요. 그는 소나무에 매달린 채 소리를 질러댔고 다음 날 놈들은 이건 정말 기적이라고 말하며 그를 끌어내려주었어요. 그놈들은 그들에게 아무런 원한도 없는 불쌍하고 늙은 피치를 끌어내렸어요. 놈들에게 아무런 해도 입히지 않았던 이 피치를……."

그는 몸을 앞뒤로 흔들며 상처투성이의 손등으로 연신 눈물을 닦아내며 고통에 못 이겨 신음하는 어린아이처럼 십 분

동안 통곡했다.

"놈들은 잔인하게도 피치를 사원에 가두고 음식을 넣어주었어요. 신 노릇을 하던 댄보다도 그가 훨씬 더 신처럼 보인다고 말하면서 말이에요. 그런 다음 그들은 그를 눈 위로 내몰면서 집으로 가도 좋다고 했죠. 피치는 약 일 년 동안 길거리에서 구걸로 연명하며 간신히 집으로 돌아올 수 있었어요. 아마도 그것은 다니엘 드라보트가 앞장서서 '자, 힘내, 피치. 우린 정말 힘든 일을 잘해내고 있는 거야!'라고 말하며 길을 안내해주었기 때문이었을 겁니다. 밤이면 산들이 춤을 추었고, 또 피치의 머리 위로 온통 쏟아져내릴 것 같았어요. 그러나 댄이 그의 손을 잡아주었고 그는 댄의 머리를 절대로 놓치지 않으려고 꽉 잡았죠. 놈들은 사원에서 댄의 머리를 그에게 선물로 주었어요. 다시는 그곳에 돌아오지 못하도록 겁을 주기 위해서였죠. 굶주림에 떨면서도 피치는 머리에 얹혀 있던 순금으로 만든 드라보트의 왕관을 팔지 않았답니다. 당신도 드라보트를 아시죠? 정의롭고 찬양받아 마땅한 우리의 동지 드라보트 말입니다. 자, 그가 여기 있습니다. 보세요!"

그는 허리춤에 차고 있던 누더기를 뒤지더니 은실로 장식된 말의 털로 짠 검은 주머니를 꺼내 안에 들어 있던 바싹 말라 쭈글쭈글해진 다니엘 드라보트의 머리를 집어 들어 흔들며 내게 보여주었다. 석유 램프의 빛을 압도하며 사무실 가득 환하게 비추던 아침 햇살에 드러난 붉은 수염과 움푹 파인 눈

두덩, 그리고 카르네핸이 찌그러진 관자놀이에 얹어놓은 터키옥을 박은 금관은 보기에도 끔찍한 광경이었다.

"자, 똑똑히 보세요." 카르네핸이 말했다. "생전의 그의 모습과 똑같죠? 왕관을 머리에 쓴 카피리스탄의 왕, 그 모습 그대로예요. 아, 한 나라의 군주였던 불쌍한 나의 옛 친구 다니엘!"

흉측하게 일그러진 머리였지만 그 속에서 옛날 마와르 역에서 만났던 그 남자의 모습을 발견한 나는 충격에 몸을 떨었다. 카르네핸이 떠나려고 자리에서 일어났다. 그런 다리로 걷는 것이 무리라고 생각한 나는 그를 만류하였다.

"제게 남은 술과 돈을 좀 주실 수 있겠습니까?" 그는 숨을 헐떡이며 말했다. "전 한때 왕을 지낸 사람입니다. 부판무관을 찾아가 건강을 회복할 때까지 구빈원에 머무를 수 있도록 주선해달라고 요청하겠어요. 아니, 괜찮습니다. 당신이 마차를 불러주실 때까지 기다릴 시간이 없군요. 남부에 있는 마와르에 급한 볼일이 있어서요."

그는 휘청거리며 사무실을 나가 부판무관의 집 쪽으로 가버렸다. 찌는 듯이 덥던 그날 정오, 우연히 나무 그늘이 진 산책로를 지나던 나는 모자를 손에 든 채 영국의 길거리 가수처럼 떨리는 목소리로 노래를 부르며 하얀 먼지가 뒤덮인 길을 따라 기어가는 장애인을 보았다. 거리에는 사람의 그림자라곤 찾아볼 수 없었고 근처에는 집도 없었다. 그런데도 그는 고개를 흔들면서 코맹맹이 소리로 노래를 부르고 있었다.

사람의 아들이 전쟁에 나간다

황금 왕관을 얻으러

피처럼 붉은 깃발의 물결이여

그를 따르는 자 그 누군가?

노랫소리를 차마 더 이상 듣고만 있을 수 없었던 나는 비참한 몰골을 한 그 불쌍한 친구를 내 마차에 싣고 일단 가장 가까운 곳에 있는 선교사의 집으로 향했다. 궁극적으로 난 그를 수용소로 보낼 참이었다. 나와 함께 가는 동안 그는 앞서 불렀던 찬미의 노래를 두 번이나 반복하였다. 그는 나를 전혀 알아보지 못했다. 나는 노래를 부르고 있는 그를 선교사에게 맡기고 물러났다.

이틀 뒤, 나는 수용소 관리인에게 연락해 그에 관한 소식을 물어보았다.

"수용소에 들어올 때 그는 이미 일사병에 걸려 있었는데 결국 어제 아침 일찍 죽었답니다." 관리인이 말했다. "그가 한낮에 머리에 아무것도 쓰지 않은 채 삼십 분씩이나 돌아다녔다는 것이 사실입니까?"

"네." 내가 대답했다. "그런데 혹시 그가 죽을 때 머리에 뭔가 쓰고 있지는 않았습니까?"

"제가 아는 한 그런 일은 없었는데요." 관리인이 말했다.

이 사건은 이것으로 끝이 났다. ●

옮긴이 강자모

서강대학교 영문과를 졸업하고 미국 마케트대학에서 석사학위, 캔자스 대학에서 박사학위를 받았다. 현재 세종대학교 영어영문학과 명예교수로 있다. 주요 번역서로는 『영문학의 이해와 글쓰기』, 『마이크로소프트와 빌 게이츠』, 『의식』 등이 있다.

왕다운 죽음으로 왕이 된 건달

—

다니엘은 피처라는 부인물副人物을 거느리고 인도를 떠도는 소小 악당 혹은 건달이다. 그들은 어떤 연유인가로 번영하고 부강한 본국 영국에서 소외되어 식민지를 떠돌며 위로는 토후들과 식민관료들을, 아래로는 힘없고 무지한 원주민들을 등치고 산다. 그러나 영국인이라는 점 외에는 아무런 힘도 배경도 없는 만큼 때로는 구걸이나 좀도둑질도 피할 수 없었을 것이다.

왕이 되려 한 그들의 거창한 야심도 실은 사기나 도둑질을 위한 착상의 발전에 지나지 않았으리라. 그런데 식민주의 구도 하의 세계가 그런 그들의 터무니없는 꿈을 가능하게 만들어준다. 카피리스탄이라는, 아직은 열강의 식민지로 분할되지 않은 미개지에서 그들이 가져간 신식 장총 스무 정과 야릇한 우연의 일치는 다니엘을 왕위에 앉게 해준다.

여기까지라면 이 작품은 한창 뻗어가는 대영제국의 기상을 반영하는 전형적인 제국주의적 모험소설에 지나지 않게 된다. 그러나 어쩌 보면 당연할 수도 있는 다니엘의 욕심에서 비롯된 파국이 이 작품을 단순한 모험소설에서 건져내 인간성의 깊이 모를 심연 한 모퉁이를 들여다볼 수 있는 명품으로 끌어올린다. 이 빈털터리 부랑자, 건달, 사기꾼을 한순간에 왕의 자리에 올려놓는 인격의 눈부신 고양高揚이다.

"이 망할 놈들아! 신사답게 죽는 것이 어떤 것인가를 보여주
겠다!"

반란을 일으킨 원주민들에게 사로잡혀서 계곡의 줄다리 위
로 끌려간 상태에서 그렇게 태연히 말하는 다니엘은 이미 지난
날의 건달 사기꾼이 아니다. 그리고 스스로 흔들흔들하는 다리
한가운데까지 걸어가, "자, 이 빌어먹을 놈들아, 이제 다리를 끊
어!" 하고 외칠 때 그는 진정한 왕이 된다. 빌어먹을 놈, 즉 거지
는 그들이 건달로 떠돌 때조차도 마음 놓고 경멸할 수 있는 계
층이었다. 그런데 다니엘은 자기를 죽일 수 있는 자들에게 가
차 없는 경멸로 그렇게 명령하고 아득한 죽음으로 떨어져 내린
다. 아이러니컬하게도 왕답게 죽는 순간에 비로소 왕이 된다.

'왕다움'은 사내들이 추구하는 이념미의 하나이다. 그 위엄,
용기, 신의, 관대함은 모두가 사내들에게 요구되는 덕목이다.
거기다가 최후의 비장함까지 갖추어, 살았더라면 하찮은 건달
로 식민지를 떠돌았을 한 사내를 모자람 없는 왕으로 만들고
있다.

이 작품을 전범으로 권하기에 망설여지는 점이 있다면 그것
은 액자와 내용 모두가 일인칭에 직접화법으로 처리된 이중구
성이 주는 부담 때문일 것이다. 특히 거의 직접화법으로 처리
되는 액자 안의 내용은 속도감은 있어도 그만큼 거칠고 소략해
동화 같은 느낌까지 준다. 피치의 얘기는 간접화법 혹은 삼인
칭으로 처리했으면 더 정연하고 인상적이었을지도 모른다.

지은이 키플링은 인도 태생의 영국 작가로 주로 19세기 후반에 활동했다. 영국에서 대학을 마치고 인도로 돌아가 지방신문 기자로 일하다가 단편집 『산중야화』로 작가 생활을 시작했다. 우리에게는 『정글북』으로 잘 알려져 있고, 그 밖의 작품으로는 보아전쟁에서 취재한 장편 『킴』과 『사라진 빛』 등 다수한 소설 외에 『판잣집의 속요』, 『병영의 노래』, 『7대양』 등의 시집이 있다. 만년에는 시 짓기에 전념했다.

그냥 비누 거품

Espuma y nada más

에르난도 테예스 지음

안정효 옮김

에르난도 테예스

콜롬비아의 언론인이자 작가. 1908~1966년. 콜롬비아 보고타에서 태어나 성장한 그는 이른 나이에 현지 유력 언론사와 잡지에서 근무하며 저널리즘에 눈을 떴다. 하지만 그의 이름을 알린 것은 단편소설집 『바람에 날리는 잿가루』가 주목을 받으면서이다. 테예스가 활동하던 시기 콜롬비아는 소위 '폭력의 시대'라고 불린 내전과 군사독재의 혼란기였다. 콜롬비아 의회에서 활동하기도 했던 그는 19세기 콜롬비아가 세 차례 내전을 거치며 콜롬비아, 베네수엘라, 에콰도르로 나뉜 역사적 상황에 대해 깊은 관심을 보였다. 「그냥 비누 거품」은 그의 가장 널리 알려진 작품이다.

들어올 때 그는 아무 말도 하지 않았다. 나는 제일 좋은 면도칼들을 골라 가죽 띠에다 쓱싹쓱싹 문지르며 날을 세우던 중이었다. 그가 누구인지 한눈에 알아본 나는 덜덜 떨기 시작했다. 하지만 그는 눈치를 채지 못했다. 감정을 감추려고 애쓰면서 나는 계속해서 면도칼의 날을 세웠다. 나는 면도날이 얼마나 날카로워졌는지 엄지손가락으로 확인하고는 머리 위로 쳐들어 햇빛에 비춰보았다. 그러는 사이에 그는 권총집이 대롱대롱 매달리고 총알이 잔뜩 꽂힌 탄띠를 풀었다. 그는 탄띠를 벽의 옷걸이에 걸고 그 위에 군모를 얹었다. 그러더니 넥타이의 매듭을 풀며 나에게로 돌아서서 말했다. "날씨가 정말 짜증 나게 덥군그래. 면도 좀 해주게나." 그는 의자에 앉았다.

내 짐작으로 그는 나흘가량은 면도를 하지 못한 듯싶다. 우리 편 군대를 찾아다니느라고 최근에 출동해서 보낸 나흘이었으리라. 그의 얼굴은 햇볕에 타서 새빨갛게 그을렸다. 나는 꼼꼼히 비누 거품을 준비했다. 나는 비누 몇 켜를 베어 물잔에 넣고는 따뜻한 물을 조금 섞어서 솔로 휘저었다. 곧 거품이 일기 시작했다. "다른 부대원들 역시 수염이 이만큼씩 자랐겠군요." 나는 계속해서 비누 거품을 저었다.

"하지만 우린 좋은 전과를 올렸어. 굵은 놈들을 잡았으니까.

몇 명은 시체로 끌고 왔는데, 생포한 놈들도 여럿이야. 하지만
한 놈도, 단 한 놈도 살려두지 않겠어."

"몇 사람이나 잡았나요?" 내가 물었다.

"열넷. 놈들을 찾으려고 우린 숲속으로 꽤 깊이 들어가야 했
지. 하지만 우리들이 꼭 응징할 거야. 이번에는 단 한 명도 살
려두지 않겠다고. 단 한 명도 말이야."

그는 의자에 길게 누워 비누 거품을 잔뜩 묻힌 솔을 들고 서
있는 나를 쳐다보았다. 나는 그에게 아직 이발 보자기조차 두
르지 않은 채였다. 분명히 나는 그만큼 흥분한 상태였다. 서랍
에서 뒤늦게 보자기를 꺼내 그의 목에 두르고 매듭을 지었다.
그는 얘기를 그치려고 하지 않았다. 그는 아마 내가 자기편 동
조자라고 믿는 모양이었다.

"며칠 전에 우리가 제대로 맛을 보여줬으니까 마을 사람들
은 이제 정신을 차렸겠지." 그가 말했다.

"그럼요." 시커멓게 땀에 젖은 그의 목에다 단단히 매듭을
지으며 내가 대답했다.

"그만하면 꽤 볼만했어, 안 그래?"

"아주 훌륭했어요." 솔을 집으려고 돌아서면서 나는 맞장구
를 쳤다. 남자는 피곤하다는 시늉을 하면서 눈을 감더니 시원
한 비눗물을 발라주기를 누워서 기다렸다. 그토록 가까운 곳
에서 내가 그를 대하기는 이때가 처음이었다. 네 명의 반란군
을 학교 마당에 목매달아 두었으니 모든 마을 사람이 줄을 지

어 와서 보라고 명령을 내렸던 날, 나는 잠깐 동안 그와 얼굴이 마주쳤었다. 하지만 만신창이가 된 시체들의 끔찍한 광경에 압도당한 나는 그 모든 일을 저지른 남자의 얼굴에 차마 눈길이 가지 않았는데, 바로 그 얼굴이 지금은 내 손아귀에 들어온 셈이었다. 그의 얼굴은 분명히 별로 나쁜 인상이 아니었다. 그리고 실제 나이보다 약간 늙어 보이게 하던 수염은 그에게 제법 잘 어울리는 듯싶었다. 그의 이름은 토레스였다. 토레스 대장. 반란군들을 발가벗겨 나무에 매달고 나서 시체의 어떤 부분을 겨냥하여 사격 연습을 시킬 정도라면 그는 상상력도 풍부한 사람이었다. 나는 비눗물을 우선 한 겹 바르기 시작했다. 눈을 감은 채로 그는 얘기를 계속했다. "난 지금 당장 조금도 힘들이지 않고 그냥 잠들지도 몰라." 그가 말했다. "하지만 오늘 오후에 난 할 일이 많아." 나는 비누 거품을 바르던 손을 멈추고는 일부러 무관심한 척하면서 물었다. "총살형을 집행하나요?" "뭐 비슷한 거지만 시간을 좀 잡아먹는 느긋한 행사야." 나는 다시 그의 수염에 비누 거품을 바르기 시작했다. 내 손이 다시 떨려왔다. 남자는 그런 눈치를 채지 못한 듯싶었고, 그것이 나에게는 다행이었다. 하지만 나는 이 사람이 차라리 찾아오지 않았더라면 더 좋았으리라는 생각이 들었다. 우리 편 사람들 여러 명이 그가 들어오는 것을 보았으리라. 그리고 적이 제 발로 찾아올 경우에는 어떤 조건들이 저절로 부여된다. 나는 여느 손님이나 마찬가지로 그의 수염을 조심스럽게, 부드러운 손길로 깎아야 하며, 어느 털구멍에서도 피 한 방울 비치지 않도록 책임을 다해야만 한다. 털이 엉킨 곳에서는 면도날이 제멋대로 빗나가지 않도록 조심해야 한다. 손등으로 스쳐보았을 때 털이 한 가닥도 닿지 않을 정도로 말끔하고, 부드럽고, 깨끗하게 일을 끝내야 한다. 그렇다, 나는 비밀리에 활동하는 반란군이었지만 양심적인 이발사이기도 했으며, 꼼꼼한 내 솜씨를 자랑으로 여겼다. 그리고 나흘 동안 자란 이 수염은 내 솜씨를 보여주기에 적절한 도전이었다.

나는 면도칼을 집어 양쪽 덮개를 펴고는 날을 꺼내 한쪽 구레나룻을 밑으로 깎아 내려가면서 일을 시작했다. 면도날은 기막히게 잘 들었다. 그의 수염은 구부러지지 않을 정도로 뻣뻣하고, 별로 길지 않았지만 숱이 많았다. 조금씩 조금씩 살갗이 드러났다. 면도칼이 사각사각 귀에 익은 소리를 내며 이동하는 사이에 잘린 털이 섞인 비누 거품이 점점 두텁게 날에 붙었다. 나는 손을 잠깐 멈추고, 거품을 닦아낸 다음에, 일을 제대로 열심히 하려는 이발사답게 가죽 띠를 잡고는 면도날을 다시 세웠다. 그러자 남자는 감았던 눈을 뜨고 앞치마 밑에서 한쪽 손을 꺼내더니 비누 거품이 사라진 얼굴 한 부분을 손으로 만지며 말했다. "오늘 여섯 시에 학교로 와서 봐." "지난번과 똑같은 일이 벌어지나요?" 나는 겁에 질려서 물었다. "더 볼만할지도 모르지." 그가 대답했다. "무얼 하실 작정인데요?" "아직은 모르겠어. 하지만 우리도 좀 재미를 봐야지." 그는 다시 길게 눕더니 눈을 감았다. 나는 면도칼을 똑바로 쥐고 그에게로 다가갔다. "그들을 모두 처벌하실 생각인가요?" 나는 겁이 나기는 하지만 겨우 용기를 내어 물었다. "모조리." 그의 얼굴에서는 비눗물이 마르는 중이었다. 나는 시간이 별로 없었다. 나는 거울에 비친 길거리 쪽을 내다보았다. 여느 때나 마찬가지 풍경이어서, 잡화점에는 손님이 두세 사람 들었다. 힐끗 시계를 보았더니 오후 두 시 이십 분이었다. 면도 날은 계속해서 밑으로 깎아 내려갔다. 그러고는 다른 쪽 구레나룻을 깎아 내릴 차례였다. 무성하고 푸르스름한 수염. 몇몇 시인들이나 성직자들처럼 그 수염을 그냥 자라도록 내버려두었더라면 좋았으리라. 그러면 아주 잘 어울렸을 수염이었다. 그의 얼굴을 쉽게 알아보지 못할 사람들도 많으리라. 목 부분을 매끄럽게 깎아보려고 공을 들이면서 나는 생각했다—그러면 본인에게도 이득일 텐데. 털이 훨씬 부드럽기는 해도 조금씩 엉켰기 때문에 목 부분에서는 물론 면도칼을 능숙하게 다루어야만 한다. 꼬불꼬불한 수염. 작은 털구멍 하나만 베어도 핏방울이 솟아나올 터였다. 나처럼 자부심이 강한 이발사라면 절대로 손님에게 그런 일이 일어나게 하지 않는다. 그리고 이 사람은 대단한 손님이었다. 우리 편 대원들 가운데 그의 명령에 따라 총살을 당한 사람이 얼마나 많았던가. 그의 명령에 따라 팔다리가 잘려나간 사람은 또 얼마나 많았던가. 그런 생각은 하지 않는 것이 좋다. 토레스는 내가 그의 적이라는 사실을 모른다. 그는 몰랐고, 다른 사람들도 몰랐다. 그것은 토레스가 읍내에서 무슨 짓을 벌이고 있으며, 반란군을 정벌하러 떠날 때마다 그가 세워놓은 계획이 무엇인지 내가 정확한 정보를 안전하게 혁명 세력에 제공하기 위해 아주 소수의 사람들만이 공유하는 비밀이었다. 그러니까 내 손아귀에 들어온 그를, 면도를 끝낸 다음 살려둔 채로, 왜 유유히 가버리게 내가 내버려두는지를 나중에 설명하기는 쉽지 않은 일이었다.

수염은 이제 거의 다 자취를 감추었다. 그는 들어올 때보다 세파에 덜 시달린 인상이어서, 훨씬 더 젊어 보였다. 이발소를 찾아오는 남자들은 항상 그런 변모를 거친다는 생각이 들었다. 내 면도날이 스칠 때마다 토레스는 다시 젊어지는 중이었는데—그가 젊어지는 까닭은 내가 훌륭한 이발사이기 때문이고, 좀 주제넘은 소리를 하자면, 내가 읍내에서 제일가는 이발사이기 때문이다. 여기 턱 밑에 비누 거품을 조금 더, 그리고 목뼈 위에, 그러고는 이 굵은 핏줄에 비눗물을 더 발라야지. 왜 날씨가 이렇게 갑자기 더워지는지 모르겠구나! 토레스도 나만큼이나 땀을 흘리겠지. 하지만 그는 겁을 내지 않는다. 그는 침착한 남자이고, 오늘 오후에 포로들을 어떻게 처리할 것인지조차 별로 신경 쓰지 않는다. 반면에 나는 손에 면도칼을 들고서, 이 살갗을 어루만지고 쓰다듬어가면서 털구멍들로부터 피가 배어나오지 않도록 신경을 쓰느라 제대로 정신을 차릴 여유조차 없다. 나는 혁명가일지언정 살인자는 아니니까, 그가 찾아온 것은 나에게 내린 저주나 마찬가지였다. 그리고 그를 죽이기란 얼마나 간단한 일이었던가. 물론 그는 죽어 마땅한 인간이었다. 그렇지 않은가? 아니다! 도대체 어찌해야 좋다는 말인가! 어떤 사람도 다른 사람으로 하여금 살인자가 되도록 희생을 강요할 권리는 없다. 도대체 그래서 얻는 바가 무엇이란 말인가? 아무 소득이 없는 일이다. 사람들은 자꾸만 바뀌기 마련이고, 처음 나타난 사람들은 두 번째로 온 사람들을 죽이고, 그들이 또 다음 사람들을 죽여서, 결국은 온통 피바다가 될 따름이다. 나는 이 목을 획! 획! 단숨에 베어버리기가 어렵지 않다. 나는 그가 반항할 틈을 주지 않을 터이며, 눈을 감고 있기 때문에 그는 번득이는 칼날이나 번득이는 내 눈을 보지 못하리라. 하지만 나는 진짜 살인자처럼 덜덜 떨고 있다. 그의 목에서 뿜어나온 핏줄기가 이발보와, 의자와, 내 손과, 마룻바닥으로 솟구쳐 쏟아지리라. 나는 문을 닫아야 할 것이다. 그러면 따뜻하고, 걷잡을 수도 없고 막을 수도 없는 피가 조금씩 천천히 마룻바닥을 타고 흘러, 주홍빛 냇물처럼 길거리까지 새어 나가리라. 한 번만 정확하게 휘둘러서 깊이 베어버리면 그가 아무런 고통을 느끼지 않으리라는 것을 나는 안다. 그는 괴로워하지도 않을 것이다. 하지만 시체는 어떻게 처리해야 하나? 시체는 어디다 감춰야 좋을까? 나는 모든 재산을 버리고 멀리, 아주 멀리 도망쳐서 숨어 살아야 한다. 하지만 그들은 끝까지 쫓아와서 나를 찾아낼 것이다. "토레스 대장을 살해한 자. 그는 면도를 하는 동안에 토레스의 목을 칼로 베어버린 비겁한 놈이다." 그러자 다른 한쪽에서 외치는 소리. "우리 모두를 위하여 복수를 한 사람이다. 기억해야 할 이름. (그리고 그들은 여기에서 내 이름을 댄다.) 그는 마을의 이발사였다. 그가 우리들의 대의명분을 수호하는 줄은 아무도 모르고 있었노라."

그렇다면 이 모든 것은 무엇을 의미하는가? 살인자냐, 영웅이냐? 내 운명은 이 면도칼의 날에 달렸다. 나는 손을 조금만 더 돌려서, 면도날에 약간 더 힘을 주어 눌러버리기만 하면 그만이다. 살갗은 비단처럼, 고무처럼, 가죽처럼 잘려 나가리라. 인간의 피부보다 연약한 것은 또 없으며, 피는 벌써 기다리고 있었다는 듯 쏟아져 나온다. 이런 칼날이라면 실수가 없다. 이것은 내 면도칼들 가운데 제일 좋은 놈이다. 하지만 나는, 그렇다, 살인자가 되고 싶지는 않다. 당신은 면도를 하려고 나를 찾아왔다. 그러니 나는 자부심을 갖고 내 일을 해내리라……. 나는 손에 피를 묻히기가 싫다. 그냥 비누 거품, 그것이 전부다. 당신은 처형의 집행자이지만 나는 한 사람의 이발사에 지나지 않는다. 사람들은 저마다 따로 할 일이 있다. 그렇다. 격에 맞게 살아야 한다.

이제 그의 턱은 매끄럽고 말끔하게 면도가 끝났다. 그는 일어나 앉아서 거울을 쳐다보았다. 그러고는 시원하고 깨끗한 피부를 손으로 만져보았다.

"고마워." 그가 말했다. 그는 탄띠와 권총과 모자를 가지러 옷걸이로 갔다. 내 얼굴은 틀림없이 무척 창백했을 테고, 셔츠는 땀으로 흠뻑 젖었다. 토레스는 허리띠를 여미고, 총집에 권총을 똑바로 꽂고, 익숙하게 머리를 쓸어내린 다음, 모자를 썼다. 그는 바지 호주머니에서 동전을 몇 개 꺼내 나에게 수고비로 건네주었다. 그리고 그는 문을 향해 걸어갔다. 문간에서 그는 잠깐 걸음을 멈추더니 나를 돌아다보며 이렇게 말했다.

"사람들 얘기로는 자네가 날 죽일 거라고 그러더군. 그 말이 정말인지 확인하려고 온 거야. 하지만 사람을 죽인다는 건 쉬운 일이 아냐. 내 말을 새겨두라고." 그러더니 그는 거리를 내려갔다. ●

옮긴이 안정효

서강대 영문과를 졸업하고, 『코리아헤럴드』와 『코리아타임스』 기자를 거쳐 한국브리태니커 편집부장을 지냈다. 1975년 가브리엘 가르시아 마르케스의 『백년 동안의 고독』을 시작으로 130여 권을 번역했고, 1982년 존 업다이크의 『토끼는 부자다』로 제1회 한국번역문학상을 받았다. 1977년 수필 『한 마리의 소시민』을 발표했고, 1985년 장편소설 『하얀 전쟁』으로 등단해, 『할리우드 키드의 생애』, 『가을바다 사람들』, 『은마는 오지 않는다』 등을 선보였다. 영문판 『하얀 전쟁』과 『은마는 오지 않는다』가 각각 1989년과 1990년 『뉴욕 타임스』 추천 도서로 선정됐고, 그 외에 덴마크, 일본, 독일에서도 번역 출간됐다. 1992년 『악부전惡父傳』으로 김유정 문학상을 수상했다. 이 외에도 창작교실 『글쓰기 만보』와 『자서전을 씁시다』, 번역지침서 『번역의 공격과 수비』를 선보였고, 2017년에 『3인칭 자서전-세월의 설거지』를 출간했다.

심약한 정의를 압도하는 악의 강건미

—

작품 속의 이발사는 아마도 정의의 편에 서 있는 사람일 것이다. 그러나 그의 심약은 안타깝다 못해 애처롭다. 그가 해야 할 일은 논의의 여지없이 명백하다. 운 좋게 손안에 들어온 사람 백정이나 다름없는 악당을 처형하는 일이다. 그런데도 온갖 새삼스런 논의와 자제와 소심 때문에 결국 기회는 비누 거품처럼 날아가버린다.

그에 비해 악당은 어떤가. 온갖 끔찍한 악행에도 불구하고 그는 당당하고 거침없다. 더구나 그 이발사가 이미 반란군과 내통하고 있음을 알면서도 시퍼런 그의 면도칼 아래 목을 맡기는 그의 배짱은 거의 무모해 보이기까지 한다. 그러면서도 마지막 한마디를 잊지 않는 그의 여유는 비록 악당이라 할지라도 사내만이 보여줄 수 있는 강건미剛健美의 한 특이한 결정이 될 것이다.

이 작품은 어떤 문학지의 해외 특집란에 소개된 적이 있는 소품이다. 그때는 그냥 재미있게 읽어 넘겼는데 세월이 지나도 그 강렬한 인상이 잊히지 않아 이번에 다시 찾아 실었다.

작가 테예스는 콜롬비아의 대표적인 에세이스트이자 기자이며 문학평론가, 외교관, 소설가, 번역작가로 활동했다. 삼십여 년간 문화 및 소설을 연구한 그는 콜롬비아 현대문학이 태동하기 시작한 1950년대의 산증인이다. 리얼리즘으로 점철되어 있던 종전의 문학을 비판적으로 탈신비화시키면서 새로운 현대문학을 향한 선구자 역할을 충실히 수행한 그는 또한 전 세대들이 과소평가했던 시인 아우렐리오 아르투리오와 레온데 그레이프를 열렬히 칭송하면서 그들의 시 세계를 알리는 데 커다란 노력을 했다.

그의 문학 비평서로는 『불안한 세상』, 『숲속의 불빛』, 『문학』, 『문학과 사회』 등이 있으며 소설집으로는 『바람에 날리는 재』가 있다. 여기에 소개하는 소설 「그냥 비누 거품」은 『바람에 날리는 재』에 수록된 작품으로 중남미의 대표적인 단편으로 평가받고 있다.

무사의 혼

The Warrior's Soul

조셉 콘래드 지음

나영균 옮김

조셉 콘래드

영국의 소설가이자 해양문학의 대표적인 작가. 1857~1924년. 폴란드 베르디추프(현재 우크라이나 베르디치우)에서 독립투사이자 시인, 극작가인 아폴로 코제니오프스키의 외아들로 태어났다. 당시 폴란드는 러시아의 지배하에 있었지만, 아버지 영향으로 폴란드어 교육을 받고 프랑스 문학에도 관심을 가졌다. 부모의 반정부운동 전력으로 1862년부터 유배생활을 하게 된다. 1865년 어머니가 폐결핵으로 사망하고 삼년 후 아버지마저 여의며, 열여섯에는 선원이 되려 프랑스 마르세유로 건너갔지만 수습선원 생활 중에 도박 빚으로 권총 자살을 시도하기도 한다. 1878년 영국으로 건너가 본격적인 선원생활을 시작해, 1886년 영국 귀화 후 선장 자격시험에 합격해 콩고강을 왕래하는 기선을 맡았다. 당시 식민지 생활의 처절함을 직접 보며 매우 비판적인 인식을 갖게 된다. 1894년 서른일곱이라는 늦은 나이에 작가로서 제2의 인생을 시작한다. 1895년 첫 소설 『올메이어의 어리석은 행동』을 비롯해 20여 권에 달하는 그의 소설은 대부분 해양문학의 정수를 보여준다는 평가다. 세계대전 이후 실존주의적 인간관과 엄격한 정치인식으로 주목받았고, 현재까지 19~20세기를 연결하는 중요한 작가로 평가받는다. 1924년 67세에 심장마비로 생을 마감했다. 주요 작품으로는 『나르시스호의 검둥이』, 『청춘』, 『암흑의 핵심』, 『로드 짐』, 『서구인의 눈으로』 등이 있다.

—

하얀 콧수염을 길게 늘인 노老장교는 화를 버럭 냈다.

"너희 젊은 놈들이 이렇게 사리판단을 못해! 그때 심한 고통을 당한 세대의 몇몇 낙오자들을 비판하기 전에 그 윗입술의 우유나 닦아."

듣는 사람들이 여러 번 사과하고 나서야 늙은 무사는 화를 가라앉혔다. 그러나 말을 멈추지는 않았다.

"나도 그중 한 사람이야…… 낙오자의 하나란 말이야." 그는 꾸준히 말을 이었다.

"우리가 무얼 했느냐? 무얼 이룩했느냐? 위대한 나폴레옹…… 그가 여러 나라를 등에 업고 마케도니아의 알렉산더 흉내를 내고 우리를 공격해왔거든. 프랑스의 맹공 앞에 우린 한참 후퇴하고 난 다음, 끝없는 전투를 퍼부었지. 마침내 프랑스군은 진지에 쌓인 전사자들 시체 더미 위에서 꼼짝도 못하게 됐어. 그다음엔 모스크바에서의 집중 포격이 시작됐는데 불벼락이 그들 머리 위에 떨어진 거야.

이렇게 해서 대大프랑스군의 기나긴 패주敗走가 시작됐다네. 절망한 그들의 눈앞에 갈수록 넓어지기만 하는, 저 단테의 지옥 중에서도 가장 깊은 곳에 있는 얼어붙은 지역을 건너가는 핼쑥한 유령 같은 죄수들의 죽음의 도주…… 그들의 흐름을 난 이 눈으로 보았어.

여기서 살아남은 인간은 바위도 얼려 터뜨리는 추위를 뚫고 러시아를 빠져나갔으니 그들의 혼이야말로 두 겹 세 겹 몸뚱이에 못질해놓았나 보지. 하지만 한 놈이라도 달아나게 한 것이 우리 잘못이라고 한다면 그건 몰라서 하는 소리야. 그래, 우리 병사들도 체력이 다하도록 고생했으니까. 러시아 민족의 체력이 다하도록 말이야.

물론 우리의 사기가 죽은 건 아니야. 또 우리의 대의명분도 떳떳했어. 신성했지. 그러나 그것이 병사와 말에게 몰아치는 바람을 녹여주진 않았어.

육체는 약한 걸세. 목적이 옳건 그르건 인간은 대가를 지불해야 하는 법. 내가 얘기하는 그 마을을 쟁탈하는 데 우린 승리를 위해서라기보다 몸담을 집을 얻기 위해서 싸웠어. 프랑스군도 마찬가지였다네.

영광을 위해서도 아니고 전략을 위해서도 아니야. 프랑스군은 날이 새기 전에 후퇴해야 한다는 것을 알고 있었고 우리도 그들이 가리라는 것을 알고 있었어. 그러니까 전략상 싸울 필요는 전혀 없었던 거야. 그런데도 우리 보병대와 저쪽 보병대는 집들 사이에서—그것만으로도 어려운 일이었는데—살쾡이처럼 싸웠어. '영웅처럼'이라고나 할까.

그사이 지원군은 땅 위의 눈과 하늘의 구름덩이를 무서운 속도로 날려 보내는 매서운 폭풍을 쐬며 벌판 위에서 얼어붙어 있었어. 하늘은 새하얀 대지와는 대조적으로 형언할 수 없이 어두웠지. 그날처럼 신의 창조물이 불길하게 보인 적은 없었네.

우리 기병대는 (불과 한 줌이었는데) 바람에 등을 돌리고 쏘아대는 프랑스군의 유탄이나 쐬는 일 외엔 할 일이 없었어. 이건 프랑스군의 마지막 사격이고 포진을 깐 것도 그것이 마지막이었어. 포들은 그곳을 끝내 뜨지 못했지.

다음 날 아침에 보니까 그대로 버려둔 채였어. 하지만 그날 오후에는 우리가 공격하는 대열에 대고 지독한 포화를 퍼붓더군. 질풍이 연기와 소음까지도 날려 보내는데 프랑스군 전선을 따라서 불꽃이 끊임없이 혓바닥처럼 날름거리는 것이 보였어. 그러다가 사나운 눈보라가 새하얀 회오리 속에 검붉은 섬광만 남기고 모든 걸 집어삼켜버렸어.

이따금 전선이 보일 때면 벌판 건너 오른편으로 검은 대열이 끝도 없이 움직이는 게 눈에 들어왔어. 왼쪽에서는 아비규환의 전투가 계속되는 동안 대프랑스군의 패주 부대는 꾸준히 뻗어가고 있었어. 가혹한 눈보라는 죽음과 황폐의 장면 위로 휩쓸고 지나갔지. 그러다가 바람은 그날 아침 일던 때와 같이 갑자기 뚝 멎었어.

곧이어 우리는 후퇴하는 대열을 공격하라는 명령을 받았어. 이유는 알 수 없었는데 다만 뭐라도 할 일을 줘서 안장 위에서 얼어 죽는 것을 막으려고 한 것 같아. 하여간 우리는 전면 우익 부대와 교대하고 멀리 보이는 검은 선의 측면을 공격하기 위해 보행步行 속도로 움직이기 시작했어. 그때가 오후 두시 반경이었을 걸세.

자네들도 알다시피 이 전쟁에서 우리 연대는 그때까지 나폴레옹의 주력부대의 전진에 맞선 일이 한 번도 없었어. 침략이 시작된 이래 몇 달 동안 우리가 속한 군대는 북부에서 우디노의 부대와 승강이를 하고 있었으니까. 우리가 그를 베레시나 강까지 쫓아 내려온 것은 극히 최근의 일이었어.

그러니 나나 내 동료가 나폴레옹의 대군대를 가까이서 본 것은 그때가 처음이었던 거야. 그들은 참으로 끔찍한 꼴이었어. 남에게서 이야기로 들은 적은 있었지. 멀리서 패잔병들—약탈자의 작은 무리들, 포로의 집단—을 본 일도 있고. 그런데 이건 주동 대열이 몽땅 그 꼴이란 말이야! 굶어서 반미치광이가 된 사람들이 오합지졸로 얽혀서 기어가고 있는 거야.

대열은 1마일 떨어진 숲에서 나와 그 선두가 부연 황야 속으로 사라지고 있었어. 우리는 속보로 대열 안에 뛰어들었어. 말들도 그 정도의 속도밖에 내지 못해서 우리는 마치 움직이는 늪에 들어가 박히듯 인간의 덩어리 속에 박혀버렸어. 저항은 전혀 없더군. 대여섯 번이나 될까, 몇 방의 총성은 들렸지만 말이야. 그들은 감각이 얼어붙은 것 같았어. 난 우리 대대 선두로 가면서 자세히 볼 기회가 있었어. 그런데 대열 바깥쪽을 걸어가는 인간들은 비참한 자기 처지 외엔 아무것도 눈에 안 들어오는지 우리가 공격을 가해도 고개도 안 돌리는 거야. 병사라는 놈들이!

내 말이 한 사람을 가슴으로 밀어 쓰러뜨렸어. 그 불쌍한 녀석은 너덜너덜 찢어지고 불에 그슬린 용기병龍騎兵(16세기 프랑스 기병의 한 종류로, 항상 드래곤이라는 소총을 지닌 데서 유래한 명칭이다. 이들은 이동 시에만 말을 타고 전투 때는 말에서 내려 보병전투를 하는 것이 특징이었다-옮긴이) 옷을 어깨에 걸치고 있었는데, 손을 뻗어 내 고삐를 잡아 자기 목숨을 건지려 하지 않고 그냥 푹 고꾸라지는 거야. 우리 기병들은 찌르고 베고 하는데 말이야. 물론 나도 처음엔……. 어떻게 하겠나! 적은 적이지 않나. 메슥거리는 두려움이 가슴으로 올라오더군. 그 집단이 눈먼 듯 감각도 없는 듯 밀고 밀리며 우리 곁을 파도처럼 지나가는데 소란스러운 소리는 나지 않고 다만 나지막한 웅얼거림만 그들 위에 맴돌면서 간헐적으로 외침 소리와 신음 소리가 날 뿐이었어. 불에 탄 넝마와 곪은 상처 냄새가 공중에 떠돌았어. 내가 탄 말은 흔들리는 인간의 물결 속에서 비틀거리고 있었어. 그런데 그것은 마치 이젠 아무래도 좋다는 되살아난 송장을 베는 격이었지. 침략자라! 그래…… 신은 벌써 그들을 다스리고 계셨던 거야.

나는 거기서 벗어나기 위해 박차를 찾어. 우리 제2대대가 오른쪽 대열 속으로 덮쳐 들어가자 갑자기 사람들이 이리저리 몰리고 성난 신음 소리가 났어. 내 말이 뒷발로 차자 누군가가 내 다리를 잡더군. 안장에서 끌려 내려갈 생각은 없었으니까 난 보지도 않은 채 뒷손질로 채찍을 내리쳤지. 비명 소리가 나더니 내 다리가 홱 풀렸어.

바로 그때 내게서 얼마 안 떨어진 곳에 우리 부대의 소위가 보였어. 이름이 토마소프지. 되살아난 송장들의 무리는 눈을 희멀겋게 뜨고 미친 듯이 으르렁대며 그의 말 주변에서 마냥 들끓고 있는 거야. 그는 안장에 꼿꼿이 앉은 채 그들은 거들떠보지도 않고 칼집에 칼을 천천히 꽂고 있었어.

이 토마소프란 친구는 수염이 있었어. 하기야 당시엔 모두 수염이 있었지. 시간도 없고 면도칼도 없는 환경 탓이지. 정말이지 너무나 많은 사람들이 살아남지 못했던, 잊을 수 없는 그 당시의 우리는 꼴사납기 짝이 없는 무리였지. 우리 쪽 손실도 막대했어. 암, 우리 꼴도 대단했지. 야만스런 러시아 놈들 꼴이었으니까.

어쨌든 수염이 있었어……, 토마소프 말이야. 하지만 그는 야만스럽게는 안 보였어. 우리 중에서 가장 나이가 젊은 친구야. 그것은 진짜 젊음을 의미했어. 우린 숯검정과 전쟁 때로 온통 얼굴이 범벅이었으니까 멀리서 보면 그도 그럴싸하게 보였겠지. 하지만 눈을 들여다볼 만큼 가까이 가보면 나이가 금세 탄로 났지. 그렇다고 아주 어린애는 아니었지만.

그의 눈은 파랬어. 가을 하늘같이 파란색이 돌면서 꿈꾸듯 명랑한 눈, 순진하고 남을 믿는 눈이었어. 금발의 앞머리가 평화 시라면 금관처럼 이마를 장식했을 테지.

자네들은 내가 그를 소설의 주인공처럼 꾸며서 이야기한다고 생각하겠지. 그렇지만 부관이 알아낸 사실에 비하면 그건 아무것도 아니야. 부관은 그가 '연인의 입술'을 가졌다는 거야……, 그게 무슨 뜻이든지 간에. 부관이 잘생긴 입이란 뜻으로 말했다면 맞는 말이지만 물론 그건 빈정대는 말이었어. 부관은 별로 섬세한 인간은 못 돼. '저 연인 같은 입술 좀 봐.' 토마소프가 말할 때면 부관은 으레 이렇게 말하곤 했지.

토마소프는 그런 빈정거림이 신경에 거슬렸어. 그런데 어느 정도는 그 자신이 자기를 조롱의 대상으로 만든 셈이야. 생각하는 만큼 희귀하지도 않은 정열적인 사랑의 추억을 언제까지나 간직하고 있었으니 말이야. 전우들이 그의 열광적인 사랑 이야기를 참아준 것은 그것이 프랑스, 그것도 파리에 관한 이야기였기 때문이야.

지금 세대의 자네들은 당시 그 이름이 세상 사람들에게 어떤 위력을 가지고 있었는지 알지 못할 거야. 파리는 상상력을 가진 모든 인간에겐 경이의 중심이었어. 그런데 우린 대부분 젊었던 데다 연줄이야 든든했더라도 조상 대대로 내려온 시골 보금자리를 떠나온 지 얼마 안 된 순박한 신의 종복, 시골 뜨기들이었거든.

그러니까 다들 토마소프 동지의 프랑스 이야기를 듣고 싶어 했단 말이야. 그는 전쟁 전해에 파리 주재 우리 공관에 배속되어 있었대. 고위층에서 봐준 거겠지. 아니면 순전히 운이 좋았거나.

나이도 젊고 경험도 전혀 없었으니 그는 공관에 유익한 사람은 못 됐을 거야. 파리에서 지낸 시간은 모두 자기 시간이었던 게 뻔해. 그래서 그 시간을 사랑에 빠지고 그 상태를 지속시키고 키우고, 그리고 오로지 사랑을 위해 사는 데만 사용한 거야.

프랑스에서 그가 들고 온 것은 단순한 추억 이상의 것이었어. 추억은 허무한 거야. 꾸며낼 수도 지워버릴 수도 의심할 수도 있는 거니까. 나도 내가 파리에 가본 적이 있었나 의심스러워질 때가 있다니까.

그러니 라이프치히 전투 초기에 실레시아에서 있었던 기병전 이래로 항상 몸속에 지니고 다니는 소총의 총알이 아니었다면 기지를 뺏느라고 전투를 벌이던 그 긴 역정歷程도 믿을 수 없었어.

사랑의 여로는 위험의 여로보다 더 강렬한 거야. 우린 떼를 지어 사랑과 대결하러 나서진 않거든. 사랑은 보다 희귀하고 사적이고 친밀한 거지. 그리고 토마소프에겐 그 모든 것이 아직도 생생하게 남아 있었다는 걸 기억해두게. 프랑스에서 돌아온 지 석 달도 안 돼서 전쟁이 났으니까.

그의 가슴, 그의 마음은 사랑의 경험으로 꽉 차 있었어. 사실 그는 사랑을 경외하고 있었는데 너무 순진해서 그걸 말로 옮긴 거야. 그는 자기가 특혜를 받은 사람처럼 생각했어. 어떤 여자가 자기에게 호감을 가졌대서가 아니라 뭐랄까, 자기가 그 여자에게 연모의 정을 가진 것이 마치 하늘이 시켜 이루어진 일처럼 여기는 기막힌 환상을 가진 거야.

그래, 그는 극히 단순했어. 좋은 청년인데 바보는 아니지. 다만 경험이 없고 의심할 줄 모르고 생각이 없었던 거야. 시골에 가면 그런 사람들을 많이 볼 수 있지. 그는 또 약간의 시정詩情도 가지고 있었어.

그건 후천적인 것이 아니라 타고난 천성이었을 거야. 아마 우리의 조상 아담도 그렇게 타고난 시정이 있었던 것 같네. 그것만 빼면 그도 프랑스인들 말마따나 야만스러운 러시아 놈이었지. 그들 말대로 수지獸脂 양초를 진미랍시고 먹는 그런 축은 아니었지만 말이야.

그런데 그 여자, 그 프랑스 여자는, 나도 수많은 러시아인들처럼 프랑스에 가보았지만 한 번도 보지 못했어. 십중팔구 내가 갔을 땐 파리에 없었을 거야. 어쨌든 그 여자의 집 문이 나 같은 숙맥 앞에 활짝 열릴 리는 없지. 휘황한 살롱은 나하곤 거리가 머니까. 그러니 그 여자의 생김새는 이야기할 수가 없네. 토마소프의 속이야기를 들어준 내가 그럴 수 없다는 건 좀 이상하지만 말이야.

그는 곧 남의 앞에서 이야기하길 꺼리게 됐어. 모닥불 가에서 보통 주고받는 논평들이 그의 섬세한 감정에 거슬린 모양이야. 그에겐 나밖에 없었고 그래서 난 그의 이야길 들어주는 수밖에 없었지. 토마소프 같은 처지의 청년이 완전히 입을 다 물리라 기대할 순 없지. 그리고 난—자네들은 안 믿겠지만— 원래 말이 적은 편이거든.

나의 과묵寡默이 그에겐 동정으로 보였을 수도 있겠지. 9월 한 달 동안 마을에 주둔하고 있던 우리 연대는 한가했어. 내력 의 대부분을 들은 건 그때야. 그걸 이야기라고 하긴 어렵겠네. 내가 생각하는 이야긴 그런 게 아니니까. 분출이라고나 할까.

토마소프가 열을 내며 이야기하는 동안 난 한 시간이고 두 시간이고 잠자코 있었어. 이야기가 끝나도 나는 잠자코 있었 지. 그러다가 침묵의 엄숙한 효과가 나타나는데, 짐작에 토마 소프는 그게 마음에 든 모양이었어.

그 여자는 물론 새파랗게 젊은 나이는 아니었어. 미망인이 었던 것 같아. 하지만 토마소프가 그녀의 남편 이야기를 하는 건 들어보지 못했어. 그 여자는 살롱을 가지고 있었는데 아주 유명한 곳이었다는군. 그 여자가 여왕처럼 찬란하게 군림한 사교계의 중심이지.

웬일인지 난 그 여자의 측근들이 대부분 남자였던 것처럼 생각되네. 하지만 토마소프는 이런 세부를 이야기에서 교묘 히 빼곤 했다. 그러니 그녀의 머리가 검은지 금발인지, 눈이 갈색인지 파란지, 키가 얼마이여, 이목구비가 어떠하며, 피부 가 어땠는지는 알 수가 없다네.

그의 사랑은 그런 육체적 인상 같은 것을 훨씬 뛰어넘은 거였어. 상투적인 말로 여자를 묘사하지는 않았지만 그 앞에서는 모든 사람의 생각과 감정이 그 여자를 중심으로 돌아갔다고 단언했어. 그런 여자라는 거지. 그녀의 살롱에서는 모든 화제에 대해서 흥미진진한 대화가 오갔대. 그런데 모든 대화 속에 들리지 않는 신비로운 음악의 가락처럼 순수한 미의 주장이랄까, 힘이랄까, 독재랄까 그런 것이 넘쳐흐르더라는 거야. 그러니까 그 여자는 아름다웠던 게 분명해. 그리고 이야기하는 사람들에게 일상의 이해관계나 허영심까지도 잊게 만들었다는 거야.

그 여자는 남모르는 기쁨이요 남모르는 고민이었어. 남자들은 너나없이 그 여자를 보면 자기들 인생이 허사였다는 생각에 붙들린 듯 우울해졌어. 기쁨의 근원이요 행복의 전율이었지만, 남자의 가슴에는 슬픔과 고통만 안겨준 거야.

한마디로 비범한 여자였나 봐. 아니면 그 여자를 그런 식으로 느끼고 이야기한 토마소프가 비범한 청년이었는가. 아까도 말했듯이 그 친구는 가득한 시정으로 관찰했기 때문에 이 이야기가 다 진실로 들렸어. 범용을 훨씬 뛰어넘는 여자가 행사하는 마술인지도 모르지. 시인은 어쨌든 진실을 꿰뚫는 법이니까……. 그걸 부정할 순 없지.

내게 시정이 없다는 건 나도 알아. 하지만 난 나름대로 눈치는 빠른 편이야. 일단 청년이 살롱에 발을 들여놓게 되자 여인이 그에게 친절했던 것은 틀림없어. 그가 발을 들여놓았다는 것 자체가 정말은 신기한 노릇이지. 순진한 그가 발을 들여놓고 저명인사들과 상당한 고위층 사이에 끼게 됐으니, 그게 어떤 일인지는 자네들도 알겠지. 뚱뚱한 허리, 벗겨진 머리, 그리고 풍자가가 말하듯 모두 빠져버린 이빨.

그런 사람들 사이에 낀 착한 청년, 나무에서 갓 딴 사과처럼 싱싱하고 순진한 청년, 겸손하고 잘생기고 감수성 예민하고 여주인을 숭배하는 젊은 야만인을 상상해보라고. 말도 마라! 얼마나 달랐겠어! 따분한 기분에 그런 구원이 또 어디 있겠어! 게다가 숙맥을 바보로 만드는 걸 면해주는 시정을 천성으로 타고났으니.

그는 덮어놓고 무조건 충성을 다하는 노예가 돼버렸어. 대가로 미소를 받았고 이따금 집의 내실까지 들어갈 수도 있었지. 그 순박하고 젊은 야만인이 아름다운 귀부인에게는 재미있었을지도 몰라. 또 그가 수지 양초를 먹을 지경은 아니었으니까 여자의 사랑의 욕구를 만족시켜주었는지도 몰라. 알다시피 교양이 높은 여자들은 여러 가지 종류의 애정을 가질 수 있거든. 머리도 있고 상상력도 있고 성깔은 없는 여자 말이야.

하지만 누가 그들의 필요나 기호를 헤아릴 수 있겠나. 여자들 자신도 자기 속마음을 모를 때가 태반이라 이것저것 마음을 고쳐먹다가 때론 파국을 당하기도 하거든. 그럴 때 누가 제일 놀라겠나? 바로 여자들이지. 토마소프 사건은 성격상 매우 목가적이었어. 상류 인사들은 흥미진진했지. 그의 헌신獻身은 일종의 사교적 성공을 가져왔지만 그는 관심도 없었어. 그에 게는 하나의 여신이 있을 뿐이고 공식적인 향연 시간과 상관 없이 드나들 수 있는 신전神殿이 있을 뿐이었으니까.

그는 자기 특권을 자의로 이용했어. 공적인 용무라고는 없 었으니 말이네. 그의 공관 직책이란 명색뿐인 데다 대장이 알 렉산더 황제의 친구였다니까 대장도 순전히 사교계에서의 성 공만 노렸던 모양이야. 그런 것 같아.

어느 날 오후 토마소프는 여느 때보다 일찍 마음속의 여인 을 찾아갔어. 그런데 여자는 혼자가 아니었어. 남자와 같이 있 었어. 허리가 뚱뚱한 대머리 인사는 아니었지만 역시 지위가 있는, 서른이 넘은 남자로 그 집의 측근이 될 특권을 가진 프 랑스 장교였어. 토마소프가 그를 질투한 것은 아니야. 그런 감 정은 단순한 그 친구에겐 주제넘은 일로 보였으니까.

그렇긴커녕 그는 상대를 숭배했어. 자네들은 당시 프랑스 군인이 누리던 특권이 어땠는지 몰라. 다른 사람들보단 좀 낮 게 그들을 대하던 우리 러시아인들도 그건 인정했으니까. 승 리의 두 글자가 이마에 새겨지다시피 했었어, 영원히. 그걸 의 식하지 않았다면 인간 이상의 존재가 됐겠지. 하지만 그들은 좋은 전우들이고 비록 자기들에게 대항하는 자일지라도 무기 를 지닌 모든 자에게 일종의 형제의식을 갖고 대했어.

그런데 이 사람은 그중에서도 뛰어난 인물이었어. 육군 소장 막료의 장교인 데다 최상류 사회의 인사였거든. 그는 여자처럼 공들여 단장을 했어도 힘찬 체구가 매우 남성다웠어. 세상을 아는 사람답게 정중하면서도 침착했지. 설화석고雪花石膏처럼 하얀 이마는 건강한 얼굴빛과 인상적인 대조를 이루고 있었어.

그가 토마소프에게 질투를 느꼈는지 그건 알 수 없지만 걸어다니는 엉뚱한 감상 덩어리를 본 듯이 거슬렸던 것이 분명해. 하지만 능란한 사람들이란 속을 뚫어볼 수 없는 법이지. 그래서 겉으로는 필요 이상으로 토마소프의 존재를 알아보는 시늉을 한 거야. 토마소프에게 섬세한 배려 만점의 세상을 사는 데 유익한 요령과 충고를 해주더래. 토마소프는 상류계급의 차가운 세련 밑에서 드러난 친절의 증거에 완전히 정복당하고 만 거야.

작은 응접실에 안내받은 토마소프는 이 세련된 두 사람이 소파에 함께 앉아 있는 걸 보고 무슨 특별한 이야기 중에 뛰어든 게 아닌가 하는 느낌이 들었어. 두 사람이 이상하게 쳐다본다고 생각은 했지만 자기가 방해를 했다고는 생각하고 싶지 않은 거야. 조금 후, 여자가 장교를 보고 말했어. 그의 이름은 드 카스텔이야.

'수고스럽겠지만 그 소문의 정확한 진상을 확인해주셨으면.'

'단순한 소문 정도가 아닙니다.' 장교는 말했으나 순순히 일어나 밖으로 나가더라는 거야. 여인은 토마소프를 돌아보고

'저와 함께 계시지요'라고 했어.

이 특별한 분부는 그를 날아갈 듯이 기쁘게 해주었지. 사실은 조금도 갈 생각이 없었지만 말일세.

그녀가 친절한 눈초리로 바라보는 바람에 그의 가슴속에서 무언가가 뜨겁게 부풀어 올랐어. 이따금 숨이 가빠왔지만 그건 달콤한 느낌이었어. 특히 그는 순진한 웃음과 정신적 평화에 가득 찬 그녀의 조용하고도 고혹적인 말소리를 황홀하게 들이마시고 있었으니까. 그의 정열이 타올라 파란 불꽃이 그녀를 머리에서 발끝까지 에워쌌어. 그리고 그녀의 영혼이 대륜大輪의 백장미처럼 중심에 앉아 있는 동안, 그녀의 머리 위에는…….

흐음, 좋은 이야기지. 비슷한 이야기를 많이 했지만 내가 기억하는 건 이 이야기야. 그 자신은 모든 걸 기억하고 있었지만 말이야. 그것이 그 여자와의 마지막 추억이었어. 당시 그는 알지 못했지만, 그때가 그 여자를 본 마지막이었다네.

드 카스텔 씨가 돌아왔어. 그리고 토마소프가 바깥세상을 완전히 망각하고 들이마시던 그 황홀한 분위기를 깨버렸지. 토마소프는 그 점잖은 동작, 태연한 몸가짐, 누구보다도 잘난 그의 우수함을 실감하고 괴로워했지. 소파에 앉은 이 두 사람이야말로 서로를 위해 태어났다는 생각이 든 거야.

드 카스텔은 부인 곁에 앉으면서 조심스럽게 말했어. '그것이 사실임엔 의심의 여지가 없습니다.' 그리고 두 사람 모두 토마소프에게로 시선을 돌리더라는 거야. 황홀경에서 완전히 깨어난 그는 어색함과 수줍음에 싸였고 그래서 엷은 미소를 띠며 그들을 보고 있었어.

부인은 낯을 붉힌 토마소프에게서 눈을 떼지 않은 채로 평소의 그녀답지 않게 약간 정색하며 말했어.

'당신의 아량이 흠잡을 데 없이 최상의 것인가를 알고 싶어요. 지고의 사랑은 모든 완벽의 근원이니까요.'

토마소프는 그녀의 입술에서 진주알이 굴러떨어지기라도 한 듯이 감탄의 눈을 크게 떴어. 그러나 이 감회는 이 원시적인 러시아 청년을 향해서가 아니라 절묘한 교양을 갖춘 세간의 사나이 드 카스텔을 향해 한 말이었어.

토마소프는 그 말이 가져온 효과를 보지 못했어. 프랑스 장교가 고개를 숙이고 멋지게 닦은 자기 구두를 들여다보고 있었기 때문이네. 부인은 동정적인 어투로 속삭였어.

'주저하시나요?'

드 카스텔은 얼굴을 들지 않고 중얼거렸어. '이걸 그럴싸한 명예의 문제로 삼을 수 있겠군요.'

부인은 활기 있게 말했어. '그건 너무 부자연스러워요. 전 자연스러운 감정이 좋아요. 다른 건 믿지 않는답니다. 하지만 당신의 양심이……'

그가 여자의 말을 가로막았어. '천만에, 제 양심은 그렇게 유치하지 않습니다. 그 사람들 운명은 군사적으로 우리에게

아무런 의미도 없어요. 그게 무슨 상관입니까? 프랑스의 국운은 무적인걸요.'

'그렇다면……' 여자는 함축적으로 말하고 소파에서 일어났어. 프랑스 장교도 일어나는 바람에 토마소프도 서둘러 일어났지. 그는 자기가 오리무중에 빠져 있는 것이 괴로웠어. 부인의 하얀 손을 입술에 가져가고 있는데 프랑스 장교가 유난히 힘을 주어 말하는 소리가 들렸어.

'그가 무사의 혼을 가졌다면(당시 사람들은 그런 식으로 이야기했으니까), 무사의 혼을 가졌다면 당신 발밑에 엎드려 감사해야 마땅하지요.'

토마소프는 아까보다 더 오리무중이었어. 프랑스 장교를 따라 방에서 나와 바깥으로 나갔어. 자기가 그러기를 바라고 있다고 생각한 거야.

날은 저물어가고 날씨는 사납고 거리는 텅 비어 있었어. 그런데 프랑스인은 웬일인지 서성거리더라는 거야. 그래서 토마소프도 끈질기게 버티고 있었지. 여자가 사는 집을 서둘러 떠날 마음은 없었으니까. 게다가 아까는 황홀한 일마저 일어났거든. 경건히 손끝으로 들어 올린 손이 그의 입술을 가볍게 누른 거야. 은밀한 호의를 받은 거야! 그는 겁이 나다시피했어. 세상이 뱅뱅 돌고…… 아직도 멈추지 않고 돌아가고 있었어. 그때 드 카스텔이 조용한 길 모퉁이에 딱 멈춰 선 거야.

'불이 밝은 거리에서 자네와 있는 것이 눈에 띄면 재미없

네.' 그는 이상하게 우울한 어조로 말하는 거야.

'왜요?' 청년은 엉겁결에 노여움도 모르고 말했어.

'조심해야 하니까.' 상대는 짧게 말하더라네. '그러니 우리 여기서 헤어지지. 하지만 헤어지기 전에 자네도 그 중대성을 즉시 알 수 있는 일을 알려주겠네.'

그날은 1812년 3월 하순의 어느 날 저녁이었어. 벌써 오래 전부터 러시아와 프랑스 사이가 냉각되어가고 있다는 소문이 돌고 있던 때야. 객실에서 속삭여지던 전쟁이라는 낱말이 점점 커지더니 이젠 공석에서도 들리게 됐었지.

그러던 차에 파리 경찰은 우리 군사사절軍事使節이 국방성의 서기를 매수해서 중요 기밀서류를 빼낸 걸 알아냈단 말이야. 불쌍한 그 서기 녀석들은—두 사람인데—죄를 자백하고 그 날 밤 총살당하게 돼 있었고 이튿날이면 온 장안이 그 이야기를 하게 될 참이었지. 설상가상으로 나폴레옹 황제가 이 사건에 격노하여 러시아 사신을 체포하기로 결심했다네.

드 카스텔의 이야기는 이런 내용이었다네. 그의 목소리는 낮았지만 토마소프는 청천벽력을 맞은 듯 아연했지.

'체포요?' 그는 씁쓸하게 말했어.

'그래. 그것도 국사범國事犯으로. 그에게 소속된 자들도 모조리 함께……'

프랑스 장교는 토마소프의 팔꿈치 위를 잡고 힘을 주었어.

'그리고 프랑스에 억류할 걸세.' 그는 토마소프의 귀에 대고 말하고 나서 팔을 놓더니 말이 없더라는 거야.

'그런데 당신이, 당신이 이런 말을 제게 하시다니요!' 토마소프는 장차 적이 될 상대의 아량에 탄복하면서 그에 못지않은 큰 감사를 느꼈어. 형제라도 그 이상의 일을 해줄 수 있겠는가! 프랑스 장교의 손을 잡으려고 했으나 상대방은 망토에 폭 싸여 있었어.

깜깜해서 그런 시도를 눈치채지 못했을 수도 있겠지. 그는 한 발 물러서더니 능숙한 사람답게 침착한 어조로 토마소프에게 자기 경고를 들을 의향이면 한시가 바쁘다고 일깨우더라는 거네. 마치 카드놀이 테이블 너머로 하듯 가볍게.

'참 그렇군요.' 질려 있던 토마소프도 동의했어.

'그럼 안녕히 가십시오. 장교님의 아량에 맞는 감사의 말씀이 없습니다. 하지만 그럴 기회가 된다면 제 목숨이라도 드리겠습니다……'

프랑스 장교는 이미 조용한 거리의 어둠 속으로 사라진 뒤였지. 혼자 남은 토마소프는 그날 밤의 귀중한 시간을 분초도 낭비하지 않았어.

사람들의 소문이나 한가한 잡담이 역사가 되는 과정이란 이런 거야. 당시 회고록을 읽어보면 우리 사신이 그를 사랑하던 어떤 고위층 여성에게 경고를 받은 것으로 되어 있어. 물론 그가 여자들의, 그것도 최상류층 여자들의 총아였던 건 다 아는 바이지만, 사실 그에게 경고를 해준 건 순진한 토마소프였

단 말이야…… 그와는 완전히 다른 또 하나의 연인 말이야.

이것이 우리 황제의 사신이 체포를 모면하게 된 비화秘話라네. 그와 그의 부하들은 무사히 프랑스를 빠져나온 것으로 역사는 기록하고 있어.

그리고 그 부하들 중엔 물론 우리의 토마소프도 들어 있었지. 그는 프랑스 장교의 말을 빌리자면 무사의 혼을 가지고 있었어. 그런 혼을 가진 자가 전쟁 전야에 옥에 갇히는 것 이상으로 끔찍한 일이 어디 있겠나. 위기에 처한 나라와 군 동료와 의무, 명예 그리고 영광에서 단절되는 것 이상으로 말이네.

토마소프는 자기가 모면한 정신적 고통을 생각만 해도 몸서리치곤 했지. 그래서 그 무서운 시련에서 자기를 구해준 두 사람에게 무한한 감사의 정을 간직하고 있었어. 그들은 훌륭한 사람들이었어. 그에겐 사랑과 우정은 저 높은 완벽의 경지의 두 면이었으니까. 그런데 그 완벽의 멋진 본보기를 발견하고 그는 그들을 숭배하기로 마음먹은 거야. 이것이 그가 애국자이긴 했지만 전반적으로 프랑스인에 대해 가진 마음이야. 그도 물론 나라가 침공당한 것에 격분하고 있긴 했네. 하지만 그 격분 속에는 개인적 원한은 들어 있지 않았어.

그는 근본적으로 성품이 착했어. 그래서 주변에서 보게 되는 사람들의 그 엄청난 고통을 슬퍼했지. 모든 형태의 인간의 불행에 대해 남자다운 동정심을 갖고 있었어.

그만 못한 인간성이라면 그걸 이해하지 못하겠지. 연대에서는 그에게 '인정가人情家 토마소프'라는 별명을 주었어.

그는 노여워하지도 않았어. 인정과 무사의 혼 사이에 서로 용납되지 않는 것은 없거든. 동정심이 없는 건 민간인, 정부 관리, 상인들이야. 전시에 소위 점잖다는 사람들 입에서 들리는 인정머리 없는 말들…… 혓바닥이란 그렇지 않아도 제어할 수 없는 물건인데, 무슨 화끈한 일이라도 생기면 그 맹렬한 활동을 막을 길은 없지.

그러니까 토마소프가 공격이 한창이던 그때 칼을 칼집에 꽂는 걸 보고도 난 별로 놀라지 않았어. 공격 후 말을 타고 가면서 그는 말이 없었어. 원래 말이 많은 편은 아니었지만, 대 프랑스군을 목전에 두고 큰 충격을 받은 것이 분명했어. 이 세상 것이 아닌 광경을 본 듯이 말이야.

나도 꽤 질긴 인간인데도―그런 나조차도―그런데 시정을 잔뜩 타고난 그 친구는 어땠겠나. 그가 어떤 생각을 했는지는 자네들도 짐작이 가겠지. 우린 입을 다문 채 나란히 말을 몰고 갔어. 도저히 말을 할 수가 없었어.

말이 쉴 곳을 마련하기 위해 우린 숲의 가장자리에다 야영 천막을 쳤지. 사나운 북풍이 일어났을 때처럼 갑자기 자버리고 방대한 겨울의 고요가 발트해로부터 흑해에 이르는 대지 위에 깔려 있었어. 생명도 꺼져버릴 듯한 그 방대한 냉기가 별을 향해 뻗치는 것을 느낄 수 있을 것 같았어.

병사들은 장교들을 위해 여러 군데 불을 피우고 근처의 눈을 치웠지. 우리는 의자 대신 굵은 통나무에 앉았어. 승리의 환희는 없었어도 대체로 괜찮은 야영이었다는 건 나중에 가서야 느낀 일이고 그땐 가차 없이 삼엄한 과업 때문에 마음이 무거웠지.

불 가엔 우리 세 사람이 있었어. 셋째 사나이는 아까 이야기한 부관이야. 그렇게 우락부락하고 생각이 유치하지만 않았으면 악의가 있는 건 아니니까 그보다는 나았을 텐데. 그는 사람이 두 개의 막대기를 걸쳐놓은 것처럼 단순하다고 생각하고 인간의 행동을 설명하려 드는 거야. 그런데 사람이란 바다와 같아서 그 움직임은 설명할 수 없이 복잡하고 밑바닥에서 언제 무엇이 튀어나올지 아무도 모르는 것 아니겠나.

우린 아까의 공격에 대해 조금 이야기했어. 아주 조금. 그런 일은 별로 이야깃거리가 되질 않아. 토마소프는 그것이 도살행위라고 몇 마디 하더군. 난 할 말이 없었어. 아까도 말했듯이 난 곧 할 일 없는 칼을 손목에서 늘어뜨리고 있었으니까. 굶주린 그 무리는 방어하려고도 하지 않았으니 말이야. 그저 몇 방 쏘다 말고. 우리 측은 부상자가 둘이 생겼지, 둘……. 대나폴레옹군의 주력부대를 공격했는데 말이야.

토마소프가 지친 듯이 중얼거렸어. '무슨 소용이야?' 난 말할 생각도 없이 그저 '글쎄' 하고 중얼거렸어. 그런데 부관이 기분 나쁘게 끼어드는 거야.

'그야 병사들 몸을 좀 녹여줬지. 내 몸도 녹여주고. 그만하면 충분히 이유가 되지 않나. 하지만 우리 토마소프는 인정이 많으시니까. 게다가 프랑스 여인하고 연애도 하셨겠다. 그래서 프랑스 놈들하곤 매우 친한 사이라 가슴이 아프시다 이거지. 걱정 마. 우린 지금 파리로 가고 있으니까 곧 그 여자를 보게 될 테니!' 이건 그가 늘 하는 식의 허튼소리였어. 우린 파리에 가려면 몇 년씩 걸릴 거라고 생각했어. 몇 년씩이나. 그런데 이게 웬일인가! 18개월도 못 가 내가 팔래 르와얄의 도박장에서 돈을 몽땅 잃고 말았으니.

진실이란 엉뚱해서 때론 바보한테 모습을 내보인단 말이야. 그 부관이 제가 한 말을 믿고 있었던 것 같진 않아. 그저 버릇이 돼서 토마소프를 놀리고 싶었을 뿐인 거야. 순전히 버릇이지. 우린 물론 아무 대꾸도 하지 않았어. 그래 그는 불 가의 통나무에 앉아 두 손으로 머리를 감싸 안고 졸기 시작했어.

우리 기병대는 아군의 가장 우익에 있었는데 솔직히 우리의 방어는 형편없었어. 그땐 이미 위험은 완전히 사라지고 없었는데도 우린 그저 방어하는 시늉을 하고 있었지. 조금 있다 기병이 말을 끌고 오자 토마소프는 경직된 자세로 말을 타고 전초지점前哨地點을 돌아보기 위해 나갔어. 아무 소용도 없는 전초지점이지만 말이야.

밤은 고요해서 장작불 터지는 소리밖엔 아무 소리도 나지 않았어. 맹렬한 바람은 대지 위로 걷히고 미풍 소리 한 점 들리지 않았지. 만월만이 부지런히 하늘로 기어오르더니 홀연히 머리 위 높직이 걸려 꼼짝도 않는 거야. 난 잠시 수염이 자란 얼굴을 들고 달을 보던 기억이 나. 그러고는 나도 통나무 위에서 허리를 구부리고 훨훨 타는 불꽃 쪽에 머리를 떨군 채 졸았던가 봐.

그런 잠이 얼마나 순간적인 건지 자네들도 알겠지. 한순간 나락에 떨어지는가 하면 다음 순간은 최후 심판의 나팔 소리밖엔 들리지 않을 것같이 깊숙한 현실 세계로 돌아온단 말이야. 그러다가 또 깜빡하지. 영혼이 바닥도 없는 검은 심연 속에 미끄러져 들어가는데 그러다가 또 깜짝 놀라 의식이 돌아오지. 이럴 땐 인간이란 잔인한 잠의 노리개야. 자나 깨나 괴로움을 받는.

하지만 당번이 와서 '상관께선 식사를 안 하십니까? 상관께선 식사를 안 하십니까?' 이렇게 되풀이하자 겨우 난 그것을—내 말은 하품하는 정신을—가다듬었어. 그는 소금을 조금 넣은 물에 곡식을 끓인 것을 담은 그을린 냄비를 내게 내밀고 있었어. 나무 수저가 그 속에 꽂혀 있었지.

당시 우리가 정기적으로 받은 급식은 이것뿐이었어. 닭 모이야! 하지만 러시아 군인은 최고야. 당번은 내가 다 먹을 때까지 기다렸다가 빈 냄비를 들고 갔어.

난 이미 졸리지 않았어. 잠이 깨면서 가까운 주변 저 너머로 펼쳐지는 실재實在를 너무나 뚜렷이 의식하게 됐어. 사람이 그런 순간을 갖는 건 예외적이야. 다행하게도. 난 눈에 싸인 아

394

득하게 넓은 대지의 존재를 바로 가까이 느끼고 있었어. 쭉 뻗은 기둥 같은 줄기와 수의처럼 하얀 가지를 한 나무들밖엔 아무것도 보이지 않았어. 이렇게 온통 상복을 입은 듯이 생기 하나 없는 자연 속에서 쓰러져 죽어가는 인류의 한숨 소리가 들리는 것 같았어. 그들은 프랑스인들이었어. 우리가 그들을 증오한 것도 그들이 우리를 증오한 것도 아니야. 우린 서로 멀리 떨어져 살아왔으니까. 그런데 갑자기 손에 무기를 들고 신도 두려워하지 않고 다른 나라들을 거느리고 쳐들어오더니 얼어붙은 시체의 기나긴 행렬을 이루며 함께 죽어가더란 말이야. 난 그 행렬을 목격했어. 맑고 고요하고 무자비한 대기 속에 빛나는 달빛 아래—무시무시한 평화 속에—한없이 늘어선 작고 검은 덩어리의 초라한 무리를 말이야.

하지만 그들에게 무슨 다른 평화가 있을 수 있었겠나? 무슨 다른 일을 바랄 수 있었겠나? 어떤 엉킨 감정에서 그랬는지, 난 지구는 이단의 천체이지 기독교적 미덕이 살 곳은 아니라는 생각이 들더군.

자네들은 내가 이렇게 낱낱이 기억하고 있는 것을 기이하게 여기겠지? 지나가는 감정이나 생기다 만 생각 같은 것이 변화무쌍하고 무의미한 인생의 긴 세월 속에서 살아남는 것은 왜일까?

그런데 그날 밤의 감정을 기억 속에 고정시켜 사소한 그림자까지도 지울 수 없게 한 것은 기이하게도 결정적인 어떤 사건이었어. 평생 잊기 어려운 사건이란 건 자네들도 알 수 있을 걸세.

그런 생각에 잠겨 오 분이나 있었을까. 난 무언가에 이끌려 뒤를 돌아다보았어. 무슨 소리가 난 것도 아니야. 눈이 모든 소리를 죽여버렸으니까. 나의 의식에 미치는 신호랄까, 뭐 그런 것이었어. 어쨌든 난 고개를 돌렸고 그 사건은 다가오고 있었어. 그땐 나도 알지 못했고 전혀 예감도 없었지만 말이야. 내가 본 것은 다만 멀리 달빛 속에 걸어오는 두 사람의 모습이었어.

그중 한 사람은 토마소프였어. 나의 시야 속에 그의 등 뒤에서 움직이고 있는 검은 덩어리는 당번이 끌고 간 말이었어. 긴 장화에 뾰족한 두건을 쓴 키가 큰 토마소프의 모습은 낯이 익었어. 그런데 그의 곁에서 또 하나의 모습이 걸어오는 거야. 처음엔 내 눈을 의심했지. 어이가 없었어! 그는 반짝이는 장식이 달린 헬멧을 쓰고 흰 망토로 몸을 감싸고 있었어. 망토는 눈처럼 희진 않았지. 세상 어떤 것도 그렇게 희진 않지. 그건 안개처럼 희었다고나 할까, 유령 같은 모습인데 유별나게 늠름했어. 마치 토마소프가 전쟁의 신을 사로잡은 듯한 꼴이었어.

그가 이 찬란한 형상의 팔을 잡고 오는 거야. 그러고 보니 그를 부축하고 있는 거였어. 내가 눈을 크게 뜨고 자세히 보고 있는 동안 그들은 기는 걸음으로 오고 있었어—정말 기어오는 거였어—그리고 마침내 우리 모닥불 빛 속으로 들어오더니 내가 앉은 통나무 곁을 지나갔어. 불빛이 그의 헬멧 위에서 반짝였어.

헬멧은 엉망으로 우그러지고 그 밑의 동상에 걸린 상처투성이의 얼굴은 지저분한 수염에 싸여 있었어. 전쟁의 신이 아니라 프랑스군 장교였어. 큼직한 기병의 흰 망토는 찢기고 불에 타 온통 구멍투성이였지. 발은 떨어져나간 구두 위를 낡은 양피로 싸매고 말이야. 이 끔찍한 꼴의 발로 그는 토마소프의 부축을 받으며 비틀비틀 걷는 거였어. 토마소프는 내가 앉은 통나무 위에 조심스레 그를 앉혔어.

나의 놀라움은 끝이 없었어.

'포로를 데리고 왔군.' 나는 내 눈을 믿을 수 없다는 듯이 토마소프에게 말했어.

자네들도 알아둬야 하는데 적이 대량으로 항복하기 전에는 우린 포로를 잡지 않았어. 소용이 있어야지. 우리 카자흐 병들은 패잔병을 죽여버리든가, 아니면 내버려두었어. 결과적으론 마찬가지였으니까.

토마소프는 몹시 걱정스러운 얼굴로 날 보았어.

'전초지점을 막 떠나려는데 이 사람이 어디선가 불쑥 나타났어. 아마 그쪽을 향해 오던 길이었나 봐. 덮어놓고 내 말에 와서 부딪치는 거야. 내 다리를 잡았는데 아무도 그를 건드리지 못했어.'

'구사일생으로 살아남은 거로군.' 내가 말했지.

'저 사람은 그걸 다행으로 여기지 않아.' 토마소프는 아까보다 더 걱정스러운 얼굴이 됐어. '나의 등자 가죽을 붙들고 쫓아오는 거야. 그래서 이렇게 늦었다니까. 자기가 참모장교라고 하더니 격분과 고통으로 찢어지는 소리로 내게 호의를 베풀어달라는 거야. 지옥의 망령들이나 낼 듯한 소리였어. 큰 호의라는 거야. 그리고 악령 같은 소리로 알아듣겠냐고 물었어.'

'물론 알아듣는다고 했지. Oui, je vous comprends(이해한다).'

'그렇다면 해주시오. 지금 당장! 연민의 정이 조금이라도 있다면.'

토마소프는 말을 멈추고 포로의 머리 위로 이상한 눈초리로 나를 보았어.

내가 말했지. '무슨 뜻이야, 그게?'

'나도 그렇게 물었지.' 토마소프가 어리둥절한 소리로 말했어. '그랬더니 자기 머리를 쏘는 호의를 베풀어달라는 거였어. 동료 군인으로서, 감정을 가진 사람이라면…… 인정이 있는 사람이라면 그래 달라는 거야.'

포로는 무서운 상처가 입을 벌리고 있는 미라 같은 얼굴로 우리 사이에 앉아 있었어. 군복을 입은 허수아비, 누더기와 먼지에 싸인 무시무시한 몰골, 무서운 고통에 시달린 몸뚱이 속에서 끝 수 없는 불길에 찬 유난히도 생생한 눈, 그것은 영광의 향연에 찾아든 해골이었어. 그런데 그 끝 수 없이 빛나는 눈이 갑자기 토마소프 위에 고정됐어. 딱하게 된 토마소프는 껍데기만 남은 인간 속에서 시달리는 영혼의 소름 끼치는 눈초리를 흘린 듯이 마주 보고 있었어. 포로는 불어로 깨지는 소리를 냈어.

'낯이 익네. 자넨 그 여자가 알던 러시아 청년이지. 그땐 무척 고맙다 하지 않았소. 부탁이니 그 빚을 갚아주시오. 해방의 한 방으로 갚아주시오. 자넨 명예를 아는 청년이오. 내겐 부러진 검조차 없소. 나 자신, 이 타락한 내 꼴을 외면할 지경이오. 자네도 알지 않소.'

토마소프는 아무 말도 하지 않았어.

'자넨 무사의 혼이 없나?' 프랑스인은 성난 목소리로 속삭이는 거야. 조롱하는 의도까지 곁들여서.

'글쎄요.' 토마소프가 말하더군.

허수아비가 그 부릅뜬 눈으로 얼마나 경멸에 찬 시선을 던졌는지! 그는 격노하면서도 속수무책인 사람이 가진 절망의 힘으로 살아 있는 것 같더군. 갑자기 그는 숨넘어가는 소리와 함께 사지가 뒤틀리는 아픔으로 몸부림치며 앞으로 엎어졌어. 모닥불의 열을 쬐면 일어날 수 있는 일이지. 무서운 고문을 당하는 모습과 흡사했어.

처음엔 고통을 견뎌보려고 하더군. 그가 불 속에 굴러 들어가지 못하게 우리가 붙잡고 있는 동안 그는 낮은 신음 소리를 내면서 간간이 열에 들떠 웅얼거렸어. 'Tuez moi, tuez moi(날 죽여줘, 날 죽여줘)……' 그러다간 아픔에 못 이겨 여러 번 비명을 질렀어. 악문 입술 사이에서 비명이 새어 나오는 거였어.

부관이 불 저쪽에 다가오더니 프랑스 장교가 벌이는 끔찍한 소란에 욕설을 퍼붓기 시작했어.

'이게 뭐야. 또 그놈의 빌어먹을 인정이구먼, 토마소프' 하고 소리치더니 이러는 거야. '저자를 끌어내 눈 위에 내다 버리지 못해?'

그의 고함 소리를 우리가 못 들은 척하자, 그는 지독한 욕을 하면서 다른 불 쪽으로 갔어. 조금 있으니까 프랑스 장교가 좀 진정하더군. 그를 통나무에 기대 앉히고 우리가 그 양옆에 앉아 있노라니까, 새벽을 알리는 나팔 소리가 났어. 밤새 타던 커다란 불길도 허연 눈 위에서 창백해지고 사방의 얼어붙은 공기가 기병대의 우렁찬 나팔 소리로 쨍쨍 울렸어.

프랑스인의 눈이 유리알처럼 굳어 보여 우리는 잠시나마 그가 두 사람 사이에 앉은 채 조용히 죽은 게 아닌가 바라기도 했어. 그런 그의 눈이 천천히 좌우로 움직여 우리 얼굴을 번갈아 쳐다보는 거야. 토마소프와 나는 당황해서 서로 눈길을 주고받았지. 그러자 의외로 여겨질 만큼 힘이 생기고 무섭게 침착해진 드 카스텔의 목소리가 우리의 간담을 서늘하게 했어.

'잘들 주무셨소.'

그는 턱을 가슴 위에 떨구었어. 토마소프가 내게 러시아어로 말하더군.

'그 사람이야. 바로 이 사람이⋯⋯.' 내가 고개를 끄덕이자 토마소프는 고민하는 어조로 말했어. '그래, 그야! 찬란하고 교양 높고 남이 부러워하고 그 여자가 사랑하던―이 끔찍한―죽지 못해 하는 이 불쌍한 자가⋯⋯. 저 눈을 봐. 끔찍해!'

난 그쪽을 보지 않았지만 토마소프의 말뜻을 알 수 있었어. 우린 그를 위해 아무 일도 해줄 수 없었던 거야. 복수심에 찬 겨울이라는 운명이 쫓기는 자와 쫓는 자들을 모두 그 강철의 손아귀에 움켜잡아버렸으니.

이렇게 가혹한 운명 앞에서 동정심이란 헛된 말에 불과했어. 난 호송대가 마을에서 결성될 거라는 말을 하려고 했지만 토마소프가 던진 눈초리 앞에 그만 입을 다물고 말았어. 호송대가 어떤 건지 우린 빤히 알고 있었거든. 카자흐의 창대에 찔리면서 고향을 등지고 얼어붙은 지옥으로 되돌아가야 하는 가엾은 자들의 소름 끼치는 집단이란 말이야.

숲 가에서 우린 2개 대대를 편성했어. 고통스러운 순간은 지나가려 하고 있었어. 프랑스인이 갑자기 애써 일어섰어. 우린 저도 모르게 그를 부축해주었어.

'자.' 그는 신중한 어조로 말했어. '지금이 때요.' 그는 한참 동안 말을 멈추었다가 먼저와 같이 분명한 어조로 말했어. '내 명예를 걸고 말하오만, 난 모든 믿음을 잃었소.'

그의 목소리가 갑자기 침착성을 잃었어. 조금 있다가 그가 속삭이는 소리로 덧붙였어. '용기를 잃었소⋯⋯. 정말이오.'

다시 긴 침묵이 흐른 다음에야 그는 쉰 목소리로 겨우 속삭였어. '이만하면 목석이라도 움직이지 않았겠소? 내가 무릎을 꿇고 빌어야겠소?'

또 긴 침묵이 우리 세 사람 위에 흘렀어. 그러다가 프랑스 장교가 마지막으로 성난 말을 토마소프에게 던졌어.

'병신!'

그 친구는 눈썹 하나 꼼짝 않더군. 난 그 가엾은 포로를 마을로 데리고 갈 기병 두어 명을 가서 불러오려고 마음먹었어. 다른 도리가 없었어. 내가 우리 대대 앞에 모여 있는 말들과 당번병들을 향해 여섯 발자국도 가기 전에…… 자네들도 짐작했겠지만…… 물론이지, 나도 짐작했으니까. 그런데 토마소프의 권총 소리는 정말이지 너무나 보잘것없었어. 눈이 확실히 소리를 흡수하나 봐. 그저 약하게 퍽 하는 소리가 나고 말더라니까. 말을 지키던 당번 중의 어느 누구도 고개를 돌리지 않았을 거야.

그래. 토마소프는 그 일을 해치웠어. 운명이 드 카스텔을 완벽하게 이해하는 사람에게로 인도한 거야. 하지만 운명으로 예정된 희생물은 가엾은 토마소프의 차지였지. 세상의 정의니 인류의 심판이니 하는 것이 어떤 건지 자네들도 알지 않나. 그것이 위선처럼 거꾸로 그의 머리 위에 무겁게 떨어진 거야. 그 짐승 같은 부관이 앞장서서 그가 포로를 냉혈적으로 사살했다는 이야기를 사뭇 끔찍하다는 듯이 퍼뜨리기 시작한 거야. 물론 토마소프가 군대에서 쫓겨난 건 아니야. 하지만 단치히의 포위전이 끝난 다음, 그는 제대 신청을 내고 고향으로 가서 깊숙이 파묻혀버렸어. 거기서도 검은 행위에 대한 막연한 소문이 몇 해 동안 그를 따라다녔지.

그래. 그는 그 일을 했어. 그런데 그게 무어란 말인가? 한 무사의 혼이 또 하나의 무사의 혼에게 빚을 백 곱절로 갚은 거야…… 모든 신조와 용기를 잃은 죽음보다 못한 운명으로부터 그를 놓아주기 위해서. 그렇게 볼 수 있지. 그런데 불쌍한 토마소프는 자기도 그걸 몰랐던 것 같아. 하지만 난 누구보다도 먼저 눈 위의 그 끔찍스러운 검은 덩어리에 다가간 사람이야. 프랑스인은 빳빳하게 누워 있고 토마소프는 프랑스인의 머리보다 발에 가까이 무릎을 꿇고 있었어. 그는 모자를 벗어 들고 있었는데 마침 가볍게 내리기 시작한 눈송이 속에서 그의 머리카락이 금빛으로 빛나더군.

그는 죽은 자를 다정한 명상자의 자세로 굽어보고 있었어. 눈을 내리깐 젊고 순진한 얼굴은 슬픔도 단호함도 공포도 나타내지 않았어…… 다만 무한히 조용한 끝없는 명상의 깊은 고요 속에 묻힌 듯이 보였어." ●

옮긴이 나영균

이화여자대학교 영어영문학과를 졸업하고, 미국 국무성 장학생으로 캔자스주립대에서 유학했다. 이화여대 영문과 교수를 거쳐 현재 명예교수로 재직 중이다. 1993~1995년 여성 최초로 한국영어영문학회 회장을 역임했다. 주요 저서로 『콘래드 연구』, 『현대 영미 소설의 이해』, 『현대 여성 소설의 이해』, 『전후 영미소설의 이해』, 『제임스 조이스』 등이 있고, 번역서로 『젊은 예술가의 초상』, 『제일버드』, 『더블린 사람들』 등 많은 작품이 있다.

명예, 용기, 위엄, 신의

―

우리는 동양적인 무사정신에는 익숙한 편이다. 무사 혹은 무인武人이라는 말만으로도 공통된 하나의 상을 그려낼 수 있을 정도이다. 그러나 중세 로망의 기사들 얘기 이후로 서구 무사의 정신이 제대로 그려진 소설은 흔하지 않다. 그런 점에서 우선 이 「무사의 혼」은 한번 읽어볼 만한 가치를 지닌다.

우리에게 익숙한 관점에서 보면 이 작품은 한 귀부인에 대한 사랑을 배음背音으로 깔고 있어 진정한 무사정신에 닿아 있는지 의심이 일기도 한다. 하지만 서구의 무사정신이 기사도騎士道를 바탕으로 하고 있다는 점을 상기한다면 그 같은 설정은 오히려 당연할 수도 있다. 동양의 무사정신이 주군에 대한 충성을 바탕으로 삼고 있는 데 비해, 서양의 기사도는 귀부인에 대한 사랑 쪽으로 더 기울어진 듯한 느낌이 든다.

명예심과 용기는 동양과 마찬가지로 서구에서도 무사의 혼에서 빠질 수 없는 덕목이다. 드 카스텔이 아마도 연적戀敵 관계에 있었던 토마소프를 국가 기밀누설의 위험까지 감수하며 위기에서 구해주는 것이 바로 그 명예심의 용기가 빚어낸 결단이었다. 공적인 명예만이 명예는 아니며 싸움터에서 적에게 보이는 용기만이 무사의 용기일 수는 없다. 그리고 그런 드 카스텔에 대응하는 토마소프에게도 그 두 덕목에 의심을 품게 하는 구석은 전혀 보이지 않는다.

위엄에 대한 무사의 집착은 드 카스텔에게서 집중적으로 나타난다. 누더기를 걸친 다치고 쇠잔한 육체와 신조를 잃어버린 정신, 그것은 바로 무사가 지녀야 할 위엄의 상실이다. 카스텔로 하여금 죽음을 갈망하게 만든 것은 그 같은 위엄의 상실에 절망한 무사의 혼이었음에 틀림이 없다. 동양에서도 말한다. "장수는 죽일지언정 욕보이는 법이 아니다."

무사의 또 다른 덕목인 신의는 토마소프에 의해 가장 인상적으로 실천된다. 토마소프는 신의를 요구하는 카스텔에게 안락사安樂死라고 하는, 그가 가장 필요로 하는 것을 주어 지난 은의의 빚을 갚는다. 우리는 거기서 근대 서구의 화용도華容道(관우가 적벽대전에 피해 쫓기는 조조를 놓아준 곳)를 본다.

그 밖에 이 작품에서 볼만한 것은 전쟁터와 전투를 묘사한 콘래드의 풍성하면서도 격조 높은 문장이다. 사내들만의 심각한 놀이터와 그 비장한 놀이에 대해 이만큼 생동감 있는 진실을 전해주는 글도 흔치 않다.

작가인 조셉 콘래드에 대해서는 간략하나마 앞서 소개한 바 있으므로 여기서는 생략한다.

가자에서 온 편지

Letter from Gaza

가산 카나파니 지음

장경렬 옮김

가산 카나파니

팔레스타인의 저항문학 소설가이자, 팔레스타인 인민해방전선
(PFLP)의 대변인 겸 주간지 『알-하다프』 편집인으로 유명하다.
1936~1972년. 추방자, 투사, 작가로 이어지는 가산 카나파니의 삶은
바로 팔레스타인 민중의 삶 자체였다고 평가받는다. 1936년 팔레스
타인 서북부 작은 항구 아크레에서 태어났다. 시온주의 이민을 지지
하는 영국 정권에 반발하는 시위로 여러 차례 복역한 변호사 아버지
무하마드 파이즈 압둘 라자의 세 번째 자녀였다. 그의 가족은 1948년
에 제1차 중동전쟁(아랍-이스라엘 전쟁)을 피해 레바논을 거쳐, 시리아
의 수도 다마스커스에 정착했다. 그는 1952년 UN 팔레스타인 난민
기구(UNRWA)에서 중등교육 자격증을 받았고, 난민 수용소에서 아이
들을 가르치며 틈틈이 소설을 쓰기 시작했다. 그는 다마스커스와 쿠
웨이트에서 교사와 언론인으로 일했고, 나중에 베이루트로 옮겨가서
『알-하다프』 등 여러 언론에 기고하며 아랍 민족주의운동의 적극적
인 일원이 됐다. 1972년 베이루트에서 폭탄이 설치된 그의 차가 폭발
하며 암살됐다. 모사드가 같은 해 벌어진 로드공항 테러에 대한 보복
차원에서 주도한 것으로 알려져 있다.

그의 사후 헌정시집이 출간되고 아프리카-아시아 작가회의에서 '연
꽃 문학상'을 수상했다. 저서로는 『뜨거운 태양 아래서』, 『너에게 남
은 모든 것』, 『사이드 엄마』, 『하이파로의 귀향』 등 장편소설 5권, 단편
집 5권, 희곡 2편, 팔레스타인 문학에 관한 논문집 2권이 있다.

—

친애하는 나의 친구 무스타파에게

자네의 편지를 방금 전에 받았네. 내가 자네와 함께 새크라멘토(캘리포니아의 주도로, 근처에 캘리포니아 대학교의 데이비스 분교가 있음-옮긴이)에 머물 수 있도록 자네가 만반의 준비를 갖췄다는 내용이 담긴 편지 말일세. 그리고 내가 캘리포니아 대학교의 토목공학과에 입학이 허가되었다는 소식도 받았다네. 친애하는 나의 친구여, 모든 일에 도움을 주어 자네에게 깊이 감사하네. 하지만 나는 자네에게 내 마음이 바뀌었음을 밝히고자 하네. 내 마음이 어떻게 바뀌었나를 알면 자네는 전혀 의외라고 생각할 걸세. 그럼에도 나는 바뀐 내 마음에 추호의 의혹도 품고 있지 않고, 내 안에는 단 한 가닥의 망설임도 남아 있지 않다네. 사실 나에게는 내가 지금처럼 세상을 명료하게 바라볼 수 있었던 적은 없다는 생각이 들 정도라네. 나의 친구여, 나는 내 마음을 바꿨다네. 나는 자네를 따라 자네가 언젠가 편지에서 밝혔듯 "푸른 초목과 물과 사랑스러운 표정의 사람들이 있는 그곳"으로 가지 않으려 하네. 그렇다네, 나는 여기에 머물 것이네. 나는 여기를 결코 떠나지 않을 것이네.

무스타파여, 우리의 삶이 같은 길을 함께 걷지 못하게 되어,

나는 진심으로 깊은 상심에 젖어 있다네. 나는 자네가 우리 함께 인생길을 가자는 우리 사이의 다짐을 나에게 상기시켜 줄 때의 자네 목소리가, 그리고 우리가 함께 이렇게 외치던 때의 우리 목소리가 아직도 귀에 쟁쟁하네. "우린 부자가 될 거야!" 하지만 나의 친구여, 내가 그 꿈을 실현하기 위해 할 수 있는 일이라곤 아무것도 없네. 그렇다네, 나는 카이로 공항의 대합실에서 자네의 손을 꼭 쥐고는 굉음을 울리며 미친 듯이 돌아가던 비행기 엔진에서 눈길을 떼지 못한 채 서 있던 그날을 아직도 생생하게 기억하네. 그 무렵 세상만사가 고막을 찢을 듯 굉음을 내던 비행기 엔진과 똑같은 속도로 돌아가고 있었지. 그리고 자네는 내 앞에 서 있었지. 자네의 둥그스름한 얼굴이, 아무 말도 없이 서 있던 자네의 모습이 생각나네.

가자의 샤지야 지역에서 자네가 자랄 때의 그 얼굴 모습을 자네는 그대로 간직하고 있었지. 다만 잔주름이 생긴 것을 빼고는 말일세. 우리는 함께 자랐지, 서로를 완벽하게 이해하면서. 그리고 우리는 죽음이 우리를 부를 때까지 함께하기로 약속했지. 하지만…….

"비행기가 이륙하기까지는 십오 분이 남았네. 그런 식으로 허공만 응시하지 말게나. 자, 자네는 내년에 쿠웨이트로 갈 것이네. 거기서 받는 급료를 일부 저축하게나. 그 돈으로 자네의 뿌리를 가자에서 뽑아내어 캘리포니아에서 다시 내리게나. 우리는 함께 삶을 시작했고 그렇게 시작한 삶을 함께 이어가야지……."

　그 순간 나는 자네의 입술이 빠르게 움직이는 것에서 눈길을 떼지 않았다네. 자네는 항상 그런 식으로 말을 이어가곤 했지. 쉼표도, 마침표도 없이 자네는 말을 이어가곤 하지 않았나? 하지만 막연하게나마 나는 자네가 자네의 출국에 완전히 기꺼워하고 있지 않다는 걸 느낄 수 있었다네. 그 이유가 무엇인지를 자네는 속 시원하게 밝힐 수 없었을 것이네. 나 역시 자네와 마찬가지의 심적 고통에 시달리고 있었지. 하지만 명백한 생각은 이것이었다네. 우리가 왜 이 가자를 포기하고 탈출을 감행하지 않는가? 그렇게 하지 못하는 이유가 무엇인가? 아무튼 자네의 사정은 나아지기 시작했지. 쿠웨이트의 문부성에서 자네에게 취업 기회를 허락했던 것이지. 나에게는 그런 기회가 주어지지 않았지만 말일세. 내가 비참한 삶의 나락에 빠져 허우적거릴 때 자네는 나에게 약간의 돈을 보내주면서, 그 돈을 꿔준 것으로 생각하기를 원했어. 자네는 나의 자존심이 상할까 봐 걱정했던 거야. 자네는 내 가족이 처해 있던 상황을 안팎으로 환하게 알고 있었네. 자네는 내가 UNRWA(United Nations Relief and Works Agency: 중동의 팔레스타인 난민들을 위한 유엔 난민 구제 사업 기관－옮긴이)의 부속학교에서 받는 급료가 나의 어머니와 과부가 된 나의 형수님 및 형수님의 네 아이를 부양하기에는 턱없이 부족하다는 사실을 잘 알고 있었던 거지.

"자, 내 말 잊지 말게. 나한테 매일 편지를 하게……. 아니, 매 시간마다…… 아니, 아니, 매 분마다…… 비행기가 곧 이륙할 것이네. 잘 지내게! 아니, 그렇게 말할 게 아니라, 다시 만날 때까지!"

자네의 차가운 입술이 내 뺨을 스친 뒤, 자네는 나한테서 얼굴을 돌려 비행기 쪽을 향했지. 그리고 자네가 다시 얼굴을 나에게로 향했을 때 나는 자네의 눈에 맺힌 눈물을 볼 수 있었네.

후에 쿠웨이트의 문부성에서 나에게 취업 허가를 내주었네. 그곳에서 내 삶이 어떻게 이어졌는가를 자네에게 다시금 세세히 말할 필요는 없을 것이네. 모든 것에 대해 이미 자네에게 자세히 편지로 써서 보냈으니 말일세. 그곳에서의 내 삶은 마치 나 자신이 껍질에 갇혀 있는 작은 굴인 양 끈적이고 공허한 것이었지. 짓누르는 외로움에 빠져 허우적대던 삶, 밤이 시작될 때의 깜깜함과도 같은 어둠에 싸인 미래와 느린 속도로 싸움을 이어가는 삶, 부패하여 악취를 풍기는 틀에 박힌 일과에, 갑작스레 터져 나와 밀어닥치는 시간과의 전투에 갇혀 사는 삶을 이어가고 있었지. 세상만사가 다 열기에 싸여 있었고 끈적끈적했다네. 무언가 미끈미끈하고 불안정한 것이 내 삶을 지배하고 있었고, 내게 삶이란 그저 한 달 한 달이 어서어서 지나가기를 갈망하는 그런 것이었다네.

그해 중반 무렵에 유태인들이 사브하의 중심 구역에 폭격을 가했고, 가자를, 우리의 가자를 폭탄과 화염방사기로 공격

412

했지. 그 사건이 나의 일상적 삶에 무언가 변화를 가져다줄 수도 있었지만, 내가 이에 특별한 관심을 갖고 주의를 집중했던 것은 아니네. 나는 이 가자를 뒤로하고 캘리포니아로 갈 생각만 하고 있었지. 그곳에 가서 나 자신을 위한 삶을, 너무도 오랫동안 고통에 시달렸던 바로 나 자신을 위한 삶을 살아갈 것만을 생각하고 있었던 것이네. 나는 가자와 그곳의 사람들을 증오했던 걸세. 사지가 절단된 마을의 그 모든 것이 병든 자가 그린 잿빛의 실패한 그림을 연상케 했지. 그랬다네, 내 어머니와 과부가 된 형수와 그녀의 아이들에게 생계를 유지하는 데 도움이 되도록 얼마 안 되는 돈을 송금할 것이지만, 나는 가자와의 이 마지막 인연에서 벗어나 나 자신을 자유의 몸으로 만들 생각이었네. 지난 칠 년 동안 내 후각을 고통스럽게 자극했던 패배의 악취에서 벗어나, 그곳 푸르른 캘리포니아에서 말일세. 형님의 아이들과 나 사이를 묶고 있던 연민의 마음이, 그 아이들의 어머니와 나의 어머니와 나 사이를 묶고 있던 연민의 마음이 있었던 것이야 사실이지만, 그러한 사실이 수직으로 나락 속에 빠져드는 나 자신의 비극을 정당화하기에는 충분하지 않은 것으로 생각했다네. 연민의 마음이 나를 이미 나락 속으로 끌어넣은 것보다 더 깊이 끌어넣도록 내버려두어서는 안 된다고 생각했던 것이지. 나는 탈출해야만 했네.

무스파타여, 자네는 이런 감정들을 이해할 것이네. 자네가 이미 그런 감정들을 체험했기 때문이지. 탈출을 향한 우리의 열망을 무디게 하는 인연의 끈, 가자와 우리 사이를 연결하는 이 막연한 인연의 끈이란 것은 도대체 무엇인가? 우리는 왜 명료한 의미를 부여할 수 있을 만큼 냉정한 자세로 이 문제를 분석하지 않았던 것일까? 우리는 왜 상처와 함께 이 패배감을 우리 뒤에 남겨두고 떠나지 않았던 것일까? 그리고 우리에게 깊은 위안을 가져다줄 보다 밝은 미래를 향해 움직여 나아가지 않았던 것일까? 왜? 우리는 명확하게 그 이유를 알지 못했다네.

유월에 휴가를 받아 갔을 때이네. 미국으로의 달콤한 출발을, 삶에 유쾌하고 밝은 의미를 부여하는 작은 일들을 향한 출발을 갈망하며, 내 모든 소유물을 정리하러 갔을 때, 나는 가자가 내가 알고 있는 그대로임을 확인했다네. 도살장 근처의 끈적끈적한 모래로 뒤덮인 해변, 파도에 떠밀려 그 해변으로 내던져진 적갈색 녹빛의 달팽이 껍질, 바로 그런 달팽이의 껍질 안쪽처럼 안으로 움츠러들어 있는 자폐적인 모습 그대로였던 것이네. 이 가자는 잠든 사이 발작적으로 엄습하는 두려운 악몽에 시달리는 사람의 마음보다 더 갑갑하고 숨 막히는 곳이었네. 고유의 독특한 냄새, 패배와 빈곤의 냄새를 풍기는 좁고 갑갑한 거리들, 돌출된 발코니들로 전면이 장식된 집들…… 아, 이 가자는 변함이 없었네! 하지만 한 인간을 자신의 가족, 자신의 집, 자신의 기억으로 이끄는 그 모호한 동기는 무엇인가? 마치 샘물이 작은 무리의 야생 염소 떼를 이끌

듯이 말일세. 나는 모르겠네. 내가 아는 것이라고는 그날 아침 집에 계신 나의 어머니를 찾았다는 사실뿐이라네. 내가 집에 도착해보니, 그곳에 와 계셨던 형수님께서 나를 맞이하셨네. 형수님께서 눈물을 흘리면서 그녀의 딸인 나디아가 부상을 당해 가자 병원에 입원해 있는 것을 아느냐고 물으셨네. 그리고 그날 저녁에 병문안을 해주기를 바라시더군. 돌아가신 내 형님의 열세 살짜리 예쁜 딸인 나디아를 자네도 알고 있지?

그날 저녁 나는 사과를 한 봉지 사 가지고 나디아를 찾기 위해 병원으로 향했다네. 나는 나의 어머니와 형수님께서 나에게 감춘 채 말하지 않는 무언가가 있음을 알고 있었네. 그들의 입으로는 차마 말할 수 없는 무언가가 있음을, 내가 감히 확인하기 어려운 무언가 놀라운 사실이 있음을 알아차렸던 거지. 나는 습관적으로 나디아를 사랑했다네. 행복한 삶이란 일종의 사회적 일탈이라고 생각할 정도로 극도의 절망적인 패배와 추방의 상황에서 양육된 세대의 모든 아이를 내가 습관적으로 사랑했듯 말일세.

그 순간에 무슨 일이 일어났던가? 나는 모르겠네. 나는 온통 흰색으로 단장한 아주 조용한 병실로 들어섰다네. 아픈 아이들에게는 무언가 성자와도 같은 분위기가 감돌지. 그리고 그 아이가 잔혹하고 고통스러운 상처를 입은 결과로 아프다면, 그런 분위기는 한층 더 강렬한 것이 되게 마련이지. 나디아는 커다란 베개에 등을 기댄 채 침대에 누워 있었다네. 그 베개

위로 나디아의 머리카락이 두터운 모피처럼 펼쳐져 있었지.
나디아의 커다란 눈에는 심원한 정적이 감돌고 있었고, 검은
눈동자 깊은 곳에서는 언제나처럼 눈물기가 반짝이고 있었
지. 나디아의 얼굴에는 고요함과 차분함의 분위기가 감돌고
있었지만, 그럼에도 여전히 고문을 당한 예언자의 얼굴이 그
러하듯 무언가를 웅변적으로 말해주는 것 같았네. 나디아는
아직 아이였지만, 아이라고 하기엔 어른스러운 존재, 아이답
지 않게 어른스러운 존재, 한층 더 어른스러운 존재인 것처럼
보였다네.

"나디아!"

나디아의 이름을 부른 것이 나였는지 또는 내 뒤의 다른 누
구였는지, 기억이 나질 않네. 하지만 나디아가 눈을 들어 나를
바라보던 바로 그 순간, 마치 뜨거운 찻물에 각설탕이 녹아 없
어지듯, 아이의 눈길에 나 자신이 녹아 없어지는 것만 같았다
네. 엷은 미소를 띤 채 나디아가 이렇게 말하는 것이 들리더군.

"삼촌! 쿠웨이트에서 막 돌아오신 거지요?"

나디아는 목이 메어 제대로 말을 잇지 못했다네. 이윽고 두
손에 의지하여 몸을 일으키고는 목을 길게 빼고 나를 바라보았
네. 나는 나디아의 등을 가볍게 두드려주고는 그 옆에 앉았네.

"나디아! 삼촌이 너를 위해 쿠웨이트에서 선물을, 그것도
아주 많이 사 왔단다. 네가 완전히 건강을 회복해서 병원을 떠
날 수 있을 때까지 기다리마. 그런 다음 우리 집으로 오면 삼

촌이 그 선물들을 다 너에게 줄게. 네가 편지로 삼촌한테 부탁한 거 있지? 빨간 바지 말이야. 암, 그것도 사 왔지."

그건 긴장되고 어색한 분위기를 피하려고 둘러댄 거짓말이었네. 하지만 그 말을 할 때 나는 내 인생 처음으로 무언가 진실을 말하고 있다는 느낌이 들었다네. 그런데 나디아가 전기 충격이라도 받은 양 몸을 떨고는 끔찍한 침묵에 잠긴 채 고개를 숙였다네. 나디아의 눈물이 내 손등을 적시고 있음을 느낄 수 있었지.

"얘야, 뭐라고 말 좀 해봐라! 빨간 바지가 갖고 싶다고 하지 않았니?"

나디아가 눈을 들어 나를 바라보고는 뭐라고 말을 할 듯하다가 멈추고는 이를 악물었네. 이윽고 저 멀리서 다가오는 듯한 나디아의 목소리가 내 귀를 때렸다네.

"삼촌!"

나디아가 손을 뻗어 손가락으로 하얀 이불보를 잡아 젖히고, 허벅지 위쪽에서부터 잘려나간 다리 쪽을 가리켰네.

나의 친구여…… 나는 결코 나디아의 다리를, 허벅지 위쪽에서부터 잘려나간 나디아의 다리를 잊지 않으려네. 결단코 잊지 않으려네! 나는 나디아의 얼굴에 새겨진 깊은 슬픔을, 영원히 각인되어 나디아 특유의 표정으로 남게 된 바로 그 깊은 슬픔도 결코 잊지 않으려네. 나는 그날 가자에 있는 그 병원을 빠져나왔네. 나디아에게 선물로 주려고 사간 사과가 담긴 봉지를 손에 움켜쥔 채, 그 봉지에 담긴 한심한 내 마음에 말없이 조소의 눈길을 보낸 채 말일세. 작열하는 태양이 거리를 핏빛으로 물들이고 있었지. 그런데 무스타파여, 가자가 전혀 새롭게 보였다네! 자네와 나는 이 같은 눈길로 가자를 본 적이 단 한 번도 없지. 우리가 살던 샤지야 구역의 초입에 쌓인 돌무더기가 의미를 갖게 된 것이네. 그 돌무더기는 아무 이유 없이 쌓여 있는 것이 아니라, 무언가 설명을 요구하기 위해 그곳에 쌓여 있는 것처럼 보였던 것이네. 우리가 살아온 이 가자는, 그곳에서 칠 년 동안 패배의 세월을 우리와 함께 보낸 선량한 사람들의 가자는 무언가 새로운 것이 되어 있었던 것이지. 나에겐 이제 단지 시작에 불과한 것으로 보였네. 나는 내가 왜 시작에 불과한 것이라고 생각했는지 그 이유를 모르겠네. 집으로 돌아오는 도중에 발걸음을 옮기던 중심가가 나에겐 길고 긴 여정, 사파드(이스라엘 북부의 한 도시 – 옮긴이)로 이어지는 길고 긴 여정의 출발점에 불과한 것일 뿐이라는 상상 속에 빠져들었지. 이 가자의 모든 것이 슬픔에 잠긴 채 고통스러운 맥박을, 단순히 우는 것만으로는 버틸 수 없는 그런 슬픔에 잠긴 채 고통스러운 맥박을 이어가고 있었다네. 이는 도전이었네. 아니, 그보다 더한 그 무엇, 잘려나간 다리에 대한 반환 요구와도 같은 것이었네.

나는 가자의 거리, 눈을 멀게 할 만큼 강렬한 빛으로 가득 채워진 거리로 나가 이곳저곳 돌아다녔네. 사람들이 전하는 말에 따르면, 나디아가 어린 동생들 위로 몸을 던졌다고 하더군. 폭탄으로부터, 집 안으로 쳐들어와 갈고리와 같은 손아귀로 모든 것을 움켜쥐는 화염으로부터 어린 동생들을 보호하고자 그렇게 했던 것이지. 나디아는 자신의 몸을 보호할 수도 있었다네. 도망쳐 나올 수도 있었고, 그렇게 해서 다리를 잃지 않을 수도 있었던 것이지. 하지만 나디아는 그렇게 하지 않았네.

왜?

나는 가지 않으려네. 나의 친구여, 나는 새크라멘토로 가지 않을 것이네. 이 같은 결정에 대해 그 어떤 후회의 마음도 없네. 그 어떤 후회도 하지 않을 것이네. 그리고 우리가 어린 시절에 함께 시작했던 그 일을 나는 끝내 실현할 수 없을 것이네. 자네가 가자를 떠날 때 가졌던 이 모호한 느낌, 이 작디작은 느낌이 이제 자네 내부 깊은 곳에서 몸집을 더하여 거대한 것이 되었을 것임에 틀림없겠지. 그 느낌은 틀림없이 더욱더 큰 것이 될 걸세. 자네는 자네 자신을 찾기 위해 그 느낌의 근원을 추적해야 하네. 그것도 여기 이곳 볼썽사나운 패배의 잔해들 한가운데서 말일세.

나는 자네에게 가지 않으려네. 오히려 자네가, 자네가 우리에게 돌아오게나! 돌아오게나, 나디아의 다리에서, 허벅지 위쪽에서부터 잘려나간 다리에서 무언가를 배우기 위해 돌아오게나. 돌아와서 삶이란 무엇이고 우리의 존재에 가치 있는 것이 무엇인가를 배우게나.

나의 친구여, 돌아오게! 우리 모두는 자네를 기다리고 있다네. ●

옮긴이 장경렬

서울대학교 영문과를 졸업하고, 미국 오스틴 소재 텍사스대학교 영문과에서 박사학위를 취득했다. 서울대학교 영문과의 교수직을 거쳐, 현재 명예교수로 있다. 주요 번역서로 『내 사랑하는 사람들의 잠든 모습을 보며』, 『야자열매술꾼』, 『아픔의 기록』, 『선과 모터사이클 관리술』, 『젊은 예술가의 초상』, 『라일라』, 『학제적 학문 연구』 등이 있다.

불타는 태양 아래서의 선택[•]

60년대 끄트머리 또는 70년대 어느 땐가, 다시 중동전쟁이 터진 무렵이었다. 미국 동부의 어떤 대학에 팔레스타인 지역 출신의 두 유학생이 있었는데, 전쟁이 터진 다음 날 둘 다 등교하지 않아 알아보니 모두 기숙사에서 사라지고 없었다. 그런데 사라진 까닭이 너무 달라 화제가 되었다. 알려진 바, 유태인인 대학생은 입대하여 참전하기 위해 이스라엘로 급히 돌아갔고, 팔레스타인 출신 아랍계 대학생은 본국에서 올지 모르는 전투 동원명령(혹은 입대영장)을 피해 잠적했다는 것이었다.

그 소식은 곧 세계 유력 통신사나 서방 언론을 통해 널리 퍼져 이스라엘과 팔레스타인 젊은이들의 애국심이나 민족주의 정신을 대표하는 사례로 도배되듯 전 세계를 돌고 돌았다. 열 곱절도 넘을 인구에다 소련과 여러 아랍 동맹국들의 지원으로 별로 뒤질 것 없는 무기와 장비를 갖추고도 아랍동맹군이 여러 차례 전쟁에서 낭패를 보는 원인이 모두 그 두 유학생이 보여준 양쪽 젊은이들의 정신 상태와 연관 지어 설명되었고, 강 건너 불 보듯 중동전쟁을 구경하고 있는 우리에게는 그게 합리적

• 이 작품이 포함된 소설집 제목 『뜨거운 태양 아래서』의 차용.

인 설명처럼 들렸다.

그런데 근년 들어서야 동료 문인의 권유로 팔레스타인 작가 가산 카나파니의 「가자에서 온 편지」를 읽고 비로소 나는 내 단견과 경솔을, 터무니없는 부화뇌동을 부끄러워하게 되었다. 그러다가 『이문열 세계명작산책』을 다시 내게 되어 다른 작품으로 바꿔 끼울 기회가 와서 이번 '사내들만의 미학' 편에 끼워 넣기로 했다.

예부터 살아온 땅을 지키고 역사적 경험과 습속을 함께하는 족속을 민족이라 한다. 그리고 그 민족을 바탕으로 집단의 발흥을 도모하고 타민족과의 경쟁에서 우위를 차지하려는 지향을 흔히 민족주의라 부른다. 근대의 발흥은 그런 민족주의적 지향끼리의 치열하고 첨예한 다툼에 힘입은 바 있지만, 어떤 이에게는 민족주의가 이미 종언을 고한 낡은 개념이거나 우매한 종족주의로 간주되기도 한다. 그런데 민족주의가 그 어느 쪽이든 민족주의의 투쟁적 역할은 지금까지는 주로 남자들이 수행해왔다. 그래서 가산 카나파니의 이야기는 '사내들의 미학'에 추가하기로 했다.

가산 카나파니는 1936년 팔레스타인의 중산층 집안에서 태어났다. 아버지는 변호사로 영국의 팔레스타인 위임통치와 유태인 이민정책(시오니즘 운동)에 반대하다가 여러 차례 투옥되었고, 나중에는 일가 모두가 팔레스타인에서 강제로 추방당해 시리아 지역에서 난민으로 떠돈 것 같다. 난민수용소 미술교사로 재직할 때부터 글쓰기를 시작하였고 다마스쿠스 대학에 진

학한 뒤에는 시온주의 문학연구로 학위를 받았다고 한다. 그 무렵 팔레스타인 해방운동과 연결되어 대학에서 쫓겨났으며 1956년에는 쿠웨이트로 옮겨 교사 일을 하며 러시아 문학 연구에 몰두했다. 그 뒤 그는 신문사 편집장, 아랍민족주의 잡지 편집인이 되기도 하며 언론활동을 펼치는 한편, 1969년 팔레스타인 해방을 위한 인민전선(PFLP)에 가입하기도 했다.

그사이 카나파니는 소설가로서도 왕성한 활동을 하여 『뜨거운 태양 아래서』(1962), 『너에게 남은 모든 것』(1966), 『하이파로의 귀향』(1970) 등의 작품으로 아랍 세계에서 가장 존경받는 작가가 되었다. 그 뒤로도 그는 여러 편의 작품을 내어 서방 세계에도 소개되고 이름이 알려지게 되었으나 1972년 이스라엘 모사드에 의해 암살되었다. 로드공항에서 있었던 일본 적군파 테러 사건에 대응한 모사드의 작업이었다고 알려져 있다. 향년 36세. 애절한 죽음이었다.

"그는 한 번도 총을 쏘지 않은 특공대였으며, 무기는 펜이었고, 싸움터는 신문의 페이지였습니다."

—카나파니의 부고 기사

이문열

1948년 서울에서 태어나 고향인 경북 영양, 밀양, 부산 등지에서 자랐다. 서울대학교 사범대학에서 수학했으며 1979년《동아일보》신춘문예에 중편「새하곡」이 당선되어 등단했다. 이후「그해 겨울」,「황제를 위하여」,「우리들의 일그러진 영웅」등 여러 작품을 잇따라 발표하면서 다양한 소재와 주제를 독보적인 문체로 풀어내어 폭넓은 대중적 호응을 얻었다. 특히, 장편소설『사람의 아들』은 문단의 주목을 이끈 초기 대표작이다.

작품으로 장편소설『젊은 날의 초상』,『영웅시대』,『금시조』,『시인』,『오디세이아 서울』,『선택』,『호모 엑세쿠탄스』등 다수가 있고,『이문열 중단편 전집』(전 6권), 산문집『사색』,『시대와의 불화』,『신들메를 고쳐매며』, 대하소설『변경』(전 12권),『대륙의 한』(전 5권) 등이 있으며, 평역소설로『삼국지』,『수호지』,『초한지』가 있다.

오늘의 작가상, 동인문학상, 이상문학상, 현대문학상, 호암예술상 등을 수상했으며, 2015년 은관문화훈장을 받았다. 그의 작품은 현재 미국, 프랑스, 독일 등 전 세계 20여 개국 15개 언어로 번역, 출간되고 있다.

이문열 세계명작산책 7

사내들만의 미학

1판 1쇄 인쇄 2021년 8월 5일
1판 1쇄 발행 2021년 8월 16일

지은이	프로스페르 메리메, 모리 오가이, 가브리엘레 단눈치오, 헤르만 헤세, S. W. 스코트, 두광정, 러디어드 키플링, 에르난도 테예스, 조셉 콘래드, 가산 카나파니
옮긴이	김석희, 황요찬, 장경렬, 송전, 전수용, 정범진, 강자모, 안정효, 나영균
엮은이	이문열
펴낸이	이재유
디자인	오필민디자인

펴낸곳	무블출판사
출판등록	제2020-000047호(2020년 2월 20일)
주소	서울시 강남구 영동대로131길 20, 2층 223호 (우 06072)
전화	02-514-0301
팩스	02-6499-8301
이메일	0301@hanmail.net

ISBN   979-11-91433-07-4 04800   979-11-971489-0-3 (세트)